Jo Nesbø

# Les cafards

## Une enquête de l'inspecteur Harry Hole

*Traduit du norvégien par Alex Fouillet*



Gallimard

*Titre original :*

KAKERLAKKENE

Né en 1960, d'abord journaliste économique, musicien, auteur interprète et leader de l'un des groupes pop les plus célèbres de Norvège, Jo Nesbø a été propulsé sur la scène littéraire en 1997 avec *L'homme chauve-souris*, récompensé en 1998 par le Glass Key Prize attribué au meilleur roman policier nordique de l'année. Il a depuis confirmé son talent en poursuivant les enquêtes de Harry Hole, personnage sensible, parfois cynique, profondément blessé, toujours entier et incapable de plier. On lui doit notamment *Rouge-Gorge, Rue Sans-Souci* ou *Les cafards*, initialement publiés par Gaïa Éditions, mais aussi *Le sauveur, Le bonhomme de neige*, bientôt adapté au cinéma par Martin Scorsese, *Le léopard* et *Fantôme*, tous parus en Folio Policier.

Une rumeur dans la communauté norvégienne de Thaïlande voudrait qu'un ambassadeur de Norvège mort dans un accident de circulation à Bangkok au début des années 1960 ait en fait été assassiné dans des circonstances des plus mystérieuses. La rumeur n'a pas été confirmée par le ministère des Affaires étrangères, et le cadavre a été incinéré dès le lendemain, sans que soit réalisée une autopsie officielle.

Aucun des personnages ou des faits décrits dans ce livre ne doit se substituer à des personnages ou des faits réels. Parce que la réalité est bien trop incroyable.

*Bangkok, 23 février 1998.*

# Chapitre 1

Le feu passa au vert, et le rugissement des voitures, des motos et des tuk-tuk s'enfla encore et encore, à tel point que Dim put voir trembler les vitrines du Robertson Department Store. Puis ils se remirent en mouvement, et la vitrine dans laquelle était exposée la robe longue de soie rouge disparut derrière eux, dans l'obscurité vespérale.

Elle voyageait en taxi. Pas en bus surpeuplé ou en tuk-tuk criblé de points de rouille, mais en taxi avec air conditionné et chauffeur qui la fermait. Elle laissa reposer sa nuque sur l'appuie-tête et essaya de se détendre. Pas de problème. Un cyclomoteur partit en trombe, et la fille assise à l'arrière se cramponna à un T-shirt rouge coiffé d'un casque intégral tout en les gratifiant d'un regard vide. Tiens-toi bien, pensa Dim.

Sur Rama IV, le chauffeur se colla derrière un poids lourd qui crachait une fumée de gazole si épaisse et si noire qu'il était impossible de lire son numéro d'immatriculation. Après être passés à travers le système d'air conditionné, les gaz d'échappement étaient refroidis et pratiquement dépourvus d'odeur. Mais pas totalement. Elle se manifesta en agitant discrètement une main et le chauffeur se dégagea après avoir jeté un coup d'œil dans son rétroviseur. Pas de problème.

Il n'en avait pas toujours été ainsi. Dans la ferme où elle avait grandi, elles étaient six filles. Six de trop, aux dires du père. Elle avait sept ans quand ils s'étaient retrouvés toussant dans la poussière jaune, agitant la main derrière la charrette qui emmenait cahin-caha la sœur aînée le long du chemin vicinal au bord du canal brun. Sa sœur avait avec elle des vêtements propres, un billet de train pour Bangkok et une adresse à Patpong, écrite au dos d'une carte de visite, et elle avait pleuré comme une madeleine bien que Dim eût agité la main tant et si bien qu'elle avait cru que celle-ci allait se décrocher. Leur mère avait caressé la tête de Dim, lui avait dit que ce n'était pas si facile, mais pas si mal non plus. Ainsi la grande sœur n'aurait pas à traîner d'une ferme à l'autre en tant que kwai, comme leur mère l'avait fait avant de se marier. De plus, Miss Wong avait promis de bien prendre soin d'elle. Le père avait hoché la tête, craché son bétel d'entre ses dents noires et ajouté que les farang qu'on trouvait dans les bars payaient bien pour les jeunes filles fraîches.

La partie sur les kwai avait échappé à Dim, mais elle n'avait pas voulu poser de question. Elle savait bien entendu qu'un kwai était un bœuf. À l'instar de la plupart des autres fermiers alentour, ils n'avaient pas les moyens de posséder leur propre bœuf, et en louaient donc un de passage lorsque le temps était venu de labourer les rizières. Plus tard seulement, elle apprit que la fille qui accompagnait ledit bœuf était également appelée kwai, puisque les services qu'elle rendait venaient en supplément. Telle était la tradition, et elle était heureusement tombée sur un paysan qui voulait l'avoir avant qu'elle ne devînt trop vieille.

Lorsque Dim avait quinze ans, son père était un jour venu vers elle en criant son nom tout en pataugeant à travers la rizière, le soleil dans le dos et le chapeau à la main. Elle n'avait pas répondu immédiatement, mais s'était redressée pour bien regarder les collines vertes qui entouraient la petite exploitation, avait fermé les yeux pour écouter le chant des agamis dans la futaie, et inhalé le parfum des eucalyptus et des arbres à caoutchouc. Elle avait su que c'était son tour.

La première année, elles avaient vécu à quatre filles dans une pièce, partageant tout : couchage, nourriture et vêtements. C'était essentiellement ce dernier point qui importait, car sans jolis vêtements, impossible d'avoir les meilleurs clients. Elle avait appris à danser, appris à sourire, appris à faire la différence entre ceux qui ne venaient que pour s'offrir à boire et ceux qui voulaient s'offrir du sexe. Le père était déjà convenu avec Miss Wong que l'argent devait être envoyé à la maison, de telle sorte qu'elle n'en vît pas beaucoup la couleur durant les premières années ; mais Miss Wong était satisfaite et, le temps aidant, elle en retint un peu plus pour Dim.

Miss Wong avait des raisons d'être satisfaite. Dim ne ménageait pas sa peine, et les clients s'offraient à boire. Miss Wong pouvait se réjouir qu'elle soit encore là, car à deux ou trois reprises, il s'en était fallu de peu. Un Japonais avait voulu épouser Dim, mais s'était rétracté lorsqu'elle lui avait demandé de l'argent pour le billet d'avion. Un Américain l'avait emmenée à Phuket, avait reporté son retour au pays et lui avait payé une bague de diamants. Elle l'avait mise au clou le lendemain même du départ de l'intéressé.

Certains payaient mal et la priaient de prendre ses cliques et ses claques si elle protestait, d'autres allaient cafarder auprès de Miss Wong si elle ne se pliait pas à tout ce qu'ils voulaient lui faire faire. Ce qu'ils ne comprenaient pas, c'est qu'une fois qu'ils l'avaient libérée de ses obligations au bar, Miss Wong avait ce qu'elle désirait, et Dim était son propre maître. Son propre maître. Elle pensa à la robe rouge qu'elle avait vue dans la vitrine. Sa mère avait eu raison – ce n'était pas facile, mais ce n'était pas si mal non plus.

Et elle était parvenue à conserver ce sourire innocent et ce rire joyeux. C'est ce qu'ils aimaient. Peut-être était-ce pour cette raison qu'elle avait décroché ce boulot proposé par Wang Lee dans le Thai Rath sous le titre G.R.O. ou « Guest Relation Officer ». Wang Lee était un petit Chinois presque noir qui dirigeait un motel un peu en dehors de la ville, sur Sukhumvit Road, et ses clients étaient en grande majorité des étrangers aux désirs bien particuliers, mais pas au point qu'on ne pût pas les satisfaire. À vrai dire, elle préférait ce qu'elle faisait plutôt que de danser des heures durant au bar. De plus, Wang Lee payait bien. Le seul inconvénient résidait dans le temps de trajet depuis son appartement de Benglaphu.

Fichue circulation ! Elle était paralysée aujourd'hui aussi, et Dim fit signe au chauffeur qu'elle voulait descendre, même si cela signifiait qu'elle devrait traverser six files de voitures pour parvenir au motel, de l'autre côté de la route. L'air s'enroula autour d'elle comme une serviette chaude et mouillée lorsqu'elle descendit du taxi. Elle guetta une ouverture tout en maintenant une main devant sa bouche, consciente que cela ne changeait rien, qu'il n'y avait pas d'autre air à respirer à Bangkok, mais elle échappait au moins à l'odeur.

Elle se glissa entre les voitures, dut s'écarter pour laisser passer un pick-up dont la plate-forme était pleine de garçons en train de siffler et manqua de se faire rectifier les contreforts de ses chaussures par une Toyota sauvage. Puis elle fut arrivée.

Wang Lee leva les yeux lorsqu'elle entra dans le hall d'accueil désert.

« La soirée est calme ? » demanda-t-elle.

Il acquiesça d'un air mauvais. Il y en avait eu un bon paquet ces douze derniers mois.

« Tu as mangé ?

— Oui », mentit-elle. C'était proposé de bon cœur, mais elle n'avait pas envie des nouilles détrempées qu'il cuisinait dans la pièce du fond.

« Il va falloir attendre un peu. Le farang veut d'abord dormir un peu, il appellera lorsqu'il sera prêt.

— Tu sais bien qu'il faut que je sois rentrée au bar avant minuit, Lee », gémit-elle.

Il regarda sa montre.

« Donne-lui une heure. »

Elle haussa les épaules et s'assit. Un an auparavant, il l'aurait sans doute fichue dehors pour s'être exprimée ainsi, mais pour l'heure, il avait cruellement besoin de la moindre rentrée d'argent. Bien sûr, elle pouvait se tirer, mais le long trajet qu'elle avait fait jusqu'au motel l'aurait alors été en pure perte. De plus, elle devait à Lee plus d'un service. Ce n'était pas le pire des maquereaux pour qui elle avait travaillé.

Après avoir écrasé son troisième mégot, elle se rinça la bouche avec l'aigre thé chinois de Lee et se leva pour effectuer une toute dernière vérification de son maquillage, dans le miroir au-dessus du comptoir.

« Je vais aller le réveiller, dit-elle.

— Hmm. Tu as tes patins ? »

Elle brandit sa sacoche.

Le gravier crissa sous ses talons quand elle traversa l'espace ouvert séparant les bâtiments bas du motel. La chambre 120 se trouvait tout au fond ; elle ne vit pas de véhicule à l'extérieur, mais les fenêtres étaient éclairées. Il était donc peut-être réveillé. Une légère brise souleva sa courte jupe, sans apporter de fraîcheur. Elle languissait après la mousson, après la pluie. Tout comme elle languirait, au bout de quelques semaines d'inondations, de rues boueuses et de lessive moisie, après les mois secs et sans vent.

Elle frappa doucement à la porte, la question « What's your name ? » déjà sur les lèvres. Personne ne répondit. Elle frappa derechef et regarda l'heure. Elle aurait certainement pu faire baisser de quelques centaines de bahts le prix de cette robe, si ça avait été chez Robertson. Elle appuya sur la poignée et constata avec étonnement que la porte n'était pas verrouillée.

Il était étendu sur le lit, à plat ventre, et elle pensa tout d'abord qu'il dormait. Puis elle vit un reflet sur le verre bleu qui ornait le manche du couteau planté dans le veston jaune fluo. Il est malaisé de dire quelle fut la première pensée qui passa en trombe dans sa tête, mais l'une d'elles fut en tout cas qu'elle était venue depuis Benglaphu pour rien. Elle parvint finalement à mobiliser ses cordes vocales. Son cri fut cependant étouffé par le klaxon retentissant d'un semi-remorque au moment où celui-ci fit un écart pour éviter un tuk-tuk inconscient sur Sukhumvit Road.

## Chapitre 2

« Nationaltheatret », informa une voix nasillarde et ensommeillée via les haut-parleurs, avant que les portes du tram ne s'ouvrent en claquant, libérant Dagfinn Torhus dans ce matin hivernal rude, froid et tout juste naissant. L'air mordit ses joues fraîchement rasées, et il put voir dans la lueur du parcimonieux éclairage au néon d'Oslo le nuage de condensation qui montait de sa propre bouche.

C'était la première semaine de janvier, et il savait que ça s'améliorerait plus tard dans l'hiver, quand la glace envahirait le fjord et quand l'air se ferait plus sec. Il se mit à remonter Drammensveien, vers le ministère des Affaires étrangères. Quelques taxis esseulés le dépassèrent, mais hormis cela, les rues étaient pratiquement désertes. Mais il est vrai que l'horloge de néon rouge de Gjensidige[1] qui se détachait sur le ciel noir au-dessus du bâtiment vers lequel il se dirigeait n'indiquait que six heures.

Arrivé devant la porte, il sortit sa carte d'accès.

1. Principale compagnie d'assurance norvégienne (N.B. : *gjensidig* = réciproque.) *(Toutes les notes sont du traducteur.)*

« Fonction : Chef de bureau », pouvait-on lire au-dessus d'une photo plus jeune de dix ans d'un Dagfinn Torhus qui fixait l'appareil, le menton projeté en avant et les yeux jetant un regard déterminé à travers des lunettes à monture d'acier. Il passa sa carte dans un lecteur, tapa son code et ouvrit la lourde porte vitrée donnant sur Victoria Terrasse.

Toutes les portes ne s'étaient pas laissé ouvrir avec la même facilité depuis qu'il était entré là près de trois décennies auparavant, à l'âge de vingt-cinq ans. À « l'école des diplomates », qui dispensait ses cours aux futurs employés du ministère des Affaires étrangères, il ne s'était pas glissé sans mal dans le milieu, avec son dialecte lâche de l'Østerdal et son « comportement de rural », comme l'avait observé l'un des gars de Baerum qui faisait partie de la même promo. Les autres étudiants étaient des diplômés de l'École de Sciences politiques, des économistes et des juristes dont les parents étaient eux-mêmes diplômés de l'enseignement supérieur, politiques ou membres de cette noblesse des Affaires étrangères où ils cherchaient à se faire admettre. Il était fils de paysan, titulaire du diplôme de l'École supérieure d'Agriculture d'Ås. Non pas que ça ait signifié grand-chose pour lui, mais il savait que des amis adéquats sont importants quand il est question de sa carrière à venir. Tout en essayant d'assimiler les codes sociaux, Dagfinn Torhus compensait en travaillant d'autant plus dur. En dépit des différences, tous avaient en commun de n'avoir qu'une idée très vague de ce qu'ils voulaient devenir. Tous savaient quelle direction suivre : vers le haut.

Torhus soupira et fit un signe de tête à l'attention du gardien Securitas qui lui glissa ses journaux et une enveloppe sous la vitre.

« D'autres… ? »

Le gardien secoua la tête.

« Le premier, comme d'habitude, Torhus. L'enveloppe vient des transmissions, ils l'ont apportée cette nuit. »

Torhus vit les numéros des étages s'allumer et s'éteindre à mesure que l'ascenseur le hissait dans le bâtiment. Il en était venu à l'idée que chacun des étages symbolisait une période donnée de sa carrière, qu'il passait donc en revue chaque matin.

Le rez-de-chaussée représentait les deux premières années de cours, les longues discussions qui n'engageaient à rien sur la politique et l'histoire, les heures de français qu'il avait vécues comme un calvaire.

Le premier représentait le bureau de commandement. Il avait obtenu Canberra les deux premières années, puis Mexico City pour trois ans. De chouettes villes, en somme, oui, il n'avait pas à se plaindre. Il est vrai qu'il avait présenté Londres ou New York en premier choix, mais il s'agissait d'endroits prestigieux que tous les autres avaient également choisis, et il avait décidé de ne pas nécessairement considérer ça comme un échec.

Au deuxième étage, il était de retour en Norvège, sans les primes d'expatriation et de logement qui avaient permis de vivre dans une relative abondance. Il avait rencontré Berit, elle était tombée enceinte, et lorsqu'il avait été temps de viser un nouveau commandement à l'étranger, le numéro deux était déjà en route. Berit venait du même quartier que lui, et téléphonait à sa mère tous les soirs. Il avait pris la résolution d'attendre un peu, et en contrepartie travaillait comme un nègre, rédigeait des kilomètres de rapports sur le commerce bilatéral avec les pays en voie de développement, composait des discours pour le ministre des Affaires étrangères et moissonnait sa reconnaissance en gravissant les étages. Nulle part ailleurs dans l'appareil administratif la concurrence n'est mise autant en avant qu'aux Affaires étrangères, où on transige aussi peu avec la hiérarchie. Dagfinn Torhus était allé chaque jour à son bureau comme un soldat au front, il avait gardé la tête baissée, était resté à couvert et avait ouvert le feu chaque fois qu'il prenait quelqu'un sur le vif. Il y avait des tapes sur l'épaule, il savait qu'on « l'avait remarqué », et il avait essayé d'expliquer à Berit qu'il pourrait probablement décrocher Paris ou Londres, mais elle avait regimbé pour la première fois de toute leur vie commune jusque-là sans histoire. Il avait cédé.

Puis ça avait été le troisième étage et davantage de rapports, une secrétaire et un salaire légèrement supérieur, avant de se retrouver en un éclair au service du personnel, au premier. Se voir attribuer un poste au service du personnel représentait d'ailleurs quelque chose de particulier aux Affaires étrangères, c'était habituellement le signal que la voie ascendante était libre. Mais il s'était passé quelque chose. En collaboration avec le bureau de commandement, ils proposaient les candidats intéressés aux différents postes à l'étranger, un travail qui intervenait directement dans le plan de carrière des intéressés. Il avait peut-être apposé sa signature au bas du mauvais commandement, avait mésestimé quelqu'un qui s'en était malgré tout sorti et qui se trouvait dorénavant au-dessus, à un endroit d'où il tirait les fils presque invisibles qui régissaient la vie de Dagfinn Torhus et de tous les autres aux Affaires étrangères. Car l'ambition avait disparu de façon pratiquement imperceptible, et un beau matin, il vit soudain dans le miroir de la salle de bains un chef de bureau menant une vie bien rangée, un influent bureaucrate standard qui ne parviendrait pas à se hisser au quatrième étage, pas avec la courte décennie qu'il lui restait avant que ne sonne l'heure de la retraite. À moins d'une prouesse remarquable, bien entendu. Mais ce genre de prouesse avait généralement l'inconvénient de conduire ou bien à l'avancement, ou bien au renvoi.

Il continua malgré tout comme avant, en essayant de toujours devancer les autres d'une encablure. Premier arrivé au bureau jour après jour, de manière à pouvoir lire les journaux et ses fax dans le calme, et avoir ses conclusions prêtes pour la réunion du matin, alors que les autres en étaient encore à se frotter les yeux pour en chasser le sommeil. C'était comme s'il avait eu l'avidité dans le sang.

Il ouvrit la porte de son bureau et hésita un moment avant de donner de la lumière. Ça aussi, ça avait une histoire, celle d'une lampe frontale. Elle avait malheureusement été éventée, et il savait qu'elle était devenue un classique dans le milieu. De nombreuses années auparavant, l'ambassadeur des États-Unis en fonction à l'époque était venu pour un temps à Oslo, et il avait appelé Torhus un matin, dès potron-minet, pour lui demander ce qu'il avait pensé des allocutions nocturnes du président Carter. Torhus venait d'arriver à son bureau, n'avait lu ni journaux ni fax, et il n'avait su quoi répondre. Ça lui avait bien entendu fichu sa journée en l'air. Et les choses devaient empirer. Le matin suivant, l'ambassadeur avait appelé à l'instant où il ouvrait son journal, pour lui demander en quoi les événements de la nuit influeraient sur la situation au Moyen-Orient. Ça avait été encore autre chose le lendemain matin. Torhus avait bredouillé ses réponses ineptes, miné de réserve et de manque d'information.

Il s'était mis à arriver encore plus tôt au boulot, mais l'ambassadeur semblait posséder un sixième sens qui le faisait appeler chaque matin au moment où Torhus prenait possession de son fauteuil.

Ce ne fut que lorsqu'il apprit par hasard que l'ambassadeur résidait au petit hôtel Aker, pile en face des locaux des Affaires étrangères, qu'il comprit le lien. L'ambassadeur, dont tout le monde savait qu'il aimait se lever de bonne heure, avait évidemment remarqué que la lumière du bureau de Torhus s'allumait plus tôt que celle de ses collègues, et il avait voulu faire un peu tourner en bourrique ce fonctionnaire méticuleux. Torhus était sorti s'acheter une lampe frontale, et le lendemain matin, il avait lu tous ses journaux et fax avant d'allumer dans son bureau. Il avait continué ce petit jeu durant trois semaines avant que l'ambassadeur ne jette l'éponge.

Mais pour l'heure, Torhus se moquait pas mal de ce rigolo d'ambassadeur. Il avait ouvert l'enveloppe des transmissions, et pris connaissance, sur la copie papier marquée STRICTEMENT CONFIDENTIEL du texte crypté qu'il venait de déchiffrer, d'un message qui lui fit renverser du café sur les pages de notes qui jonchaient son bureau. La concision du texte laissait le champ libre à l'imagination, mais son contenu sonnait en gros ainsi : l'ambassadeur de Norvège en Thaïlande, Atle Molnes, avait été retrouvé avec un couteau planté dans le dos, dans un lupanar de Bangkok.

Torhus relut une fois le message avant de le lâcher.

Atle Molnes, ex-membre du Kristelig Folkeparti[1], ex-leader du comité de finances, était aussi maintenant ex-tout-le-reste. C'était si incroyable qu'il jeta sans le vouloir un coup d'œil en direction de l'hôtel Aker, pour voir s'il y avait du mouvement derrière les rideaux. L'expéditeur, selon toute vraisemblance, était l'ambassade de Norvège à Bangkok. Torhus gémit. Pourquoi fallait-il que ça arrive précisément maintenant, et précisément à Bangkok ? Devait-il d'abord informer Askildsen ? Non, celui-ci le saurait bien assez tôt. Torhus jeta un œil à l'heure et décrocha son téléphone pour appeler le ministre des Affaires étrangères.

Bjarne Møller frappa doucement à la porte et ouvrit. Les voix se turent dans la salle de réunion, et les visages se tournèrent vers lui.

« Voici donc Bjarne Møller, capitaine à la brigade criminelle », informa la chef de la brigade locale en faisant signe au nouvel arrivant de s'asseoir.

« Møller, voici le secrétaire d'État Bjørn Askildsen, du cabinet du Premier ministre, et Dagfinn Torhus, des Affaires étrangères. »

1. Kristelig Folkeparti (*infra* KrF) : Parti chrétien populaire.

Møller hocha la tête, tira une chaise et essaya de glisser ses interminables guibolles sous la grande table ovale en chêne. Il lui semblait qu'il avait déjà vu le visage lisse et juvénile d'Askildsen à la télévision. Le cabinet du Premier ministre ? Il devait s'agir d'ennuis de première.

« C'est bien que vous ayez pu venir aussi vite, grasseya le secrétaire d'État dont les doigts pianotaient impatiemment sur la table. Hanne, tu peux faire un rapide résumé de ce dont nous avons parlé ? »

Møller avait reçu le coup de fil de la chef de la police vingt minutes plus tôt, lorsqu'elle lui avait donné sans plus de cérémonie un quart d'heure pour se pointer au ministère des Affaires étrangères.

« Atle Molnes a été retrouvé mort, vraisemblablement assassiné, à Bangkok », commença la chef de la police.

Møller vit le chef de bureau lever les yeux au ciel derrière ses lunettes à monture d'acier, réaction qu'il comprit lorsqu'il eut entendu le reste de l'histoire. Il fallait apparemment être de la police pour prétendre qu'un homme retrouvé avec un couteau planté dans le dos, juste à gauche de l'épine dorsale, à travers le poumon gauche et jusque dans le cœur, avait « vraisemblablement » été assassiné.

« C'est une femme qui l'a trouvé dans une chambre d'hôtel…

—… de bordel, s'immisça l'homme aux lunettes d'acier. Une pute.

— J'ai un peu discuté avec mon collègue de Bangkok, fit la chef de la police. Un homme raisonnable. Il m'a promis de la fermer un moment sur cette affaire. »

Le premier réflexe de Møller avait été de demander pourquoi il était question de retarder l'officialisation du meurtre, une couverture médiatique rapide aidant souvent la police à rassembler des indices tant que les gens se souvenaient et que les traces étaient fraîches. Mais quelque chose lui dit que la question serait perçue comme extrêmement naïve. Il demanda donc combien de temps ils pensaient pouvoir la boucler sur quelque chose de cet acabit.

« Par bonheur suffisamment longtemps pour que nous puissions mettre une version potable sur pieds, répondit Askildsen. Celle qu'on a pour l'instant ne tient pas. »

Celle qu'on a pour l'instant ? Møller ne put s'empêcher de sourire. La vraie version avait donc été évaluée et rejetée. En tant que nouveau CdP – capitaine de police – Møller avait pu éviter d'avoir trop affaire aux politiques, mais il savait que plus on monte dans la hiérarchie, moins il est bon de les tenir hors de sa vie.

« J'ai bien compris que la version que vous avez est désagréable, mais qu'entendez-vous par "elle ne tient pas" ? »

La chef de la police lança un regard d'avertissement à Møller. Le secrétaire d'État sourit imperceptiblement.

« Nous n'avons pas beaucoup de temps, Møller, mais laissez-moi tout de même vous donner un cours éclair en matière de politique pratique. Tout ce que je vais dire est bien sûr strictement confidentiel. »

Il resserra instinctivement le nœud de sa cravate, en un mouvement que Møller se souvint vaguement avoir vu lors des interviews télévisées.

« Donc. Pour la première fois dans l'histoire de l'après-guerre, nous avons un gouvernement de centre ayant certaines chances de survie. Pas parce qu'il y a un fondement parlementaire à cela, mais parce que le Premier ministre est par hasard en train de devenir l'un des hommes politiques les moins impopulaires du pays. »

La chef de la police et le chef de bureau sourirent légèrement.

« Sa popularité repose néanmoins sur le même fondement fragile qui constitue le capital de tout politicien : la confiance. Le point essentiel, ce n'est pas d'être sympathique ou charismatique, c'est d'avoir la confiance des gens. Vous savez pourquoi Gro Harlem Brundtland a été si populaire, Møller ? »

Møller n'en avait pas la moindre idée.

« Pas parce qu'elle était à croquer, mais parce que les gens étaient persuadés qu'elle était ce qu'elle prétendait être. La confiance, c'est ça, le maître mot. »

Hochements de tête autour de la table. C'était vraisemblablement un incontournable.

« Atle Molnes et le Premier ministre étaient très liés, aussi bien par leur amitié que par leurs carrières politiques respectives. Ils ont étudié ensemble, ils ont gravi les échelons du parti ensemble, se sont battus lors de la modernisation de la section jeunesse du parti et ont même partagé un appartement lorsque, étant jeunes, ils ont été appelés au Parlement. C'est Molnes qui s'est délibérément mis en retrait lorsqu'ils étaient tous deux prétendants d'égale valeur pour diriger le parti. En échange, le Premier ministre lui a apporté tout son soutien, et on a évité une déchirante lutte au sein du parti. Tout cela a bien entendu conduit à ce que le Premier ministre ait une dette de reconnaissance envers Molnes. »

Askildsen s'humecta les lèvres et regarda à l'extérieur.

« Pour dire les choses comme elles sont, Molnes n'aurait pas suivi de cours de diplomatie, et il y aurait eu peu de chances qu'il se retrouve à Bangkok si le Premier ministre n'avait pas tiré les ficelles. Ça ressemble peut-être à de la camaraderie, mais c'est une forme de camaraderie acceptée, lancée et pleinement en vogue à l'époque du parti travailliste. Reiulf Steen non plus n'avait pas de formation de diplomate quand il a obtenu le poste d'ambassadeur au Chili. »

Son regard revint sur Møller. Une lueur enjouée y dansait, quelque part au loin.

« Je ne pense pas avoir besoin de souligner que la confiance que les gens placent dans le Premier ministre en prendrait un méchant coup si on apprenait qu'un ami et camarade de parti qu'il a lui-même placé à l'étranger a été retrouvé en flagrant délit, et assassiné, par-dessus le marché. »

Le secrétaire d'État redonna d'un geste de la main la parole à la chef de la police, mais Møller ne put se retenir :

« Qui n'a pas un copain qui soit déjà allé dans un bordel ? »

Le sourire d'Askildsen se crispa légèrement dans les coins, et le chef de bureau aux lunettes d'acier se racla la gorge :

« On t'a fait savoir ce que tu avais besoin de savoir, Møller. Laisse-nous nous occuper des évaluations, s'il te plaît. Ce dont nous avons besoin, c'est de quelqu'un qui veille à ce que l'enquête dans cette affaire… ne prenne pas un tour malheureux. Nous souhaitons bien sûr tous que le ou les meurtriers soient appréhendés, mais les circonstances qui entourent ce crime doivent donc être tenues secrètes, et ce jusqu'à nouvel ordre. Dans l'intérêt de la nation. Vous comprenez ? »

Møller regarda ses mains. Dans l'intérêt de la nation. Ferme-la. On n'avait jamais été spécialement doué pour bien encaisser les rappels à l'ordre, dans sa famille. Son père n'avait jamais dépassé le grade d'agent de police.

« Nous savons d'expérience que la vérité est souvent difficile à cacher, dit-il au chef de bureau.

– Ce n'est pas faux. C'est moi qui aurai la responsabilité de cette opération, au nom du ministère des Affaires étrangères. Vous comprenez que c'est une affaire particulièrement délicate, qui exige que la police thaïlandaise travaille dans le même sens que nous. Puisque l'ambassade est impliquée, nous aurons une certaine marge de manœuvre, immunité diplomatique et j'en passe, mais nous avançons en terrain miné. C'est pourquoi nous voulons envoyer quelqu'un ayant de vastes compétences en matière d'investigations, une expérience de travail avec des services étrangers et qui puisse présenter des résultats antérieurs. »

Il se tut et regarda Møller, qui se demandait d'où lui venait cette mauvaise volonté instinctive qu'il éprouvait à l'égard de ce bureaucrate au menton agressif.

« On pourrait former une équipe avec…

– Pas d'équipe, Møller. Moins on fera de potin, mieux ce sera. De plus, votre supérieure nous a expliqué que ça ne contribuerait certainement pas à faciliter la coopération avec la police locale si nous envoyions tout un bataillon. Un seul homme.

– Un seul homme ?

– La chef de la police nous a déjà proposé un nom, et nous pensons que la proposition a l'air bonne. Il s'agit de l'un de vos subordonnés, et nous vous avons fait venir pour vous demander quel est votre point de vue sur lui. D'après les conversations que la chef de la police a eu avec son collègue de Sydney, il y aurait fait remarquablement bonne impression l'an passé, dans l'affaire du meurtre d'Inger Holter.

– J'ai lu cette histoire dans les journaux, l'hiver dernier, dit Askildsen. Impressionnant. Ce serait donc lui, notre homme ? »

Bjarne Møller déglutit. La chef de la police avait donc suggéré qu'ils envoient Harry Hole à Bangkok. On l'avait fait venir pour qu'il les assure que Harry Hole était ce que la police avait de mieux en rayon, l'homme idéal pour ce boulot.

Il jeta un coup d'œil circulaire autour de la table. Politique, pouvoir et influence. C'était un jeu auquel il ne comprenait goutte, mais il sentait que d'une façon ou d'une autre, tout ceci devait être dans son intérêt. Il venait de piger que tout ce qu'il dirait ou ferait pouvait avoir des conséquences sur l'avenir de sa carrière. La chef de la police s'était engagée en proposant un nom. C'était vraisemblablement l'un des autres qui avait demandé à ce que les qualifications de Hole soient confirmées par son supérieur direct. Il regarda la chef de la police et tenta de soutenir son regard. Bien sûr, il n'était pas à exclure que tout se passerait bien avec Hole. Et s'il leur déconseillait de l'y envoyer, ne risquait-il pas de mettre sa chef dans une situation délicate ? On lui demanderait de proposer quelqu'un d'autre, et ne serait-ce alors pas sa propre tête qui se retrouverait sur le billot, si la personne désignée faisait foirer l'affaire ?

Møller leva les yeux sur un tableau placé en hauteur, derrière la chef de la police, d'où Trygve Lie, secrétaire générale aux Nations unies, le regardait sévèrement. Politicien, lui aussi. À travers les fenêtres, il vit les toits des immeubles dans la faible lumière hivernale, Akershus Festning et une girouette qui tremblait dans les bourrasques glaciales, au sommet de l'hôtel Continental.

Bjarne Møller savait qu'en tant que policier il était compétent, mais cette fois-ci, c'était autre chose, il ne connaissait pas les règles de ce jeu. Que lui aurait conseillé son père ? Ouais, il n'avait en fait jamais eu besoin de se frotter aux politiques, l'agent Møller. Mais il avait compris ce qu'il fallait pour être pris en considération, et avait interdit à son fils d'entrer à l'école de police avant d'avoir bouclé son premier cycle d'études de droit. Et le reste, par la suite. Il avait fait comme le lui avait dit son père, et à l'issue de la cérémonie de fin d'études, le père avait tapé dans le dos du fils tout en se raclant la gorge, jusqu'à ce que Bjarne le prie de bien vouloir arrêter.

« Une bonne proposition, s'entendit dire Bjarne Møller d'une voix claire et bien timbrée.

– Bien, fit Torhus. Si nous voulions que la décision soit prise dans les délais les plus brefs, c'est bien entendu parce que le temps presse. Il n'aura qu'à laisser tomber tout ce qu'il est en train de faire, il part demain. »

Eh bien, peut-être est-ce justement un boulot de ce genre dont Hole a besoin, pensa Møller, plein de confiance.

« Désolés de devoir vous priver d'un homme aussi précieux », dit Askildsen.

Le capitaine de police Bjarne Møller dut faire un gros effort sur lui-même pour ne pas éclater de rire.

# Chapitre 3

Ils le trouvèrent chez Schrøder, dans Waldemar Thranes gate, un vieux et vénérable débit de boissons situé au carrefour qui joint les parties est et ouest d'Oslo. Plus vieux que vénérable, pour être parfaitement honnête. La respectabilité du lieu tenait en ce que le conservateur de la ville avait trouvé bon de classer au patrimoine municipal les locaux bruns et enfumés. Mais cette démarche ne comprenait pas la clientèle, une espèce chassée et menacée d'extinction, composée d'anciens alcooliques, d'éternels étudiants issus de milieux ruraux et de don Juan fatigués sur lesquels le cachet de la poste avait été apposé il y a bien longtemps.

Les deux officiers de police virent la grande carcasse assise sous un vieux tableau représentant l'église d'Aker, lorsque l'air qui entra par la porte ouverte dissipa momentanément la couverture de fumée. Ses cheveux blonds étaient coupés si court qu'ils pointaient perpendiculairement au crâne, et la barbe de trois jours qui couvrait le bas de ce visage maigre et marqué contenait un soupçon de gris, même s'il ne devait pas avoir dépassé de beaucoup le milieu de la trentaine. Il était assis seul, le dos droit, son caban sur le dos, comme s'il était sur le départ. Comme si la pinte qu'il avait sur la table devant lui n'était pas là pour son plaisir, mais plutôt un travail à abattre.

« Ils nous ont dit qu'on te trouverait ici, dit le plus âgé des deux en s'asseyant sur la chaise d'en face. Je suis l'inspecteur Waaler.

— Vous voyez le type, là-bas, à son coin de table ? » demanda Hole sans lever les yeux.

Waaler se retourna et vit un vieil homme efflanqué osciller d'avant en arrière, le regard vissé au fond de son verre. Il semblait frigorifié.

« Ils l'appellent le dernier des Mohicans. »

Hole leva le visage vers eux et fit un large sourire. Ses yeux étaient comme des billes bleu clair derrière un réseau de vaisseaux rouges, et son regard se fixa quelque part sur la poitrine de Waaler.

« Marin, pendant la guerre, dit-il en prononçant bien distinctement chaque mot. Il y a quelques années, il y en avait des tas ici, bien sûr, mais maintenant, il n'en reste plus beaucoup. Celui-là, là-bas, s'est fait torpiller deux fois pendant la guerre. Il se croit immortel. La semaine dernière, je l'ai retrouvé endormi sur une congère, dans Glückstadgata, après la fermeture. Il n'y avait personne, il faisait nuit noire et moins dix-huit. Quand je l'ai eu réveillé à force de le secouer, il m'a simplement regardé et m'a prié d'aller me faire foutre. »

Il s'esclaffa.

« Écoute, Hole…

— Je suis allé le voir hier, à sa table, pour lui demander s'il se rappelait ce qui s'était passé, je veux dire, j'avais évité à ce type de mourir de froid… Vous savez ce qu'il a répondu ?

— Møller voudrait te voir, Hole.

— Il m'a dit qu'il était immortel. "Ça m'est égal d'être un ancien marin indésirable, m'a-t-il dit. Mais c'est vraiment trop dégueulasse quand même saint Pierre ne veut pas avoir affaire à vous." Vous avez entendu ? Même saint Pierre…

— Nous avons reçu la consigne de te ramener au poste de police. »

Une nouvelle pinte atterrit avec un bruit sourd sur la table, devant Hole.

« On fait les comptes, maintenant, Vera.

— 280, répondit-elle sans avoir besoin de consulter ses tickets de caisse.

— Seigneur, murmura le jeune brigadier.

— C'est bon, Vera.

— Bon. Merci. » Elle disparut.

« Le meilleur service de la ville, renseigna Harry. Il arrive qu'ils te voient sans que tu aies besoin de faire des moulinets des deux bras. »

Waaler avait tiré les oreilles en arrière, si bien que la peau de son front s'était tendue et qu'une veine y émergeait, telle un serpent bleu et tordu.

« Nous n'avons pas le temps de rester assis là à écouter des histoires de pochetron, Hole. Je propose que tu tires un trait sur la dernière pin… »

Hole avait déjà lentement porté le verre à ses lèvres, et buvait.

Waaler se pencha en avant et tenta de parler bas :

« Je te connais, Hole. Et je ne t'aime pas. Je pense qu'on aurait dû te lourder de la maison il y a longtemps. Ce sont des mecs comme toi qui font que les gens perdent le respect qu'ils peuvent avoir pour la police. Mais ce n'est pas pour ça qu'on est ici, pour l'instant. On est venus te chercher. Le CdP est un bon gars, il te donnera peut-être une chance supplémentaire. »

Hole rota, et Waaler se rejeta en arrière sur sa chaise.

« Une chance pour quoi ?

– Pour lui montrer de quoi tu es capable, répondit le jeune brigadier en tentant un sourire enfantin.

– C'est ici, que je vais te montrer de quoi je suis capable, dit Hole avec un sourire avant de porter le verre à son bec et de pencher la tête en arrière.

– Bordel, Hole ! » La racine du nez de Waaler rougit tandis que lui et son collègue assistaient aux bonds que faisait la pomme d'Adam de Hole sous la peau barbue de sa gorge.

« Satisfait ? demanda Hole en reposant le verre vide devant lui.

– Notre mission…

– … m'indiffère au dernier degré. » Hole reboutonna son caban. « Si Møller veut quelque chose, il peut me téléphoner, ou bien attendre que j'arrive au boulot, demain. Maintenant, j'aspire à rentrer chez moi et à ne plus avoir vos trombines en face de moi pour les douze prochaines heures. Messieurs… »

Harry déplia ses cent quatre-vingt-dix centimètres et fit un imperceptible pas en avant pour conserver son équilibre.

« Espèce de connard arrogant, fit Waaler en se balançant vers l'arrière sur sa chaise. Pauvre loser ! Si ces pisse-copies qui ont écrit des articles sur toi après ces histoires australiennes savaient le peu de couilles que…

– C'est quoi, avoir des couilles, Waaler ? » Hole n'avait pas cessé de sourire. « Passer des jeunes de seize ans à tabac dans leur cellule, parce qu'ils ont opté pour la crête d'Iroquois ? »

Le jeune brigadier jeta un coup d'œil rapide à Waaler. Des rumeurs avaient circulé à l'École de Police, l'an passé, à propos de quelques jeunes rebelles coffrés pour consommation d'alcool dans un lieu public qui avaient été tabassés dans leur cellule avec des oranges emballées dans des serviettes mouillées.

« L'esprit de corps est quelque chose qui t'a toujours échappé, Hole, dit Waaler. Tu ne penses qu'à toi. Tout le monde sait qui conduisait cette bagnole, à Vinderen, et pourquoi un bon policier a eu la tête éclatée en deux sur ce piquet de clôture. Parce que tu es un poivrot et que tu conduisais beurré, Hole. Tu peux t'estimer foutrement heureux que l'administration ait noyé l'affaire, car s'ils n'avaient pas voulu prendre en compte sa famille et la réputation de la police… »

Le jeune brigadier était novice et apprenait de nouvelles choses chaque jour. Cet après-midi-là, il apprit par exemple qu'il est passablement idiot de se balancer sur une chaise quand on insulte quelqu'un, parce qu'on est complètement vulnérable si l'insulté bondit brusquement en avant pour placer un direct du droit entre les yeux de son interlocuteur. Puisque les gens tombent souvent de leur siège chez Schrøder, il n'y eut que quelques secondes de silence avant que le bourdonnement des conversations ne reprenne.

Il aida Waaler à se relever et distingua les basques du manteau de Hole qui disparaissaient en voletant par la porte.

« Pétard, pas mal, après huit bières, hein ? » dit-il avant de se dépêcher de la boucler quand son regard rencontra celui de Waaler.

Les jambes de Harry descendaient à grands pas négligeants la glace lisse de Dovregata. Ses articulations ne lui faisaient pas mal, mais ni la douleur ni le repentir n'avaient droit de visite avant le lendemain matin.

Il ne buvait pas pendant le service. Pas encore. Même s'il l'avait déjà fait, et même si le docteur Aune prétendait que chaque fissure prend naissance là où la précédente s'est arrêtée.

Le clone de Peter Ustinov, chenu et gras comme une loche, avait ri à s'en faire vibrer le double menton lorsque Harry lui avait dit se tenir à l'écart de son vieil ennemi Jim Beam et ne boire que de la bière. Parce qu'il n'aimait pas particulièrement la bière.

« Tu as été faire un tour dans le fossé, Harry, et à l'instant même où tu ouvres la bouteille, tu y retournes. Il n'y a pas de moyen terme, Harry. »

Bon. Il rentrait chez lui sur ses deux jambes, changeait généralement de vêtements et allait bosser. Il n'en avait pas toujours été ainsi. Harry appelait ça un moyen terme. Il avait juste besoin d'un zeste d'anesthésie pour pouvoir dormir, c'était tout.

Une fille le salua de dessous une toque en fourrure. Était-ce quelqu'un qu'il connaissait ? Au printemps dernier, il y avait eu davantage de gens qui l'avaient salué, surtout après cette interview à Redaksjon 21 pendant laquelle Anne Grosvold lui avait demandé quel effet ça faisait d'allumer un tueur en série.

« Eh bien… C'est plus sympa que d'être ici à répondre à des questions de ce tonneau », avait-il répondu avec un sourire, et c'était devenu le must du printemps, la phrase la plus citée depuis « les moutons sont des animaux O.K.[1] »

Harry introduisit sa clé dans la serrure de la porte cochère. Sofies gate. La raison pour laquelle il était venu habiter à Bislett, à l'automne, ne lui sautait pas aux yeux. Peut-être était-ce parce que les voisins, à Tøyen, avaient commencé à le regarder bizarrement, en gardant une sorte de distance qu'il avait prise au début, il est vrai, pour une marque de respect.

Pas de problème, ici, les voisins lui fichaient la paix, mais sortaient sur le palier pour contrôler si tout allait bien lorsqu'à de rares occasions vespérales il lui arrivait de louper une marche et de dégringoler jusqu'à l'étage inférieur.

Ces acrobaties n'avaient commencé qu'en octobre, après avoir encaissé le coup pour ce qui était arrivé à la Frangine. Ça avait alors été comme si tout air l'abandonnait, et il avait recommencé à rêver. Et il ne connaissait qu'un moyen de tenir ces rêves à l'écart.

1. C'est la surprenante réponse qu'avait donnée le 17 août 1983 à la télévision Liv Finstad, alors membre de la Rød Valgallianse (Coalition Électorale Rouge) qui affirmait dans son programme politique vouloir défendre le cheptel ovin norvégien, à deux journalistes qui voulaient savoir « pourquoi les moutons ? ». Le mouton est le parangon animal de la bêtise, en Norvège.

Il avait essayé de prendre son courage à deux mains, avait emmené la Frangine dans leur cabane de Rauland, mais elle s'était repliée sur elle-même après un viol immonde dont elle avait été victime, et ne riait plus aussi facilement qu'avant. Et puis, il avait appelé son père à quelques reprises, mais ce n'était plus les longues conversations d'avant, juste de quoi comprendre que son père voulait avoir la paix.

Harry ferma la porte de l'appartement derrière lui, cria qu'il était rentré et hocha la tête avec satisfaction en n'entendant pas de réponse. Les monstres viennent sous n'importe quelle forme, mais tant qu'ils ne se tenaient pas prêts dans la cuisine au moment où il rentrait, il restait des chances pour que la nuit se déroule dans le calme.

# Chapitre 4

Le froid assaillit si brusquement Harry quand il passa la porte de l'immeuble qu'il chercha inconsciemment à reprendre son souffle. Il leva les yeux vers le ciel rougissant entre les immeubles, et ouvrit la bouche pour que s'en échappent les goûts de bile et de Colgate.

Arrivé sur Holbergs plass, il eut tout juste le temps d'attraper son tramway qui descendait bruyamment Welhavensgate. Il alla s'asseoir et déplia *Aftenposten*. Encore une affaire de pédophile. Il y en avait eu trois ces derniers mois, tous des Norvégiens pris en flagrant délit en Thaïlande.

L'éditorial rappelait les promesses que le Premier ministre avait faites lors de la dernière campagne électorale, qui garantissaient une intensification des investigations en matière de pédophilie, y compris à l'étranger, et se demandait quand on pourrait en avoir les résultats.

En commentaire, le secrétaire d'État Bjørn Askildsen, du cabinet du Premier ministre, expliquait qu'ils tentaient toujours d'arriver à un accord avec la Thaïlande pour pouvoir enquêter sur place sur les crimes sexuels, et qu'ils tablaient sur des résultats rapides aussitôt l'accord conclu.

« Ça urge ! concluait le journaliste d'*Aftenposten*. Les gens attendent qu'on fasse quelque chose. Un Premier ministre chrétien ne peut pas admettre que ces horreurs se poursuivent. »

« Entrez ! »

Harry ouvrit et plongea le regard dans la gueule béante de Bjarne Møller, qui s'étirait de tout son long dans son fauteuil, de telle sorte que ses longues guibolles pointaient de l'autre côté du bureau.

« Voyez-vous ça ! Je t'ai attendu, hier, Harry.

– J'ai eu le message. » Harry s'assit. « Je ne vais pas bosser quand je suis pété. Et inversement. Une sorte de principe que j'ai adopté. » La réponse était censée refléter l'ironie.

« Un policier est un policier vingt-quatre heures sur vingt-quatre, Harry, à jeun ou bourré. Il a fallu que je persuade Waaler de ne pas écrire un rapport sur toi ; tu piges ? »

Harry haussa les épaules, signalant qu'il avait dit tout ce qu'il souhaitait concernant cette affaire.

« O.K., Harry, on passe là-dessus. J'ai un boulot pour toi. Un boulot qu'à mon avis tu ne mérites pas, mais que j'ai malgré tout pensé te confier.

– Ça te fait plaisir, si je te dis que je n'en veux pas ? demanda Harry.

– Arrête de jouer les Marlowe, Harry, ça ne te va pas », dit Møller d'un ton bourru. Harry lui fit un sourire en coin. Il savait que le capitaine de police l'aimait bien.

« Je n'ai d'ailleurs même pas dit de quoi il s'agissait.

— Étant donné que tu envoies une voiture me chercher sur mon temps libre, je me doute que ce n'est pas pour aller faire la circulation.

— Bien vu, alors pourquoi tu ne veux pas me laisser terminer ? »

Harry partit d'un petit rire sec et se pencha en avant sur sa chaise.

« Est-ce qu'on va se dire tout ce qu'on a sur la patate, chef ? »

Quelle patate ? faillit demander Møller, mais il se contenta de hocher la tête.

« Je ne suis pas l'homme idéal pour les grandes missions, en ce moment, chef. Je suppose que tu as toi-même vu comment ça marche, ces temps-ci. Que ça ne marche pas. Ou tout juste. Je fais mon boulot, la routine, j'essaie de ne pas mettre des bâtons dans les roues des autres, et je pointe à jeun, à l'entrée comme à la sortie. À ta place, j'aurais filé le job à un autre mec. »

Møller soupira, ramena à grand-peine ses genoux et se leva.

« Ce qu'on a sur la patate, hein, Harry ? Si ça n'avait tenu qu'à moi, c'est un autre qui aurait récolté le job. Mais c'était toi qu'ils voulaient. C'est pourquoi ça me rendrait un gros service, Harry… »

Harry leva une paire d'yeux perçants. Bjarne Møller l'avait tiré de suffisamment de mauvaises passes ces douze derniers mois pour savoir que ce n'était qu'une question de temps avant que le remboursement de la dette ne se profile.

« Stop ! Qui c'est, "ils" ?

– Des gens haut placés. Des gens qui peuvent me pourrir la vie s'ils n'obtiennent pas ce qu'ils veulent.

– Et qu'est-ce que je gagne à répondre à l'appel ? »

Møller fronça les sourcils du mieux qu'il put, mais il avait toujours eu des difficultés à faire en sorte que son visage juvénile ait l'air suffisamment bourru.

« Ce que tu y gagnes ? Tu y gagnes ta paie. Aussi longtemps que ça dure. Ce que tu y gagnes... Nom de Dieu !

– Je crois que je commence à y voir plus clair, chef. Certaines des personnes dont tu parles sont d'avis que ce cher Monsieur Hole qui a fait le ménage à Sydney l'an passé doit être un sacré bonhomme, et ton boulot, c'est juste de mettre ce mec en route. Je me trompe ?

– Harry, sois gentil et ne pousse pas le bouchon trop loin.

– Je ne me trompe pas. Je ne me suis pas trompé, hier non plus, quand j'ai vu la tronche de Waaler. C'est pourquoi j'ai pris la nuit pour réfléchir, et voici ce que je propose : je suis sympa, je me mets dans les starting-blocks, et quand j'ai terminé, tu me confies deux enquêteurs à plein temps, pendant deux mois, avec accès à tout ce qui peut exister comme bases de données.

– De quoi parles-tu ?

– Tu sais de quoi je parle.

– S'il s'agit toujours du viol de ta sœur, je ne peux que te dire que je suis désolé, Harry. Je suppose que tu te souviens que cette affaire a formellement été classée sans suite.

— Je m'en souviens, chef. Je me souviens de ce rapport qui précisait qu'elle était affectée du syndrome de Down, et qu'il n'est par conséquent pas à exclure qu'elle ait monté toute cette histoire de viol pour cacher le fait qu'elle était enceinte suite à un rapport avec un mec qu'elle connaissait comme ça. Ça, oui, merci, je m'en souviens.

— Il n'y a pas eu de…

— Elle avait pensé le tenir secret. Bon sang, mon vieux, je suis allé dans son appartement à Sogn, et j'y ai par hasard vu un soutien-gorge plein de taches de sang, dans le panier à linge sale de la salle de bains. Il a fallu que je la force à me montrer ses seins. Il lui avait fait l'ablation d'un téton, et elle avait saigné pendant plus d'une semaine. Elle pense que tout le monde est comme elle, et quand ce mec en costard l'a d'abord invitée à dîner avant de lui demander si elle voulait venir voir un film dans sa chambre d'hôtel, elle s'est juste dit qu'il était très gentil. Et si elle avait pu se souvenir du numéro de la chambre d'hôtel, la chambre aurait de toute façon déjà été passée à l'aspirateur, nettoyée et les draps changés plus d'une vingtaine de fois depuis que c'était arrivé. Ça laissait peu de traces techniques.

— Personne ne se souvenait avoir vu des draps tachés de sang…

— J'ai bossé à l'hôtel, Møller. Tu serais surpris si je te disais combien de draps tachés de sang on change en l'espace de deux ou trois semaines. Les gens passent leur temps à saigner. »

Møller secoua énergiquement la tête.

« Sorry. Tu as déjà eu la possibilité de le prouver, Harry.

– Pas suffisamment, chef. Ce n'était pas suffisant.

– Ce n'est jamais suffisant. Mais il faut bien s'arrêter quelque part. Avec nos ressources…

– Laisse-moi au moins les mains libres, pour que je me débrouille tout seul. Pendant un mois. »

Møller releva brusquement la tête et ferma très fort les yeux. Harry sut qu'il était démasqué.

« Espèce d'enfoiré, tu as eu envie de bosser pendant tout ce temps, pas vrai ? Il a juste fallu que tu négocies un peu avant ? »

Harry fit pointer sa lèvre inférieure vers l'avant, et dodelina du chef. Møller regarda par la fenêtre. Puis il poussa un gros soupir.

« O.K., Harry. Je vais voir ce que je peux faire. Mais si tu farfouines là-dedans, je vais avoir besoin de prendre deux ou trois résolutions que j'aurais dû prendre il y a belle lurette selon certains dans la maison. Tu vois ce que ça implique ?

– On ne peut mieux, chef, répondit Harry avec un sourire. Alors, c'est quoi, ce boulot ?

– J'espère que ton costume d'été est propre et que tu te souviens où tu as mis ton passeport. Ton avion part dans douze heures, et tu vas loin.

– Plus loin ce sera, mieux ce sera, chef. »

Harry était assis sur une chaise près de la porte du petit logement social de Sogn. Sa sœur était assise près de la fenêtre, et regardait les flocons de neige qui passaient dans le cône de lumière du réverbère, au dehors. Elle renifla à plusieurs reprises. Étant donné qu'elle lui tournait le dos, Harry ne pouvait pas savoir à coup sûr si c'était dû au rhume ou aux adieux. Elle habitait là depuis deux ans, et s'en sortait plutôt bien, étant donné les circonstances. Tout de suite après le viol et l'avortement, Harry était venu s'installer chez elle avec quelques vêtements et sa trousse de toilette, mais elle lui avait dit après seulement quelques jours que ça suffisait. Qu'elle était grande, à présent.

« Je reviens bientôt, Frangine.

– Quand ça ? »

Elle se tenait si proche de la vitre qu'une rose de buée jaillissait à chaque fois qu'elle parlait.

Harry vint derrière elle et posa une main dans son dos. Il sentit au faible frissonnement qu'elle ne tarderait pas à se mettre à pleurer.

« Quand j'aurai attrapé les méchants. À ce moment-là, je reviens tout de suite.

– Est-ce que…

– Non, ce n'est pas lui. Lui, je le coffrerai après. Tu as eu Papa, aujourd'hui ? »

Elle secoua la tête. Harry soupira.

« S'il n'appelle pas, je veux que ce soit toi qui appelles. Tu peux le faire pour moi, Frangine ?

– Papa ne dit jamais rien, chuchota-t-elle.

– Papa est triste parce que Maman est morte.

– Mais ça fait si longtemps…

– C'est pour ça qu'il est temps de faire en sorte qu'il se remette à parler, et pour ça, il faut que tu m'aides. Tu veux bien ? Tu veux bien, Frangine ? »

Elle se retourna sans mot dire, passa ses bras autour du cou de Harry et enfouit sa tête dans le creux de son cou.

Il lui passa la main sur les cheveux et sentit que le col de sa chemise allait bientôt être trempé.

La valise était bouclée. Harry avait appelé Aune et lui avait dit qu'il partait en déplacement à Bangkok. Il n'avait pas eu grand-chose à dire, et Harry ne savait pas exactement pourquoi il avait appelé. Peut-être parce que c'était bien d'appeler quelqu'un susceptible de se demander où était passé Harry, peut-être ? Du reste, Harry ne se voyait pas trop appeler les serveuses de chez Schrøder.

« Emporte les piqûres de vitamine B que je t'ai données, conseilla Aune.

— Pourquoi ça ?

— Ça facilite les choses s'il te prend l'envie de rester à jeun. Un nouveau cadre de vie, ça peut être une bonne occasion, tu sais, Harry.

— Je vais y penser.

— Ça ne suffit pas d'y penser.

— Je sais. C'est pour ça que je n'ai pas besoin de prendre les injections. »

Aune gronda. C'était sa version du rire.

« Tu aurais dû être clown, Harry.

— Je tiens le bon bout. »

L'un des gars de la pension située plus haut dans la rue se tenait près du bâtiment et frissonnait dans une étroite veste en jean tout en tirant sur un mégot, tandis que Harry chargeait sa valise dans le coffre du taxi.

« Tu pars en voyage ? demanda-t-il.

— Tu vois…

— Sud ?

— Bangkok.

— Seul ?

— Ouais.

— Say no more. »

Il tendit le poing, pouce en l'air, et fit un clin d'œil à Harry.

Harry prit le billet que lui tendait la fille derrière le guichet d'enregistrement et se retourna.

« Harry Hole ? » L'homme avait des lunettes à monture d'acier, derrière lesquelles il le regardait avec un sourire triste.

« Et vous êtes... ?

— Dagfinn Torhus, du ministère des Affaires étrangères. Nous voulions simplement vous souhaiter bonne chance. Et par la même occasion nous assurer que vous avez compris la nature... délicate de la mission. Tout s'est passé très vite, vous savez.

— Je vous remercie de votre sollicitude. J'ai compris que mon boulot consiste à retrouver un meurtrier sans faire trop de vagues, oui. Møller m'a fait le topo.

— Bien. La discrétion a une grande importance. Ne comptez sur personne. Même pas sur les gens qui disent être des Affaires étrangères. Il se peut qu'ils soient en fait de... ouais, *Dagbladet*, par exemple. »

Torhus ouvrit la bouche comme pour rire, et Harry se rendit compte qu'il était sérieux.

« Les journalistes de *Dagbladet* ne se promènent pas avec un badge des Affaires étrangères au revers de leur veste, monsieur Torhus. Ou de leur cache-poussière, en janvier. J'ai d'ailleurs vu dans les papiers qu'on m'a donnés que vous êtes mon contact au ministère. »

Torhus acquiesça, davantage pour lui-même. Puis il pointa le menton en avant et baissa sensiblement le ton.

« Ton avion ne va pas tarder, alors je ne vais pas te retenir longtemps. Écoute simplement le peu de choses que j'ai à te dire. »

Il sortit les mains des poches de son manteau et les joignit devant lui.

« Quel âge as-tu, Hole ? Trente-trois ? Trente-quatre ? Tu as encore des possibilités de carrière devant toi. Il se trouve que je me suis renseigné un peu sur toi. Tu as du talent, et il est clair qu'il y a des gens en amont dans le système qui t'apprécient. Et te protègent. Et ça peut fonctionner comme ça aussi longtemps que les choses iront bien. Mais il ne faudra pas un gros écart pour que tu te retrouves sur le cul, et tu peux rapidement entraîner ton partenaire avec toi. Et à ce moment-là, tu découvriras que tes prétendus amis sont bien loin. Alors, même si tu ne vas pas à toute vitesse, essaie au moins de rester debout, Hole. À tout point de vue. C'est un conseil amical que te donne un vieux patineur de vitesse. »

Sa bouche sourit, mais ses yeux scrutaient le visage de Harry.

« Tu sais quoi, Hole ? J'ai toujours une déprimante sensation de cessation d'activité, quand je viens à Fornebu. De dépôt de bilan et de départ.

— Pas possible ? ! fit Harry tout en se demandant s'il aurait le temps de prendre une bière avant la fermeture de la porte d'embarquement. Eh bien, de temps en temps, ça peut faire du bien. La nouveauté, j'entends.

— Espérons, répondit Torhus. Espérons. »

# Chapitre 5

Harry Hole rajusta ses lunettes de soleil et parcourut du regard la file de taxis qui attendaient devant Don Muang International Airport. Il avait la sensation d'être entré dans une salle de bains où quelqu'un aurait tout juste achevé de prendre une douche bouillante. Il sut qu'il pouvait cesser de penser au secret de la résistance à une hygrométrie élevée. Il n'y avait qu'à laisser couler la sueur et penser à autre chose. La lumière était bien plus gênante. Elle transperçait les verres fumés bon marché de ses lunettes et tapait pile sur sa rétine alcoolisée, relançant la migraine qui jusque-là avait couvé dans ses tempes.

« 250 bahts or metel taxi, sil ? »

Harry essaya de se concentrer sur ce que lui disait le chauffeur de taxi qui lui faisait face. Le vol avait été un cauchemar. Le kiosque de l'aéroport de Zurich ne vendait que des bouquins en allemand, et ils avaient passé *Sauvez Willy 2* dans l'avion.

« Le taximètre conviendra », répondit Harry.

Dans l'avion, un Danois intarissable assis dans le fauteuil voisin avait décidé d'ignorer le fait que

Harry était pompette et l'avait abreuvé de conseils sur la façon de ne pas se faire avoir en Thaïlande, un sujet apparemment inépuisable. Il devait certainement penser que les Norvégiens sont de charmants naïfs et que c'est un devoir évident pour tout Danois de leur éviter de se faire arnaquer.

« Il faut tout marchander, avait-il dit. C'est comme ça que ça se passe, tu comprends ?

— Et si je ne le fais pas ?

— Alors tu nous casses la baraque.

— Plaît-il ?

— À ce moment-là, tu contribues à faire grimper les prix, et tu rends la Thaïlande plus chère pour ton prochain. »

Harry avait étudié l'homme avec davantage d'attention. Il portait une chemise Marlboro beige et des sandales de cuir toutes neuves. Mieux valait se trouver autre chose à boire.

« Surasak Road 111 », dit Harry au chauffeur qui sourit, chargea la valise dans le coffre et tint la portière à Harry. Celui-ci se glissa dans la voiture et constata que le volant se trouvait à droite.

« En Norvège, on se plaint que les Anglais insistent pour pouvoir continuer à conduire à gauche, dit-il lorsqu'ils débouchèrent sur la voie rapide. Mais j'ai récemment appris qu'une majorité de gens conduisent à droite. Tu sais pourquoi ? »

Le chauffeur jeta un coup d'œil dans son rétroviseur intérieur et sourit de plus belle.

« Surasak Road, yes ?

— Parce qu'en Chine, on conduit à droite », murmura Harry, heureux que la voie rapide fende le paysage brumeux de gratte-ciel comme une flèche grise rectiligne. Il sentit que quelques virages trop secs lui suffiraient pour se débarrasser de l'omelette de la Swissair sur la banquette arrière.

« Pourquoi le taximètre n'est-il pas branché ?

— Surasak Road, 500 bahts, yes ? »

Harry se renversa sur son siège et leva les yeux au ciel. À vrai dire, il leva simplement les yeux, car il n'y avait pas de ciel à voir, simplement une voûte de brouillard à travers laquelle perçait la lumière d'un soleil qu'il ne parvint pas non plus à voir. Bangkok, « la ville des anges ». Les anges portaient des bâillons et coupaient l'air au couteau en essayant de se rappeler la couleur qu'avait eu le ciel dans le temps.

Il avait dû dormir, car lorsqu'il rouvrit les yeux, le véhicule ne bougeait plus. Il se haussa sur son siège et vit qu'ils étaient entourés de voitures. De petites échoppes ouvertes se succédaient en rang serré le long des trottoirs qui grouillaient de tas de gens ayant tous l'air de savoir exactement où aller. Et qu'il était urgent qu'ils y aillent. Le chauffeur avait baissé une vitre, et une cacophonie d'avertisseurs se mêlait à l'autoradio. La berline surchauffée sentait les gaz d'échappement et la transpiration.

« Bouchon ? »

Le chauffeur secoua la tête en souriant.

Harry grinça des dents. Qu'avait-il lu ? Que tout le plomb que vous inhalez finissait par arriver au cerveau ? Et qu'on en perdait probablement la mémoire. Ou bien devenait-on psychotique ?

Comme par miracle, il y eut à nouveau du mouvement parmi les voitures, et les motos et cyclomoteurs vrombirent autour d'eux comme autant d'insectes en colère en se jetant dans les carrefours avec un mépris évident du danger. Harry dénombra quatre quasi-accidents caractérisés.

« Incroyable que ça ne tourne pas à la catastrophe », dit Harry, histoire de dire quelque chose.

Le chauffeur regarda dans son rétroviseur et fit un large sourire.

« C'est une catastrophe. Souvent. »

Lorsqu'ils arrivèrent enfin devant le poste de police de Surasak Road, Harry avait déjà tranché : il n'aimait pas cette ville. Il retiendrait son souffle, ferait son boulot et reprendrait le premier et pas nécessairement le meilleur avion pour Oslo.

« Bienvenue à Bangkok, Hally. »

Le chef de la police était petit et noiraud, et il avait visiblement décidé de prouver qu'en Thaïlande aussi, on savait saluer à l'occidentale. Il serra la main de Harry et la secoua avec enthousiasme en souriant de toutes ses dents.

« Désolé de ne pas avoir pu venir vous chercher à l'aéroport, mais la circulation, à Bangkok… » Il fit un vague geste de la main vers la fenêtre, derrière lui. « Sur la carte, ce n'est pas si loin, mais…

— Je sais ce que vous voulez dire, sir. Ils ont dit la même chose à l'ambassade. »

Ils se firent face un instant sans plus rien dire. Le chef de la police sourit. On frappa à la porte.

« Entrez ! »

Une tête rasée apparut dans l'ouverture.

« Entrez, Crumley. Le détective norvégien est arrivé.

— Aha, le détective. »

La tête fut complétée d'un corps, et Harry dut cligner plusieurs fois des yeux pour être sûr de bien voir. Crumley avait les épaules carrées et faisait presque la même taille que Harry, la mâchoire sous le crâne chauve était puissante, et deux yeux perçants bleu clair surplombaient une fine bouche bien droite. Sa tenue se composait d'une veste d'uniforme bleue, d'une paire d'énormes Nike et d'une jupe.

« Liz Crumley, inspecteur principal à la criminelle, annonça le chef de la police.

— Ils disent que tu es un sacré enquêteur, Harry, dit-elle en américain, en se plantant devant lui, les bras le long du corps.

— Eh bien… Je ne sais pas si je suis vraiment…

— Ah non ? Il doit bien falloir, pourtant, vu qu'ils t'ont envoyé de l'autre côté du globe, tu ne crois pas ?

— Certainement. »

Harry ferma à demi les yeux. Ce dont il avait le moins besoin pour l'instant, c'était d'une collègue grande gueule.

« Je suis ici pour aider. Si je peux aider. » Il se força à sourire.

« Alors il est peut-être temps de dessoûler, Harry ? »

Dans son dos, le chef de la police partit d'un petit rire aigu.

« C'est comme ça, dit-elle d'une voix claire et distincte, comme s'il n'était pas là. Ils font ce qu'ils peuvent pour que personne ne perde la face. Pour l'instant, c'est la tienne, que j'essaie de sauver. En faisant comme si je déconnais. Mais je ne déconne pas. Je suis responsable de la brigade criminelle, et quand il y a quelque chose que je n'apprécie pas, je le dis. Ce dernier point, ça passe pour des mauvaises manières, dans le pays, mais ça fait dix ans que je le fais. »

Harry ferma complètement les yeux.

« Je vois au rouge qui envahit ta bobine que tu trouves ça pénible, Harry, mais des enquêteurs bourrés ne me sont d'aucune utilité, tu le comprendras certainement sans difficulté… Reviens demain. Je vais trouver quelqu'un pour te conduire à l'appartement que tu vas occuper. »

Harry secoua la tête et s'éclaircit la voix.

« Aérodromophobie.

– Pardon ?

– J'ai peur, quand je prends l'avion. Le gin tonic, ça aide. Et si je suis rouge, c'est parce qu'il a commencé à suinter par les pores de ma peau. »

Liz Crumley le regarda un instant. Puis elle gratta son crâne luisant.

« C'est triste pour toi, inspecteur. Qu'en est-il du décalage horaire ?

– Toujours éveillé.

– Super. On fera un détour par l'appartement en allant sur les lieux du meurtre. »

L'appartement qu'il avait pu se faire prêter par l'ambassade se trouvait dans un ensemble chic, juste en face de l'hôtel Shangri-La. Il était minuscule et équipé de façon spartiate, mais offrait une salle de bains, un ventilateur près du lit et une vue sur le fleuve Chao Praya qui coulait, énorme et brun. Harry se posta à la fenêtre. De longs et étroits bateaux de bois le parcouraient en tous sens en faisant jaillir l'eau sale derrière les hélices placées au bout de longs haubans. De l'autre côté du fleuve, des hôtels récents et des immeubles de bureaux occupaient une place importante dans une masse immobilière indistincte de maisons en briques. Il était malaisé de se faire une idée de la taille de la ville parce qu'elle disparaissait dans une brume ocre dès qu'on essayait de voir plus loin que deux ou trois pâtés de maisons, mais Harry supposa qu'elle devait être grosse. Très grosse. Il ouvrit une fenêtre, et un rugissement monta vers lui. Après le vol, ses oreilles s'étaient débouchées lorsqu'ils avaient pris l'ascenseur, et alors seulement il remarqua à quel point le vacarme de cette ville était assourdissant. Il vit la tire de Crumley, tel un petit jouet près du trottoir, loin en-dessous. Il ouvrit une canette de bière chaude qu'il avait gardée depuis l'avion et constata avec satisfaction que la Singha était aussi mauvaise que la bière norvégienne. Le reste de la journée lui paraissait déjà plus surmontable.

# Chapitre 6

L'inspecteur principal écrasait son klaxon. Littéralement. Elle appuyait sa poitrine sur le volant de sa grosse jeep Toyota, et l'avertisseur hurlait.

« Très peu thaïlandais, dit-elle en riant. Et en plus, ça ne marche pas. Si tu klaxonnes, ils ne te laissent pas avancer. Ça a un rapport avec le bouddhisme. Mais je ne peux pas m'en empêcher. Merde, je viens du Texas, moi, je ne suis pas faite comme eux. »

Elle s'allongea à nouveau sur son volant, tandis que les automobilistes qui se trouvaient autour d'eux regardaient ostensiblement ailleurs.

« Il est donc toujours dans cette chambre d'hôtel ? demanda Harry en étouffant un bâillement.

— Suivant les directives d'en haut. D'habitude, on les autopsie à toute berzingue et on les incinère le lendemain. Mais ils veulent que tu puisses y jeter un œil, d'abord. Ne me demande pas pourquoi.

— Je suis un tueur, lorsqu'il s'agit d'enquêter sur un meurtre. Tu as oublié ? »

Elle le regarda du coin de l'œil avant de jeter la jeep dans un créneau et d'écraser le champignon.

« Ne t'emballe pas, frimeur. Tu crois peut-être que les Thaïlandais s'imaginent que tu es un sacré bonhomme parce que tu es farang, mais c'est pas ça. Ce serait même plutôt le contraire…

— Farang ?

— Blanc. Gringo. Mi-péjoratif, mi-neutre, tout dépend de l'interprétation. Souviens-toi juste que la bonne opinion que les Thaïlandais ont d'eux-mêmes n'est pas suspecte, même s'ils se comportent poliment avec toi. Heureusement pour toi, j'ai deux jeunes brigadiers de sortie aujourd'hui, que tu arriveras certainement à impressionner. En tout cas, je l'espère pour toi. Si tu fais le con, il est possible que tu rencontres de gros problèmes pour continuer à travailler avec ce département.

— Eh bien, j'avais presque l'impression que c'était toi qui décidais de tout.

— C'est bien ce que je dis. »

Ils étaient arrivés sur l'autoroute, et elle écrasa avec conviction la pédale d'accélération sans se soucier des protestations du moteur. Le ciel avait déjà commencé à s'obscurcir, et vers l'ouest, un soleil rouge cerise était descendu dans la brume, entre les gratte-ciel.

« La pollution donne en tout cas de beaux couchers de soleil, dit Crumley, comme en réponse à ses pensées.

— Parle-moi un peu du trafic de filles, dit Harry.

— Il est à peu près aussi dense que la circulation.

— Ça, j'ai bien compris. Mais de quoi s'agit-il, comment est-ce que ça se passe ? Est-ce que c'est une prostitution de rue classique, avec des maquereaux, des bordels bien établis dirigés par des mères maquerelles, ou bien les prostituées sont-elles indépendantes ? Est-ce qu'elles traînent dans les bars, est-ce qu'elles font du strip-tease, de la pub dans les journaux, ou est-ce qu'elles vont récolter leurs clients dans les centres commerciaux ?

– Tout ça, et davantage encore. Ce qui n'a pas été essayé à Bangkok n'a pas été essayé, tout court. Mais la plupart bossent dans des bars go-go, où elles dansent et essaient de faire casquer le client en boissons sur lesquelles elles touchent un pourcentage. Le patron du bar n'est lié en rien aux filles, hormis par le fait qu'il leur fournit un endroit où se vendre, tandis que les filles s'engagent à rester jusqu'à la fermeture du bar. Si un client veut avoir l'une des filles, il doit payer pour qu'elle soit libre le reste de la soirée. C'est le patron du bar qui encaisse, mais en général, la fille peut s'estimer heureuse d'avoir pu faire autre chose que passer le reste de la soirée à se trémousser sur une scène.

– Ça n'a pas l'air inintéressant pour le patron du bar…

– Ce que gagne la fille une fois qu'elle a été libérée, elle le garde.

– Celle qui a retrouvé notre homme, est-ce qu'elle venait d'un de ces bars ?

– Hmm. Elle bosse dans un des bars “King Crown”, à Patpong. Nous savons aussi que le propriétaire du motel s'occupe d'une espèce de cercle de call-girls pour les étrangers qui ont des envies particulières. Mais il n'est pas évident de la faire parler, car en Thaïlande, la prostitution n'est pas sanctionnée aussi lourdement que le proxénétisme. Jusqu'à maintenant, elle n'a fait que dire qu'elle vivait dans ce motel, et qu'elle s'était trompée de porte. »

Elle expliqua qu'Atle Molnes avait vraisemblablement réservé la fille quand il était arrivé au motel, mais le réceptionniste, qui ne faisait qu'un avec le propriétaire, avait catégoriquement nié y être pour quoi que ce soit, hormis le fait qu'il avait loué une chambre.

« Nous y voici. »

Elle fit virer la jeep devant une maison de briques basse.

« Les meilleures maisons closes de Bangkok semblent avoir un faible pour les noms grecs », dit-elle d'un ton acerbe en descendant de voiture. Harry leva les yeux sur une grosse rampe de néon annonçant que l'hôtel s'appelait "Olympussy". Le *m* s'allumait par intermittence, alors que le *l* s'était éteint pour de bon et donnait à l'endroit une tristesse qui rappela à Harry les restaurants-grills des environs d'Oslo.

Le motel ressemblait à s'y méprendre à sa version américaine avec son enfilade de chambres doubles autour d'un patio, chacune avec sa place de parking. Le long de la façade courait un auvent sous lequel les clients pouvaient prendre place dans des fauteuils en rotin détrempés.

« Quel endroit charmant.

– Tu ne le croiras peut-être pas, mais quand il est apparu, pendant la guerre du Vietnam, c'était l'un des endroits les plus furieusement animés de la ville. Construit pour ces obsédés de soldats américains en R & R.

– R & R ?

— Rest and Rehabilitation. Familièrement appelés I & I : Intercourse and Intoxication. Ils les amenaient par avion de Saïgon, pour des permissions de deux jours. Aujourd'hui il n'y aurait pas d'industrie du sexe ici sans l'intervention de l'armée américaine. L'une des rues, ici, a même reçu officiellement le nom de Soi Cowboy.

— Alors pourquoi ne restaient-ils pas là-bas ? Ici, c'est pratiquement la cambrousse…

— Les soldats qui souffraient le plus du mal du pays voulaient par-dessus tout baiser à l'américaine, c'est-à-dire dans des voitures ou des chambres de motel. En centre-ville, ils pouvaient louer des voitures américaines. Ils n'avaient même que de la bière américaine dans les mini-bars des chambres.

— Hé bien ! D'où tires-tu tout ça ?

— Ma mère me l'a raconté. »

Harry se tourna vers elle, mais même si les lettres encore en service d'"Olympussy" jetaient une lueur bleuâtre sur le crâne de la femme, il faisait maintenant trop sombre pour qu'il puisse distinguer une expression quelconque sur son visage. Elle enfonça une casquette sur sa tête, et ils entrèrent à la réception.

La chambre de motel était meublée simplement, mais portait toujours la trace de jours meilleurs dans son tapis gris sale. Harry frissonna. Non à cause du costume jaune qui rendait pratiquement superflue l'identification du corps ; Harry savait que seuls des gens du Kristelig Folkeparti ou du Fremskrittsparti se trimballent volontairement dans de tels atours.

Ce n'était pas dû non plus au couteau décoré à l'orientale qui avait punaisé le costume au dos et faisait faire à la veste une bosse peu seyante au niveau des épaules. La raison était tout simplement qu'il faisait un froid glacial. Crumley avait expliqué que puisque le délai de péremption des cadavres était très court sous ce climat, et qu'ils avaient appris qu'il leur faudrait attendre presque deux jours l'arrivée du détective norvégien, ils avaient fait fonctionner la climatisation plein pot, à savoir dix degrés et ventilo au maximum.

Les mouches avaient pourtant tenu le coup, et un essaim s'éleva dans les airs lorsque les deux jeunes policiers thaïlandais retournèrent précautionneusement le cadavre sur le dos. Les yeux d'Atle Molnes, ternis par la mort, étaient braqués vers le bas, comme s'il tentait de voir le bout de ses propres chaussures Ecco. Sa frange juvénile le faisait paraître plus jeune que ses cinquante-deux ans. Elle battait devant son front, délavée par le soleil, comme s'il restait encore de la vie.

« Une femme et une fille adolescente, dit Harry. Aucune des deux n'est venue le voir ?

— Non. Nous en avons informé l'ambassade norvégienne, et ils nous ont dit qu'ils transmettraient le message à la famille. Nous avons juste reçu la consigne que personne ne devait entrer ici jusqu'à nouvel ordre.

— De quelqu'un de l'ambassade ?

— La conseillère. Je ne me souviens plus de son nom…

— Tonje Wiig ?

– C'est ça. Elle jouait les dures jusqu'à ce qu'on le retourne pour qu'il soit identifié. »

Harry observa l'ambassadeur. Avait-il été bel homme ? Un homme qui, si l'on faisait abstraction de l'épouvantable costume et de quelques bourrelets du côté du ventre, pouvait faire battre le cœur d'une jeune conseillère d'ambassade plus rapidement ? La peau bronzée avait pris une nuance cadavérique, et une langue bleue semblait essayer de passer en force entre les lèvres.

Harry s'assit sur une chaise et regarda autour de lui. L'aspect change vite lorsqu'un homme meurt, et il avait vu suffisamment de morts pour savoir qu'il ne gagnerait pas grand-chose à garder les yeux braqués dessus. Les secrets que l'essence d'un homme devait dévoiler, Atle Molnes les avait emportés avec lui depuis longtemps, et il ne restait qu'une coquille vide et abandonnée.

Harry approcha sa chaise du lit. Les deux jeunes policiers se penchèrent au-dessus de lui.

« Qu'est-ce que tu vois ? demanda Crumley.

– Je vois un cavaleur norvégien, accessoirement ambassadeur, qui par conséquent doit voir sa réputation protégée par égard pour le Roi et sa terre natale. »

Elle leva des yeux étonnés et le regarda attentivement.

« Quelle que soit la qualité de la climatisation, il est impossible d'en atténuer la puanteur, dit-il. Mais c'est mon problème. En ce qui concerne ce gonze… commença Harry en poussant légèrement le menton du mort de son poing fermé, *rigor mortis*. Il est raide, mais cette raideur a commencé à s'estomper, ce qui est normal après deux jours. Il a la langue bleue, mais le couteau ne fait pas penser à un étranglement. À vérifier.

— Vérifié, dit Crumley. L'ambassadeur a bu du vin rouge. »

Harry bougonna quelque chose.

« Notre médecin dit que la mort est survenue entre seize et vingt-deux heures, continua-t-elle. L'ambassadeur a quitté son bureau à huit heures trente ce matin-là, et quand cette femme l'a retrouvé, il était près de onze heures ; ça restreint donc un peu la plage horaire.

— Entre seize et vingt-deux heures ? Ça fait six heures, quand même.

— Bien calculé, détective, dit Crumley en croisant les bras.

— Oui… » Harry leva les yeux vers elle. « À Oslo, on a l'habitude de déterminer l'instant de la mort avec une marge de vingt minutes, sur des cadavres retrouvés après quelques heures.

— C'est parce que vous vivez au pôle Nord. Ici, il fait trente-cinq degrés, alors la température d'un cadavre ne chute pas beaucoup. Le moment du décès est calculé d'après la raideur cadavérique, ce qui le rend passablement approximatif.

— Et les marbrures ? Elles doivent apparaître après environ trois heures.

— Sorry. Comme tu vois, l'ambassadeur adorait se faire bronzer, ce qui fait qu'on ne les voit pas. »

Harry fit remonter son doigt le long du tissu, à l'endroit où le couteau avait pénétré. Une substance graisseuse grise s'amoncela sur son ongle.

« Qu'est-ce que c'est que ça ?

– L'arme avait manifestement été badigeonnée de graisse. On en a envoyé des échantillons pour analyse. »

Harry passa rapidement les poches en revue et pêcha un portefeuille brun fatigué. Il contenait un billet de 500 bahts, un badge d'identité des Affaires étrangères et la photo d'une jeune fille souriant dans ce qui lui parut être un lit d'hôpital.

« Vous avez trouvé autre chose, sur lui ?

– Nan. » Crumley avait retiré sa casquette et s'en servait pour chasser les mouches. « On a vérifié tout ce qu'il avait, et on a tout laissé sur place. »

Il dégrafa la ceinture du cadavre, tira le pantalon et remit le mort sur le ventre. Puis il retroussa la veste et la chemise.

« Regarde. Un peu de sang a coulé le long du dos. » Il retroussa les élastiques du slip kangourou. « Et plus bas, entre les fesses. *Ergo*[1] il y a peu de chance qu'il ait été poignardé en étant allongé sur le lit, mais plutôt pendant qu'il était debout. En mesurant à quelle hauteur le couteau a pénétré et en calculant l'angle d'impact, on peut se faire une idée de la taille de l'assassin.

– Si on suppose que la victime se trouvait au même niveau que celui ou celle qui l'a estoqué, ajouta Crumley. Il peut aussi bien avoir été poignardé à même le sol, et le sang a coulé quand on l'a hissé sur le lit.

– Dans ce cas, il y aurait du sang sur le tapis. » Harry remonta le pantalon, rattacha la ceinture, se tourna et regarda Crumley dans les yeux.

1. En latin dans le texte : donc.

« De plus, tu n'aurais pas eu besoin de conjecturer, tu l'aurais su à coup sûr. Vos techniciens auraient trouvé des fibres du tapis sur l'ensemble de son costume, pas vrai ? »

Elle ne cilla pas, mais Harry comprit qu'il avait percé son petit test à jour. Elle acquiesça vaguement, et il se retourna vers le cadavre.

« Plus un détail de victimologie qui confirme peut-être qu'il attendait la visite d'une fille.

— Ah oui ?

— Vous voyez, sa ceinture ? Elle était serrée de deux crans de plus que ce cran usé, ici, avant que je ne la détache. Les hommes d'âge mûr dont le tour de taille augmente serrent souvent un peu plus leur ceinture quand ils ont prévu de rencontrer des femmes plus jeunes qu'eux. »

Il était difficile de voir si elle était impressionnée. Les Thaïlandais changèrent de pied d'appui, du gauche sur le droit, et leurs jeunes visages de pierre ne trahirent rien. Crumley rongea un bout d'ongle qu'elle cracha entre ses lèvres pincées.

« Et puis, ici, nous avons donc le mini-bar. » Harry ouvrit la porte du minuscule réfrigérateur. Singha, Johnny Walker et Canadian Club en mignonnettes, une bouteille de vin blanc. Rien ne semblait avoir été entamé.

« Qu'est-ce qu'on a de plus ? » demanda Harry en se retournant vers les deux Thaïs.

Ils échangèrent un regard avant que l'un d'entre eux ne désigne le parking.

« La voiture. »

Au-dehors se trouvait une Mercedes bleu foncé d'un modèle relativement récent, équipée de plaques diplomatiques. L'un des policiers ouvrit la portière côté conducteur.

« La clé... ? demanda Harry.

— Était dans la poche de veste de... » Le policier fit un signe de tête vers la chambre.

« Des empreintes digitales ? »

Le Thaïlandais leva un regard un soupçon déconcerté vers sa supérieure. Celle-ci se racla la gorge.

« Naturellement, nous avons cherché des empreintes digitales sur la clé, Hole.

— Je ne me demandais pas si vous aviez pris les empreintes digitales, mais ce que vous aviez trouvé.

— Les siennes. Dans le cas contraire, nous te l'aurions dit tout de suite. »

Harry se fit violence pour ne pas lui répondre vertement.

Les sièges et le plancher de la Mercedes étaient jonchés de détritus. Harry remarqua quelques magazines, des cassettes, des paquets de cigarettes vides, une boîte de Coca et une paire de sandales.

« Qu'est-ce que vous avez trouvé d'autre ? »

L'un des policiers attrapa une liste et commença à lire tout haut. Avait-il dit s'appeler Nho ? Les noms d'origine étrangère avaient du mal à s'imprimer. Peut-être en était-il de même avec le sien. Nho avait un corps mince, presque celui d'une jeune fille, des cheveux courts et un visage aimable et ouvert. Harry savait que l'expression en changerait d'ici quelques années.

« Arrête, fit Harry. Tu peux répéter le dernier truc ?

— Des billets de pari pour des courses de chevaux, sir.

– L'ambassadeur jouait visiblement aux courses, dit Crumley. C'est un sport populaire, en Thaïlande.

– Et ça, qu'est-ce que c'est ? »

Harry s'était penché par-dessus le siège du conducteur et avait attrapé une ampoule de plastique transparent qu'il avait trouvée plaquée contre la poignée du siège, à moitié enfouie sous le tapis de sol.

Le policier parcourut sa liste du regard, mais dut renoncer.

« L'ecstasy liquide se présente dans ce genre d'ampoules, dit Crumley, qui s'était approchée pour mieux voir.

– De l'ecstasy ? répéta Harry en secouant la tête. Un chrétien démocrate dans la force de l'âge baise peut-être aux quatre vents, mais il ne marche pas à l'E.

– On va l'emporter pour vérifier », dit Crumley. En la regardant, Harry comprit qu'elle encaissait mal qu'eux-mêmes aient laissé échapper l'ampoule.

« Allons jeter un coup d'œil à l'arrière », dit-il.

Autant l'intérieur de la berline était en foutoir, autant le coffre était soigneusement rangé.

« Un type d'ordre, dit Harry. Les femmes de la famille avaient manifestement accès à l'intérieur de la voiture, mais pas ici. »

Une trousse à outils bien garnie brilla dans le faisceau de la lampe de poche de Crumley. Elle était flambant neuve, et seule un peu de poussière de chaux à la pointe d'un tournevis attestait qu'elle avait servi.

« Encore un petit peu de victimologie, les amis. Je parie que Molnes n'était pas un type doué de ses mains. Cet outil n'a jamais eu un contact privilégié avec un moteur de voiture. Tout juste s'il a été utilisé pour accrocher un portrait de famille au mur, à la maison. »

Un moustique vint applaudir tout près de son oreille. Harry frappa et sentit que sa peau mouillée était fraîche contre sa main. La chaleur n'avait pas dit son dernier mot, même si le soleil s'était couché ; bien au contraire, le vent était totalement tombé et il avait l'impression que l'humidité jaillissait du sol sous leurs pieds pour épaissir l'air jusqu'à le rendre pratiquement buvable.

Le cric gisait près de la roue de secours, apparemment inutilisé lui aussi, à côté d'une mince mallette en cuir marron, du modèle qu'on s'attend à trouver dans la voiture d'un diplomate.

« Qu'est-ce qu'il y a, dans la serviette ? demanda Harry.

– Elle est fermée à clé. Puisque formellement parlant, le véhicule appartient à l'ambassade et se trouve par conséquent hors de notre juridiction, nous n'avons pas essayé de l'ouvrir. Mais puisque nous avons un représentant de la Norvège, nous pouvons peut-être…

– Désolé, je n'ai pas de statut diplomatique, dit Harry en sortant la petite valise du coffre et en la posant dans le patio. Mais je peux affirmer que cette serviette n'est plus en territoire norvégien, et je propose donc que vous l'ouvriez pendant que je vais à la réception, discuter un peu avec le propriétaire du motel. »

Harry traversa le patio d'un pas lent. Ses pieds étaient enflés à la suite du voyage en avion, une goutte de sueur roulait agréablement à l'intérieur de sa chemise, et Harry avait besoin de quelque chose à boire. Hormis cela, ce n'était pas si désagréable de se remettre à travailler correctement. La dernière fois commençait à dater. Il constata que le *m* s'était éteint.

# Chapitre 7

WANG LEE, MANAGER, pouvait-on lire sur la carte de visite que l'homme avait tendue à Harry par-dessus le comptoir, lui faisant apparemment comprendre de revenir un autre jour. Le bonhomme osseux dans sa chemise à fleurs avait une palmure au coin d'un œil, et ne semblait en aucun cas désirer avoir affaire à Harry à cet instant précis. Il s'était mis à parcourir un tas de papiers et avait grogné en relevant les yeux et en voyant que Harry n'était pas parti.

« Je vois que tu es très occupé, dit Harry. C'est pourquoi je propose qu'on règle ça aussi vite que possible. Le plus important, c'est qu'on se comprenne. C'est vrai que je suis étranger, et que tu es thaïlandais…

— Pas thaïlandais. Chinois, fit l'autre avec un nouveau grognement.

— Eh bien, tu es toi-même un étranger. L'essentiel, ici… »

Quelques halètements qui figuraient peut-être un rire plein de mépris franchirent le comptoir. Quoi qu'il en soit, le propriétaire du motel avait ouvert la bouche et exhibait une poignée de dents brunes jetées çà et là.

« Pas étranger. Chinois. C'est nous qui faisons tourner la Thaïlande. Pas de Chinois, pas de business.

— Super. Tu es un businessman, Wang. Alors laisse-moi te faire une proposition d'affaires. Tu diriges un bordel, et tu peux passer tes papiers en revue autant que tu veux, c'est comme ça et pas autrement. »

Le Chinois secoua résolument la tête.

« Pas de putes. Motel. Chambres à louer.

— Relax, c'est le meurtre qui m'intéresse, rien d'autre, ce n'est pas mon boulot d'arrêter des maquereaux. À moins que... C'est pourquoi – j'y reviens – j'ai une proposition d'affaires pour toi. Ici, en Thaïlande, on n'est pas si précis que ça quand il s'agit d'examiner sous toutes les coutures des gens comme toi, il y en a tout simplement trop. Une plainte classique ne suffit pas non plus, tu paies peut-être quelques bahts dans une enveloppe en kraft de façon à ne plus être enquiquiné par ce genre de choses. C'est pourquoi tu n'as pas particulièrement peur de nous. »

Le propriétaire répéta ses énergiques mouvements de tête.

« Pas d'argent. Illégal. »

Harry fit un sourire.

« D'après ce que j'ai vu il y a peu, la Thaïlande est au troisième rang mondial en matière de corruption. Alors sois gentil, et arrête de me prendre pour un con. »

Harry veilla à ne pas parler trop fort. Les menaces ont généralement plus d'impact quand elles sont proférées sur un ton neutre.

« Ton problème, et le mien, c'est pourtant que le type qui a été retrouvé dans sa chambre était un diplomate de mon pays. Si je dois signaler dans mon rapport que nous soupçonnons qu'il ait pu mourir dans un lupanar, ça devient brusquement une affaire politique, et tes potes dans la police ne pourront rien pour toi. Les pouvoirs publics se sentiront obligés de faire fermer cet endroit et de foutre Wang Lee en taule. Histoire de prouver qu'on fait respecter la loi, dans ce pays, tu vois ? »

Rien dans le visage sans expression de l'Asiatique ne permettait de savoir s'il avait fait mouche.

« D'un autre côté, il n'est pas exclu que je raconte que cette femme avait prévu de rencontrer cet homme, et que le choix du motel était fortuit. »

Le Chinois regarda Harry. Cligna plusieurs fois des yeux en les fermant très fort, comme si une poussière s'était glissée dedans. Puis il se retourna, écarta une tenture qui dissimulait une ouverture et fit signe à Harry de le suivre. Ils entrèrent dans une petite pièce meublée d'une table et deux chaises, et le Chinois désigna l'une d'elles. Il posa une tasse devant Harry et lui versa du thé. L'odeur de menthe était si forte qu'elle piquait les yeux.

« Pas une seule des filles ne veut bosser tant que le cadavre est ici, dit Wang. Quand pourrez-vous nous en débarrasser ? »

Les commerciaux sont des commerciaux partout, pensa Hole en s'allumant une cigarette.

« Tout dépend de la rapidité avec laquelle on pourra se faire une idée claire sur ce qui s'est passé.

— Le bonhomme est arrivé vers vingt et une heures et a demandé une chambre. 'L'a jeté un œil au menu et a dit qu'il voulait Dim, qu'il voulait juste se reposer un peu avant. J'devais lui passer un coup de fil quand elle se pointerait. Je lui ai dit qu'il devait quand même payer le prix de la chambre. Il a dit pas de problème, et je lui ai donné la clé.

— Le menu ? »

Le Chinois lui tendit quelque chose qui ressemblait effectivement assez à un menu. Harry le parcourut du regard. Il contenait des photos de jeunes filles thailandaises en tenue d'infirmière, en collants, en corsets vernis moulants et fouet en main, en uniforme d'écolière et même en uniforme de police. L'âge, le prix et la formation figuraient sous les photos, sous l'intitulé « vital information »... Harry remarqua que ces indications leur donnaient à toutes entre dix-huit et vingt-deux ans. Les prix allaient de mille à trois mille bahts, et presque toutes les filles étaient supposées avoir une formation en langues aussi bien qu'une expérience d'infirmière.

« Il était seul ? demanda Harry.

— Oui.

— Personne d'autre, dans la voiture non plus ? »

Wang secoua la tête.

« Comment peux-tu en être aussi sûr ? La Mercedes a des vitres fumées, et tu étais assis là.

— J'ai l'habitude de sortir vérifier. Il arrive que certains amènent un copain. S'ils sont deux, il faut qu'ils paient pour une chambre double.

— Je vois. Chambre double, prix double ?

— Pas prix double, répondit Wang en révélant à nouveau sa dentition clairsemée. Ça revient moins cher de partager.

— Et que s'est-il passé ensuite ?

— Sais pas. Le type a amené sa voiture au numéro 120, où il est toujours. C'est tout au fond, dans le noir, et je ne peux pas voir là-bas. J'ai appelé Dim, elle est venue et elle a attendu. Après un moment, je l'ai envoyée au type.

— Et Dim ? En quoi était-elle habillée ? En conducteur de tram ?

— Non, non. » Wang tourna les pages de son menu jusqu'à la dernière, et montra fièrement la photo d'une jeune Thaïlandaise portant une robe courte à paillettes, des patins à glace blancs et qui faisait un grand sourire au photographe. Elle se tenait une cheville derrière l'autre, les genoux légèrement fléchis et les bras en croix, comme si elle venait de clore avec succès un programme libre. De grosses taches de rousseur rouges avaient été peintes sur son visage basané.

« Et ça, ce serait… commença Harry, incrédule, en lisant le nom qui figurait sous la photo.

— Exactement. Ouioui. Tonya Harding. Celle qui a passé à tabac l'autre Américaine, la jolie. Dim peut faire elle aussi, si tu veux…

— Non merci.

— Très apprécié. Surtout parmi les Américains. Elle pleure à la demande, précisa Wang en passant ses index le long de ses joues.

— Elle l'a trouvé dans sa chambre, avec un couteau dans le dos. Que s'est-il passé ensuite ?

— Dim est arrivée en courant et elle criait sans arrêt.

— Avec ses patins ? »

Wang lança à Harry un regard lourd de reproche.

« Les patins n'entrent pas en scène avant que la petite culotte ne soit tombée. »

Harry reconnut qu'il y avait du bon sens là-dedans, et lui fit signe de poursuivre.

« Il n'y a rien de plus, policier. Nous sommes revenus dans la chambre pour vérifier encore une fois, puis j'ai verrouillé la porte et nous avons appelé la police.

— À en croire Dim, la porte était ouverte quand elle est arrivée. Est-ce qu'elle a précisé si la porte était entrebâillée ou si elle n'était simplement pas fermée à clé ? »

Wang haussa les épaules.

« La porte était fermée, mais pas à clé. Est-ce que c'est important ?

— On ne sait jamais. Est-ce que vous avez vu quelqu'un d'autre à proximité de la chambre, ce soir-là ? »

Wang secoua la tête.

« Et où est ton registre ? » demanda Harry. Il commençait à être fatigué.

Le Chinois releva brusquement la tête.

« Pas de registre. »

Harry le regarda sans rien dire.

« Pas de registre, répéta Wang. Pourquoi nous en faudrait-il un ? Personne ne viendrait s'il fallait indiquer son nom complet et son adresse.

— Je ne suis pas idiot, Wang. Personne ne pense être enregistré, mais c'est toi-même qui gardes un œil sur l'ensemble. Pour toutes sortes de raisons. Beaucoup de personnalités font certainement partie de ceux qui viennent ici, et ça peut être assez pratique d'avoir un registre à faire claquer sur la table le jour où tu te retrouves dans la mouise, pas vrai ? »

Le patron du motel cligna des yeux à la façon d'une grenouille.

« Ne complique pas les choses, Wang. Ceux qui n'ont rien à voir avec le meurtre n'ont strictement rien à craindre. Surtout pas les officiels. Parole. Maintenant, le livre, merci. »

Le livre était un petit cahier de brouillon, et Harry parcourut rapidement les pages griffonnées serré et couvertes d'incompréhensibles signes thaïs.

« L'un des autres va venir faire une copie de ça », dit Harry.

Les trois autres attendaient près de la Mercedes. Les phares en étaient allumés, et la valise reposait sur le patio, dans la lumière des feux, couvercle ouvert.

« Vous avez trouvé quelque chose ?

— Il semble que l'ambassadeur ait eu des préférences sexuelles aberrantes.

— Je sais. Tonya Harding, ça, c'est ce que j'appelle quelque chose de tordu. »

Harry pila devant la mallette. Les détails de photos en noir et blanc se détachaient dans la lumière jaune des phares. Il se sentit frigorifié sur-le-champ. Bien sûr, il en avait entendu parler, il avait même lu des rapports dessus et en avait parlé avec des gars de la brigade des mœurs, mais ce fut la première fois que Harry vit un enfant se faire sauter par un adulte.

# Chapitre 8

Ils remontèrent Sukhumvit Road où alternaient en rang serré hôtels trois étoiles, villas de luxe et bicoques de fer blanc et de planches. Harry ne fit aucun commentaire à ce sujet, et son regard semblait perdu sur un point droit devant lui.

« Les conditions de circulation s'améliorent, dit Crumley.

— Ah oui. »

Elle sourit sans montrer les dents.

« Excuse-moi, mais à Bangkok, on parle de la circulation comme on parlerait ailleurs du temps. Il n'y a pas besoin d'habiter ici longtemps pour comprendre pourquoi. Le temps ne changera pas avant le mois de mai. En raison de la mousson, il commencera à pleuvoir dans le courant de l'été. Et à partir de là, il tombera des cordes pendant trois mois. Il n'y a rien d'autre à dire à propos du temps. Sauf qu'il fait chaud. Ça, ça reste quelque chose qu'on se signale les uns aux autres trois cent soixante-cinq jours par an, mais on ne peut pas dire que ça déchaîne des débats. Tu m'écoutes ?

— Mmm.

— La circulation, en revanche… Elle conditionne plus la vie quotidienne des habitants de Bangkok que quelques fripouilles de typhons. Je ne sais jamais combien de temps je vais mettre pour aller bosser quand je monte dans ma voiture, le matin, ça peut aller de quarante minutes à cinq heures. Il y a dix ans, ça me prenait vingt-cinq minutes.

— Qu'est-ce qui s'est passé ?

— Le développement. Il s'est passé le développement. Sur ces vingt dernières années, il y a eu un boom économique continu, et Bangkok est devenu le jeune coucou de la Thaïlande. C'est ici qu'on trouve les emplois, et les gens émigrent des campagnes. Davantage qui vont bosser tous les matins, davantage de bouches à nourrir et davantage à transporter. Le nombre de voitures a explosé, mais les politiques ne font que nous promettre de nouvelles routes en se frottant les mains devant la conjoncture favorable.

— Elle n'est quand même pas source de problèmes ?

— Ce n'est pas que j'interdise aux gens d'avoir une télé couleur dans leur hutte de bambous, mais c'est allé tellement vite… Et si tu veux mon avis, le développement pour le développement, c'est valable pour une cellule cancéreuse. De temps en temps, ça me fait presque plaisir qu'on se soit cassé les dents, l'année dernière. Après la dévaluation forcée, ça a été comme si quelqu'un avait mis l'ensemble de l'économie au congélateur, et ça se remarque déjà sur la circulation.

— Tu veux dire que ça a été pire que ça ?

— Oh oui. Regarde… »

Crumley montra du doigt un gigantesque parking sur lequel stationnaient des centaines de toupies à béton.

« Il y a un an, ce parking était pratiquement vide, mais maintenant, plus personne ne construit, et la flotte a donc été désarmée, comme tu peux voir. Et les gens vont dans les centres commerciaux seulement parce qu'ils sont climatisés. Ils n'y font plus leurs courses. »

Ils roulèrent un moment en silence.

« Qui est derrière toute cette merde, à ton avis ?

— Les spéculateurs sur les opérations de change. »

Il la regarda sans comprendre.

« Je parlais des photos.

— Oh. » Elle lui jeta un rapide coup d'œil. « Tu n'as pas apprécié, hein ? »

Il haussa les épaules.

« Je suis quelqu'un d'intolérant. Il m'arrive de me dire qu'on devrait revoir notre point de vue sur la peine de mort. »

L'inspecteur principal regarda sa montre.

« On va passer devant un restaurant, en allant chez toi. Que dirais-tu d'un cours éclair sur la nourriture thaïlandaise ?

— Volontiers. Mais tu n'as pas répondu à la question que je t'ai posée.

— Qui est derrière les photos ? Harry, la Thaïlande a sans doute la plus forte densité de pervers au monde, des gens qui sont venus pour la seule et unique raison que nous avons une industrie du sexe qui couvre tous les besoins. Et j'ai bien dit tous les besoins. Pourquoi diable devrais-je savoir qui est derrière quelques photos pédophiles sans grande importance ? »

Harry grimaça et fit quelques mouvements d'assouplissement de la nuque.

« Je pose la question, rien de plus. Il n'y a pas eu du barouf en Thaïlande, il y a quelques années, à cause d'un pédophile qui bossait dans une ambassade ?

— C'est vrai que nous avons remonté un réseau pédophile comprenant un certain nombre de diplomates, parmi lesquels l'ambassadeur d'Australie. Très pénible affaire.

— Pas pour la police, j'imagine ?

— Ça c'est sûr ! Pour nous, ça a été comme gagner la Coupe du Monde de football et un Oscar en même temps. Le Premier ministre nous a envoyé un télégramme de félicitations, le ministre du Tourisme était aux anges et il pleuvait des médailles. Des choses comme ça, ça aide à crédibiliser la police, tu sais.

— Alors, si on commençait par chercher par là ?

— Je ne sais pas. Pour commencer, tous ceux qui étaient en rapport avec ce réseau sont derrière les barreaux, ou bien ont été expulsés du territoire. En second lieu, je ne suis absolument pas persuadée que ces photos aient un rapport avec le meurtre. »

Crumley fit virer son véhicule sur un parking, où un gardien désignait un créneau impossible entre deux voitures. Elle pressa une touche, et les deux vitres latérales de la jeep descendirent avec un bourdonnement d'électronique. Puis elle enclencha la marche arrière de la boîte automatique et appuya sur l'accélérateur.

« Je ne crois pas… » commença Harry, mais l'inspecteur principal était déjà garée. Les rétroviseurs latéraux tremblaient encore.

« Comment va-t-on sortir ? demanda-t-il.

– Ce n'est pas bien de s'inquiéter autant, détective. »

Se hissant sur ses deux avant-bras, elle passa le corps par la grande vitre ouverte, posa un pied sur l'aile et sauta devant la voiture. Harry parvint non sans peine à accomplir le même exercice.

« Ça viendra, petit à petit, dit-elle avant de se mettre en marche. Ce n'est pas gros, Bangkok.

– Et la radio ? demanda Harry en se retournant vers les vitres grandes ouvertes et tentantes de la jeep. Tu penses qu'elle sera toujours dans la voiture quand on reviendra ? »

Elle montra rapidement sa plaque de police au gardien qui bondit au garde-à-vous.

« Oui. »

« Pas d'empreintes digitales sur le couteau », dit Crumley avec un petit claquement de langue satisfait. Le sôm-tam, une espèce de salade de papaye verte, était moins étrange au goût que Harry l'avait supposé… En fait, c'était même bon. Et fort.

Elle aspira bruyamment la mousse de sa bière. Il jeta des coups d'œil alentour, mais aucun des autres clients ne semblait avoir remarqué ; le bruit qu'elle avait fait avait vraisemblablement été couvert par celui d'un petit ensemble à cordes qui jouait des polkas sur une estrade tout au fond du restaurant, couvert lui-même par celui de la circulation au-dehors.

Harry se décida pour deux bières. Puis stop. Il pourrait s'acheter un pack de six en rentrant chez lui.

« Les décorations du manche, quelque chose à glaner de ce côté ?

— Nho pensait qu'il pouvait provenir du Nord, des tribus qui vivent dans les montagnes du Chiang Rai ou des environs. C'est à cause des incrustations de verre coloré. Il n'était pas sûr de son coup, mais en tout cas, ce n'est pas un couteau classique qu'on peut acheter dans les magasins de la ville ; on l'enverra demain à un professeur d'histoire de l'art au musée de Benchamabophit. Il sait tout ce qu'il y a à savoir sur les couteaux anciens. »

Liz fit un geste de la main, et le garçon vint la servir en soupe de lait de coco qu'il gardait dans un grand saladier.

« Méfie-toi des petits blancs. Et des petits rouges, ils arrachent, dit-elle en les désignant avec sa cuiller. Oui, les verts aussi, d'ailleurs. »

Harry fixait d'un œil sceptique les substances variées qui flottaient dans son bol.

« Y a-t-il quelque chose que je puisse manger ?

— Les racines de galanga, ça va.

— Vous avez des théories ? demanda tout fort Harry pour couvrir le bruit de succion qu'elle faisait en mangeant.

— Sur l'identité du meurtrier ? Bien sûr. Des tas. Pour commencer, ça peut être la prostituée. Ou le patron de l'hôtel. Ou les deux. C'est à ce dernier point que je m'en tiens, provisoirement.

— Et quel motif auraient-ils eu ?

— L'argent.

– Il y avait 500 bahts dans le portefeuille de Molnes.

– S'il a sorti un portefeuille, en arrivant, et si notre ami Wang a vu qu'il avait un peu trop d'argent, ce qui n'est pas du tout impensable, il se peut que la tentation ait été trop forte. Et Wang n'avait aucun moyen de savoir que ce type était diplomate et que ça ferait tant d'histoires.

– Et ça se serait déroulé comment ? »

Crumley tint sa fourchette levée et se pencha énergiquement en avant.

« Ils attendent que l'ambassadeur soit dans sa chambre, frappent à la porte et lui flanquent le couteau dans le dos au moment où il se retourne... Il bascule sur le lit, ils vident son portefeuille en laissant 500 bahts pour que ça n'ait pas l'air d'un vol. Puis ils attendent trois heures avant d'appeler la police. Et Wang a sûrement un pote quelconque dans nos services qui fait en sorte que tout se déroule comme prévu. Pas de motif, pas de suspect, tout le monde n'aspire qu'à étouffer une affaire dans laquelle il est question de prostitution, et au suivant, s'il vous plaît ! »

Les yeux de Harry semblèrent soudain vouloir quitter leurs orbites. Il attrapa précipitamment son verre et le porta à ses lèvres.

« Un rouge ? » demanda Crumley avec un sourire.

Harry reprit son souffle.

« Ce n'est pas une mauvaise théorie, inspecteur, mais je crois que tu te trompes », dit-il d'une voix étranglée.

Elle fronça les sourcils.

« Comment ça ?

— D'abord : sommes-nous d'accord pour dire que la femme n'aurait pas pu commettre le meurtre sans la collaboration de Wang ? »

Crumley se laissa le temps de réfléchir :

« Voyons voir… Si Wang n'était pas dans le coup, on doit considérer qu'il ne ment pas. Elle ne peut donc pas l'avoir tué avant d'y être allée seule, à onze heures et demie. Et le médecin légiste a affirmé que ça avait eu lieu au plus tard à dix heures. Je suis d'accord, Hole, elle n'a pas pu le faire en solo. »

Le couple qui occupait la table voisine s'était mis à observer Crumley.

« Bien. Ensuite, tu supposes qu'à l'heure du crime, Wang ne savait pas que ce mec faisait partie d'une ambassade, et que, si ça avait été le cas, il ne l'aurait pas fait, sachant que ça ferait nettement plus de bruit que pour le trépas d'un touriste ordinaire, c'est ça ?

— Ouii…

— Le problème, c'est que ce type a un registre privé, à n'en point douter truffé de noms de politiques et de hauts fonctionnaires. Date et horaires pour chaque visite. Pour avoir un moyen de pression au cas où quelqu'un ferait du tapage autour de son établissement. Mais s'il vient quelqu'un dont la tronche ne lui revient pas, il ne peut quand même pas demander une pièce d'identité. Ce qu'il fait, donc, c'est qu'il accompagne le type dehors sous prétexte de vérifier qu'il n'y a personne d'autre dans la voiture, tu vois ? Pour savoir qui est le client.

— Là, je ne te suis plus.

— Il note les numéros des plaques minéralogiques, n'est-ce pas ? Et il vérifie ensuite au fichier central. Quand il a vu les plaques bleues sur la voiture de Molnes, il a su tout de suite qu'il s'agissait d'un diplomate. »

Crumley le regarda, pensive. Puis elle se tourna brusquement vers la table voisine, les yeux grands ouverts. Le couple qui l'occupait se concentra immédiatement sur la nourriture.

Elle se gratta la jambe avec sa fourchette.

« Il n'a pas plu depuis trois mois.

— Pardon ? »

Elle fit signe qu'elle désirait l'addition.

« Qu'est-ce que ça a à voir avec ce qui nous occupe ? demanda Harry.

— Pas grand-chose. »

Il était bientôt trois heures du matin. Le vacarme de la ville arrivait assourdi et se superposait au ronronnement régulier du ventilateur, sur la table de chevet. Harry entendit néanmoins un gros camion passer Taksin Bridge, et le mugissement d'une bélandre solitaire quittant l'un des quais du Chao Phraya.

Quand il était rentré chez lui, il avait vu une lumière rouge clignoter sur le téléphone, et après avoir un peu bataillé avec les touches, il avait pu écouter les deux messages.

Le premier venait de l'ambassade de Norvège. Tonje Wiig parlait essentiellement du nez, et donnait l'impression ou bien d'être de l'ouest d'Oslo, ou bien d'y aspirer de tout son être. La voix nasillarde priait Harry de se trouver à l'ambassade à dix heures le lendemain matin, mais déplaçait en cours de message le rendez-vous à midi en découvrant une réunion prévue à dix heures et quart.

Le second message était de Bjarne Møller. Il souhaitait bonne chance à Harry, rien d'autre. Il n'avait pas l'air d'aimer parler aux répondeurs.

Harry resta un moment allongé, à cligner des yeux dans le noir. Il n'avait finalement pas acheté le pack de six. Et il se trouvait que les ampoules de vitamine B12 étaient dans la valise. Après la superbe cuite de Sydney, il s'était retrouvé par terre, sans aucune sensation dans les jambes, mais une seule de ces ampoules l'avait fait se relever tel un autre Lazare. Il soupira. Quand s'était-il décidé, en fait ? Quand on lui avait parlé du boulot à Bangkok ? Non, c'était avant, il y avait déjà mis un terme plusieurs semaines auparavant : l'anniversaire de la Frangine. Dieu seul savait pourquoi il avait pris cette décision. Il en avait peut-être tout simplement marre de ne pas être là. Des jours qui passaient sans qu'il vît qui que ce soit. Quelque chose dans le genre. Il ne supportait pas la sempiternelle discussion sur le fait que Jeppe[1] ne voulait dorénavant plus boire. Car c'était malgré tout comme d'habitude quand Harry avait pris une décision : elle était prise pour de bon, il ne revenait jamais dessus. Pas de compromis, pas d'ajournement. « Je peux m'arrêter quand je veux. » À combien de reprises avait-il entendu les gars de Schrøder essayer de se persuader qu'ils n'étaient depuis longtemps plus d'authentiques alcooliques ? Lui-même l'était, mais il était le seul à sa connaissance qui réussissait à s'arrêter quand il voulait. Il ne restait que neuf jours avant l'anniversaire, mais puisque

1. Il s'agit du personnage principal de *Jeppe du Mont* [*Jeppe paa Bjærget*] que son auteur, Ludvig Holberg, pose comme l'archétype du paysan ivrogne.

Aune avait eu raison en disant que le voyage était un bon point de départ, il avait même avancé la date. Harry gémit et se tourna sur le côté.

Il se demanda ce que faisait la Frangine, si elle avait osé sortir ce soir. Si elle avait appelé leur père, comme promis. Et si oui, s'il avait réussi à lui parler pour dire autre chose que oui et non.

Trois heures sonnèrent, et même s'il n'était pas plus de neuf heures en Norvège, il n'avait pas dormi des masses en un jour et demi et s'endormirait sans problème. Mais à chaque fois qu'il fermait les yeux, l'image d'un petit garçon thaïlandais nu dans des phares de voiture réapparaissait sur sa rétine, le forçant à rouvrir un moment les yeux. Peut-être aurait-il dû acheter le pack, malgré tout. Lorsqu'il finit par s'endormir, l'heure de pointe avait déjà commencé sur Taksin Bridge.

# Chapitre 9

Nho passa l'entrée principale de l'hôtel de police, mais s'arrêta net lorsqu'il vit le grand policier blond qui essayait bruyamment de communiquer avec le souriant vigile.

« Bonjour, Mr Hole, je peux vous aider ? »

Harry se retourna. Ses yeux étaient petits et injectés de sang.

« Oui, tu peux m'aider à me débarrasser de cette tête de mule. »

Nho fit un signe de tête au planton qui fit un pas de côté et leur ouvrit le passage.

« Il soutenait qu'il ne me reconnaissait pas depuis hier, dit Harry lorsqu'ils furent arrivés devant l'ascenseur. Merde, il devrait pourtant réussir à se souvenir, d'un jour à l'autre.

— Sais pas. Tu es sûr que c'était lui qui était là, hier ?

— En tout cas, c'en était un qui lui ressemblait. »

Nho haussa les épaules.

« Tu penses peut-être que tous les visages des Thaïlandais se ressemblent ? »

Harry allait répondre lorsqu'il vit le petit sourire de requin que Nho avait sur les lèvres.

« C'est ça. Tu essaies de me dire que vous trouvez que les Blancs se ressemblent tous ?

– Oh non. On fait la différence entre Arnold Schwarzenegger et Pamela Anderson. »

Harry montra les dents. Il aimait bien ce jeune policier.

« Bon. Pigé. 1-0 pour toi, Nho.

– Nho.

– Oui, Nho. Ce n'est pas ce que j'ai dit ? »

Nho secoua la tête en souriant.

L'ascenseur était bondé, puait, et donnait l'impression qu'on forçait l'entrée d'un sac plein de vêtements de sport sales. Harry dépassait les autres de deux têtes. Certains levaient rapidement les yeux sur le grand Norvégien et riaient, impressionnés. L'un d'entre eux demanda quelque chose à Nho, et s'exclama :

« Ah, Norway... that's... that's... I can't remember his name... please help me (Ah, la Norvège... c'est... c'est... je ne me souviens pas de son nom... aidez-moi). »

Harry fit un sourire et essaya un geste d'excuse des deux bras, mais la place manquait.

« Yes, yes, very famous (oui, oui, très célèbre) ! insista l'homme.

– Ibsen ? essaya Harry. Nansen ?

– No, no, more famous (Non, non, plus célèbre) !

– Hamsun ? Grieg ?

– No, no. »

L'homme leur jeta un regard courroucé lorsqu'ils sortirent au quatrième étage.

« Voilà ta place, lui indiqua Crumley.

– Mais il y a déjà quelqu'un.

– Pas là. Là.

– Là ? »

Il aperçut la chaise collée contre une sorte de longue table à laquelle les gens étaient assis côte à côte. Sur la table, devant la chaise, il y avait tout juste la place pour un bloc papier et un téléphone.

« Je vais voir si je peux m'arranger pour trouver autre chose, au cas où tu devrais rester plus longtemps que prévu.

– Ça, je n'espère vraiment pas », murmura Harry.

L'inspecteur principal rassembla ses troupes dans son bureau, pour la réunion du matin. « Ses troupes » se composaient plus précisément de Nho et Sunthorn, les deux policiers que Harry avait rencontrés la veille au soir, plus Rangsan, le vétéran des enquêteurs de la section.

Rangsan semblait plongé dans son journal, mais lançait de temps en temps des commentaires en thaï que Crumley notait scrupuleusement dans son petit carnet noir.

« O.K., dit Crumley en refermant son carnet avec un claquement sec. À nous cinq, on va essayer de voir clair dans cette affaire. Puisque nous avons parmi nous un collègue norvégien, toute communication devra se faire en anglais. On commence par une récapitulation des pistes techniques. Rangsan, ici présent, est notre interlocuteur avec les services techniques. On t'écoute. »

Rangsan replia soigneusement son journal et s'éclaircit la voix. Il avait les cheveux rares, une paire de lunettes retenues par un cordon sur le bout de son nez, et rappelait à Harry un prof fatigué de l'école, observant son entourage d'un œil sarcastique et légèrement condescendant.

« J'ai discuté avec Supawadee, du labo. Comme on pouvait s'y attendre, ils ont trouvé tout un tas d'empreintes digitales dans la chambre d'hôtel, mais aucune du mort. »

Les autres empreintes n'avaient pas été identifiées.

« Ça ne sera pas simple non plus, poursuivit Rangsan. Même si l'Olympussy n'attire pas beaucoup de monde, il y a certainement les empreintes de cent personnes, dans la chambre.

– Avez-vous trouvé des empreintes sur la poignée de porte ?

– Beaucoup trop, malheureusement. Et aucune entière. »

Crumley posa ses pieds sur la table sans retirer ses Nike.

« Molnes s'est certainement allongé sur le lit aussitôt entré dans la chambre, et il n'avait aucune raison de virevolter à travers la pièce en laissant des empreintes partout. Au moins deux personnes ont touché la poignée de la porte, par la suite. Dim et Wang. »

Elle fit un signe de tête à Rangsan qui reprit son journal.

« L'autopsie révèle ce dont on se doutait, à savoir que l'ambassadeur a été tué à coups de couteau. La lame a traversé le poumon gauche avant de toucher le cœur, de sorte que le ventricule s'est trouvé rempli de sang.

— Tamponnade, dit Harry.

— Plaît-il ?

— C'est comme ça que ça s'appelle. C'est comme enfoncer du coton dans une cloche ; le cœur n'arrive plus à battre, et s'étouffe dans son propre sang. »

Crumley fit la grimace.

« O.K., on laisse provisoirement l'aspect technique de côté et on revient à notre vue d'ensemble. Notre collègue norvégien a déjà réfuté l'hypothèse du crime crapuleux. Tu peux peut-être nous dire à quel genre de meurtre tu penses, Harry ? »

Les autres se tournèrent vers lui. Harry secoua la tête.

« Je ne crois encore rien. Je trouve juste qu'il y a deux ou trois trucs bizarres.

— Nous sommes tout ouïe.

— Bon. Le virus HIV est relativement répandu, en Thaïlande, non ? »

Silence. Rangsan jeta un œil par-dessus son journal.

« Un demi-million de contaminés selon les statistiques officielles, dit-il. On considère qu'il y aura deux à trois millions de nouveaux cas au cours des cinq prochaines années.

— Merci. Molnes n'avait pas de préservatif sur lui. À qui viendrait-il à l'idée de s'offrir une partie de jambes en l'air avec une prostituée de Bangkok sans utiliser de préservatif ? »

Personne ne répondit. Rangsan bougonna quelque chose en thaï, et les autres éclatèrent de rire.

« Plus que tu ne crois, traduisit Crumley.

– Il y a quelques années, très peu de prostituées de Bangkok savaient ce qu'était le SIDA, dit Nho. Mais à présent, la plupart ont des préservatifs.

– D'accord, mais si j'étais père de famille comme Molnes, je pense que j'aurais quand même eu les miens, pour plus de sûreté.

– Si j'étais père de famille, je n'irais pas voir une sõphenii, renâcla Sunthorn.

– Pute, dit Crumley.

– Bien sûr que non, dit Harry en frappant distraitement avec un crayon sur le bras de son fauteuil.

– Autre chose que tu trouves étrange, Hole ?

– Oui. L'argent.

– L'argent ?

– Il n'avait que cinq cents bahts sur lui, soit environ dix dollars américains. Mais la fille qu'il avait choisie coûtait mille cinq cents bahts. »

Un ange passa.

« Bien vu, dit Crumley. Mais elle s'est peut-être payé ses honoraires avant de sonner le tocsin, quand elle l'a découvert ?

– Elle l'aurait détroussé, tu veux dire ?

– Détroussé, oui et non. Elle, elle avait respecté sa part du marché. »

Harry hocha la tête, compatissant.

« Peut-être. Quand pourrons-nous lui parler ?

– Cet après-midi, dit Crumley en se renversant dans son fauteuil. Si personne n'a rien à ajouter, je pensais vous prier de sortir. »

Personne n'avait rien à ajouter.

Suivant le conseil de Nho, Harry avait prévu trois quarts d'heure pour se rendre à l'ambassade. Dans l'ascenseur bondé qui descendait, Harry entendit une voix qu'il reconnut.

« I know now, I know now (Je sais, maintenant, je sais, maintenant) ! Solskjaer ! Solskjaer ! »

Harry tourna la tête et fit un sourire en guise de confirmation.

C'était donc le Norvégien le plus célèbre au monde. Un joueur de football, attaquant de substitution dans l'équipe d'une ville industrielle anglaise, expulsait tous les explorateurs, peintres et auteurs norvégiens. En y réfléchissant à deux fois, Harry se dit que l'homme avait probablement raison.

# Chapitre 10

Au dix-septième étage, derrière une porte en chêne et deux sas de sécurité, Harry découvrit une plaque ornée du lion norvégien. La réceptionniste, une jeune Thaïlandaise pleine de charme ayant une petite bouche, un nez encore plus petit et deux yeux de velours marron dans un visage rond, étudia en plissant le front la carte d'identité qu'il lui tendait. Puis elle décrocha un téléphone, chuchota trois syllabes et raccrocha.

« Le bureau de mademoiselle Wiig est le deuxième à droite, sir », dit-elle avec un sourire si radieux que Harry envisagea de tomber amoureux sur-le-champ.

« Entrez ! » cria-t-on quand Harry frappa. Tonje Wiig se trouvait à l'intérieur, penchée sur une grande table de travail en teck, visiblement très occupée à prendre des notes. Elle leva les yeux, fit un petit sourire, déplia de sa chaise un grand corps maigre vêtu d'un costume de soie et vint vers lui la main tendue.

Tonje Wiig était tout le contraire de la fille de l'accueil. Le nez, la bouche et les yeux rivalisaient pour occuper le maximum d'espace dans un visage allongé, et c'était le nez qui semblait gagner. Il faisait penser à une sorte de tubercule tordu, mais préservait en tout cas un peu de place entre les deux énormes yeux lourdement maquillés. Non que mademoiselle Wiig fût laide, et certains hommes auraient même sûrement prétendu que son visage avait une relative beauté classique.

« C'est un tel soulagement que vous soyez là, inspecteur. Dommage que ce soit pour une occasion aussi regrettable. »

Harry eut à peine le temps de toucher ses doigts osseux avant qu'elle ne récupère sa main.

Elle s'assura que tout allait bien dans l'appartement que l'ambassade lui avait fourni, et finit par le prier de leur faire savoir s'il y avait quoi que ce soit qu'elle ou les autres employés de l'ambassade puissent faire pour lui.

« Bien sûr, nous n'aspirons tous qu'à ce que cette affaire soit derrière nous aussi rapidement que possible », dit-elle en se grattant précautionneusement l'aile du nez, de sorte que son maquillage ne s'étale pas dessus.

« Je comprends.

— Ça a été des jours difficiles pour nous, vous savez, et ça a peut-être l'air abrupt, mais la vie continue, et nous avec. Certains pensent que nous autres représentants d'ambassade passons notre temps à organiser des réceptions et à nous amuser, mais il est difficile d'être plus loin de la vérité, vous pouvez me croire. En ce moment, j'ai dix-huit Norvégiens à l'hôpital et six en prison, dont quatre pour possession de stupéfiants. *VG*[1] nous appelle tous les jours. Il se trouve que l'un d'entre eux, une femme, est enceinte, par-dessus le marché. Et le mois dernier, à Pattaya, un Norvégien est mort après être passé par une fenêtre. Deuxième fois cette année. Des tas d'histoires. »

Elle secoua la tête, découragée.

« Des marins bourrés et des trafiquants d'héroïne. Vous avez vu les prisons, ici ? Affreux. Et si quelqu'un perd son passeport, croyez-vous qu'ils ont une assurance voyage ou de quoi se payer leur billet retour ? Certainement pas, il faut que l'on s'occupe de tout. C'est pourquoi vous comprenez qu'il est important que nous nous remettions au travail.

— Si j'ai bien compris, c'est vous qui reprenez automatiquement ses responsabilités maintenant que l'ambassadeur est mort.

— C'est moi qui suis le chargé d'affaires, oui.

— Combien de temps sera nécessaire avant qu'on nomme un nouvel ambassadeur ?

— Pas beaucoup, j'espère. Habituellement, cela prend un mois ou deux.

— Vous n'aimez pas vous retrouver avec toutes ces responsabilités ? »

Tonje Wiig fit un sourire en coin.

« Ce n'est pas ce que je voulais dire. En réalité, j'ai tenu le rôle de chargé d'affaires pendant six mois avant qu'ils n'envoient Molnes ici. Je dis simplement que j'espère qu'une décision définitive sera prise dans les meilleurs délais.

1. *Verdens Gang (Le cours du monde),* l'un des principaux quotidiens norvégiens derrière *Aftenposten*, dont il se distingue par son goût du scandale.

— Vous considérez donc que vous-même allez reprendre le poste d'ambassadeur.

— Eh bien… Ça ne serait pas aberrant, dit-elle en tirant les coins de sa bouche vers le haut. Mais j'ai bien peur qu'on ne puisse jamais savoir, avec le ministère des Affaires étrangères norvégien. »

Une ombre se glissa dans la pièce, et une tasse apparut soudain devant Harry.

« Vous buvez du chaa ráwn ? demanda mademoiselle Wiig.

— Ça, je ne sais pas.

— Excusez-moi, dit-elle en riant. J'oublie si vite que d'autres sont depuis peu dans le pays. Du thé noir de Thaïlande. Je pratique le high tea, ici, comprenez-vous ? Même si nous n'allons pas tarder à avoir deux heures de retard sur l'heure traditionnelle du thé en Angleterre. »

Harry accepta, et lorsqu'il regarda dans sa tasse, quelqu'un la lui avait remplie.

« Je croyais que ce genre de traditions disparaissait avec les colons…

— La Thaïlande n'a jamais été une colonie, dit-elle avec un sourire. Ni anglaise ni française, comme ça a été le cas pour les pays voisins. Les Thaïlandais en sont très fiers. Un peu trop, si vous voulez mon avis. Une légère influence anglaise n'a jamais fait de mal à personne. »

Harry prit un bloc-notes et demanda s'il était pensable que l'ambassadeur ait été mêlé à quelque chose de louche.

« De louche, inspecteur ? »

Harry expliqua brièvement ce qu'il entendait par « louche », en précisant que dans plus de soixante-dix pour cent des meurtres, la victime était mêlée à quelque chose d'illégal.

« Des choses illégales ? Molnes ? » Elle secoua énergiquement la tête. « Ce n'est... n'était pas le genre.

– Savez-vous s'il aurait pu avoir des ennemis ?

– Jamais de la vie. Pourquoi me demandez-vous ça ? Ça ne peut quand même pas être un attentat ?

– On en sait encore très peu pour l'instant, et aucune possibilité n'est exclue. »

Mademoiselle Wiig expliqua que Molnes était parti à une réunion tout de suite après le déjeuner, le lundi de sa mort. Il n'avait pas dit où, mais ce n'était pas inhabituel.

« Il avait toujours son mobile sur lui, pour qu'on puisse le joindre s'il se passait quelque chose d'imprévu. »

Harry demanda à voir le bureau du défunt. Mademoiselle Wiig dut déverrouiller encore d'autres portes, installées « pour raisons de sécurité ». Rien n'avait été touché dans la pièce, conformément à ce que Harry avait demandé avant de partir d'Oslo, et le bureau débordait de papiers, cartes géographiques et souvenirs qui n'avaient pas encore été rangés sur une étagère ou punaisés au mur.

Le couple royal de Norvège les regardait majestueusement par-dessus des piles de papiers, et jusque derrière eux par la fenêtre qui donnait sur le Queen's Regent Park, aux dires de mademoiselle Wiig.

Harry attrapa un agenda, mais les notes étaient rarissimes. Il regarda au lundi en question, mais seul « Man U » y figurait, une abréviation fort employée pour Manchester United, s'il ne se trompait pas. Peut-être un match de football à la télévision qu'il ne voulait pas oublier, pensa Harry avant d'ouvrir quelques tiroirs par acquit de conscience. Mais il comprit rapidement que c'était une mission impossible pour un seul homme de passer le bureau de l'ambassadeur au peigne fin sans savoir ce qu'on y cherchait.

« Je ne vois pas son téléphone mobile… dit Harry.

– Comme je vous l'ai dit… il l'avait toujours sur lui.

– Nous n'avons pas retrouvé de téléphone sur le lieu du crime. Et je ne crois pas que son meurtrier était un voleur. »

Mademoiselle Wiig haussa les épaules.

« L'un de vos collègues thaïlandais l'a peut-être "confisqué" ? »

Harry choisit de ne pas faire de commentaire, et demanda si quelqu'un avait appelé l'ambassadeur depuis l'ambassade le jour fatidique, ce dont elle doutait, mais elle promit de vérifier. Harry jeta un dernier coup d'œil dans la pièce.

« Quelle a été la dernière personne de l'ambassade à voir Molnes ? »

Elle réfléchit un moment.

« Ce doit être Sanphet, le chauffeur. L'ambassadeur et lui étaient devenus très bons amis. Il encaisse mal le coup, et je lui ai par conséquent donné quelques jours de congé.

– Pourquoi n'est-ce pas lui qui conduisait l'ambassadeur le jour du meurtre, si c'est lui le chauffeur ? »

Elle haussa les épaules.

« Je me suis posé la même question. L'ambassadeur n'aimait pas se lancer seul dans la circulation de Bangkok.

– Mmm. Qu'est-ce que vous pouvez me raconter sur ce chauffeur ?

– Sanphet ? Il a toujours été là, aussi loin qu'on se souvienne. Il n'est jamais allé en Norvège, mais il en connaît toutes les villes par cœur. Et la liste des rois. Oui, et puis, il adore Grieg. Je ne sais pas s'il a une platine disque chez lui, mais il a tous les disques. C'est un vieux Thaïlandais si gentil... »

Elle pencha la tête de côté et montra les gencives.

Harry lui demanda si elle savait où il pourrait rencontrer Hilde Molnes.

« Elle est chez elle, terriblement abattue, j'en ai bien peur. Je vous conseillerais bien d'attendre un peu avant d'aller lui parler.

– Merci pour le conseil, mademoiselle Wiig, mais nous ne pouvons pas nous payer le luxe d'attendre. Auriez-vous l'amabilité de la prévenir par téléphone de mon arrivée ?

– Je comprends. Excusez-moi. »

Il se tourna vers elle.

« D'où venez-vous, mademoiselle Wiig ? »

Tonje Wiig le regarda, étonnée. Puis elle partit d'un rire retentissant et quelque peu crispé.

« Dois-je prendre cela comme un interrogatoire, inspecteur ? »

Harry ne répondit pas.

« Si vous tenez absolument à le savoir, j'ai été élevée à Fredrikstad.

– C'est ce qu'il m'avait semblé entendre », répondit-il avec un clin d'œil.

La frêle réceptionniste s'était renversée sur sa chaise et tenait un spray contre son petit nez. Elle sursauta lorsque Harry toussota, et se mit à rire, désorientée et les yeux pleins d'eau.

« Excusez-moi, mais l'air de Bangkok est très insalubre, expliqua-t-elle.

— J'avais remarqué. Pourriez-vous m'aider en me donnant le numéro de téléphone du chauffeur ? »

Elle secoua la tête et renifla.

« Il n'a pas le téléphone.

— Bon, bon. Il habite bien quelque part ? »

C'était dit sur le ton de la plaisanterie, mais il vit sur son visage qu'elle n'appréciait pas. Elle lui écrivit l'adresse, et lui fit un minuscule sourire lorsqu'il s'en alla.

# Chapitre 11

Un domestique était déjà prêt à la porte lorsque Harry remonta l'allée menant au logis de l'ambassadeur. Il conduisit Harry à travers deux grands salons meublés avec goût où le teck et le rotin dominaient, et jusqu'à la porte-fenêtre qui donnait sur le jardin, à l'arrière de la maison. Des orchidées crépitaient en jaune et bleu, et des papillons qui semblaient faits de papier multicolore voletaient dans l'ombre des grands saules. Hilde Molnes, la femme de l'ambassadeur, se trouvait près d'une piscine en forme de sablier. Elle occupait un fauteuil en rotin, dans un peignoir rose et devant une boisson assortie, derrière une paire de lunettes de soleil qui lui couvraient la moitié du visage.

« Vous devez être l'inspecteur Hole, dit-elle d'une voix qui trahissait les *r* durs du Sunnmore. Tonje m'a appelée pour me dire que vous arriviez. Voulez-vous boire quelque chose ?

– Non merci.

– Oh, mais si. C'est très important de boire quand il fait chaud, vous savez. Pensez à la déshydratation, même si vous ne ressentez pas la soif.

Parce qu'ici, vous vous déshydratez si vite que votre corps n'a même pas le temps de vous le faire savoir. »

Elle ôta ses lunettes, révélant, comme Harry l'avait supposé d'après ses cheveux de jais et sa peau sombre, une paire d'yeux marron. Ils étaient vifs, mais légèrement rougis. Le chagrin ou les cocktails de la matinée, pensa Harry. Ou bien les deux.

Il évalua qu'elle devait être au milieu de la quarantaine, mais elle portait encore beau. Une beauté dans la force de l'âge, un peu fanée, issue de la partie supérieure de la classe moyenne. Harry eut une impression de déjà-vu.

Il s'assit dans l'autre fauteuil en osier qui épousa les contours de son corps, comme s'il avait su que Harry allait venir.

« Dans ce cas, je prendrai un verre d'eau, madame Molnes. »

Elle donna des instructions au domestique et le congédia d'un geste.

« Vous a-t-on fait savoir que vous pouvez désormais venir voir votre mari ?

— Oui, merci. » Harry nota une nuance de colère dans sa voix. « Ce n'est pas trop tôt, pour me laisser le voir ; un homme avec qui j'ai été mariée pendant vingt ans. »

Les yeux marron avaient viré au noir, et Harry pensa que ça s'était réellement passé comme on le supposait, et que s'étaient échoués sur la côte du Sunnmore bon nombre de naufragés portugais et espagnols.

« Il va me falloir vous poser quelques questions, dit-il.

— Alors faites-le maintenant, pendant que le gin fait encore effet. »

Elle balança une jambe mince, bronzée et vraisemblablement rasée de frais par-dessus son genou opposé.

Harry se saisit d'un bloc-notes. Non qu'il ait besoin de prendre des notes, mais ça lui permettait d'éviter de la regarder pendant qu'elle répondait. Ça facilitait généralement les choses quand il parlait aux proches.

Elle raconta que son mari était parti le matin sans préciser s'il rentrerait tard, mais qu'il n'était pas rare que surviennent des imprévus. À vingt-deux heures passées, n'ayant toujours pas de nouvelles, elle avait essayé de le joindre, mais n'avait réussi ni au bureau, ni sur son mobile. Elle ne s'était pourtant pas inquiétée. Un peu après minuit, Tonje Wiig l'avait appelée pour lui dire qu'on avait retrouvé son mari mort dans une chambre d'hôtel.

Harry observa le visage de Hilde Molnes. Elle faisait son récit d'une voix assurée, sans éléments dramatiques.

Tonje Wiig avait laissé entendre à Hilde Molnes que la cause du décès était encore inconnue. Le lendemain, la conseillère de l'ambassade lui avait déclaré que l'ambassadeur avait été assassiné, mais les consignes d'Oslo leur imposait à tous un devoir de réserve inconditionnel à propos de la cause du décès. Hilde Molnes était également concernée, bien que ne faisant pas partie des employés de l'ambassade, car tous les citoyens norvégiens pouvaient se voir imposer le devoir de réserve quand les raisons de « sûreté de l'État » étaient invoquées. Elle prononça ces derniers mots sur un ton de sarcasme acerbe, en levant son verre comme pour un toast.

Harry se contenta de hocher la tête et de prendre des notes. Il lui demanda si elle était sûre qu'il n'avait pas laissé son téléphone à la maison, et elle confirma. Sous le coup d'une impulsion, il lui demanda de quel genre de téléphone il était question, et elle répondit ne pas être sûre, mais qu'il lui semblait être finlandais.

Elle ne put lui apporter aucune aide sous forme de noms de personnes qui auraient éventuellement pu avoir des motifs pour tuer l'ambassadeur.

Il fit tambouriner son crayon sur son bloc-notes.

« Est-ce que votre mari aimait les enfants ?

– Oh, oui, beaucoup ! » répondit immédiatement Hilde Molnes. Harry remarqua pour la première fois un frémissement dans la voix de son interlocutrice.

« Atle était le meilleur père au monde, vous auriez dû voir ça. »

Harry ne put s'empêcher de baisser à nouveau les yeux sur son bloc. Il n'y avait rien eu dans le regard de la femme qui trahissait qu'elle avait perçu le double fond dans la question. Il était pratiquement sûr qu'elle ne savait rien, mais il savait aussi que c'était son satané boulot de passer à l'étape suivante et de lui demander carrément si elle avait été au courant que l'ambassadeur était en possession de matériel à caractère pédo-pornographique.

Il se passa une main sur le visage. Il se sentait comme un chirurgien, scalpel en main mais incapable de faire la première incision. Et puis zut, il ne surmonterait donc jamais cette sensibilité qu'il éprouvait au contact des choses désagréables, quand des innocents doivent être exposés à la vérité sur leur bien-aimé, à des détails qu'ils n'ont ni réclamés ni mérité de prendre en pleine poire.

Hilde Molnes lui coupa l'herbe sous le pied.

« Il aimait tellement les enfants que nous envisagions d'adopter une fillette. »

Des larmes étaient apparues dans ses yeux.

« Une pauvre petite réfugiée de Birmanie. Oui, à l'ambassade, ils veillent à parler de Myanmar pour ne choquer personne, mais je suis si vieille que je dis Birmanie. »

Elle partit d'un petit rire sec entre ses larmes, et se ressaisit. Harry détourna le regard. Un colibri rouge flottait silencieusement en l'air devant une orchidée, à l'instar d'un petit hélicoptère télécommandé.

C'est bon, décida-t-il. Elle ne sait rien. Au cas où ça devrait avoir un quelconque intérêt dans l'affaire, il pourrait y revenir. Dans le cas contraire, il voulait l'épargner.

Harry lui demanda depuis quand elle et son mari se connaissaient, et elle lui raconta spontanément qu'ils s'étaient rencontrés alors qu'Atle Molnes venait de décrocher son diplôme en sciences politiques et était toujours célibataire, pendant les congés de fin d'année, chez eux à Ørsta. La famille Molnes avait une fortune qui se chiffrait en millions, possédait deux fabriques de meubles, et le jeune héritier ferait un bon parti pour toutes les filles du canton, ce qui faisait que la concurrence ne manquait pas.

« Je n'étais que Hilde, Mlle de Mellegården[1], mais j'étais la plus jolie », dit-elle avec le même rire sec. Une expression douloureuse apparut soudain sur son visage, et elle porta vivement le verre à ses lèvres.

Harry n'eut aucune difficulté à imaginer la veuve en pure beauté juvénile.

En particulier depuis que cette image venait de prendre corps dans l'ouverture de la porte coulissante qui donnait sur la terrasse.

« Runa, ma chérie, tu es là ! Ce jeune homme s'appelle Harry Hole. C'est un détective norvégien, et il va aider à découvrir ce qui est arrivé à Papa. »

La fille les gratifia tout juste d'un regard et alla sans répondre de l'autre côté du bassin. Elle avait les cheveux et la peau sombres de sa mère, et Harry évalua à son corps longiligne moulé dans son maillot de bain qu'elle devait avoir autour de dix-sept ans. Il aurait dû le savoir, c'était dans le rapport qu'on lui avait donné juste avant son départ.

Elle aurait été une beauté complète, comme sa mère, s'il n'y avait pas eu un détail que le rapport ne mentionnait pas. Quand elle contourna le bassin avant de faire trois pas lents et gracieux sur le plongeoir et de s'élever dans les airs en ramenant les jambes à elle, Harry avait déjà ressenti un coup au cœur. De son épaule droite pointait un fin moignon qui donnait à tout le corps une forme étrangement asymétrique, et le fit ressembler à un avion touché à l'aile tandis qu'il décrivait une vrille au-dessus de l'eau. Un petit pschitt fut tout ce qu'ils entendirent

1. Mlle de la ferme des Melle.

lorsqu'elle perça la surface verte et disparut. Une nuée de bulles remontèrent.

« Runa est plongeuse », dit Hilde Molnes, de façon assez superflue.

Il avait toujours les yeux braqués sur l'endroit où elle avait disparu lorsqu'une silhouette apparut à l'autre extrémité du bassin. Elle remonta l'échelle, et il observa son dos musclé, le soleil qui jouait dans les gouttes d'eau sur sa peau et qui faisait briller ses cheveux noirs mouillés. Son moignon pendait comme une aile de poulet. La sortie fut aussi silencieuse que l'entrée et le plongeon, elle passa sans un mot la porte de la terrasse.

« Elle ne devait pas savoir que vous étiez là, dit Hilde Molnes sur un ton d'excuse. Vous comprenez, elle n'aime pas que des gens qu'elle ne connaît pas la voient sans sa prothèse.

— Je comprends. Comment vit-elle ce qui s'est passé ?

— Allez savoir. » Hilde Molnes fixa pensivement l'endroit où sa fille avait disparu. « Elle a l'âge où je n'arrive par aucun moyen à savoir quoi que ce soit. Ni moi ni personne d'autre, soit dit en passant. »

Elle leva son verre.

« Runa est une fille un peu spéciale, je le crains. »

Harry se leva, remercia pour les informations et dit qu'il reprendrait contact ultérieurement. Hilde Molnes lui fit remarquer qu'il n'avait pas bu une seule goutte d'eau, et il la pria avec une petite courbette de lui mettre le verre de côté pour la fois suivante. Il se dit que ces derniers mots étaient quelque peu impertinents, mais elle rit malgré tout et leva son verre en guise d'adieu. Tandis qu'il se dirigeait vers la grille, un cabriolet Porsche rouge remonta l'allée. Il eut le temps de voir une frange blonde au-dessus d'une paire de Ray-Ban et un costume Armani gris avant que la voiture ne passe à son niveau et ne disparaisse dans l'ombre, devant la maison.

## Chapitre 12

L'inspecteur principal Crumley était sortie lorsque Harry revint au poste, mais Nho pointa le pouce en l'air et dit « Roger » quand Harry lui demanda poliment de contacter les télécommunications et de dresser la liste de tous les appels à partir et à destination du mobile de l'ambassadeur, pour le jour du meurtre.

Il était presque cinq heures quand Harry finit par mettre la main sur l'inspecteur principal. Compte tenu de l'heure tardive, elle proposa qu'ils se voient sur un bateau « longue queue » pour visiter les canaux, « histoire d'être débarrassés du sight-seeing[1] », comme elle dit.

Sur la River Pier, on leur proposa l'un des longs bateaux pour six cents bahts, mais le prix tomba immédiatement à trois cents après que Crumley eut grondé quelques mots en thaï.

Ils descendirent une portion du Chao Phraya avant d'entrer dans l'un des petits canaux. Des remises en bois donnant l'impression de pouvoir s'écrou-

1. En anglais dans le texte : visite guidée.

ler à tout moment se cramponnaient à des pilotis dans la rivière, et des odeurs de nourriture, d'égouts et d'essence leur parvenaient par vagues. Harry avait l'impression de traverser en bateau le salon des gens qui vivaient là. Seules des rangées de plantes en pots empêchaient une vue trop directe, mais personne ne semblait s'en offusquer ; au contraire, ils agitaient la main en souriant.

Depuis un ponton, trois garçonnets vêtus de shorts trempés après une récente baignade dans l'eau brune leur crièrent quelque chose. Crumley les menaça gentiment du poing, et le pilote se mit à rire.

« Qu'est-ce qu'ils crient ? demanda Harry.

— Mâe chii, répondit-elle en désignant sa tête. Ça veut dire Mère supérieure, ou nonne. Les nonnes se rasent la tête, en Thaïlande. Si j'avais eu en plus une cape blanche, on m'aurait traitée avec davantage de respect, précisa-t-elle en riant.

— Ah oui ? Pourtant, on dirait que tu jouis de suffisamment de respect. Tes hommes…

— C'est parce que je les respecte, l'interrompit-elle. Et parce que je connais mon boulot. »

Elle se racla la gorge et cracha par-dessus le plat-bord. « Mais ça t'étonne peut-être parce que je suis une femme ?

— Je n'ai pas dit ça.

— Beaucoup d'étrangers sont surpris de voir qu'il est possible pour une femme d'arriver à une bonne situation, dans ce pays. La culture macho n'est pas si répandue que ça, et le problème est plutôt que je suis étrangère. »

Une brise légère donnait un certain mouvement rafraîchissant dans l'air humide, une sérénade grinçante de sauterelles leur parvenait d'un bosquet d'arbres, et ils regardaient le même soleil rouge sang que la veille au soir.

« Qu'est-ce qui a fait que tu es venue ici ? »

Harry se douta qu'il franchissait peut-être une invisible ligne continue, mais il laissa sa question en suspens.

« Ma mère est thaïlandaise, dit-elle après une pause. Papa était en garnison à Saïgon pendant la guerre du Vietnam, et il l'a rencontrée ici, à Bangkok, en 1967. »

Elle rit et glissa un coussin dans son dos.

« Maman prétend qu'elle est tombée enceinte dès la première nuit qu'ils ont passée ensemble.

— Toi ? »

Elle acquiesça.

« Après la capitulation, il nous a emmenées aux États-Unis, à Fort Lauderdale, où il avait le grade de lieutenant-colonel. Quand on y est arrivés, ma mère a découvert qu'il était marié quand ils s'étaient rencontrés. Il avait envoyé une lettre au pays et avait réglé le divorce par courrier quand il avait appris que Maman était enceinte. »

Elle secoua la tête.

« Il aurait parfaitement pu nous plaquer à Bangkok, s'il avait voulu. Et peut-être que c'est ce qu'il voulait, au fond de lui, qui sait.

— Tu ne lui as pas demandé ?

— Ce n'est pas le genre de choses auxquelles on souhaite une réponse honnête, n'est-ce pas ? En plus, je sais que je n'aurais jamais eu de réponse en bonne et due forme. Il était comme ça, point.

— Était ?

— Oui. Il est mort. »

Elle se tourna vers lui.

« Ça t'ennuie, que je te parle de ma famille ? »

Harry mordit dans le filtre d'une cigarette.

« Absolument pas.

— Le choix de se tirer ne s'est jamais réellement présenté pour mon père, il avait des idées bien arrêtées en matière de responsabilités. Quand j'avais onze ans, j'ai eu le droit de récupérer l'un des chatons des voisins, à Fort Lauderdale. Après des tas d'histoires, Papa a dit oui à la condition que je m'en occupe correctement. Après deux semaines, je n'en pouvais plus, et j'ai demandé si je pouvais le reporter. Papa m'a alors emmenée avec le chaton dans le garage. “On ne peut pas se débiner devant ses responsabilités, a-t-il dit. C'est comme ça que des civilisations vont à leur ruine.” Il a alors sorti son revolver de service et a envoyé une balle de 12 mm à travers la tête du chaton. Après, il a fallu que j'aille chercher de l'eau et du savon pour briquer le sol du garage. Il était comme ça. C'est pour ça… »

Elle ôta ses lunettes de soleil et les essuya avec l'un des coins de sa chemise, en plissant les yeux vers le soleil couchant.

« C'est pour ça qu'il n'a jamais accepté qu'ils se soient retirés du Vietnam. Maman et moi sommes venues ici quand j'avais dix-huit ans. »

Harry hocha la tête.

« Je peux imaginer que ça n'a pas été si facile pour ta mère d'arriver sur une base militaire américaine, après la guerre, avec ses traits d'Asiatique ?

— Là-bas, ce n'était pas si mal. Le reste des Américains, en revanche, ceux qui ne vivaient pas sur la base, mais qui avaient peut-être perdu un fils ou un fiancé au Vietnam, ceux-là nous détestaient. Pour eux, tout ce qui avait les yeux bridés était Charlie. »

Un type en costume fumait un cigare devant une bicoque calcinée.

« Et ensuite, tu as fait l'école de police, tu es devenue enquêteur à la crim', et tu t'es rasé la tête ?

— Pas dans cet ordre. Et je ne me suis pas rasé la tête. Mes cheveux sont tombés en l'espace d'unc semaine, quand j'avais dix-sept ans. Une forme rare de pelade. Mais pratique, avec ce climat. »

Elle passa une main sur son crâne et fit un sourire fatigué. Harry n'avait jusqu'à présent pas remarqué qu'elle n'avait ni sourcils ni cils, rien.

Un autre bateau arriva à leur hauteur. Il était plein à ras bord de chapeaux de paille jaunes, et une vieille bonne femme désigna d'abord leur tête, puis les chapeaux. Crumley refusa d'un sourire et lui dit quelques mots. Avant de s'en aller, la femme se pencha vers Harry et lui donna une fleur blanche. Elle montra Crumley du doigt en riant.

« Comment dit-on merci, en thaï ?

— Khàwp khun khráp, répondit Crumley.

— Super. Dis-lui, toi. »

Ils passèrent devant un temple, un wat, qui se trouvait tout au bord du canal, et ils entendirent les moines psalmodier à travers la porte ouverte. Des gens priaient sur les marches au-dehors, les mains jointes.

« Pour quoi prient-ils ? demanda-t-il.

— Je ne sais pas. La paix. L'amour. Une vie meilleure, maintenant ou dans la prochaine. Ce que tout le monde veut, partout.

— Je ne crois pas qu'Atle Molnes attendait une pute. Je crois qu'il attendait quelqu'un d'autre. »

Ils poursuivirent leur chemin, et la litanie des moines s'éteignit derrière eux.

« Qui ça ?

— Aucune idée.

— Pourquoi penses-tu ça, alors ?

— Il avait juste assez d'argent pour la chambre, alors je suis prêt à parier qu'il n'avait pas prévu de se payer une pute. Mais il n'avait rien à faire dans ce motel, à moins d'y rencontrer quelqu'un, n'est-ce pas ? Selon Wang, la porte n'était pas fermée quand ils l'ont retrouvé. Ça ne te semble pas un peu bizarre ? Si on se contente de lâcher une porte de motel, elle se ferme automatiquement. Il a dû agir délibérément sur la poignée de la porte pour que celle-ci reste ouverte. Il n'y a aucune raison pour que le meurtrier ait appuyé sur le bouton de la poignée, il ou elle n'a vraisemblablement pas eu conscience de passer une porte non verrouillée. Alors pourquoi est-ce que Molnes a fait ça ? La plupart de ceux qui résident dans ce genre d'établissement préfèrent certainement que la porte soit fermée à clé, quand ils dorment, tu ne crois pas ? »

Elle pencha la tête d'un côté, puis de l'autre, plusieurs fois de suite.

« Il s'était peut-être couché et avait peur de ne pas entendre frapper celui ou celle qu'il attendait ?

— Tout juste. Et il n'y avait aucune raison de veiller à ce que la porte soit ouverte pour Tonya Harding, puisqu'il avait été convenu avec le réceptionniste qu'il téléphonerait avant. D'accord ? »

Dans le feu de l'explication, Harry s'était déporté sur le côté de l'embarcation, et le pilote poussa un cri avant d'expliquer qu'il devait rester assis au milieu de sorte que le bateau ne chavire pas.

« Je crois qu'il voulait dissimuler l'identité de la personne qu'il attendait. Le fait que le motel se trouve hors de la ville a vraisemblablement une importance. Un endroit approprié pour un rendez-vous secret, un endroit où personne ne tient de registre officiel.

— Hmm. Est-ce que tu penses aux photos ?

— Difficile de ne pas y penser…

— On peut acheter des clichés de ce genre dans plein d'endroits, à Bangkok.

— Il est peut-être allé un peu plus loin. On parle peut-être de prostitution d'enfants.

— Peut-être. Continue.

— Son téléphone mobile. Il avait disparu quand on a retrouvé Molnes, et il n'était ni au bureau ni à son domicile.

— Le meurtrier a pu le voler.

— Oui, mais pourquoi ? Si c'était un voleur, pourquoi n'a-t-il pas aussi pris l'argent et la voiture ? »

Crumley se gratta l'oreille.

« Les pistes, dit Harry. Le meurtrier a veillé avec un soin extrême à dissimuler sa piste. Il a peut-être volé le téléphone parce que celui-ci constituait une trace importante ?

— Et ça serait ?

— Que fait un banal utilisateur de mobile lorsqu'il attend quelqu'un dans une chambre d'hôtel, quelqu'un qui a peut-être aussi un mobile et qui traverse la circulation imprévisible de Bangkok ?

— Il appelle l'autre pour savoir s'il est loin, répondit Crumley, qui n'avait toujours pas l'air de bien voir où Harry voulait en venir.

— Molnes avait un Nokia, exactement comme moi. »

Harry dégaina son téléphone.

« Comme la plupart des téléphones mobiles actuels, il enregistre les cinq derniers numéros que tu as composés. Molnes a peut-être discuté par téléphone avec son meurtrier juste avant que celui-ci n'arrive, de sorte qu'il se savait identifiable si nous mettions la main sur le téléphone.

— Mouais, fit-elle, apparemment pas impressionnée outre mesure. Il pouvait aussi bien effacer les numéros et remettre le téléphone à sa place. Maintenant, il nous a donné une piste, indirectement ; que c'est quelqu'un que Molnes connaissait.

— Et si le téléphone était éteint ? Hilde Molnes a tenté en vain de joindre son mari. Sans le code d'accès du téléphone, le meurtrier ne pouvait pas effacer les numéros.

— O.K. Mais alors on n'a qu'à appeler l'opérateur et lui demander la liste des numéros que Molnes a composés ce soir-là. Ceux qui ont l'habitude de nous aider pour ce genre de choses sont sûrement rentrés chez eux, à l'heure qu'il est, mais je les appellerai demain matin. »

Harry se gratta le menton.

« Ça ne sera pas nécessaire. J'en ai parlé à Nho, et il planche dessus en ce moment.

— Ah oui ? dit-elle. Une raison particulière, pour que tu ne sois pas passé par moi ? »

Il n'entendit aucune irritation, aucun défi dans sa voix. Elle posait la question parce que Nho était l'un de ses subordonnés, et parce que Harry avait court-circuité la hiérarchie. Il n'était pas question de chef ou de pas chef, mais de mener une investigation de façon efficace. Et ça, c'était de sa responsabilité.

« Tu n'étais pas là, Crumley. Je regrette si j'ai été un peu rapide.

– Rien à regretter, Harry. Tu viens de le dire... je n'étais pas là. Et tu peux m'appeler Liz. »

Ils avaient remonté le fleuve sur une grande distance. L'inspecteur principal montra du doigt une maison au bout d'un grand jardin.

« Un de tes compatriotes habite là-bas, dit-elle.

– Comment le sais-tu ?

– Ça a fait tout un pataquès dans les journaux, quand il a fait construire cette maison. Comme tu le vois, elle ressemble à un temple. Les bouddhistes sont tombés à la renverse quand ils ont appris qu'un païen allait habiter un truc comme ça, ils l'ont pris comme un blasphème. En plus, il est apparu qu'elle avait été construite avec des matériaux provenant d'un temple birman qui se trouvait dans une région frontalière que les deux pays se disputent. La situation était assez tendue, à l'époque, avec de gros échanges de tirs et d'autres trucs du genre, ce qui fait que les gens ont fui. Le Norvégien a pu acquérir l'ensemble du temple pour une bouchée de pain, et puisque les temples du nord de la Birmanie sont entièrement faits de tek, il a pu démonter tout le bazar et le transporter à Bangkok.

– Particulier, dit Harry. Qui est-ce ?

– Ove Klipra. Il est l'un des plus gros entrepreneurs de Bangkok. Je parie que tu entendras encore parler de lui si tu dois rester un moment. »

Elle donna la consigne au pilote de faire demi-tour.

« Nho devrait avoir cette liste assez rapidement. Tu aimes les take-away ? »

La liste était arrivée, et elle descendait à l'arme lourde la théorie de Harry.

« Le dernier appel enregistré l'a été à 17 h 55, expliqua Nho. En d'autres termes, il n'a appelé personne après être arrivé au motel. »

Harry baissa les yeux sur son bol en plastique et la soupe de nouilles qu'il contenait. Les bandelettes blanches ressemblaient à une version pâle et amaigrie de spaghettis, et il eut vaguement peur en constatant que des choses bougeaient aux endroits les plus inattendus dans sa soupe quand il tirait sur les nouilles avec ses baguettes.

« Il se peut malgré tout que le tueur soit dans cette liste, dit Liz, la bouche pleine. Sinon, pourquoi lui soulever son téléphone ? »

Rangsan entra et annonça qu'ils avaient Tonya Harding, pour la prise des empreintes digitales.

« Vous pouvez toujours lui parler, maintenant, si vous voulez. Et autre chose : Supawadee m'a dit qu'ils examinaient l'ampoule plastique ; le résultat devrait être prêt demain matin. Ils nous ont donné la priorité absolue sur tout le reste.

— Tu leur diras kop kon krap de ma part, dit Harry.

— Je leur dirai quoi ?

— Merci. »

Harry fit un sourire débile, et Liz fut prise d'une telle quinte de toux que le riz voltigea jusqu'au mur opposé.

# Chapitre 13

Harry n'avait pas la moindre idée du nombre de prostituées qu'il avait eues devant lui au cours d'interrogatoires comme celui-ci, il savait seulement que ça faisait beaucoup. Elles semblaient devoir apparaître dans une affaire de meurtre aussi sûrement que des mouches autour d'une bouse. Pas parce qu'elles étaient nécessairement impliquées, mais parce qu'elles avaient presque toujours quelque chose à raconter.

Il les avait entendues rire, jurer et pleurer, il était devenu leur ami, leur ennemi, avait conclu des marchés, trahi des promesses, avait été la cible de crachats et de coups. Il y avait néanmoins quelque chose dans ces destins de femmes et dans les circonstances qui les avaient façonnés qu'il lui semblait reconnaître ou pouvoir comprendre. Ce qu'il ne pouvait pas comprendre, c'était cet optimisme indéfectible, et qu'en dépit du fait qu'elles aient plongé les yeux dans les abîmes les plus profonds de la nature humaine, elles semblaient ne jamais devoir perdre la foi qu'il existait des gens bien. Il avait vu suffisamment de policiers qui n'y arrivaient pas.

C'est pour ça que Harry donna une tape sur l'épaule de Dim et lui proposa une cigarette avant qu'ils ne commencent. Pas parce qu'il pensait arriver à quelque chose en le faisant, mais parce qu'elle semblait en avoir besoin.

Elle avait une lueur dans le regard et une moue sur les lèvres qui trahissaient qu'elle n'était pas pusillanime, mais pour l'heure elle tordait nerveusement ses mains sur ses genoux, assise sur une chaise face à une petite table en formica, et semblait pouvoir se mettre à pleurer à n'importe quel moment.

« Pen yangai ? » demanda-t-il. Comment ça va ? Liz lui avait appris ces deux mots en thaï avant qu'il n'entre dans la salle d'interrogatoires.

Nho traduisit la réponse. Elle dormait mal, la nuit, et ne voulait plus travailler au motel.

Harry s'assit en face d'elle, posa ses avant-bras sur la table et essaya de capter le regard de Dim. Ses épaules tombèrent légèrement, mais elle garda les bras croisés et ne le regarda pas.

Point par point, ils récapitulèrent ce qui s'était passé, mais elle n'avait rien de nouveau à apporter. Elle confirma que la porte de la chambre du motel avait été fermée, mais pas verrouillée. Elle n'avait pas vu de téléphone mobile. Et personne qui ne travaillât pas au motel, aussi bien quand elle était arrivée que quand elle était repartie.

Quand Harry évoqua la Mercedes, et lui demanda si elle avait remarqué que le véhicule portait des plaques diplomatiques, elle se contenta de secouer la tête. Elle n'avait pas vu de voiture. Ils ne progressèrent plus, et Harry finit par s'allumer une cigarette ; puis il demanda presque au petit bonheur la chance qui, d'après elle, avait pu faire le coup. Nho traduisit, et il vit au visage de la jeune femme qu'il avait tapé dans le mille.

« Que dit-elle ?

– Elle dit que le couteau est Khun Sa.

– Et ça veut dire ?

– Tu n'as jamais entendu parler de Khun Sa ? » demanda Nho, incrédule.

Harry secoua la tête.

« Khun Sa est le plus puissant fournisseur d'héroïne de l'histoire. Avec les gouvernements d'Indochine et la CIA, il dirige le trafic d'opium dans le Triangle d'Or depuis les années cinquante. C'est comme ça que les Américains ont trouvé l'argent nécessaire à leurs opérations dans la région. Ce type avait son armée personnelle dans la jungle locale. »

Harry se souvint vaguement avoir entendu deux ou trois trucs sur l'Escobar asiatique.

« Khun Sa s'est livré aux pouvoirs publics birmans il y a deux ans, et a été placé en centre d'internement, à coup sûr un des plus luxueux qui soient. On dit que c'est lui qui finance les nouveaux hôtels pour touristes en Birmanie, et d'aucuns sont d'avis que c'est toujours lui qui dirige la mafia de l'opium dans le nord. Khun Sa, ça veut dire qu'elle pense que c'est la mafia. C'est pour ça qu'elle a peur. »

Harry la regarda pensivement avant de faire un signe de tête à Nho.

« On la laisse partir », dit-il.

Nho traduisit et Dim eut l'air surprise. Elle se tourna et croisa le regard de Harry avant de poser ses deux mains sur son visage et de s'incliner vers l'avant. Harry se dit brusquement qu'elle avait pensé qu'on l'arrêtait pour prostitution.

Harry lui retourna son sourire. Elle se pencha par-dessus la table.

« You like ice-skating[1], sil ? »

« Khun Sa ? CIA ? »

La ligne entre Oslo et Bangkok crachotait, et avec l'écho Harry s'entendait régulièrement parler en même temps que Torhus.

« Excusez-moi, inspecteur Hole, mais avez-vous été victime d'un coup de chaud ? Un homme est retrouvé mort avec dans le dos un couteau qui a certainement pu être acheté dans tout le nord de la Thaïlande, on vous demande de vous faire tout petit, et vous venez me dire que vous prévoyez de vous jeter sur le crime organisé en Asie du Sud-Est ?

– Non. » Harry posa ses pieds sur son bureau. « Je ne prévois pas d'y faire quoi que ce soit, Torhus. Je dis simplement qu'un spécialiste, d'un musée lambda, dit que c'est un couteau rare, qu'il a vraisemblablement appartenu au peuple Shan et qu'on ne trouve pas de telles antiquités dans les boutiques classiques. La police locale prétend que ce pourrait être une façon qu'aurait la mafia de l'opium de nous dire de ne pas nous occuper de ça, mais je n'y crois pas. Si la mafia veut faire passer un message, il y a des moyens plus simples de le faire que de sacrifier un couteau ancien.

– Alors quel est votre problème ?

1. Vous aimez le patin à glace ?

— Je dis seulement que c'est cette direction qu'indiquent les indices pour l'instant. Mais le chef de la police locale est devenu fou quand j'ai parlé d'opium. Dans ce secteur, c'est un vrai bordel en ce moment. Il m'a raconté que le gouvernement avait un peu de contrôle jusqu'à ces derniers temps, qu'ils avaient mis en œuvre des programmes incitatifs pour les cultivateurs d'opium les plus pauvres, de sorte qu'ils ne perdent pas trop d'argent en passant à la culture d'autres produits, et qu'ils puissent en même temps conserver le droit de cultiver une petite part d'opium pour leur usage personnel.

— Pour leur usage personnel ?

— Oui, oui, les tribus des montagnes en ont le droit. Ça fait des générations qu'ils fument ces trucs, et ça ne sert sûrement à rien d'essayer de changer cette situation. Le problème, c'est que l'importation d'opium en provenance du Laos et du Myanmar a plongé et que les prix se sont envolés, ce qui fait que la production thaïlandaise a pratiquement doublé pour couvrir la demande. Il y a beaucoup, beaucoup d'argent en jeu, des tas de nouveaux acteurs qui veulent rejoindre le marché et c'est un sacré merdier, ces temps-ci. Il n'avait pas tellement envie de mettre la main dans ce nid de guêpes, pour dire ça comme ça. C'est pourquoi j'ai pensé commencer par exclure certaines possibilités. Que l'ambassadeur lui-même ait pu être mêlé à des affaires criminelles. La pornographie mettant en scène des enfants, par exemple. »

Silence à l'autre bout du fil.

« Nous n'avons aucune raison de croire... commença Torhus, mais le reste disparut dans le bruit.

— Répétez ?

— Nous n'avons aucune raison de croire que l'ambassadeur Molnes était pédophile, si c'est ce que vous sous-entendez.

— Hein ? Nous n'avons aucune raison de croire ? Vous ne parlez pas à la presse, Torhus. Il faut que je sois au courant de ces choses-là pour pouvoir progresser. »

Il y eut une nouvelle pause, et Harry crut un instant que la communication avait été coupée. Puis la voix de Torhus se fit de nouveau entendre, et même sur une mauvaise ligne le reliant à l'autre bout du monde, ce que le ton avait de glacial n'échappa pas à Harry.

« Je vais vous dire tout ce que vous avez besoin de savoir, Hole. Tout ce que vous devez savoir, c'est que vous devez trouver un assassin, que tout le monde se contrefout de qui ça peut être, que je m'en tamponne, de ce à quoi l'ambassadeur pouvait être mêlé, qu'en ce qui me concerne il pouvait fort bien être et trafiquant d'héroïne et pédéraste, tant que ni la presse ni qui que ce soit d'autre n'en sait le moindre mot. Tout scandale, quel que soit son contenu, sera considéré comme une catastrophe, et vous en serez personnellement tenu responsable. Me suis-je bien fait comprendre, Hole, ou bien avez-vous besoin d'autres précisions ? »

Torhus n'avait pas repris son souffle une seule fois.

Harry asséna un coup de pied à son bureau, de sorte que le téléphone et les collègues qui se trouvaient à proximité firent un bond en l'air.

« Je vous entends bien distinctement, dit Harry, les dents serrées. Mais écoutez-moi un peu, à présent. » Harry s'arrêta un instant pour inspirer. Une bière, juste une bière. Il se planta une cigarette entre les lèvres et tenta de repousser l'idée.

« Si Molnes est mêlé à quelque chose, il y a peu de chances pour qu'il soit le seul. Je doute sérieusement qu'il ait pu nouer des relations solides dans la pègre thaïlandaise pendant le peu de temps qu'il a passé ici, et je sais par ailleurs qu'il ne fréquentait à peu près que le milieu norvégien de Bangkok. Il n'y a aucune raison de ne pas croire que la grande majorité de ce milieu soit composée de gens bien, mais tous avaient leurs raisons pour quitter la mère patrie, et certains en avaient sûrement de meilleures que les autres. Les ennuis avec la police sont en général une particulièrement bonne raison pour émigrer précipitamment vers des pays au climat plus clément et qui n'ont pas d'accord d'extradition avec la Norvège. Vous avez entendu parler de ce Norvégien qu'ils ont pris en flagrant délit avec des petits garçons, dans un hôtel de Pattaya ? Les gros titres de *VG* et *Dagbladet* ? La police aime ce genre de choses, par ici. Ça fait remonter leur cote dans les journaux, et il est plus facile de venir à bout des pédophiles que des gangs liés à l'héroïne. Supposons que la police thaïlandaise flaire dès maintenant une prise facile, mais qu'ils attendent que cette affaire soit officiellement classée et que je sois rentré au pays pour continuer à travailler dessus, et qu'ils démantèlent d'ici quelques mois un réseau de pédophiles impliquant des Norvégiens. Que va-t-il se passer, à votre avis ? Les journaux norvégiens vont envoyer une meute de journalistes, et le nom de l'ambassadeur aura été mentionné avant que vous ayez eu le temps de dire ouf. Si nous chopons ces mecs maintenant, tant que nous avons une sorte d'accord avec la police thaïlandaise qui fait que chacun la boucle, on arrivera peut-être à éviter un tel scandale. »

Harry entendit à la voix du chef de bureau que celui-ci percevait bien la situation.

« Que voulez-vous ?

— Je veux savoir ce que vous ne me dites pas. Ce que vous avez sur Molnes, ce à quoi il est mêlé.

— Vous savez ce qu'il faut savoir. Il n'y a rien d'autre. Est-ce que c'est si difficile à comprendre, ça ? gémit Torhus. Qu'est-ce que vous cherchez à obtenir, Hole ? Je pensais que vous aviez autant intérêt que nous à ce que cette affaire soit expédiée le plus rapidement possible.

— Je suis policier, j'essaie juste de faire mon boulot, Torhus. »

Torhus hennit de rire.

« Touchant, Hole. Mais n'oubliez pas que je sais deux ou trois trucs sur vous qui m'empêchent de mordre à l'histoire je-suis-juste-un-flic-honnête. »

Harry toussa dans le combiné et entendit l'écho résonner comme des coups de feu assourdis. Il bougonna quelque chose.

« Quoi ?

— Je dis que la communication est mauvaise. Réfléchissez un peu, Torhus, et rappelez-moi quand vous aurez quelque chose à me raconter. »

Harry se réveilla en sursaut, roula hors du lit et parvint à la salle de bains avant de vomir. Il s'assit sur le trône, se vidant par les deux extrémités. Il était baigné de sueur malgré le froid qu'il ressentait parfaitement dans la pièce.

C'était pire la dernière fois, se dit-il. Ça s'améliore. Nettement, espéra-t-il.

Il s'était injecté une dose de vitamine B12 dans la fesse avant de se coucher, et la brûlure avait été intolérable. Il n'aimait pas les piqûres, elles lui faisaient tourner la tête. Il se mit à penser à Vera, une pute d'Oslo, qui marchait à l'héroïne depuis quinze ans. Elle lui avait un jour raconté qu'elle manquait toujours de tourner de l'œil à chaque injection qu'elle se faisait.

Il vit quelque chose bouger dans la pénombre, sur le lavabo, une paire d'antennes qui se balançaient d'avant en arrière. Un cafard. Il était gros comme le pouce, et une bande orange lui courait sur le dos. Il n'en avait jamais vu de tels auparavant, mais ce n'était peut-être pas si surprenant… Il avait lu qu'il existait plus de trois mille espèces de cafards. Il avait également lu qu'ils se cachent lorsqu'ils sentent les vibrations de quelqu'un qui arrive, et que pour un seul cafard découvert, il y en a au moins dix qui ont réussi à se mettre à l'abri. Ce qui voulait dire qu'ils étaient partout. Combien pèse un cafard ? Dix grammes ? S'il y en avait des centaines planqués dans les fissures et derrière la table, ça voulait dire qu'il y avait un kilo de cafards dans la pièce. Il frissonna. Maigre consolation que de penser qu'ils avaient plus peur de lui que lui d'eux. De temps à autre, il avait l'impression que l'alcool avait commencé à lui faire plus de bien que de mal. Il ferma les yeux et essaya de ne pas penser.

# Chapitre 14

Ils avaient fini par trouver une place où se garer et commencé à chercher l'adresse à pied. Nho avait essayé d'expliquer à Harry l'ingénieux système de numérotation de Bangkok, et il avait pigé le concept des artères principales d'où partaient des rues numérotées – les *soi*. Le problème, c'est que les maisons ne portaient pas nécessairement des numéros croissants à cause des nouvelles qui prenaient le premier numéro disponible quelle que soit leur situation dans la rue.

Ils traversèrent d'étroites ruelles où les trottoirs faisaient office d'extension de living-room, où les gens lisaient leur journal, cousaient à la machine, préparaient la nourriture et faisaient la sieste. Quelques filles en uniforme d'écolière leur crièrent quelque chose et gloussèrent de rire, et Nho répondit en montrant Harry du doigt. Les filles hurlèrent de rire et mirent leur main devant la bouche.

Nho s'adressa à une bonne femme derrière sa machine à coudre, et elle répondit en désignant une porte. Ils frappèrent, et quelques instants après, un Thaïlandais vint ouvrir. Il portait un short kaki et une chemise déboutonnée. Harry lui donna la soixantaine, mais seuls les yeux et les rides trahissaient son âge. Un soupçon de gris était à peine visible dans ses cheveux noirs coiffés en arrière, et son corps maigre et nerveux aurait pu être celui d'un homme d'une trentaine d'années.

Nho dit quelques mots et l'homme acquiesça en regardant Harry. Puis il s'excusa et disparut. Il revint quelques minutes plus tard, cette fois vêtu d'une chemise à manches courtes aux plis bien marqués et d'un pantalon long.

Il avait apporté deux chaises qu'il posa sur le trottoir. Dans un anglais particulièrement bon, il pria Harry de s'asseoir sur l'une pendant qu'il prenait place sur l'autre. Nho resta debout à côté d'eux et secoua imperceptiblement la tête quand Harry lui fit signe de s'asseoir sur les marches.

« Je m'appelle Harry Hole, je viens de la part de la police norvégienne, M. Sanphet. J'aurais souhaité vous poser quelques questions sur Molnes.

— Vous voulez parler de l'ambassadeur Molnes. »

Harry regarda l'ancien. Il était assis droit comme un piquet, et ses mains brunes et tachetées reposaient calmement sur ses genoux.

« Bien sûr. L'ambassadeur Molnes. Vous êtes chauffeur à l'ambassade depuis bientôt trente ans, si je ne m'abuse ? »

Sanphet cligna des yeux en guise de confirmation.

« Et vous appréciiez l'ambassadeur ?

— L'ambassadeur Molnes était un grand homme. Un grand homme avec un grand cœur. Non moins que le cerveau. »

Il se frappa le front avec un doigt et lança un regard d'avertissement à Harry.

Ce dernier frissonna quand une goutte de sueur roula le long de sa colonne vertébrale et passa la ceinture de son pantalon. Il chercha du regard une zone d'ombre où déplacer les chaises, mais le soleil était haut au-dessus de cette rue de maisons basses.

« Nous sommes venus vous voir parce que vous êtes celui qui connaissait le mieux les habitudes de l'ambassadeur, vous savez où il allait, et à qui il parlait. Et parce que vous vous entendiez apparemment bien avec lui, sur le plan personnel. Que s'est-il passé le jour de sa mort ? »

Sanphet raconta, en restant parfaitement immobile, que l'ambassadeur était sorti déjeuner sans dire où il allait, précisant juste qu'il voulait conduire lui-même, ce qui était très inhabituel durant ses heures de travail, puisque le chauffeur n'était occupé à rien d'autre. Il était resté à l'ambassade jusqu'à cinq heures, puis était rentré chez lui.

« Vous vivez seul ?

— Ma femme est morte dans un accident de la route, il y a quatorze ans. »

Harry eut l'impression que Sanphet aurait aussi bien pu lui donner le décompte exact des mois et des jours. Ils n'avaient pas d'enfant.

« Dans quel genre d'endroits conduisiez-vous l'ambassadeur ?

— Les autres ambassades. Les réunions. Les visites chez les Norvégiens.

— Quels Norvégiens ?

— Tous. Des gens de Statoil, Hydro, Jotun et de Statskonsult. »

Sa façon de prononcer ces noms norvégiens était parfaite.

« Connaissez-vous certains de ces noms ? demanda Harry en lui tendant une liste. Ce sont les personnes que l'ambassadeur a contactées depuis son mobile le jour de sa mort. Ce sont les télécommunications qui nous l'ont fait parvenir. »

Sanphet mit ses lunettes, mais dut pourtant tenir la liste à bout de bras tandis qu'il lisait.

« 11 h 10 : Bangkok Betting Service. »

Il jeta un coup d'œil par-dessus ses lunettes.

« L'ambassadeur aimait jouer aux courses de chevaux. » Et d'ajouter avec un sourire : « Il lui arrivait de gagner. »

Nho changea de pied d'appui.

« 11 h 34 : Docteur Sigmund Johansen.

— Qui est-ce ?

— Un homme très riche. Suffisamment riche pour avoir pu s'acheter un titre de lord en Angleterre, il y a quelques années. Ami personnel de la famille royale de Thaïlande. Qu'est-ce que c'est, Worachak Road ?

— Une communication qu'il a reçue d'une cabine téléphonique. Continuez, s'il vous plaît.

— 11 h 55 : Ambassade de Norvège.

— Ce qui est curieux, c'est que nous avons parlé avec quelqu'un de l'ambassade ce matin, et personne ne se souvient l'avoir eu au téléphone ce jour-là, même pas la standardiste. »

Sanphet haussa les épaules, et Harry lui fit signe de poursuivre.

« 12 h 50 : Ove Klipra. Vous avez certainement entendu parler de lui ?

— Peut-être.

— C'est l'un des hommes les plus riches de Bangkok. J'ai lu dans le journal qu'il vient de vendre une usine hydroélectrique au Laos. Il habite dans un temple, dit-il avec un petit rire, bouche fermée. Lui et l'ambassadeur se connaissaient depuis longtemps, ils étaient de la même région. Vous avez entendu parler d'Ålesund ? L'ambassadeur invitait… »

Il fit un large geste des bras. Le sujet n'était pour l'heure pas pertinent. Il leva de nouveau la feuille.

« 13 h 15 : Jens Brekke. Inconnu. 17 h 55 : Mangkon Road ?

— Nouvel appel d'un téléphone public. »

Il n'y avait pas d'autre nom sur la liste. Harry jura en son for intérieur. Il ne savait pas précisément à quoi il s'était attendu, mais le chauffeur ne lui avait rien raconté qu'il ne sût déjà après avoir eu Tonje Wiig au téléphone, une heure auparavant.

« Souffrez-vous d'asthme, M. Sanphet ?

— D'asthme ? Non, pourquoi ça ?

— Nous avons trouvé une pipette presque vide dans la voiture. Nous avons demandé au labo d'y rechercher des traces de stupéfiants. Oui, n'ayez pas peur, M. Sanphet, c'est tout à fait habituel quand nous trouvons quelque chose de ce genre. Il se trouve que ce n'était qu'un médicament contre l'asthme. Mais personne dans la famille Molnes ne souffre d'asthme. Savez-vous à qui ça peut appartenir ? »

Sanphet secoua la tête.

Harry approcha sa chaise de celle du chauffeur. Il n'avait pas l'habitude d'effectuer des auditions dans la rue, et il avait l'impression que tous ceux qui se trouvaient dans l'étroite ruelle l'entendaient. Il baissa le ton :

« Avec tout le respect que je vous dois, vous mentez. J'ai vu de mes propres yeux la standardiste de l'ambassade prendre un médicament contre l'asthme, M. Sanphet. Vous êtes présent à l'ambassade la moitié du temps, depuis trente ans, et il est probable que pas un seul rouleau de papier hygiénique ne soit remplacé sans que vous le sachiez. Prétendez-vous que vous ignoriez qu'elle souffrait d'asthme ? »

Sanphet le regarda calmement, froidement.

« Je dis simplement que je ne sais pas qui a pu laisser une pipette contre l'asthme dans la voiture, sir. Beaucoup de gens à Bangkok ont de l'asthme, et certains d'entre eux sont très probablement passés par la voiture de l'ambassadeur. Mademoiselle Ao n'est, pour autant que je sache, pas l'une de ces personnes. »

Harry le regarda. Comment pouvait-il rester assis là, sans une seule goutte de sueur sur le front, alors que le soleil cognait et résonnait comme une cymbale dans le ciel ? Harry baissa les yeux sur son bloc-notes, comme pour y lire la question suivante.

« Et les enfants ?

— Inspecteur ?

— Vous est-il arrivé de ramasser des enfants, d'aller au jardin d'enfants, ou des choses comme ça. Vous comprenez ? »

Le visage de Sanphet n'exprima rien, mais il se redressa encore un peu.

« Je comprends. L'ambassadeur n'était pas l'un d'entre eux.

— Comment le savez-vous ? »

Un homme leva les yeux de son journal, et Harry se rendit compte qu'il avait haussé le ton. Sanphet s'inclina.

Harry se sentit bête. Bête, pitoyable et en sueur. Dans cet ordre.

« Je suis désolé, dit-il. Je ne voulais pas vous offenser. »

Le vieux chauffeur regarda à travers Harry et fit comme s'il n'entendait pas. Harry se leva.

« Nous devons y aller. On m'a dit que vous aimiez Grieg, alors j'ai apporté ceci, dit-il en tendant une cassette au chauffeur. C'est sa *Symphonie en ut mineur*. Elle a été jouée pour la première fois en 1981, et j'ai donc pensé que vous ne l'aviez pas. Tous les amoureux de Grieg devraient l'avoir. S'il vous plaît. »

Sanphet se leva, abasourdi, prit la cassette et resta un moment debout à la regarder.

« Au revoir, dit Harry en lui adressant maladroitement un salut wai et en faisant signe à Nho qu'ils s'en allaient.

— Attendez, dit le vieil homme, les yeux toujours braqués sur la cassette. L'ambassadeur était quelqu'un de bien. Mais ce n'était pas un homme heureux. Il avait une faiblesse. Je ne veux pas souiller sa mémoire, mais je crains qu'il ait perdu plus qu'il n'a gagné avec les chevaux.

— C'est ce qui arrive à la plupart, dit Harry.

— Pas cinq millions de bahts. »

Harry tenta de faire le calcul de tête. Nho vint à son secours.

« Cent mille dollars. »

Harry émit un sifflement admiratif.

« Eh bien, il avait les moyens…

— Il n'avait pas les moyens, dit Sanphet. Il a emprunté l'argent à quelques requins de Bangkok. Ils l'ont appelé plusieurs fois au cours des dernières semaines. »

Il regarda Harry. Il était difficile d'interpréter ce que racontaient ses yeux d'Asiatique.

« Je pense pour ma part que les dettes de jeu sont des choses dont il faut se dédouaner, mais si quelqu'un l'a tué pour l'argent, je pense qu'il faut punir cette personne.

— Alors l'ambassadeur n'était pas heureux ?

— Il n'avait pas une vie facile. »

Harry pensa brusquement à autre chose.

« Est-ce que Man U vous dit quelque chose ? »

Le vieil homme le regarda sans comprendre.

« C'était écrit dans l'agenda de l'ambassadeur, à la date de sa mort. J'ai vérifié dans le programme télé, et nulle part il n'a été question de Manchester United ce jour-là.

— Oh, Manchester United, fit Sanphet avec un sourire. C'est Klipra. L'ambassadeur l'appelait Mister Man U. Il prend l'avion pour aller voir jouer l'équipe en Angleterre, et il a acheté un bon paquet de parts dans le club. Quelqu'un de très bizarre.

— On verra ça, j'irai lui parler un peu plus tard.

— Si vous arrivez à le joindre.

— C'est-à-dire ?

— On ne joint pas Klipra. C'est lui qui vous joint. »

Il ne manquait plus que ça, se dit Harry. Un personnage de bande dessinée.

« Ça change tout, cette histoire de dette de jeu, dit Nho lorsqu'ils furent de retour à la voiture.

– Peut-être. Sept cent cinquante mille couronnes, c'est beaucoup d'argent, mais est-ce assez ?

– On tue des gens pour moins que ça, à Bangkok. Beaucoup moins. Crois-moi.

– Ce n'est pas aux requins de la finance que je pense, c'est à Atle Molnes. Ce type vient d'une famille qui roule sur l'or. Il aurait dû être capable de payer, en tout cas s'il est vrai que sa vie était en jeu. Il y a quelque chose qui ne colle pas bien, ici. Que penses-tu de M. Sanphet ?

– Il a menti quand il a parlé de la standardiste, mademoiselle Ao.

– Ah ? Qu'est-ce qui te fait dire ça ? »

Nho ne répondit pas, il se contenta de sourire mystérieusement et de montrer sa tête du doigt.

« Qu'est-ce que tu essaies de me dire, Nho ? Que tu sais quand les gens mentent ?

– Je le tiens de ma mère. Pendant la guerre du Vietnam, elle gagnait sa vie en jouant au poker au premier étage de Soi Cowboy.

– Foutaises. Je connais des policiers qui ont interrogé des gens toute leur vie, et tous disent la même chose : tu n'apprends jamais à démasquer un bon menteur.

– Ça dépend si tu as des yeux. On peut le voir à de petits détails. Comme par exemple que tu n'as pas ouvert franchement la bouche quand tu lui as dit que tous les amoureux de Grieg devraient avoir cette cassette. »

Harry sentit le rouge lui monter vivement aux joues.

« La cassette se trouvait par hasard dans mon walkman. Un policier australien m'avait parlé de la *Symphonie en ut mineur* de Grieg. J'ai acheté la cassette comme une espèce de souvenir de lui.

– En tout cas, ça a marché. »

Nho parvint tout juste à éviter un camion qui venait droit sur eux en grondant.

« Bon Dieu de merde ! » Harry n'arrivait même pas à avoir la gorge serrée. « Il était dans la mauvaise file !

– Il était plus gros que moi », dit Nho en haussant les épaules.

Harry regarda sa montre.

« On doit passer au poste, et il faut que je sois à l'heure à un enterrement. » Il songea avec horreur à la chaude veste de costume qui pendait dans le placard à côté du « bureau ».

« J'espère que l'église est climatisée. À quoi ça rimait, de rester assis en plein soleil, d'ailleurs ? Pourquoi le vieux ne nous a pas invités à nous asseoir à l'ombre ?

– La fierté, répondit Nho.

– La fierté ?

– Il vit dans une petite chambre qui n'a pas grand-chose à voir avec la voiture qu'il conduit et l'endroit où il travaille. Il n'a pas voulu nous faire entrer parce que ça aurait pu être désagréable, pas seulement pour lui, mais aussi pour nous.

– Drôle de gonze.

– C'est la Thaïlande. Moi non plus, je ne t'aurais pas invité chez moi. Je t'aurais servi le thé sur les marches. »

Il fit un brusque virage sur la droite, et quelques-uns des tuk-tuk à trois roues se jetèrent de côté, terrorisés. Harry avait instinctivement mis ses bras devant son visage.

« Je suis…

— … plus gros qu'eux. Merci, Nho, j'ai compris le principe, maintenant. »

# Chapitre 15

« Il est parti en fumée », dit le voisin de Harry en se signant. C'était un type puissant, hâlé et aux yeux bleu clair, qui rappela à Harry du bois de charpente passé au brou de noix et du jean délavé. Sa chemise de soie était ouverte au col, dévoilant une lourde chaîne en or qui jetait un reflet pâle sous le soleil. Son nez était recouvert d'un fin réseau de veinules, et son crâne brun brillait comme une boule de billard sous ses cheveux clairsemés. Roald Bork avait des yeux vifs qui, de près, le faisaient paraître moins que ses soixante-dix ans.

Il parlait. Tout fort et se fichant apparemment du fait qu'ils assistaient à des funérailles. Son dialecte du Nordland chantait sous la voûte de l'église, mais personne ne se retourna pour le fusiller du regard.

En arrivant devant le crématorium, Harry se présenta.

« Bien, j'ai donc eu un policier à côté de moi durant tout ce temps, sans le savoir. » Il partit d'un rire retentissant et tendit une main sèche et noueuse de personne âgée.

« Roald Bork, allocataire du minimum vieillesse. » L'ironie n'atteignait pas les yeux.

« Tonje Wiig m'a dit que vous étiez une sorte de chef spirituel pour la communauté norvégienne locale.

– Alors je vais certainement vous décevoir. Comme vous le voyez, je suis un vieil homme décrépit, pas un berger. J'ai de plus déménagé en périphérie, que ce soit au sens propre ou au sens figuré.

– Oui ?

– À la fosse aux péchés, la Sodome de Thaïlande.

– Pattaya ?

– Gagné. Il y vit pas mal d'autres Norvégiens sur qui j'essaie de garder un certain contrôle.

– Permettez que j'en vienne à l'essentiel, Bork. Nous avons il y a peu essayé de joindre Ove Klipra, mais tout ce que nous avons eu, c'est un gardien qui ne sait pas où est Klipra, ni quand il sera de retour.

– Ça ressemble bien à Klipra, ça, fit Bork avec un petit rire.

– Il m'a semblé comprendre qu'il préfère prendre l'initiative, mais nous sommes en pleine enquête sur un meurtre, et le temps presse. Je crois que vous êtes un ami proche de Klipra, une sorte de lien qu'il a avec le monde extérieur ? »

Bork pencha la tête sur le côté.

« Je ne suis pas un adjudant, si c'est ce que vous voulez dire. Mais ce n'est pas faux que je lui sers de médiateur. Klipra ne parle pas volontiers aux gens qu'il ne connaît pas.

– Est-ce vous qui avez établi le contact entre Klipra et l'ambassadeur ?

– La première fois, oui. Mais Klipra aimait bien l'ambassadeur, et ils se sont rapidement trouvé des intérêts communs. Vous savez que l'ambassadeur aussi venait du Sunnmore, même s'il venait de la campagne et n'était pas un véritable gamin d'Ålesund comme Klipra.

– Bizarre qu'il ne soit pas là aujourd'hui, alors ?

– Klipra passe son temps à cavaler à droite, à gauche. Ça fait plusieurs jours qu'il ne répond pas au téléphone, alors je suppose qu'il est allé voir ses installations au Vietnam ou au Laos, et qu'il ne sait même pas que l'ambassadeur est mort. On ne peut pas dire que cette affaire ait eu droit aux gros titres dans la presse…

– C'est rarement le cas quand un homme meurt d'une crise cardiaque.

– C'est pour ça que la police norvégienne est ici ? demanda Bork en essuyant la sueur sur sa nuque à l'aide d'un grand mouchoir blanc.

– La routine quand un ambassadeur meurt à l'étranger, répondit Harry en notant le numéro de l'hôtel de police au dos d'une carte de visite. Voici le numéro auquel vous pouvez me joindre si Klipra refait surface. »

Bork étudia la carte, sembla sur le point de dire quelque chose, mais se ravisa et glissa la carte dans sa poche de poitrine avec un hochement de tête.

« En tout cas, maintenant, j'ai votre numéro de téléphone », dit-il avant de saluer Harry et d'aller jusqu'à une vieille Land-Rover. Derrière lui, à moitié sur le trottoir, de la laque rouge toute propre scintilla. C'était la Porsche que Harry avait vue arriver devant la maison des Molnes.

Tonje Wiig le rejoignit.

« J'espère que Bork a pu vous aider.

— Pas ce coup-là.

— Qu'a-t-il dit sur Klipra ? Est-ce qu'il savait où le trouver ?

— Il ne savait rien. »

Elle restait là, et Harry eut le sentiment diffus qu'elle attendait autre chose. Dans une seconde de paranoïa, il revit le regard étincelant de Torhus, à Fornebu. « Pas de scandale, pigé ? » Se pouvait-il qu'elle ait reçu la consigne de garder un œil sur Harry et de signaler s'il allait trop loin ? Il la regarda et repoussa immédiatement cette idée.

« À qui est la Porsche rouge ? demanda-t-il.

— La Porsche ?

— Celle-là. Je croyais que toutes les filles de l'Ostfold connaissaient toutes les marques de voitures avant leur seizième anniversaire… »

Tonje Wiig ignora la remarque et mit ses lunettes de soleil.

« C'est la voiture de Jens.

— Qui est Jens ?

— Jens Brekke. Courtier de change. Il a quitté la DnB pour la Barclay Thaïland il y a quelques années. Il est là-bas. »

Harry se retourna. Hilde Molnes se tenait sur les marches, vêtue de dramatiques atours de soie noire, avec à côté d'elle un Sanphet grave, vêtu d'un costume sombre. Un homme blond, relativement jeune, se trouvait derrière eux. Harry l'avait déjà remarqué dans l'église. Il portait un gilet sous sa veste de costume, en dépit des trente-cinq degrés qu'indiquait le thermomètre. Ses yeux étaient dissimulés par une paire de lunettes de soleil apparemment coûteuses, et il parlait à voix basse avec une femme qui était elle aussi vêtue de noir.

Harry l'observa, et elle se tourna vers lui, comme si elle avait pu sentir physiquement son regard. Il n'avait pas reconnu immédiatement Runa Molnes, et il voyait maintenant pourquoi. L'étrange asymétrie avait disparu. Elle dépassait en taille les autres personnes qui se trouvaient sur l'escalier. Le coup d'œil fut bref et ne trahit aucun sentiment, autre que l'ennui.

Harry s'excusa et monta présenter ses condoléances à Hilde Molnes. La main qu'elle lui tendit était molle et sans volonté. Elle posa sur lui un regard voilé, et l'odeur de son parfum puissant camouflait presque celle du gin.

Puis il se tourna vers Runa. Elle mit une main en visière et plissa les yeux dans sa direction, comme si elle venait de découvrir sa présence.

« Salut, dit-elle. Enfin quelqu'un de plus grand que moi dans ce pays de Pygmées. Ce n'est pas toi, le détective qui est passé à la maison ? »

Sa voix avait une nuance agressive, une assurance forcée d'adolescente. La poignée de main qu'elle lui donna était forte et solide. Harry chercha instinctivement du regard l'autre main. Une prothèse cireuse qui dépassait de la manche noire.

« Détective ? »

C'était Jens Brekke qui parlait.

Il avait retiré ses lunettes de soleil et plissait les yeux. Son visage était ouvert et enfantin, et sa frange blonde tombait en bataille devant une paire d'yeux d'un bleu presque transparent. Le visage rond avait toujours une épaisseur juvénile, mais les rides près de ses yeux indiquaient qu'il avait en tout cas passé la trentaine. Le costume de chez Armani avait cédé la place à un classique Del Georgio et les Bally cousues main luisaient comme un miroir noir, mais il y avait dans cette apparition quelque chose qui rappela à Harry un jeune adolescent mal élevé qui se serait déguisé en adulte. Il se présenta.

« La police norvégienne m'a envoyé ici pour que j'y effectue quelques recherches de routine.

– Ah oui ? C'est courant ?

– Vous avez discuté avec l'ambassadeur le jour de sa mort, n'est-ce pas ? »

Brekke regarda Harry avec une pointe de surprise.

« En effet. Comment le saviez-vous ?

– Nous avons retrouvé son mobile. Votre numéro était l'un des cinq derniers qu'il ait composé. »

Harry le regarda attentivement, mais son visage ne refléta ni surprise ni trouble, juste un ahurissement non feint.

« On peut discuter cinq minutes ? demanda Harry.

– Passez me voir, dit Brekke qui avait comme par magie fait apparaître une carte de visite qu'il tenait entre l'index et le majeur.

– Domicile, ou bureau ?

– Chez moi, je dors », répondit Brekke.

Il était impossible de voir le petit sourire qui jouait autour de sa bouche, mais Harry put néanmoins le percevoir. Comme si parler à un enquêteur était juste quelque chose d'excitant, quelque chose de pas tout à fait habituel.

« Si vous voulez bien m'excuser ? »

Brekke murmura quelques mots à Runa, fit un signe de tête à Hilde Molnes et disparut en trottinant vers sa Porsche. L'endroit se vidait, Sanphet conduisit Hilde Molnes à la voiture de l'ambassade et Harry se retrouva seul à côté de Runa.

« Il y a une réunion à l'ambassade, dit-il.

— Je sais. Maman n'a pas envie d'y aller.

— Je vois. Vous avez peut-être pas mal de proches en visite.

— Non », répondit-elle simplement.

Harry vit Sanphet fermer la portière sur Hilde Molnes et faire le tour de la voiture.

« Bon. Tu peux prendre le taxi avec moi, si ça te dit. »

Harry sentit chauffer les lobes de ses oreilles lorsqu'il entendit comment sonnait sa proposition. Il avait voulu dire « si ça te dit d'y aller ».

Elle leva les yeux vers lui. Ils étaient noirs, et il ne sut pas ce qu'il y voyait.

« Ça ne me dit rien. » Elle alla vers la voiture de Sanphet.

# Chapitre 16

L'ambiance était pesante, et personne ne disait grand-chose. Tonje Wiig avait elle-même demandé à Harry de venir, et ils se tenaient dans un coin de la pièce, chacun avec son verre. Tonje avait déjà bien entamé son deuxième Martini. Harry avait demandé de l'eau, mais s'était vu servir un jus d'orange gluant et douceâtre.

« Alors, tu dois bien avoir de la famille, au pays ?

– Un peu, répondit Harry, incertain de ce que pouvait bien annoncer ce changement de sujet et de façon de s'adresser à l'autre.

– Moi aussi, dit-elle. Mes parents, et des frères et sœurs. Quelques oncles et tantes, pas de grands-parents. C'est tout. Et toi ?

– Quelque chose dans le genre. »

Mademoiselle Ao passa devant eux en se tortillant, un plateau de verres dans les mains. Elle portait une robe traditionnelle thaïlandaise toute simple fendue très haut sur le côté. Il la suivit des yeux. Il n'était pas difficile de s'imaginer que l'ambassadeur ait pu céder à cette tentation.

À l'autre bout de la pièce, devant un grand planisphère, un homme seul se tenait les jambes écartées et se balançait des talons sur les pointes des pieds et des pointes sur les talons. Son dos était droit, ses épaules larges, et ses cheveux gris acier étaient coupés aussi court que ceux de Harry. Ses yeux étaient enfoncés dans leurs orbites, les muscles de sa mâchoire jouaient sous sa peau et ses mains étaient jointes dans son dos. Ça sentait le militaire à des lieues à la ronde.

« Qui est-ce ?

— Ivar Løken. L'ambassadeur l'appelait simplement LM.

— Løken ? Amusant[1]. Il ne figurait pas dans la liste des employés que j'ai apportée d'Oslo. Que fait-il ?

— Bonne question. » Elle émit un petit gloussement et but une gorgée. « Désolée, Harry. Je peux t'appeler Harry ? Je dois être un peu pompette, ces derniers jours ont été riches en travail et pauvres en sommeil. Oui, il est arrivé l'année dernière, un peu après Molnes. Pour dire les choses de façon un peu abrupte, il fait partie de ces employés des Affaires étrangères qui n'ont plus nulle part où aller.

— C'est-à-dire ?

— Il est arrivé sur une voie de garage. Il occupait un poste quelconque dans l'armée, mais à un moment donné, son nom a fini par être accompagné d'un peu trop de “mais”.

— Mais ?

1. Løken : l'oignon.

– Tu n'as pas entendu les gens des AE parler entre eux ? "C'est un bon diplomate, mais il boit, mais il aime un peu trop les femmes", et ainsi de suite. Ce qui vient après les "mais" a beaucoup plus d'importance que ce qu'il y a avant, c'est ce qui décide de l'ampleur de ta progression potentielle au ministère. C'est pour ça qu'il y a tant de pieuse médiocrité à sa direction.

– Et qu'est-ce que c'est, ses "mais", et pourquoi est-il ici ?

– Honnêtement, je ne sais pas. Je constate qu'il participe à des réunions et qu'il écrit des rapports qui partent à Oslo, mais on n'entend pas beaucoup parler de lui. Je crois qu'il se plaît mieux tout seul. De temps en temps, il prend sa tente, ses pilules contre la malaria et un sac à dos plein de matériel photo, et il part au Vietnam, au Laos ou au Cambodge. Absolument seul, tu vois le genre ?

– Peut-être. Quel genre de rapports écrit-il ?

– Sais pas. C'est l'ambassadeur qui s'en occupait.

– Sais pas ? Il n'y a pas tant de monde que ça, à l'ambassade. Il y a un service d'information ?

– Ce serait quoi ?

– Eh bien, Bangkok est une sorte de nœud central pour le trafic de toute l'Asie. »

Elle le regarda avec un sourire enjoué.

« Ah, si seulement on s'occupait de choses aussi passionnantes ! Mais je crois en fait que les AE le laissent où il est pour le remercier de ses bons et à peu près loyaux services envers le roi et la patrie. En plus, je suis certainement tenue au devoir de réserve. »

Elle pouffa à nouveau de rire et posa une main sur le bras de Harry.

« On ne pourrait pas parler d'autre chose ? »

Harry parla d'autre chose et alla se chercher à boire. Le corps humain est composé à soixante pour cent d'eau, et il avait l'impression que la plus grande partie s'en était évaporé vers le ciel gris-bleu, au cours de la journée.

Il trouva mademoiselle Ao au fond de la pièce, en compagnie de Sanphet. Ce dernier lui fit un signe de tête réservé.

« De l'eau ? » demanda Harry.

Ao lui tendit un verre.

« Que représentent les lettres LM ? »

Sanphet haussa un sourcil.

« Vous voulez parler de monsieur Løken ?

— Je veux.

— Pourquoi ne lui demandez-vous pas en personne ?

— Au cas où ça aurait été un sobriquet utilisé à son insu. »

Sanphet sourit.

« Le L, c'est pour "living", et le M pour "morphine". C'est un vieux surnom qu'on lui a donné après qu'il a fait partie des troupes des Nations unies au Vietnam, à la fin de la guerre.

— Au Vietnam ? »

Sanphet fit un signe imperceptible de la tête, et Ao disparut.

« Løken était avec les troupes vietnamiennes qui attendaient sur une aire d'atterrissage d'être ramassées par hélicoptère, lorsqu'ils ont été attaqués par une patrouille de Viet Cong. Ça a été un vrai carnage, et Løken a été l'un de ceux qui ont été touchés, une balle lui a traversé les muscles de la nuque. Les Américains avaient depuis longtemps retiré leurs troupes du Vietnam, mais ils y avaient laissé un service de santé. Ils cavalaient dans l'herbe à éléphants, d'un soldat à l'autre, et dispensaient les premiers soins. Ils utilisaient une cartouche pour écrire sur les casques des blessés, comme une sorte de dossier médical. S'ils écrivaient un D, ça voulait dire que le type était mort, "dead", ce qui fait que les brancardiers qui arrivaient par la suite ne perdaient pas de temps à les examiner. Un L signifiait que le blessé était toujours vivant, "living", et s'ils écrivaient un M, ça voulait dire qu'ils lui avaient donné de la morphine. Ils faisaient ça pour éviter qu'il y en ait un qui reçoive plusieurs injections et fasse une overdose. »

Sanphet désigna Løken d'un signe de tête.

« Quand ils l'ont trouvé, il était déjà dans les pommes, ce qui fait qu'ils ne lui ont pas donné de morphine et se sont contentés d'écrire un L sur son casque avant de le charger dans l'hélicoptère avec les autres. Quand il a été réveillé par ses propres hurlements de douleur, il n'a pas compris tout de suite où il était. Mais quand il a enfin réussi à se débarrasser du macchabée qu'il avait sur lui et qu'il a vu un type avec un brassard blanc en train de faire une piqûre à l'un des autres, il a pigé et a gueulé pour avoir de la morphine. L'un des autres infirmiers a tapoté sur son casque et lui a dit : "Désolé, bonhomme, mais tu es déjà gonflé à bloc." Løken n'en a pas cru ses oreilles et a arraché son casque sur lequel étaient effectivement inscrits un L et un M. Il se trouve juste que ce n'était pas son casque. Il a regardé le soldat qui venait de se faire faire un shoot. Il a vu un casque marqué L sur sa tête, et a reconnu immédiatement le paquet de cigarettes froissé sous la lisière du casque et l'inscription UN qui se trouvait dessus. Il a compris ce qui s'était passé : le pauvre diable avait échangé leurs casques pour qu'on lui fasse une seconde injection de morphine. Il a hurlé, mais ses cris ont été noyés dans le rugissement du moteur au moment du décollage. Løken a braillé pendant une demi-heure avant qu'ils n'arrivent au terrain de golf.

— Le terrain de golf ?

— Le camp. C'est comme ça qu'on l'appelait.

— Parce que tu y étais aussi ? »

Sanphet acquiesça.

« C'est pour ça que tu connais si bien cette histoire ?

— J'étais volontaire, et je les réceptionnais.

— Comment ça s'est passé ?

— Løken est là-bas. L'autre ne s'est jamais réveillé.

— Overdose ?

— Il ne serait certainement pas mort de sa blessure au ventre. »

Harry secoua la tête.

« Et maintenant, tu travailles au même endroit que Løken.

— Par hasard.

— Quelles sont les chances pour que ça se produise ?

— Le monde est petit.

— LM », dit Harry avant de finir son verre, de déclarer qu'il avait encore besoin de liquide et de partir à la recherche d'Ao.

« Est-ce que l'ambassadeur te manque ? » lui demanda-t-il lorsqu'il la trouva à la cuisine. Elle enroulait des serviettes de table autour des verres en les faisant tenir à l'aide d'élastiques.

Elle le regarda, surprise, et acquiesça.

Harry tenait son verre vide entre les mains.

« Combien de temps avez-vous été amants ? »

Il vit sa jolie petite bouche s'ouvrir, former une réponse que son cerveau n'avait pas encore conçue, se fermer et se rouvrir, comme celle d'un poisson rouge. Quand la colère parvint à ses yeux et qu'il sembla à Harry qu'elle allait frapper, tout retomba à nouveau. Ses yeux s'emplirent de larmes.

« Je regrette, dit Harry sans regret dans la voix.

— Tu…

— Je regrette. Mais nous sommes obligés de poser ces questions.

— Mais je… »

Elle toussota, haussa les épaules, comme si elle secouait une pensée désagréable pour la chasser.

« L'ambassadeur était marié. Et…

— … tu es mariée aussi ?

— Non, mais… »

Harry la prit doucement par le bras et lui fit quitter la porte de la cuisine. Elle se tourna vers lui, et la colère revint dans ses yeux.

« Écoute, Ao, on a retrouvé l'ambassadeur mort dans un motel… Tu sais ce que ça veut dire. Ça veut dire que tu n'étais pas la seule qu'il sautait. » Il la regarda pour voir quel effet avaient ses mots. « On enquête sur un meurtre. Tu n'as aucune raison de te sentir redevable de quoi que ce soit envers cet homme, tu comprends ? »

Elle gémit, et il se rendit compte qu'il lui avait secoué le bras. Il lâcha prise. Elle le regarda. Ses pupilles étaient noires et dilatées.

« Tu as peur, c'est ça ? »

Sa poitrine se souleva et redescendit.

« Ça aide, si je te dis que rien de tout ça n'est supposé filtrer à moins que ça n'ait un rapport avec le meurtre ?

— Nous n'étions pas amants ! »

Harry la regarda rapidement, mais il ne vit que deux grandes pupilles. Il regrettait l'absence de Nho.

« O.K. Que fait une jeune fille comme toi dans la voiture d'un ambassadeur marié, alors ? À part prendre ses médicaments contre l'asthme ? »

Harry posa son verre vide sur le plateau et s'en alla. L'ampoule plastique était dedans. C'était un geste stupide, mais Harry voulait faire des choses stupides pour qu'il se passe quelque chose. N'importe quoi.

# Chapitre 17

Elizabeth Dorothea Crumley était de mauvais poil.

« Merde ! Un étranger retrouvé dans un motel avec un couteau dans le dos, aucune empreinte et aucun suspect, pas une seule putain de piste. Rien que la mafia, des standardistes, Tonya Harding, des gérants de motels. Je n'ai rien oublié ?

— Des requins de la finance, fit Rangsan derrière le *Bangkok Post*.

— C'est la mafia, ça, dit l'inspecteur principal.

— Pas le requin auquel l'ambassadeur Molnes avait affaire.

— Qu'est-ce que tu veux dire ? »

Rangsan posa son journal.

« Harry, tu as dit que le chauffeur semblait croire que l'ambassadeur devait de l'argent à quelques requins. Que fait l'un de ces gars-là quand son débiteur est mort ? Il essaie de reporter la dette sur les proches, pas vrai ? »

Liz n'avait pas l'air convaincue.

« Pourquoi ça ? Les dettes de jeu sont une affaire personnelle, elles ne concernent pas la famille.

— Il y a encore des gens qui se soucient de choses comme l'honneur de la famille, et les requins du prêt sont des hommes d'affaires, ils essaient tout naturellement de récupérer leur argent où ils peuvent.

— Ça a l'air vraiment tiré par les cheveux », dit Liz en plissant le nez.

Rangsan reprit son journal.

« J'ai néanmoins retrouvé trois fois le numéro de la Thai Indo Travellers dans la liste des appels entrants sur la ligne des Molnes ces trois derniers jours. »

Liz émit un petit sifflement, et des hochements de tête se succédèrent autour de la table.

« Quoi ? fit Harry qui comprit que quelque chose lui échappait.

— La Thai Indo Travellers est officiellement une agence de voyages, expliqua-t-elle. Au premier étage, ils s'occupent de ce qui est vraiment leur gagne-pain, à savoir prêter de l'argent à des gens qui ne peuvent plus emprunter ailleurs. Leurs taux sont élevés, et ils disposent d'un système de recouvrement efficace et violent. Ça fait un moment qu'on les a à l'œil.

— Vous n'avez rien sur eux ?

— On aurait bien pu, en essayant avec assez de conviction. Mais on pense que leurs concurrents, ceux qui reprendront le marché de la Thai Indo si on leur fait fermer boutique, sont pires. Ils ont réussi à opérer en parallèle avec la mafia, et à notre connaissance, ils ne paient même pas un pourcentage aux patrons. Si c'est quelqu'un de chez eux qui a tué l'ambassadeur, ce sera la première fois à notre connaissance qu'ils suppriment quelqu'un.

— Il était peut-être temps de créer un précédent, dit Nho.

— Tuer d'abord un homme, puis téléphoner à sa famille pour réclamer l'argent ? Ce n'est pas prendre les choses à l'envers ?

— Pourquoi ? Ceux qui doivent recevoir le message concernant les mauvais payeurs l'ont reçu, dit Rangsan en tournant lentement les pages de son journal. Si en plus ils récupèrent leur argent, c'est super.

— Bon, dit Liz. Nho et Harry, vous pouvez aller leur rendre une petite visite de courtoisie. Ah, autre chose : je viens d'avoir le service technique. Ils ne comprennent rien à la graisse retrouvée autour du manche du couteau, sur le costume de Molnes. Ils disent qu'elle est organique, et qu'elle doit provenir d'un animal. Bon, c'est tout, alors dehors, s'il vous plaît. »

Rangsan rejoignit Harry et Nho en allant vers les ascenseurs.

« Soyez prudents, ces types ne sont pas des tendres. J'ai entendu dire qu'ils y vont à l'hélice, avec les mauvais payeurs.

— L'hélice ?

— Ils les emmènent en bateau, les attachent à une pile dans la rivière, enclenchent la marche arrière et sortent l'hélice de l'eau pendant qu'ils reculent lentement ; vous voyez le tableau ? »

Harry vit le tableau.

« Il y a quelques années, on a retrouvé un type qui était mort d'un arrêt cardiaque. Son visage était parti, littéralement. Le but avait probablement été qu'il aille ensuite se balader en ville pour effrayer et mettre en garde les autres débiteurs. Mais ça a été une épreuve un peu trop dure pour le cœur quand il a entendu vrombir les moteurs et qu'il a vu arriver l'hélice. »

Nho acquiesça.

« Pas bon. Mieux vaut payer. »

« Amazing Thailand[1] » figurait en grandes capitales au-dessus d'une photo aux couleurs vives représentant des danseurs thaïlandais. L'affiche ornait le mur de la minuscule agence de voyages de Sampeng Lane, à Chinatown. Hormis Harry, Nho, un homme et une femme assis chacun derrière son comptoir, il n'y avait personne dans les locaux chichement meublés. L'homme portait des lunettes aux verres si épais qu'il semblait les regarder de l'intérieur d'un bocal à poisson rouge.

Nho venait de lui montrer sa carte de police.

« Que dit-il ?

– Que la police est toujours la bienvenue, qu'on a des prix sur ses voyages.

– Demande-lui un voyage gratuit au premier. »

Nho dit quelques mots, et le bocal décrocha un téléphone.

« Monsieur Sorensen finit de boire le thé », dit-il en anglais.

Harry était sur le point de dire quelque chose, mais un regard d'avertissement de la part de Nho le fit se raviser. Ils s'assirent chacun dans un fauteuil et

1. « Stupéfiante Thaïlande ».

attendirent. Au bout de quelques minutes, Harry montra du doigt le ventilateur oisif, au plafond. Le bocal secoua la tête en souriant.

« Kaputt. »

Harry sentit la base de son crâne commencer à le démanger. Quelques minutes plus tard, le téléphone du bocal sonna, et il leur demanda de le suivre. Au pied de l'escalier, il leur fit signe d'enlever leurs chaussures. Harry pensa à ses chaussettes de tennis trouées et transpirantes et émit le point de vue qu'il valait mieux pour tout le monde qu'il garde ses chaussures, mais Nho secoua légèrement la tête. Il piétina en jurant tout bas le contrefort de ses chaussures pour les enlever et monta l'escalier d'un pas lourd.

Le bocal frappa à une porte qui s'ouvrit à la volée et Harry fit deux pas à reculons. Une montagne de chair et de muscles emplissait l'ouverture d'un montant à l'autre. La montagne avait deux fentes étroites à la place des yeux, une moustache noire en crocs, et sa tête était rasée à l'exception d'une touffe de cheveux clairsemée qui pendait sur un côté. Son crâne ressemblait à une boule de bowling décolorée, le corps n'avait ni cou ni épaules, juste une nuque bosselée qui démarrait près des oreilles et descendait en biais jusqu'à une paire de bras si épais qu'ils semblaient avoir été vissés sur le tronc. De toute sa vie, Harry n'avait vu d'individu aussi imposant.

L'homme laissa la porte ouverte et entra devant eux dans la pièce en se dandinant.

« Il s'appelle Woo, chuchota Nho. Gorille freelance. Très très mauvaise réputation.

— Bon Dieu, on dirait une mauvaise caricature de pourri made in Hollywood.

— Chinois de Mandchourie. Ils sont connus pour être grands... »

Les volets étaient fermés, et Harry distingua dans la pénombre les contours d'un homme installé derrière une grande table de travail. Un ventilateur bourdonnait au plafond, et une tête de tigre empaillée leur montrait les dents depuis l'un des murs. Une porte ouverte sur le balcon donnait l'impression que la circulation traversait la pièce, et une troisième personne était assise près de la porte. Woo s'installa tant bien que mal sur la dernière chaise libre de la pièce. Harry et Nho restèrent debout au centre.

« Que puis-je pour ces messieurs ? »

La voix qui s'élevait de derrière le bureau était profonde, sa prononciation de l'anglais presque oxfordienne. Il leva une main, et un anneau scintilla. Nho regarda Harry.

« Bien. Nous sommes de la police, monsieur Sorensen...

— Je sais.

— Vous avez prêté de l'argent à l'ambassadeur Molnes. Il est mort, et vous avez essayé de joindre sa femme pour récupérer l'argent qu'il devait.

— Nous n'avons aucune créance chez un quelconque ambassadeur. Et de plus, nous ne nous occupons pas de ce genre de prêts, monsieur...

— Hole. Vous mentez, monsieur Sorensen.

— Qu'avez-vous dit, monsieur Hole ? » Sorensen s'était penché en avant. Ses traits étaient ceux d'un Thaïlandais, mais sa peau et ses cheveux étaient blancs comme la neige et ses yeux bleu transparent.

Nho tira Harry par la manche, mais celui-ci ramena sa main et soutint le regard de Sorensen. Il savait qu'il était allé trop loin, que son comportement avait été menaçant, et que les règles du jeu stipulaient que monsieur Sorensen perdrait la face s'il avouait quoi que ce soit. Mais Harry était en chaussettes, il transpirait comme un porc et en avait sa claque des apparences, du tact et de la diplomatie.

« Vous êtes à Chinatown, monsieur Hole, pas dans un pays de farang. Je n'ai aucun désaccord avec le chef de la police de Bangkok. Je vous suggère de parler un peu avec lui avant d'ajouter quoi que ce soit, et je vous promets d'oublier ce pénible épisode.

– D'ordinaire, c'est la police qui lit le Miranda-Escobedo au bandit, pas le contraire. »

Les dents blanches de monsieur Sorensen étincelèrent entre ses lèvres rouges et humides.

« Ah, oui… "You have the right to remain silent (Vous avez le droit de garder le silence)", etc. Eh bien, cette fois-ci, c'est donc le contraire. Woo va vous raccompagner dehors, messieurs.

– Ce que vous faites ici ne supporte pas la lumière du jour, et c'est apparemment aussi le cas pour vous, monsieur Sorensen. Si j'étais vous, je me procurerais rapidement une grosse quantité de crème solaire à fort indice UV. Ils n'en vendent pas, dans les cours de promenade des prisons. »

La voix de Sorensen se fit encore plus grave :

« Ne me titillez pas, monsieur Hole. J'ai peur que mon séjour à l'étranger m'ait fait perdre ma patience toute thaïlandaise.

— Après quelques années derrière les murs, vous la retrouverez sûrement.

— Raccompagne monsieur Hole dehors, Woo. »

Le grand corps se mut avec une surprenante rapidité. Harry sentit l'odeur acide du curry et avant d'avoir pu lever les bras, il se retrouva en l'air, étreint comme un ours en peluche que quelqu'un aurait gagné dans une fête foraine. Il essaya de se libérer, mais la prise de fer se resserrait à chaque fois qu'il laissait l'air sortir de ses poumons, exactement à la manière d'un serpent constricteur qui bloque l'arrivée d'air chez sa victime. Sa vision s'obscurcit, mais il entendit le bruit de la circulation se faire plus présent. Puis il fut finalement libre, planant dans les airs. Lorsqu'il ouvrit les yeux, il sut qu'il avait été absent, comme s'il avait rêvé l'espace d'une seconde. Il vit un panneau couvert d'idéogrammes chinois, un paquet de câbles entre deux poteaux téléphoniques, un ciel gris pâle et un visage penché sur lui. Puis la bande-son revint, et il entendit le visage déballer tout un tas de mots malsonnants. Il montra du doigt le balcon, puis le toit du tuk-tuk qui avait pris un vilain gnon.

« Comment ça s'est passé, Harry ? » Nho écarta d'une bourrade le conducteur de tuk-tuk.

Harry se regarda. Son dos lui faisait mal, et il y avait quelque chose d'infiniment triste dans ses chaussettes de tennis blanches à moitié bouffées se détachant sur l'asphalte grise.

« Eh bien… On m'avait refusé l'entrée de chez Schrøder. Tu as récupéré mes grolles ? »

Harry aurait pu jurer que Nho se faisait violence pour ne pas sourire.

« Sorensen m'a demandé de me procurer un mandat d'amener, la prochaine fois, dit Nho lorsqu'ils regagnèrent leur voiture. En tout cas, maintenant, on les tient pour violences sur un représentant de l'ordre. »

Harry passa le doigt sur une longue égratignure qu'il avait à la cuisse.

« Ce n'est pas eux qu'on a, c'est la montagne de viande. Mais il peut peut-être nous raconter quelque chose. Et d'ailleurs, qu'est-ce que vous avez, vous autres Thaïlandais, avec l'altitude ? D'après Tonje Wiig, je suis le troisième Norvégien défenestré en peu de temps.

– Une vieille méthode mafieuse, ils préfèrent ça plutôt que d'envoyer une balle dans le buffet des gens. La police ne peut pas exclure qu'il ait pu s'agir d'un accident s'ils retrouvent un type sous une fenêtre. Un peu d'argent change de mains, l'affaire est classée sans qu'on puisse ouvertement critiquer qui que ce soit, et tout le monde est content. Un impact de balle ne fait que compliquer les choses. »

Ils s'arrêtèrent au rouge. Une vieille Chinoise ridée les regardait depuis son tapis, à même le trottoir, en souriant de tous ses chicots pourris. Son visage flottait dans l'air bleu et tremblant.

# Chapitre 18

Ce fut la femme d'Aune qui répondit.

« Il est tard, dit-elle d'une voix endormie.

— Il est tôt, corrigea Harry. Désolé si ça tombe mal, mais je voulais avoir Oddgeir avant qu'il ne parte travailler.

— Nous étions sur le point de nous lever, Harry. Un instant, et je te le passe. »

« Harry ? Qu'est-ce que tu veux ?

— J'ai besoin d'un peu d'aide. Qu'est-ce qu'un pédophile ? »

Harry entendit Oddgeir Aune grogner et se retourner dans son lit.

« Un pédophile ? Bon Dieu, la journée démarre en fanfare ! La version courte dit que c'est quelqu'un qui est sexuellement attiré par les mineurs.

— Et la version un peu plus longue ?

— On ne sait pas grand-chose là-dessus, mais si tu t'adresses à un sexologue, il fera vraisemblablement la différence entre les pédophiles de préférences et les pédophiles de circonstances. Le type ordinaire dans les squares, avec son sac de friandises, c'est celui que guident les préférences. Ses intérêts pédophiles apparaissent le plus souvent durant l'enfance, sans qu'il y ait obligatoirement conflit extérieur. Il s'identifie à l'enfant, adapte son comportement à l'âge de l'enfant et peut même dans certains cas instaurer une relation pseudo-parentale. L'acte sexuel est en général soigneusement planifié à l'avance, et c'est pour lui une manière d'essayer de résoudre les problèmes qu'il rencontre. Dis-moi, je serai payé, pour ça ?

– Et celui qui dépend des circonstances ?

– Un groupe plus nébuleux. À la base, leurs intérêts sexuels vont vers les autres adultes, et l'enfant est souvent un ersatz de la personne avec qui le pédophile est en conflit. Mais tandis que le pédophile classique est souvent pédéraste, c'est-à-dire intéressé par les petits garçons, l'autre sorte s'intéresse plutôt aux filles. On trouve pas mal de cas d'inceste dans ce groupe.

– Parle-moi plutôt du donneur de friandises. Comment est ficelé son cerveau ?

– Comme le tien et le mien, Harry, avec juste quelques exceptions mineures.

– Qui sont ?

– Tout d'abord, il ne faut pas généraliser, on parle d'êtres humains. Ensuite, ce n'est pas ma spécialité, Harry.

– Tu en sais plus que moi.

– Donc, les pédophiles ont généralement une mauvaise image d'eux-mêmes et ce qu'on appelle une sexualité fragile. Ça veut dire qu'ils ne sont pas sûrs d'eux, qu'ils ne peuvent pas gérer une sexualité d'adulte, parce qu'ils sentent qu'ils vont échouer. Il n'y a qu'en compagnie d'enfants qu'ils sentent qu'ils maîtrisent les choses et qu'ils peuvent réaliser leurs envies.

— Qui sont ?

— La fourchette est aussi vaste que chez les autres personnes. Ça va du câlin sans dommage physique au viol et à l'homicide. Tout dépend.

— Et tout dépend de l'éducation et de l'environnement, ce genre de trucs ?

— Il n'est pas rare que l'agresseur lui-même ait été abusé sexuellement lorsqu'il était enfant, oui. On assiste à la même chose quand il s'agit d'enfants qui ont été maltraités en famille, et qui deviennent à leur tour violents envers leur conjoint et leurs enfants. Ils répètent le schéma qu'ils ont connu étant enfant.

— Pourquoi ça ?

— Ça a l'air dingue, mais ça a apparemment quelque chose à voir avec les modèles du rôle de l'adulte et la sécurité, avec le fait que c'est à ça qu'ils sont habitués.

— Comment les repère-t-on ?

— Qu'est-ce que tu veux dire ?

— Quels signes particuliers je dois rechercher ? »

Aune grogna.

« Désolé, Harry, mais je ne crois pas qu'ils se distinguent particulièrement. Ce sont en général des hommes, ils vivent souvent seuls et ont un réseau social en capilotade. Mais même s'ils ont une sexualité blessée, ils peuvent fonctionner admirablement dans d'autres domaines de la vie quotidienne. On les trouve vraisemblablement partout.

— Partout, hein ? Combien y en a-t-il en Norvège, à ton avis ?

– C'est complètement impossible de répondre. Ça dépend entre autres des limites que tu définis. En Espagne, la maturité sexuelle légale est fixée à douze ans, alors comment appeler par exemple un prétendu hébéphile que n'excitent que les jeunes filles en pleine puberté ? Ou bien un homme qui ne se soucie pas de l'âge, tant que sa partenaire sexuelle a des caractéristiques d'enfant, telles qu'un corps glabre ou une peau douce ?

– Pigé. Il y en a sous tous les déguisements, ils sont nombreux et ils sont partout.

– La honte crée de bons faiseurs de masques. La plupart d'entre eux ont dissimulé leurs penchants naturels toute leur vie, alors la seule chose que je puisse dire, c'est qu'il y en a beaucoup plus dans la nature que la police n'en pince pour abus sexuel.

– Dix, pour un chopé.

– Que dis-tu ?

– Rien. Merci, Oddgeir. Tiens, d'ailleurs, la bouteille est toujours bouchée.

– Ouille. Combien de jours ?

– Quatre-vingts heures.

– Dur ?

– Bof. Les monstres restent en tout cas sous le lit. Je pensais que ça serait pire.

– Tu viens à peine de commencer, rappelle-toi que tu vas vers des jours pas marrants.

– Autre chose ? »

Le soir était tombé, et le chauffeur de taxi lui tendit une petite brochure en couleurs en lui demandant s'il désirait être conduit à Patpong.

« Massage, sil ? Bon massage. Je vous emmène. »

Dans la faible lumière, il vit des photos de jeunes filles thaïlandaises lui sourire, aussi innocemment que sur une publicité pour la Thai Air.

« Non merci, je vais juste dîner. » Harry lui rendit la brochure, même si son dos maltraité semblait trouver que la proposition était fort bonne. Lorsque Harry demanda par curiosité de quel genre de massages il s'agissait, le chauffeur lui fit le geste international qui consiste à joindre le pouce et l'index en un cercle que l'index opposé traverse.

C'est Liz qui avait conseillé le Boucheron, à Patpong, et c'est vrai que la nourriture avait l'air bonne ; il se trouvait juste que Harry n'avait pas d'appétit. Il s'excusa d'un sourire lorsque la serveuse vint desservir, et laissa un généreux pourboire pour leur faire comprendre qu'il n'était pas mécontent. Puis il sortit dans l'hystérie qui baignait les rues de Patpong. Soi 1 était fermée à la circulation, mais d'autant plus pleine de monde qui déferlait comme un fleuve bouillonnant, montant et descendant entre les échoppes et les bars. La musique pulsait à travers chaque ouverture, des hommes et des femmes en sueur draguaient le long des trottoirs, et les odeurs de corps, d'égout et de nourriture étaient plus présentes les unes que les autres. On écarta un rideau tandis qu'il passait, et il put voir la scène, à l'intérieur, sur laquelle les filles dansaient, vêtues de l'inévitable string et de chaussures à talons.

« Pas de cover-charge, quatre-vingt-dix bahts les boissons », lui cria-t-on dans l'oreille. Il poursuivit son chemin, mais c'était comme s'il n'avançait pas, car la même chose se reproduisait tout le long de la rue surpeuplée.

Il sentit une pulsation en lui, mais ne put déterminer si c'était la musique, son propre cœur ou les grondements sourds d'un des engins de terrassement qui enfonçaient vingt-quatre heures sur vingt-quatre les piles de soutien de la nouvelle autoroute de Bangkok, au-dessus de Silom Road.

Une fille vêtue d'une robe de soie rouge pompier, assise à un bar ouvert, captura son regard et lui désigna le tabouret qu'elle avait à côté d'elle. Harry continua à marcher, ayant presque une sensation d'ivresse. Il entendit un mugissement s'échapper d'un autre bar ouvert, et vit une télévision suspendue dans un coin et une équipe de football qui venait apparemment de marquer. Deux Anglais à la nuque rose chantaient *Blowing bubbles*... tout en trinquant.

« Entre, blondie. »

Une grande femme mince lui fit une œillade, bomba une grosse poitrine bien ferme et croisa les jambes de sorte que son pantalon hyper-moulant ne laisse aucune part à l'imagination.

« C'est une katoy », dit une autre voix en norvégien, et il se retourna.

C'était Jens Brekke. Une petite Thaïlandaise vêtue d'une robe moulante en cuir était pendue à son bras.

« C'est assez fantastique, en réalité, tout y est : les courbes, les seins et le vagin. Certains hommes préfèrent en fait une katoy à de la véritable marchandise. Et pourquoi pas ? » Brekke exhiba une rangée de dents blanches dans son visage enfantin hâlé. « Le seul problème, c'est bien sûr que leur vagin artificiel n'est pas auto-nettoyant comme celui d'une véritable femme. Le jour où ils y parviendront, je me livrerai à l'examen d'une katoy. Qu'est-ce que tu en penses, inspecteur ?

— Eh bien… Je n'avais pas envisagé que certaines des femmes ici présentes n'en soient pas.

— Pour un œil inexpérimenté, il peut être facile de se laisser abuser, mais on le repère à la pomme d'Adam, ils n'arrivent généralement pas à l'enlever. En plus, elles ont la caractéristique de faire une tête de plus que les autres, d'être habillées de façon légèrement trop provocante et d'être un peu trop agressives dans leurs approches. Elles n'arrivent pas à se maîtriser, il faut toujours qu'elles en fassent un peu trop… »

Il laissa sa phrase en suspens, comme s'il sous-entendait quelque chose, mais Harry ne suivit pas, si c'était effectivement le cas.

« À propos, tu as aussi exagéré, de ton côté ? Je vois que tu boites…

— Une foi exagérée dans les techniques d'argumentation occidentales. Ça va passer.

— Qu'est-ce qui va passer ? La foi, ou la blessure ? »

Brekke avait le même sourire invisible qu'après l'enterrement. Comme si c'était un jeu auquel il voulait se livrer avec Harry. Celui-ci n'était pas d'humeur ludique.

« Les deux, j'espère. Je rentrais chez moi.

— Déjà ? » La lumière d'un néon se refléta sur le front en nage de Brekke. « Alors je compte bien te voir en pleine forme demain, inspecteur. »

Dans Surawong Road, Harry parvint à attraper un taxi.

« Massage, sil ? »

# Chapitre 19

Lorsque Nho passa prendre Harry devant le River Garden, le soleil venait tout juste de se lever et brillait avec miséricorde sur lui entre les maisons basses.

Ils trouvèrent la Barclay Thailand avant que huit heures ne sonnent, et un gardien de parking souriant, coiffé comme Jimi Hendrix et avec un casque de walkman sur la tête, les laissa entrer au parking, sous le bâtiment. Nho finit par découvrir une place réservée aux visiteurs, entre les BMW et les Mercedes, juste à côté des ascenseurs.

Nho préféra attendre dans la voiture, étant donné que son vocabulaire norvégien se limitait à « takk », comme Harry lui avait appris au cours d'une pause-café. Liz avait alors dit sur le ton de la semi-plaisanterie que « merci » était toujours le premier mot qu'un homme blanc enseignait aux indigènes. De plus, Nho n'aimait pas le voisinage, toutes les coûteuses berlines attirent les voleurs de voitures. Et même si le parking était équipé de caméras de vidéo-surveillance, il ne faisait pas confiance à des gardiens qui claquent des doigts sur une musique invisible pendant qu'ils ouvrent la barrière, dit-il.

Harry prit l'ascenseur jusqu'au neuvième étage et arriva à l'accueil de la Barclay Thailand. Il se présenta et regarda l'heure. Il s'était à moitié attendu à devoir attendre Brekke, mais la fille le raccompagna aux ascenseurs, glissa une carte dans un lecteur et appuya sur le bouton P qui signifiait « penthouse[1] », expliqua-t-elle. Puis elle se faufila à l'extérieur et Harry poursuivit son ascension vers le ciel.

Lorsque les portes s'ouvrirent, il vit Brekke au centre d'un parquet brun luisant, penché sur une grande table d'acajou, un téléphone collé sur l'oreille et un autre jeté sur une épaule. Le reste de la pièce était en verre. Les murs, le plafond, la table basse, même les sièges.

« À bientôt, Tom. Fais gaffe à ne pas te faire bouffer, aujourd'hui. Et encore une fois : tiens-toi loin de la roupie. »

Il regarda Harry avec un sourire d'excuse, attrapa l'autre combiné, jeta un œil aux aiguilles d'horloge qui parcouraient l'écran de son ordinateur et émit un « oui » bref avant de raccrocher.

« Qu'est-ce que c'était ? demanda Harry.

– C'était mon boulot.

– C'est-à-dire ?

– À l'instant, il s'agissait d'assurer la dette en dollars d'un client.

– Gros montants ? demanda Harry regardant Bangkok partiellement cachée dans la brume, en dessous d'eux.

1. Suite, dans un hôtel, souvent dans les derniers étages.

— Ça dépend des éléments de comparaison. Le budget d'une commune norvégienne moyenne, je pense. »

L'un des téléphones bourdonna, et Brekke pressa une touche de son intercom.

« Prenez les messages, Shena, je suis occupé. » Il relâcha le bouton sans attendre la confirmation.

« Beaucoup à faire ?

— Tu ne lis pas les journaux ? demanda-t-il en riant. Les devises de toute l'Asie vont à vau-l'eau. Tout le monde fait dans son froc et fonce se réfugier sur le dollar. Des banques et des agences de courtage ferment chaque jour, et les gens ont commencé à sauter par les fenêtres.

— Mais pas toi ? demanda Harry en se passant inconsciemment une main le long de la colonne vertébrale.

— Moi ? Je suis courtier, de la famille des vautours. »

Il battit des ailes et montra les dents.

« Nous gagnons de l'argent, en tout cas, tant qu'il y a de l'action et que les gens font des transactions. "Showtime is good time", et en ce moment même, c'est showtime vingt-quatre heures sur vingt-quatre.

— Tu es donc le croupier, dans ce jeu ?

— Yes ! Bien dit, il faut que je le retienne. Et les autres crétins sont les joueurs.

— Les crétins ?

— Mais oui.

— Je pensais que ces traders étaient des types relativement malins.

— Malins, oui, mais tout aussi idiots. C'est un éternel paradoxe, mais plus ils sont malins, plus ils spéculent frénétiquement sur le marché des devises.

Eux, qui mieux que quiconque devraient savoir qu'il est impossible de gagner à la roulette sur le long terme. Je suis moi-même relativement bête, mais au moins, j'ai pigé ça.

— Tu ne participes donc jamais à leur jeu de roulette, hein, Brekke ?

— Il arrive que je parie.

— Est-ce que ça ne fait pas de toi l'un des crétins ? »

Brekke lui tendit une boîte de cigares ouverte, mais Harry déclina.

« Futé. Ça sent le python. Je les fume seulement parce qu'il me semble que je dois le faire. Parce que j'en ai les moyens. » Il secoua la tête et plaça un cigare entre ses lèvres. « Tu as vu *Casino ?* Celui avec Robert de Niro et Sharon Stone ? »

Harry acquiesça.

« Tu te souviens de la scène où Joe Pesci parle de ce type qui est le seul qu'il connaisse à gagner systématiquement quand il joue ? Mais en fait, il ne joue pas, il parie. Courses de chevaux, matches de basket, des trucs dans le genre. C'est tout autre chose que la roulette. »

Brekke tira une chaise en verre à l'intention de Harry et s'assit en face de lui.

« Le jeu implique de la veine, mais pas le pari. Le pari repose sur deux choses : psychologie et information. C'est le plus rusé qui gagne. Prends le type de *Casino*. Il passe tout son temps à rassembler des informations, sur le pedigree des chevaux, sur leurs résultats à l'entraînement les semaines précédentes, sur le genre de fourrage qu'on leur a donné, sur ce que le jockey pesait le matin au saut du lit — toutes les infos que les autres ne se donnent pas la peine de chercher ou qu'ils n'arrivent pas à trouver et à exploiter. Puis il rassemble tout ça, se fait une idée de la cote du cheval et regarde ce que font les autres joueurs. Si un cheval a une cote trop élevée, il joue celui-là, qu'il croie en sa victoire ou non. À long terme, c'est lui qui gagne de l'argent. Et ce sont les autres qui en perdent.

— Aussi simple que ça ? »

Brekke l'arrêta en levant une main et regarda l'heure.

« Je savais qu'un investisseur japonais de l'Asahi Bank devait aller à Patpong hier au soir. J'ai fini par le trouver dans Soi 4. Je lui ai extirpé des informations jusqu'à trois heures du matin, je lui ai refilé ma gonzesse et je suis rentré chez moi. Je suis arrivé ici à six heures ce matin et depuis, j'achète des bahts. Il ne va pas tarder à arriver au boulot, et il aura l'équivalent de quatre milliards de couronnes en bahts. À ce moment-là, je revendrai.

— Ça a l'air de faire beaucoup d'argent, mais ça a aussi l'air presque illégal.

— Presque, Harry. Seulement presque. »

Brekke s'emballait, et faisait penser à un petit garçon sur le point de montrer son nouveau jouet.

« Ce n'est pas une question de morale. Si tu veux jouer au poste d'avant, tu dois être sans arrêt à la limite du hors-jeu. Les règles n'existent que pour être assouplies.

— Et ce sont ceux qui les assouplissent le plus qui gagnent ?

— Quand Maradona a marqué un but de la main contre l'Angleterre, les gens l'ont accepté comme faisant partie du jeu, en partant du principe que tout ce que l'arbitre ne voit pas est admis. »

Brekke leva un doigt.

« Mais malgré tout, tu ne peux pas exclure le hasard. Tu perds, de temps en temps, mais si tu joues quand les atouts sont dans ton camp, tu gagnes de l'argent, sur le long terme. »

Brekke écrasa son cigare en faisant la grimace.

« Aujourd'hui, c'est ce Japonais qui a décidé de ce que je fais, mais le mieux, tu sais ce que c'est ? C'est quand tu diriges toi-même le jeu. Tu peux par exemple lancer une rumeur juste avant que ne soient dévoilés les chiffres de l'inflation aux États-Unis, comme par exemple que Greenspan a dit au cours d'un dîner privé que les taux d'intérêt doivent augmenter. Semer la confusion chez les adversaires. C'est comme ça que tu engranges les plus gros lots. Putain, c'est bien mieux que le sexe ! »

Brekke éclata de rire et trépigna de satisfaction.

« Le marché des changes est la mère de tous les marchés, Harry, c'est la Formule 1. C'est tout aussi enivrant que dangereux. Je sais que c'est pervers, mais je suis l'un de ces fanas du contrôle, et j'aime savoir que c'est de ma faute quand je me fous en l'air en bagnole. »

Harry regarda autour de lui. Un professeur fou dans une pièce vitrée.

« Et si tu te fais prendre au contrôle radar ?

— Tant que je gagne de l'argent et que je m'en tiens à mes limites, tout le monde est content. En plus, ça fait de moi l'un de ceux qui gagnent le plus dans cette boîte. Tu vois ce bureau ? Avant, c'était le directeur de la Barclay Thailand qui l'occupait. Tu te demandes peut-être ce qu'un misérable courtier comme moi fait ici ? Je suis ici parce qu'il n'y a qu'une chose qui compte dans une boîte de courtiers : combien tu gagnes. Tout le reste est accessoire. Les chefs aussi, ce sont des administrateurs qui dépendent de nous, qui sommes sur le marché pour garder notre job et notre salaire. Mon supérieur a déménagé vers un charmant bureau à l'étage d'en dessous parce que je l'ai menacé de partir chez un concurrent avec tous mes clients si je n'obtenais pas un meilleur barème de gratifications. Et ce bureau. »

Il déboutonna sa veste et la suspendit à l'une des chaises de verre.

« Assez parlé de moi. Que puis-je pour toi, Harry ?

– Je me demande ce que l'ambassadeur et toi avez bien pu vous raconter au téléphone le jour où il est mort.

– Il m'appelait pour que je lui confirme notre rendez-vous. Et c'est ce que j'ai fait.

– Et ?

– Il est venu à seize heures, comme convenu. Seize heures cinq, peut-être. Shena, à l'accueil, a noté l'heure précise, il est d'abord passé s'y inscrire.

– De quoi avez-vous parlé ?

– D'argent. Il avait un peu d'argent à placer. »

Aucun muscle de son visage ne trahissait s'il disait ou non la vérité.

« Nous sommes restés ici jusqu'à dix-sept heures. Puis je l'ai raccompagné au parking, où il était garé.

– Il était garé où nous sommes ?

– Si c'est des places clients que tu parles, oui.

– Et c'est la dernière fois que tu l'as vu ?

– Exact.

— Merci, ce sera tout, dit Harry.

— Eh bien ! Un grand voyage pour pas grand-chose.

— Encore une fois, il ne s'agit que de recherches de routine.

— Ah oui. Il est mort d'un infarctus, n'est-ce pas ? demanda Jens Brekke avec un demi-sourire.

— Ça y ressemble, répondit Harry.

— Je suis un ami de la famille. Personne ne dit rien, mais je comprends. Soit dit en passant. »

Au moment où Harry se levait, la porte de l'ascenseur s'ouvrit et la fille de la réception entra, portant des verres et deux bouteilles sur un plateau.

« Un peu d'eau, avant de partir, Harry ? Je me les fais envoyer par avion une fois par mois. »

Il versa de l'eau de Farris dans les deux verres.

« D'ailleurs, Harry, l'heure de l'appel dont tu m'as parlé hier était fausse. » Il ouvrit une porte de placard dans le mur, et Harry vit quelque chose qui ressemblait à la façade d'un distributeur de billets. Brekke tapa quelques touches.

« Il était 13 h 13, pas 13 h 15. Ça ne signifie peut-être pas grand-chose, mais je pensais que vous voudriez peut-être avoir l'heure exacte.

— Nous avons l'heure que nous ont donnée les télécoms. Qu'est-ce qui te fait croire que l'heure que tu as est plus juste ?

— La mienne est juste. » Un flash de dents blanches. « Cet enregistreur emmagasine toutes mes communications téléphoniques. Il coûte un million de couronnes, et son horloge est réglée par satellite. Crois-moi : c'est celle-là, la bonne. »

Harry haussa les sourcils.

« Qui diable dépenserait un million de couronnes pour un magnétophone ?

— Plus de monde que tu ne crois. La plupart des courtiers de change, entre autres. S'il survient un litige avec un partenaire où il est question de savoir dans quelle mesure on a dit "achète" ou "vends" au téléphone, un demi-million a vite l'air de petite monnaie. L'enregistreur inscrit automatiquement un code temps digital sur cette bande spéciale. »

Il montra quelque chose qui ressemblait à une cassette vidéo.

« Ce code est infalsifiable, et dès lors qu'une conversation est enregistrée, elle ne peut pas être modifiée sans que le code temps soit affecté. La seule chose qu'on puisse faire, c'est cacher la bande, mais d'autres personnes peuvent alors découvrir qu'il manque la bande afférente à la période concernée. La raison pour laquelle on fait ça aussi scrupuleusement, c'est parce que ces bandes doivent constituer des preuves valables en cas de litige.

— Dois-je comprendre que tu as un enregistrement de ta conversation avec Molnes ?

— Bien sûr.

— Pourrait-on…

— Un instant. »

C'était étrange d'entendre la voix bien vivante d'un homme qu'on venait de voir mort, un couteau planté dans le dos.

« Trois heures, alors », dit l'ambassadeur.

Les mots sonnèrent sans force, presque tristement. Puis il raccrocha.

# Chapitre 20

« Comment va ton dos ? demanda Liz avec une pointe d'inquiétude lorsque Harry entra en boitant dans le bureau où avait lieu la réunion matinale.

— Mieux », mentit-il en s'asseyant en travers de la chaise.

Nho lui offrit une cigarette, mais Harry évita de l'allumer en entendant Rangsan tousser derrière son journal.

« J'ai deux ou trois éléments nouveaux qui te mettront peut-être de bonne humeur, dit Liz.

— Je suis de bonne humeur.

— Pour commencer, on a pris la décision de coffrer Woo. Pour voir ce qu'on peut tirer de lui si on le menace de trois ans pour voies de fait sur un policier en service. Monsieur Sorensen prétend qu'ils n'ont pas vu Woo depuis quelques jours, qu'il est juste là en free-lance. On n'a pas d'adresse, mais on sait qu'il a l'habitude de déjeuner dans un restaurant à côté de Ratchadamnoen, le stade de boxe. On y fait de gros paris sur les combats, et les requins du prêt ont l'habitude d'y traîner pour trouver de nouveaux clients ou pour garder un œil sur ceux chez qui ils ont des créances. La deuxième bonne nouvelle, c'est que Rangsan s'est renseigné auprès d'hôtels que nous souçonnons de fournir des prostituées. L'ambassadeur a manifestement régulièrement fréquenté l'un d'entre eux, ils se souvenaient de la voiture à cause de ses plaques diplomatiques. Ils disent qu'il y avait une femme avec lui.

– Bien. »

Liz eut l'air un peu déçue devant la réaction tempérée de Harry.

« Bien ?

– Il a emmenée mademoiselle Ao dans un hôtel et l'y a tringlée, et alors ? Elle n'allait pas l'inviter chez elle. Pour autant que je sache, voilà le seul motif qu'aurait eu Hilde Molnes de bousiller son mari. Ou le mec d'Ao, si elle en a un.

– Et mademoiselle Ao peut avoir un motif, si Molnes était sur le point de la laisser tomber, dit Nho.

– Que de bonnes propositions, dit Liz. Alors, par où commençons-nous ?

– Vérifiez les alibis », dit-on derrière le journal.

Dans le salon de réunion de l'ambassade, mademoiselle Ao leva sur Harry et Nho des yeux rougis par les larmes. Elle avait catégoriquement nié les passages dans les hôtels, raconté qu'elle habitait avec sa sœur et sa mère, mais qu'elle était sortie le soir du meurtre. Elle était sortie seule, et elle était rentrée très tard, bien après minuit. C'était au moment où Nho avait essayé de lui demander des précisions sur l'endroit où elle était allée que les pleurs avaient commencé.

« Il vaut mieux que tu nous le dises maintenant, Ao, dit Harry en allant aveugler le store donnant sur le couloir. Tu nous as déjà menti une fois. Maintenant, c'est sérieux. Tu dis que tu es sortie le soir du meurtre, sans avoir rencontré qui que ce soit qui puisse témoigner de l'endroit où tu étais.

— Ma mère, et ma sœur…

— … peuvent attester que tu es rentrée bien après minuit. Ça ne t'aide pas beaucoup, ça, Ao. »

Les larmes coulaient sur son doux visage de poupée. Harry soupira.

« Il va nous falloir t'emmener, dit-il. Si tu ne te décides pas à nous dire où tu étais. »

Elle secoua la tête ; Harry et Nho s'entre-regardèrent. Nho haussa les épaules et la prit délicatement par le bras, mais elle appuya sa tête sur le plateau de la table et sanglota bruyamment. Au même instant, on frappa doucement à la porte. Harry entrouvrit. Sanphet se trouvait de l'autre côté.

« Sanphet, nous… »

Le chauffeur lui posa un doigt sur les lèvres. « Je sais », dit-il avant de faire signe à Harry de sortir.

Ce dernier referma la porte derrière lui.

« Oui ?

— Vous voulez entendre mademoiselle Ao. Vous vous demandez où elle était au moment du meurtre. »

Harry ne répondit pas. Sanphet toussota et se redressa.

« J'ai menti. Mademoiselle Ao est venue dans la voiture de l'ambassade.

— Ah oui ? fit Harry, légèrement interloqué.

— Plusieurs fois.

— Alors, tu savais, pour elle et l'ambassadeur…

— Pas l'ambassadeur. »

Harry mit quelques secondes à percuter, et il regarda le vieil homme, incrédule.

« Toi, Sanphet ? Toi et mademoiselle Ao ?

— C'est une longue histoire, et j'ai peur que vous ne compreniez pas tout. » Il éprouva Harry du regard. « Mademoiselle Ao était chez moi le soir où l'ambassadeur est mort. Elle ne l'avouera jamais, parce que ça nous coûterait notre emploi à tous les deux. Il n'est pas permis à des employés de fraterniser. »

Harry passa plusieurs fois une main à travers sa frange.

« Je sais ce que vous pensez, inspecteur. Que je suis un vieil homme, et elle seulement une jeune fille.

— Eh bien… Oui, j'ai peur de ne pas tout comprendre, Sanphet. »

Celui-ci fit un petit sourire.

« Sa mère et moi avons été amants il y a très longtemps, longtemps avant la naissance d'Ao. En Thaïlande, il y a quelque chose qu'on appelle phîi. On peut le traduire par "séniorité", quand une personne d'âge mûr a autorité sur un jeune. Mais ça signifie plus que ça. Ça signifie aussi que cette personne est responsable du jeune. Mademoiselle Ao a eu son poste à l'ambassade sur mes recommandations, et c'est une femme chaleureuse et reconnaissante.

— Reconnaissante ? ne put s'empêcher de dire Harry. Quel âge avait-elle… » Il se ravisa. « Que pense sa mère de tout ça ?

— Elle est âgée, comme moi, et elle comprend, répondit Sanphet avec un sourire triste. Mademoiselle Ao n'est à ma disposition que pour un petit moment. Jusqu'à ce qu'elle trouve un homme avec qui elle fondera une famille. Ce n'est pas si inhabituel… »

Harry expira en gémissant.

« Alors c'est toi, son alibi ? Et tu sais que ce n'était pas mademoiselle Ao qui était avec l'ambassadeur dans l'hôtel qu'il avait l'habitude de fréquenter ?

— Si l'ambassadeur est allé dans un quelconque hôtel, ce n'était pas avec Ao. »

Harry leva un doigt.

« Tu nous as déjà menti une fois, et j'aurais pu te plomber pour entrave au bon déroulement d'une enquête criminelle. Si tu as autre chose à dire, dis-le maintenant. »

Les vieux yeux marron regardèrent Harry sans ciller.

« J'appréciais monsieur Molnes. C'était un ami. J'espère que celui qui l'a assassiné sera puni. Lui et personne d'autre. »

Harry était sur le point de dire quelque chose, mais il se retint.

# Chapitre 21

Le soleil avait viré au bordeaux rayé d'orange. Il tenait en équilibre au-dessus de l'horizon, comme une nouvelle planète apparue à l'improviste dans la voûte céleste.

« Voici donc le stade de boxe de Ratchadamnoen », dit Liz lorsque la Toyota qui conduisait Harry, Nho et Sunthorn arriva devant l'édifice de pierre gris. Les visages mélancoliques de quelques revendeurs à la sauvette s'illuminèrent, mais Liz leur fit signe de dégager.

« Ça n'est peut-être pas si impressionnant, mais c'est la version maison du théâtre des rêves. Ici, chacun a sa chance de devenir un dieu, à condition d'avoir des pieds et des mains suffisamment rapides. Salut, Ricki ! »

L'un des gardes vint jusqu'à la voiture, et Liz se mit à lui faire du charme à un degré que Harry n'aurait pas imaginé chez elle. Après un flot de paroles rapides et de nombreux éclats de rire, elle se retourna en souriant vers les autres.

« Dépêchons-nous d'aller arrêter Woo. J'ai réussi à avoir des billets pour moi et le touriste. Ivan boxe ce soir, sixième match, ça peut être marrant. »

Le restaurant donnait dans la simplicité – formica, mouches et ventilateur solitaire qui pulsait des relents de cuisine dans le reste des locaux. Des portraits de la famille royale étaient suspendus au-dessus du comptoir.

Seules quelques tables étaient occupées, et Woo n'était pas en vue. Nho et Sunthorn s'assirent chacun à une table de part et d'autre de la porte, tandis que Liz et Harry allaient s'asseoir au fond de la pièce. Harry commanda un rouleau de printemps thaïlandais, et un Coca désinfectant, par acquit de conscience.

« Rick était mon entraîneur quand je faisais de la boxe thaï, expliqua Liz. Je pesais à peu près deux fois plus lourd que les gosses avec qui je m'entraînais, je mesurais trois têtes de plus, et je me faisais intégralement rosser à chaque fois. Ici, ils intègrent la boxe thaï à travers le lait maternel. Mais ils n'aimaient pas beaucoup frapper une femme, qu'ils disaient. Sans que je puisse dire que ça ait eu une quelconque incidence.

– Qu'est-ce que c'est que toute cette bimbeloterie royale ? demanda Harry en pointant un index. Il me semble que je vois la photo de ce mec partout.

– Mmm. Une nation a sans doute besoin de héros. La famille royale n'avait pas la cote jusqu'à la Seconde Guerre mondiale, quand le roi a réussi à faire alliance d'abord avec les Japonais, puis, quand ils se sont mis sur la défensive, avec les Américains. Il a épargné au pays ce qui autrement aurait pu être un bain de sang. »

Harry leva sa tasse de thé en direction du portrait.

« Ça m'a tout l'air d'un drôle de finaud.

– Il faut que tu comprennes, Harry, qu'il y a deux choses avec lesquelles on ne déconne pas, en Thaïlande…

– La famille royale, et Bouddha. Merci, j'avais compris. »

La porte s'ouvrit.

« Wouf, chuchota Liz en haussant ses sourcils glabres. D'habitude, ils ont l'air moins grands, en vrai. »

Harry ne se retourna pas. Le plan prévoyait qu'ils attendent que Woo ait été servi. Un type qui a des baguettes dans la main met plus de temps à dégainer une arme éventuelle.

« Il s'est assis, dit Liz. Bon Dieu, on devrait le coffrer rien que pour sa dégaine. Mais il faudra qu'on s'estime heureux si on arrive à le garder suffisamment longtemps pour lui poser quelques questions.

– Qu'est-ce que tu veux dire ? Ce type a foutu un flic par la fenêtre du premier.

– Je sais, mais je ne voudrais pas que tu te fasses des illusions. “Le cuisinier” Woo n'est pas n'importe qui. Il bosse pour une des familles, et ils ont de bons avocats. On considère qu'il a occis au moins une douzaine de personnes, qu'il en a estropié dix fois plus, et pourtant, il n'a pas ne serait-ce qu'une merde de mouche à son casier judiciaire.

– “Le cuisinier” ? » Harry se jeta sur le rouleau de printemps fumant qui venait d'arriver sur la table.

« Il y a quelques années qu'on le surnomme comme ça. On a récupéré l'une des victimes de Woo, c'est moi qui ai pris l'affaire et j'étais présente quand ils ont commencé l'autopsie. Ça avait passé plusieurs jours dehors, et c'était si gonflé de gaz que ça ressemblait à un ballon de foot bleu nuit. Ce gaz est toxique, et le médecin légiste nous a fait sortir de la pièce et s'est mis un masque à gaz avant de faire le premier trou. J'étais près d'une vitre, et j'ai vu. La peau de l'abdomen s'est ouverte d'un seul coup quand il a ouvert le cadavre, et on pouvait voir les reflets verts dans les gaz qui s'échappaient. »

Harry reposa son rouleau de printemps sur l'assiette, une expression blessée sur le visage, mais Liz n'y fit pas attention.

« Mais le choc, c'était que ça grouillait de vie, là-dedans. Le médecin légiste a reculé jusqu'au mur quand les insectes ont rampé hors de l'estomac et se sont taillés à toute vitesse dans les coins. »

Elle mit ses deux index à l'aplomb de ses tempes, figurant deux cornes.

« Chrysomèles maculées.

— Des coléoptères ? » Harry fit la grimace. « Je croyais qu'ils n'infestaient pas les cadavres.

— Le défunt avait un tube en plastique enfoncé dans le bec quand on l'a retrouvé.

— Il…

— À Chinatown, les coléoptères grillés sont un mets réputé. Woo avait gavé le pauvre gars.

— En sautant l'étape “gril” ? »

Harry repoussa son assiette.

« Des créatures fantastiques, les insectes, dit Liz. Tu arrives à comprendre, toi, comment les coléoptères ont survécu dans l'estomac, gaz toxiques et tout le bazar ?

— Non, et je ne veux surtout pas y penser.

— Trop violent ? »

Il s'écoula quelques secondes avant que Harry ne comprenne qu'elle faisait allusion à la nourriture. Il avait repoussé son assiette à l'autre bout de la table.

« Tu t'y feras, Harry, il faut juste y aller progressivement. Tu savais qu'il existe plus de trois cents plats traditionnels, en Thaïlande ? Je te suggère d'emporter quelques recettes pour impressionner ta copine quand tu rentreras. »

Harry toussa.

« Ou ta mère », dit Liz.

Harry secoua la tête.

« Désolé, je n'en ai pas non plus.

— C'est moi qui suis désolée », dit-elle. Les conversations se turent brusquement. La nourriture de Woo faisait son entrée.

Liz tira un pistolet de service noir d'un étui qu'elle portait à la hanche, et en ôta la sécurité.

« Smith & Wesson 650, dit Harry. Sacré bazar.

— Reste derrière moi », répondit-elle en se levant.

Woo resta impassible lorsqu'il leva la tête et plongea le regard dans la gueule du pistolet de l'inspecteur principal. Il tenait ses baguettes dans la main gauche, la droite était dissimulée sur ses genoux. Liz glapit quelque chose en thaï, mais il ne sembla pas entendre. La tête immobile, il parcourut la pièce du regard, nota la présence de Nho et Sunthorn avant de s'arrêter sur Harry. Un léger sourire rida ses lèvres.

Liz cria encore une fois, et Harry sentit frémir la peau de sa nuque. Le percuteur du pistolet se souleva, et la main droite de Woo remonta sur la table. Vide. Harry entendit un soupir passer en sifflant entre les dents de Liz. Le regard de Woo était toujours posé sur Harry tandis que Nho et Sunthorn lui mettaient les menottes. Leur sortie ressembla à un numéro de cirque mettant en scène Monsieur Muscles et deux nains.

Liz rengaina son arme.

« Je crois qu'il ne t'aime pas, dit-elle en montrant du doigt la baguette que Woo avait plantée dans son bol de riz.

— Ah non ?

— C'est un vieux signe thaïlandais qui indique qu'il souhaite ta mort.

— Qu'il prenne la file, avec les autres. » Harry se rappela qu'il devait demander qu'on lui prête un pistolet.

« Allons voir si on peut avoir un peu d'action avant de nous endormir », dit Liz.

Ils furent accueillis à leur entrée dans l'enceinte du ring par les cris montant d'une foule en extase et d'un trio qui faisait un boucan infernal et piaillait comme une fanfare scolaire sous acide.

Deux boxeurs portant des bandeaux bariolés et des chiffons enroulés autour des mains venaient de pénétrer sur le ring.

« Le nôtre, c'est Ivan, avec le pantalon bleu », dit Liz. Devant le stade, elle avait tapé Harry de tous les billets qu'il avait dans ses poches pour les refiler à l'un des bookmakers.

Ils accédèrent à leurs sièges, au premier rang derrière l'arbitre, et Liz émit un claquement de langue satisfait. Elle échangea quelques mots avec son voisin.

« Comme je le pensais, dit-elle, nous n'avons rien manqué. Si tu veux voir de vraiment beaux combats, il faut venir le mardi. Ou le jeudi, au Lumphini. Sinon, il y a beaucoup de… oui, tu vois.

— Rencontres à bouillon.

— Plaît-il ?

— Rencontres à bouillon. C'est comme ça qu'on dit, en norvégien. C'est quand deux mauvais patineurs de vitesse se télescopent.

— À bouillon ?

— À ce moment-là, on va se payer un bol de bouillon. »

Les yeux de Liz se muèrent en deux fentes pétillantes tandis qu'elle riait. Harry avait découvert que dans le fond, il aimait bien voir et entendre rire l'inspecteur principal.

Les deux boxeurs avaient retiré leurs bandeaux, et ils tournèrent sur le ring en accomplissant une sorte de rituel consistant à appuyer leur tête sur les montants d'angle, à s'agenouiller et à effectuer quelques pas de danse simples.

« Ça s'appelle ram muay, expliqua Liz. Il danse en l'honneur de son khruu personnel, gourou et ange gardien de la boxe thaï. »

La musique se tut, et Ivan se rendit dans son coin du ring où lui et son entraîneur appuyèrent leurs têtes l'une contre l'autre et se prirent les mains.

« Ils prient, dit Liz.

— C'est nécessaire ? » demanda un Harry inquiet. Il était d'avis que c'était une somme rondelette qu'il avait eue en poche.

« Pas s'il réussit à se conformer à son nom.

— Ivan ?

— Tous les boxeurs se choisissent un nom. Ivan a choisi le sien d'après Ivan Hippolyte, un Hollandais qui a gagné un combat au stade Lumphini en 1995.

— Un combat, c'est tout ?

— Ça a été le seul étranger à avoir gagné au Lumphini. De toute l'Histoire. »

Harry se tourna pour voir si l'expression de son visage trahissait un double sens, mais le gong résonna à cet instant précis, et le combat démarra.

Les boxeurs s'approchèrent prudemment l'un de l'autre, en maintenant un bon écart et en tournant chacun autour de son adversaire. Un swing fut aisément paré, et une riposte aboutit dans le vide. La musique augmenta en puissance, de même que les cris d'encouragement du public.

« Ils se contentent de chauffer un peu l'ambiance, pour commencer », cria Liz.

Puis ils furent l'un sur l'autre. Rapides comme l'éclair, dans un tourbillon de jambes et de bras. Tout alla si vite que Harry ne vit pas grand-chose, mais Liz gémit. Ivan saignait déjà du nez.

« Il s'est mangé un coude, dit-elle.

— Un coude ? L'arbitre n'a pas vu ? »

Liz sourit.

« Ce n'est pas interdit, de donner des coups de coude. Au contraire, je dirais même. Les coups des mains et des pieds donnent des points, mais ce sont en général les coudes et les genoux qui mènent au K.-O.

— C'est sûrement parce qu'ils n'ont pas une aussi bonne technique de pieds que les karatékas.

— À ta place, je me méfierais, Harry. Il y a quelques années, Hong Kong a envoyé ses meilleurs maîtres du kung-fu à Bangkok pour voir qui était le plus efficace. L'échauffement et les cérémonies ont duré plus d'une heure, mais les cinq combats ont duré en tout six minutes et demie. À ce moment-là, cinq ambulances étaient en route pour l'hôpital. Devine qui était dedans ?

— Eh bien, aucun danger, ce soir… » Harry bâilla ostensiblement. « Ça, tu sais, c'est… Bordel ! »

Ivan avait attrapé l'autre à la nuque et le fit plonger en avant tandis que son genou montait à toute vitesse, comme une catapulte. L'adversaire tomba à la renverse, mais se prit les bras dans les cordes, de sorte qu'il resta accroché juste devant Liz et Harry. Le sang jaillissait comme d'un tuyau percé, et claquait sur le tapis. Harry entendit des gens protester énergiquement derrière lui, et s'aperçut qu'il s'était levé. Liz le fit se rasseoir.

« Splendide ! cria-t-elle. Tu as vu comme Ivan a été rapide ? Je t'avais bien dit qu'il était marrant ! »

La tête du boxeur au pantalon rouge était tournée, si bien que Harry le vit de profil. Il vit la peau autour de son œil bouger tandis que le sang l'emplissait par l'intérieur. C'était comme regarder un matelas pneumatique en cours de gonflage.

Harry eut une forte et écœurante impression de déjà-vu au moment où Ivan s'avança vers son adversaire perdu, lequel n'avait vraisemblablement déjà plus conscience de se trouver sur un ring. Ivan prit son temps, étudiant son opposant un peu à la façon d'un gourmet qui se demande s'il va commencer par l'aile ou la cuisse de son poulet. Dans le fond, entre les boxeurs, Harry aperçut l'arbitre. Il avait un peu penché la tête sur le côté, et se tenait les bras ballants. Harry comprit qu'il n'avait pas l'intention de faire quoi que ce soit, et il sentit son cœur battre contre l'intérieur de ses côtes. Le trio ne faisait plus penser à un défilé du

17 mai[1], ils étaient sortis de leurs gonds et soufflaient et frappaient à qui mieux mieux.

Arrête, pensa Harry qui s'entendit au même moment crier : « Frappe ! »

Ivan frappa.

Harry ne suivit pas le décompte des coups. Il ne vit pas l'arbitre lever la main d'Ivan en l'air, ni les wai du vainqueur à l'adresse des quatre montants d'angle. Il regardait le sol en ciment crevassé et humide devant ses pieds, où un petit insecte se démenait pour s'extraire d'une goutte de sang rouge. Pris dans un vortex d'événements et de hasards, pataugeant jusqu'au genou dans le sang. Il était retourné dans un autre pays, à une autre époque, et ne revint à lui que lorsqu'une main le frappa entre les omoplates.

« On a gagné ! » hurla Liz dans son oreille.

Ils faisaient la queue pour se faire payer par le bookmaker quand Harry entendit une voix qu'il connaissait bien dire en norvégien :

« Quelque chose me dit que l'inspecteur a fait un pari judicieux, et qu'il ne s'est pas contenté de miser au petit bonheur. Félicitations.

— Eh bien, fit Harry en se retournant ; l'inspecteur principal Crumley prétend qu'elle est experte, et ce n'est donc peut-être pas loin de la vérité. »

Il les présenta l'un à l'autre.

« Et vous avez parié, vous aussi ? demanda Liz.

— Un ami m'a confié que l'adversaire d'Ivan était un rien enrhumé. Fâcheuse maladie. Curieux, les ef-

1. Jour de la fête nationale norvégienne, qui commémore la constitution d'Eidsvoll (1814).

fets que ça peut avoir, hein, miss Crumley ? » Brekke fit un grand sourire et se tourna vers Harry.

« J'ai décidé de jouer les effrontés et de te demander si tu ne pourrais pas me tirer d'embarras, Hole. Je suis venu avec la fille de Molnes, et j'aurais dû la reconduire chez elle, mais l'un de mes principaux clients américains vient de m'appeler sur mon mobile, et il faut que j'aille au bureau. C'est le bordel, le dollar crève le plafond et ce type a quelques tombereaux de bahts dont il ne sait que faire. »

Harry regarda dans la direction indiquée par Brekke. Runa Molnes était appuyée contre un mur, portant un T-shirt Adidas à manches longues et à moitié dissimulée derrière la foule qui se pressait hors de l'enceinte. Elle avait les bras croisés et regardait ailleurs.

« Dès que je t'ai vu, je me suis souvenu que Hilde Molnes m'avait dit que tu logeais dans l'appartement qui appartient à l'ambassade, près du fleuve. Ça ne fera pas un gros détour, si vous prenez un taxi. J'ai promis à sa mère, etc., etc. »

Brekke agita une main pour signifier que ces préoccupations maternelles étaient bien sûr exagérées, mais qu'il valait mieux que la promesse fût tenue.

Harry regarda l'heure.

« Bien sûr, qu'il va le faire, dit Liz. Pauvre nénette. Et ce n'est pas étonnant que sa mère s'effraie un peu.

— Bien sûr, dit Harry en se forçant à sourire.

— Super, dit Brekke. Ah, oui, autre chose : auriez-vous l'amabilité de récupérer ce que j'ai gagné ? Ça devrait payer le taxi. S'il reste quelque chose, il doit bien y avoir un fonds de la police pour les veuves, ou quelque chose comme ça. »

Il donna son reçu à Liz et disparut. Elle ouvrit de grands yeux en voyant les chiffres.

« Ça dépend s'il y a assez de veuves », dit-elle.

## Chapitre 22

Runa Molnes n'avait pas l'air spécialement ravie qu'on dût la reconduire chez elle.

« Merci, je me débrouillerai, dit-elle. Bangkok est à peu près aussi dangereux que le centre d'Ørsta un lundi soir. »

Harry, qui n'était jamais allé à Ørsta un lundi soir, arrêta un taxi et en tint la porte ouverte. Elle monta à contrecœur, bougonna une adresse et se mit à regarder par la fenêtre.

« Je lui ai dit d'aller à River Garden, dit-elle après un moment. C'est là que tu descends, c'est ça ?

– Je crois que les instructions stipulent que tu rentres chez toi d'abord, mademoiselle.

– Mademoiselle ? » Elle rit et posa sur lui les yeux noirs de sa mère. Ses sourcils qui se rejoignaient presque lui donnaient un petit air d'elfe.

« On croirait entendre ma tante. Quel âge tu as, en fait ?

– On a l'âge que l'on sent, répondit Harry. Je dois par conséquent approcher de la soixantaine. »

Elle le regarda avec curiosité.

« J'ai soif, dit-elle soudain. Paie-moi quelque chose à boire, et tu auras la permission de m'accompagner jusqu'à ma porte. »

Harry avait retrouvé l'adresse de Molnes dans son agenda Sparebanken Nor, l'immuable cadeau de Noël que lui faisait toujours son père, et essayait d'établir le contact avec le chauffeur.

« Oublie, dit-elle. Je vais insister sur River Garden, il va croire que tu tentes ta chance et venir à mon secours. Tu veux une scène ? »

Harry tapota l'épaule du chauffeur, et Runa poussa un cri strident qui fit piler le chauffeur si sèchement que Harry alla heurter le plafond. Le chauffeur se retourna, Runa s'apprêta à crier une deuxième fois, et Harry leva les mains en un geste de défense.

« O.K., O.K., où, alors ? Patpong ne doit pas être sur le chemin…

– Patpong ? » Elle leva les yeux au ciel. « Tu es vraiment vieux ! Il n'y a que les vieux cochons et les touristes qui vont là-bas. On va à Siam Square. »

Elle échangea deux-trois mots avec le chauffeur en quelque chose qui parut à Harry être un thaï irréprochable.

« Tu as une copine ? » demanda-t-elle après s'être fait servir une bière, à nouveau sous la menace de lui faire une scène.

Ils se trouvaient dans un grand bar en plein air, au sommet d'un escalier monumental jonché de jeunes gens, des étudiants, supposa Harry, qui suivaient des yeux la circulation visqueuse de Bangkok quand ils ne se regardaient pas les uns les autres. Elle avait jeté un œil soupçonneux sur le jus d'orange de

Harry, mais compte tenu de la famille qu'elle avait, elle devait avoir l'habitude des militants anti-alcooliques. Ou peut-être pas. Harry soupçonnait que toutes les règles tacites n'avaient pas été respectées chez les Molnes.

« Non, répondit Harry, avant d'ajouter : Pourquoi diable est-ce que tout le monde me pose la même question ?

– Diable, à ce point ? » Elle s'installa plus confortablement sur sa chaise. « Je suppose que ce sont en majeure partie des filles, qui te le demandent ?

– Essaierais-tu de me faire rougir ? demanda-t-il avec un petit rire. Parle-moi plutôt de tes petits copains.

– Lequel ? » Elle tint sa main gauche hors de vue sur ses genoux, et leva son verre de la main droite. Un sourire rôdant sur ses lèvres, elle bascula la tête en arrière sans quitter Harry des yeux.

« Je ne suis pas vierge, si c'est ce que tu crois. »

Harry manqua de vaporiser une gorgée de jus d'orange sur la table.

« Pourquoi le serais-je ? » demanda-t-elle en portant le verre à ses lèvres.

Hmm, pourquoi le serais-tu, pensa Harry en regardant la peau de son larynx qui frémissait quand elle buvait. Il se remémora ce que lui avait dit Jens Brekke à propos de la pomme d'Adam, que c'est en général ce dont on ne peut pas faire l'ablation.

« Tu es choqué ? » Elle posa son verre et prit soudain un air grave.

« Pourquoi le serais-je ? » Il eut l'impression d'entendre un écho, et se hâta d'ajouter : « J'ai dû commencer à ton âge.

– Oui, mais pas à treize ans. »

Harry inspira, réfléchit suffisamment et expira lentement entre ses dents. Il pouvait laisser tomber le sujet. « Ah oui ? Et lui, quel âge avait-il ?

– C'est un secret. » Son visage avait retrouvé cette expression taquine. « Dis-moi plutôt pourquoi tu n'as pas de copine. »

Il se retint un instant de le dire, une impulsion, peut-être pour voir s'il pouvait lui rendre la monnaie de sa pièce en la choquant. Lui dire que les deux femmes dont il pouvait dire la main sur le cœur qu'il les avait aimées étaient mortes toutes les deux. L'une de son propre fait, l'autre de celui d'un assassin.

« C'est une longue histoire, dit-il. Je les ai perdues.

– Les ? Il y en a plusieurs ? Ça doit être pour ça que vous avez cassé, tu courais trop de lièvres en même temps, c'est ça ? »

Harry écouta l'emballement puéril qui perçait dans sa voix et dans son rire. Il se força à ne pas lui demander quel genre de relation elle entretenait avec Jens Brekke.

« Non, dit-il. Je ne m'en suis tout simplement pas assez bien occupé.

– Tu as l'air tout sérieux.

– Désolé. »

Ils se turent. Elle jouait distraitement avec l'étiquette de sa bouteille de bière. Leva les yeux sur Harry. Sembla essayer de se décider. L'étiquette se décolla.

« Viens, dit-elle en prenant sa main. Je vais te montrer quelque chose. »

Ils descendirent entre les étudiants, suivirent le trottoir et montèrent sur une passerelle étroite qui enjambait la large avenue. Ils s'arrêtèrent au milieu.

« Regarde, dit-elle. Ce n'est pas beau, ça ? »

Il regarda la circulation qui coulait vers eux puis s'éloignait. La rue s'étendait à perte de vue, et les lumières des voitures, des motos et des tuk-tuk faisaient comme un fleuve de lave qui se figeait en une bande jaune, au loin.

« On dirait un serpent qui ondule, avec un motif brillant sur le dos, tu vois ? »

Elle se pencha par-dessus la rambarde.

« Tu sais ce qui est bizarre ? Je sais qu'il y a en ville des gens qui tueraient très volontiers pour récupérer le peu d'argent que j'ai dans les poches en ce moment. Et pourtant, ici, je n'ai jamais eu peur. En Norvège, nous allions passer tous les week-ends dans notre cabane dans les montagnes, je connais cette baraque et tous les sentiers sur le bout des doigts. Et pendant les vacances, nous allions à Ørsta, où tout le monde connaît tout le monde, et où le vol à l'étalage fait les gros titres dans le journal. Et pourtant, c'est ici que je me sens le plus en sécurité. Ici, alors qu'il y a des gens dans tous les coins, et que je ne connais personne. C'est bizarre, non ? »

Harry ne sut que répondre.

« Si je pouvais choisir, j'habiterais Bangkok jusqu'à la fin de mes jours. Et je viendrais ici au moins un jour par semaine juste pour regarder.

– La circulation ?

– La circulation. J'adore ça. » Elle se tourna brusquement vers lui, les yeux brillants. « Pas toi ? »

Harry secoua la tête. Elle se remit à regarder la rue.

« Dommage. Devine combien de voitures il y a dans les rues de Bangkok, en ce moment même ? Trois millions. Et ça augmente de mille voitures chaque jour. Un automobiliste de Bangkok passe en moyenne entre deux et trois heures par jour dans son véhicule. Tu as entendu parler de Comfort 100 ? On trouve ça dans les stations-services, ce sont des espèces de poches pour pisser quand tu es coincé entre les voitures. Tu crois que les Eskimos ont un mot pour “la circulation” ? ou les Maoris ? »

Harry haussa les épaules.

« Pense à tout ce qu'ils ratent, dit-elle. Ceux qui vivent dans des coins où ils ne peuvent pas prendre un bain de foule, comme ici. Lève le bras… »

Elle attrapa la main de Harry et la leva devant lui.

« Tu sens ? Que ça vibre ? C'est l'énergie de tous ceux qui nous entourent. Elle est dans l'air. Si tu es à l'agonie et si tu penses que personne ne peut te sauver, il te suffit de sortir, d'étendre les bras et d'emmagasiner un peu de cette énergie. Tu peux vivre éternellement. C'est vrai ! »

Ses yeux étincelaient, tout son visage étincelait, et elle posa la main de Harry sur sa propre joue.

« Je peux sentir que tu vas vivre longtemps. Super longtemps. Encore plus longtemps que moi.

– Ne dis pas ce genre de choses », dit Harry. La peau de Runa lui brûlait la paume. « Ça porte malheur.

– Mieux vaut le malheur que pas de bonheur. Papa disait souvent ça. »

Il récupéra sa main.

« Tu ne veux pas vivre éternellement ? » murmura-t-elle.

Il cligna des yeux et sut que son cerveau prenait une photo d'eux, à cet endroit, à cet instant, sur une passerelle de part et d'autre de laquelle les gens ne s'attardaient pas et qui surplombait un serpent marin étincelant. Exactement comme on prend une photo des endroits où l'on va, parce qu'on sait qu'on n'y restera pas longtemps. Il l'avait déjà fait, une nuit, en vol plané au-dessus de la piscine de Frogner, une autre nuit à Sydney devant une crinière rousse qui flottait dans le vent, et par un après-midi froid de février à Fornebu où l'attendait la Frangine au beau milieu des flashes des paparazzi. Il savait que quoi qu'il arrive, il pourrait toujours faire ressurgir ces images, qu'elles ne se faneraient jamais, mais qu'elles prendraient de la consistance et du goût avec les années.

Au même instant, il sentit une goutte sur son visage. Puis une autre. Il leva des yeux étonnés.

« Quelqu'un m'a dit qu'il ne pleuvrait pas avant le mois de mai, dit-il.

— Averse de mangues, dit Runa en tournant le visage vers le ciel. Ça arrive. Ça veut dire que les mangues sont mûres. Dans peu de temps, il va pleuvoir à torrent. Viens… »

# Chapitre 23

Harry était sur le point de s'endormir. Les bruits n'étaient plus aussi agressifs. De plus, il avait commencé à remarquer une sorte de rythme dans la circulation, une sorte de schéma prévisible. La première nuit, un coup de klaxon un peu fort pouvait le réveiller. Dans quelques nuits, ce serait probablement l'absence de coups de klaxon qui le réveillerait. Le glapissement d'un pot d'échappement fêlé ne se faisait pas entendre au petit bonheur, il avait une place bien déterminée dans ce chaos apparent. Il fallait juste un peu de temps pour s'en imprégner, comme pour apprendre à apprivoiser le roulis sur un bateau.

Il avait prévu de voir Runa le lendemain, dans un café près de l'université, pour lui poser quelques questions sur son père. Ses cheveux gouttaient toujours lorsqu'elle était descendue du taxi.

Pour la première fois depuis longtemps, il rêva de Birgitta. Ses cheveux qui se collaient à sa peau pâle. Mais elle souriait, et elle était vivante.

L'avocat mit quatre heures pour tirer Woo de détention provisoire.

« Docteur Ling, il bosse pour Sorensen, soupira Liz lors de la réunion du matin. Nho a tout juste eu le temps de demander à Woo où il était le jour du meurtre, et ça a été fini.

– Et qu'a déduit le détecteur de mensonges ambulant de sa réponse ? demanda Harry.

– Rien, répondit Nho. Ça ne l'intéressait pas de nous dire quoi que ce soit.

– Rien ? Merde, et moi qui pensais que vous étiez aux taquets avec le supplice turc et les électrochocs, dans le pays !

– Est-ce que quelqu'un aurait la gentillesse de me dire qu'il a de bonnes nouvelles ? » demanda Liz.

Un journal froufrouta.

« J'ai rappelé l'hôtel Maradiz. La première personne que j'ai eue m'a juste dit que c'était un farang qui avait l'habitude d'y venir avec une femme, dans la voiture diplomatique. Celui que j'ai eu aujourd'hui m'a dit que la femme était blanche, et qu'ils discutaient entre eux dans une langue dont il pensait que c'était peut-être de l'allemand ou du hollandais.

– Du norvégien, dit Harry.

– J'ai essayé d'avoir une description des deux, mais tu sais comment c'est… »

Nho et Sunthorn firent un grand sourire et baissèrent les yeux. Personne ne dit plus rien.

« De quoi ? aboya Harry.

– On se ressemble tous comme des gouttes d'eau, soupira Liz. Sunthorn, tu vas y faire un saut avec deux-trois photos et voir s'il peut identifier l'ambassadeur et sa femme. »

Harry plissa le nez.

« Un mari et sa femme qui ont un petit nid d'amour à deux cents dollars la journée, à quelques kilomètres de chez eux ? Ce n'est pas un peu pervers ?

— D'après celui avec qui j'ai parlé aujourd'hui, ils y venaient le week-end, dit Rangsan. J'ai eu des dates.

— Je parie ce qu'on a gagné hier que ce n'était pas sa femme, dit Harry.

— Peut-être pas, dit Liz. Pourtant, il y a peu de chances que ça nous fasse beaucoup avancer. »

Elle leva la séance en les informant qu'ils pouvaient utiliser leur journée pour reprendre la paperasserie négligée depuis que la priorité avait été donnée au meurtre de l'ambassadeur de Norvège. Harry resta après que les autres furent sortis.

« Alors, on a tiré la carte "Retour à la case départ" ? demanda-t-il.

— Formellement parlant, on n'en a pas décollé depuis le début, répondit Liz. Peut-être que ça se passera comme vous le voulez.

— Comme on veut ?

— J'ai discuté avec le boss ce matin. Hier, il avait eu un monsieur Torhus au téléphone, qui se demandait combien de temps on avait prévu de la fermer. Les pouvoirs publics norvégiens souhaitaient des éclaircissements au cours de la semaine si nous n'avions rien de concret. Le patron lui a expliqué que l'affaire regarde la Thaïlande, et qu'on ne classe pas une affaire criminelle comme ça, sans discuter. Mais plus tard dans la journée, il a reçu un coup de fil de notre propre ministère de la Justice. On a certainement bien fait d'expédier la visite touristique pendant qu'on en avait le temps, Harry, j'ai l'impression que tu peux t'attendre à rentrer au pays dès vendredi. À moins, encore une fois, qu'il ne se passe quelque chose de concret. »

« Harry ! »

Tonje Wiig le rejoignit à l'accueil, les joues en feu et un sourire si rouge sur les lèvres qu'il la soupçonna de s'être remis du rouge à lèvres juste avant de sortir.

« Il nous faut du thé, dit-elle. Ao ! »

Ao l'avait vu arriver avec une terreur muette, et même s'il s'était empressé de préciser que sa visite ne la concernait absolument pas, il fut frappé par son regard, pareil à celui d'une antilope près d'un point d'eau, qui boit toujours en ayant des lions dans son champ de vision. Elle leur tourna le dos et s'en alla.

« Jolie fille, dit Tonje, attendant la réaction de Harry.

— Charmante. Jeune. »

Tonje parut satisfaite de la réponse et le mena dans son bureau.

« En fait, j'ai essayé de te joindre hier au soir, dit-elle, mais tu n'étais certainement pas chez toi. »

Harry vit qu'elle attendait qu'il lui demande pourquoi elle avait téléphoné, mais il laissa filer. Ao entra avec le thé, et il attendit qu'elle fût ressortie.

« J'ai besoin de quelques informations, dit-il.

— Bon.

— Puisque tu étais le chargé d'affaires quand l'ambassadeur était absent, je suppose que tu as tenu une chronologie de ses absences.

– Naturellement. »

Il lui donna quatre dates, qu'elle vérifia dans son propre agenda. À chacune d'elles, l'ambassadeur avait été absent. Trois fois à Chang Mai et une fois au Vietnam. Harry nota lentement tout en prenant son élan pour la suite.

« Est-ce que l'ambassadeur connaissait des femmes à Bangkok, hormis sa femme ?

– Noon… répondit Tonje. Pas à ma connaissance. Oui, enfin, à part moi. »

Harry attendit qu'elle ait reposé sa tasse avant de lui demander :

« Qu'en dis-tu, si je t'avoue que je crois que tu avais une liaison avec l'ambassadeur ? »

Le menton de Tonje Wiig tomba. Elle était l'honneur de la protection dentaire norvégienne.

« Ah, si seulement ! » s'exclama-t-elle. Avec un tel manque d'ironie que Harry ne put que se faire la remarque que « si seulement » fait toujours partie du vocabulaire de certaines femmes. Il s'éclaircit la voix.

« Je crois que toi et l'ambassadeur êtes allés à l'hôtel Maradiz aux dates que nous venons de mentionner, et si c'est le cas, je dois te prier de me rendre compte de tes relations avec l'ambassadeur, et de me dire où tu étais le jour du meurtre. »

Il était surprenant de voir que quelqu'un d'aussi pâle que Tonje Wiig pouvait devenir encore plus pâle.

« Dois-je en parler à un avocat ? demanda-t-elle finalement.

– Pas si tu n'as rien à cacher. »

Il vit qu'une larme s'était formée dans le coin d'un de ses yeux.

« Je n'ai rien à cacher, dit-elle.

– Dans ce cas, c'est à moi, que tu dois en parler. » Elle se tamponna les yeux avec une serviette en papier, délicatement, pour ne pas étaler son mascara.

« J'aurais pu avoir envie de le tuer, vous savez. »

Harry nota que le vouvoiement avait été rétabli, et il attendit patiemment.

« Tellement envie que ça m'a presque fait plaisir d'apprendre qu'il était mort. »

Il entendit que sa langue se déliait. Il importait à présent de ne pas dire ou faire une bêtise qui pût interrompre le flot ; un aveu vient rarement seul.

« Parce qu'il ne voulait pas quitter sa femme ?

– Non ! » Elle secoua la tête. « Vous vous méprenez. Parce qu'il a tout détruit, en moi ! Tout ce que… »

Le premier sanglot fut si déchirant que Harry comprit qu'il avait fait mouche. Elle se ressaisit, s'essuya les yeux et toussota.

« C'était une décision politique, il n'avait absolument pas les compétences qu'il fallait. J'avais d'ores et déjà fait savoir que j'étais candidate pour le poste d'ambassadeur quand j'ai reçu la nouvelle. Ils l'ont envoyé ici en moins de deux, comme s'ils n'avaient pas réussi à lui faire quitter plus rapidement la Norvège. Il a fallu que je cède les clés du bureau de l'ambassadeur à quelqu'un qui ne savait pas quelle différence il y a entre un conseiller d'ambassade et un attaché. Et nous n'avons jamais eu aucune relation, c'est une idée qui m'aurait paru totalement absurde, vous ne comprenez pas ça ?

– Et que s'est-il passé ensuite ?

– Quand on m'a convoquée pour que je l'identifie, j'ai brusquement oublié tout ce qui concernait une éventuelle nomination, ou que j'avais une nouvelle chance. À la place, je me suis rappelée quel homme gentil et avisé c'était. Il l'était vraiment ! »

Elle le dit comme si Harry avait protesté.

« Même s'il n'a pas été capable de grand-chose comme ambassadeur, j'entends. Et vous savez, depuis, j'ai pas mal réfléchi. Que je n'ai peut-être pas judicieusement établi les priorités, dans ma vie, qu'il y a des choses qui priment sur le travail et sur la carrière. Je ne postulerai peut-être même pas pour le poste d'ambassadeur. On verra. Il y a tant de choses auxquelles il faut penser. Oui, non, je ne peux pas le dire à coup sûr, pour l'instant. »

Elle renifla deux ou trois fois, et parut avoir repris le contrôle d'elle-même.

« C'est tout à fait inhabituel qu'un conseiller soit nommé ambassadeur dans la même ambassade, vous savez. À ma connaissance, ça n'est encore jamais arrivé. »

Elle prit un miroir de poche, vérifia que son maquillage était acceptable et dit, presque pour elle : « Mais il y a une première fois à tout, je suppose. »

Dans le taxi qui le ramenait à l'hôtel de police, Harry prit la décision d'éliminer Tonje Wiig de la liste des suspects. En partie parce qu'elle l'avait convaincu, et en partie parce qu'elle avait pu prouver qu'elle était ailleurs les jours où l'ambassadeur avait fréquenté l'hôtel Maradiz. Tonje avait également confirmé qu'il n'y avait pas beaucoup d'autres Norvégiennes parmi lesquelles choisir à Bangkok.

Ce fut par conséquent comme un coup de poing dans le ventre lorsqu'il se mit brusquement à penser à l'impensable. Parce que ce n'était absolument pas si impensable.

La fille qui passa la porte vitrée du Hard Rock Café était une autre fille que celle qu'il avait vue dans le jardin et à l'enterrement, celle dont le langage corporel était fuyant et introverti, et dont le visage ne reflétait que dégoût et défi. Runa resplendit en un sourire lorsqu'elle le vit, assis devant une bouteille de Coca vide et un journal. Elle portait une robe à manches courtes ornée de fleurs bleues. Telle un illusionniste chevronné, elle portait sa prothèse de telle sorte qu'on ne la remarquait pratiquement pas.

« Tu as attendu, constata-t-elle avec ravissement.

– C'est difficile de se faire une idée de la circulation à l'avance. Je ne voulais pas être en retard. »

Elle se laissa tomber sur son siège et commanda un thé glacé.

« Hier. Ta mère…

– … dormait », dit-elle simplement. Au point que Harry le perçut comme un avertissement. Mais il n'avait plus le temps de faire des tours et des détours.

« Beurrée, tu veux dire ? »

Elle leva les yeux vers lui. Son sourire heureux s'était volatilisé.

« C'est sur ma mère, que tu veux me poser des questions ?

— Entre autres. Comment s'entendaient ta mère et ton père ?

— Pourquoi tu ne lui demandes pas à elle ?

— Parce que je crois que tu es moins bonne pour raconter des bobards, répondit-il franchement.

— Ah oui ? Alors ils s'entendaient merveilleusement.

— Si mauvaise que ça ? »

Elle se tortilla.

« Désolé, Runa, mais c'est mon boulot, ça. »

Elle haussa les épaules.

« Ma mère et moi on n'est pas trop copines. Mais papa et moi, on était super amis. Je crois qu'elle était jalouse.

— Duquel d'entre vous ?

— Des deux. De lui. Je ne sais pas.

— Pourquoi de lui ?

— C'était comme s'il n'avait pas besoin d'elle. C'était du vent, pour lui…

— Est-ce qu'il est arrivé que ton père t'emmène dans des hôtels, Runa ? Le Maradiz, par exemple ? »

Il vit la surprise envahir son visage.

« Qu'est-ce que tu veux dire ? Pourquoi l'aurait-il fait ? »

Il fixait son journal, sur la table, mais il se força à relever la tête.

« Beurk ! s'exclama-t-elle en lançant sa cuiller dans le thé qui jaillit. Tu dis des trucs si tordus ! Où est-ce que tu veux en venir ?

— Eh bien, Runa, je comprends que ce soit difficile, mais je crois que ton père a fait des choses qu'il aurait dû regretter.

— Papa ? Papa regrettait toujours. Il regrettait et prenait la faute sur lui et… Mais la sorcière ne voulait pas le laisser tranquille. Elle le traitait tout le temps comme un chien, tu n'es pas ceci, tu n'es pas cela, c'est toi qui m'as attirée là-dedans, et j'en passe… Elle pensait que je n'entendais pas, mais j'entendais. Chaque mot. Qu'elle n'avait pas été faite pour vivre avec un eunuque, qu'elle était une véritable femme. Je lui ai dit qu'il fallait qu'il s'en aille, mais il encaissait. Pour moi. Il ne le disait pas, mais je savais que c'était pour ça. »

Harry avait l'impression d'avoir nagé dans un fleuve de larmes, ces dernières quarante-huit heures, mais aucune ne venait pour l'instant.

« Ce que j'essaie de dire, reprit-il en baissant la tête pour capter son regard, c'est que ton père n'avait pas les mêmes penchants sexuels que les autres.

— C'est pour ça, que tu es si mal à l'aise ? Parce que tu crois que je ne savais pas que mon père était un désaxé ? »

Harry se fit violence pour garder la bouche fermée.

« Qu'est-ce que tu entends exactement, par désaxé ?

— Pédé. Zomo. Tapiole. Raspède. Tarlouse. Je suis le résultat d'une des rarissimes séances de baise dont la sorcière a bénéficié de papa. Il trouvait que c'était dégueulasse.

— Il a dit ça ?

— Il était bien sûr trop chic pour dire un truc pareil. Mais je le savais. J'étais sa meilleure amie. Ça, il me l'a dit. De temps en temps, j'avais l'impression qu'il n'avait pas d'autre ami. Il m'a dit une fois : "Toi et les chevaux, vous êtes les seules choses que j'apprécie." Moi et les chevaux, elle est bonne, non ? Je crois qu'il avait un petit copain – un garçon, donc – quand il était étudiant, avant de rencontrer maman. Mais ce type l'a plaqué, il ne voulait pas admettre qu'il y avait quelque chose entre eux. C'était il y a longtemps, les choses étaient différentes, à l'époque. »

Elle prononça ces mots avec l'assurance absolue d'une adolescente. Harry leva le verre à ses lèvres et but lentement. Il devait gagner du temps, les choses ne s'enchaînaient pas comme il s'y était attendu.

« Tu veux savoir qui était à l'hôtel Maradiz ? » demanda-t-elle.

Il se contenta de hocher la tête en guise de réponse.

« Maman et son amant. »

# Chapitre 24

Les branches blanchies par le gel se détachaient sur le pâle ciel hivernal au-dessus de Slottsparken. De sa fenêtre, Dagfinn Torhus regardait un homme remonter Haakon VIIs gate au pas de course, grelottant et la tête enfoncée au maximum entre les épaules. Le téléphone sonna. Torhus regarda sa montre et vit qu'il était l'heure de déjeuner. Il suivit l'homme des yeux jusqu'à ce que celui-ci disparaisse, près de la station de métro, puis il décrocha et s'annonça. Il y eut tout un tas de frottements et de grattements dans l'appareil avant que la voix ne lui parvienne :

« Je vous donne encore une chance, Torhus, une seule. Si vous n'en profitez pas, je veillerai à ce que les AE décrètent la vacance de votre poste avant que vous n'ayez le temps de dire "Policier norvégien fourvoyé par un chef de bureau des AE" ou "L'ambassadeur Molnes victime d'un tueur homosexuel ?". L'un et l'autre sonnent bien, comme manchette, vous ne trouvez pas ? »

Torhus s'assit.

« Où êtes-vous, Hole ? » demanda-t-il, n'ayant rien de mieux à dire.

« Je viens d'avoir une longue conversation avec Bjarne Møller. Je lui ai demandé de quinze façons différentes ce que cet Atle Molnes foutait à Bangkok. Ce que j'ai découvert jusqu'ici laisse supposer qu'il était l'ambassadeur le moins vraisemblable depuis Reiulf Steen. Je n'ai pas pu crever l'abcès, mais j'ai quand même eu confirmation qu'abcès il y a. Il est tenu au devoir de réserve, m'a-t-il dit, et il m'a donc orienté vers vous. La question, vous la connaissez déjà. Qu'est-ce que je ne sais pas, et que vous, vous savez ? Pour votre information, j'ai à côté de moi un fax et les numéros de *VG, Aftenposten* et *Dagbladet.* »

La voix de Torhus emporta avec elle le froid de l'hiver jusqu'à Bangkok.

« Ils n'impriment pas les assertions fumeuses d'un policier imbibé, Hole.

– Si ce sont celles d'un policier imbibé célèbrissime, si. »

Torhus ne répondit pas.

« Oui, d'ailleurs, je crois qu'ils prendront aussi cette affaire dans le *Sunnmørsposten.*

– Vous êtes lié par le secret professionnel, dit Torhus faiblement. Vous serez poursuivi. »

Hole s'esclaffa.

« Peste ou choléra, hein ? Le fait de savoir ce que je sais sans chercher à l'exploiter s'apparenterait à de la négligence professionnelle. C'est aussi condamnable, vous savez. Pour une raison qui m'échappe, je crois que j'ai moins à perdre que vous en cas de violation du devoir de réserve.

– Quelle garantie... » commença Torhus, mais il fut interrompu par de la friture sur la ligne. « Allô ?

— Je suis là.

— Quelle garantie ai-je que vous vous tairez sur ce que je dis ?

— Aucune. » L'écho donna l'impression que cette réponse était prononcée trois fois.

Un ange passa.

« Comptez sur moi, dit Harry.

— Pourquoi ferais-je ça ? demanda Torhus avec un petit rire de mépris.

— Parce que vous n'avez pas le choix. »

Le chef de bureau vit qu'il allait être en retard pour déjeuner. Les sandwiches au rosbif de la cantine avaient déjà probablement disparu, mais ce n'était pas si grave, il avait perdu tout appétit.

« Ça doit rester entre nous. Je le dis sérieusement.

— Ce n'est pas le but intrinsèque, que ça ne reste pas entre nous.

— O.K., Hole. De combien de scandales au KrF avez-vous entendu parler ?

— Pas bézef.

— Tout juste. Pendant des années, le KrF a été ce petit parti sympa dont personne ne se souciait trop. Pendant que la presse fouinait autour de l'oligarchie de l'Arbeiderparti et des olibrius du Fremskrittsparti, les représentants du KrF au Storting ont pu vivre une existence relativement peu remarquée. Le changement de gouvernement a tout bouleversé. Quand il a fallu mettre en place le jeu de patience du gouvernement, il a été rapidement clair qu'Atle Molnes, malgré son talent indiscutable et sa vieille expérience de navigateur au sein du Storting, était exclu comme conseiller d'État. La possibilité que sa vie privée soit déballée représentait un risque qu'un parti chrétien dont le programme repose sur des valeurs morales ne pouvait pas prendre. On ne peut pas refuser l'ordination à des prêtres homosexuels quand on a en même temps des conseillers d'État homosexuels. Je pense même que Molnes le comprenait. Mais quand les noms des membres du nouveau gouvernement ont été annoncés, il y a eu des réactions dans la presse. "Pourquoi Atle Molnes n'en fait-il pas partie ?" Après qu'il s'était en son temps écarté pour laisser la place de dirigeant du parti au Premier ministre, la plupart le considéraient comme le numéro deux, ou en tout cas trois ou quatre. On a commencé à se poser des questions, et les rumeurs sur son homosexualité ont repris vie, celles-là même qui avaient commencé à circuler lorsqu'il s'était retiré de la course à la présidence du parti. Maintenant, nous savons parfaitement que certains parlementaires sont homosexuels, alors pourquoi se donner la peine d'en faire tout un fromage, me demanderez-vous. Eh bien, ce qu'il y a d'intéressant, dans ce cas précis, hormis le fait qu'il s'agissait d'un membre du KrF, c'est que c'était un ami proche du Premier ministre, qu'ils avaient étudié ensemble et qu'ils avaient même été colocataires. Et ce n'était qu'une question de temps pour que la presse le découvre. Molnes ne faisait pas partie du gouvernement, mais ça menaçait pourtant d'être rapidement un sale coup pour le Premier ministre. Tout le monde savait que lui et Molnes avaient été le principal soutien politique l'un de l'autre, et ce depuis le début, et qui l'aurait cru s'il avait déclaré sa totale ignorance concernant les penchants sexuels de Molnes pendant toutes ces années ? Et tous ces électeurs qui avaient soutenu le Premier ministre à cause du point de vue clair et net en matière de PACS et autres saloperies ? Alors que lui-même réchauffait un serpent dans son sein, pour faire un peu dans le biblique. Quel impact est-ce que ça aurait eu sur la confiance ? La popularité du Premier ministre avait jusqu'alors été l'une des principales garanties de survie pour le gouvernement minoritaire, et ce dont on avait le moins besoin, c'était un scandale. Il est rapidement apparu que Molnes devait quitter le territoire aussi vite que possible. On s'est dit qu'un poste d'ambassadeur à l'étranger serait le mieux, car on ne pourrait pas après coup accuser le Premier ministre d'avoir lourdé un camarade de parti ayant fait preuve de tant de bons et loyaux services. C'est à ce stade que j'ai été contacté. On a agi rapidement. Le poste d'ambassadeur à Bangkok n'était pas encore officiellement occupé, et ça l'expédiait suffisamment loin pour que la presse lui fiche la paix. »

Torhus fit une pause.

« Seigneur ! dit Harry au bout d'un moment.

— J'en conviens.

— Vous saviez que sa femme a un amant ?

— Non. Mais je n'étais pas prêt à me faire fusiller pour défendre la thèse qu'elle n'en avait pas.

— Pourquoi ?

— Pour commencer, parce que je crois qu'un mari homosexuel s'autorise à fermer les yeux sur ce genre de choses. En second lieu parce qu'il y a quelque chose dans la culture des Affaires étrangères qui semble encourager les relations extra-conjugales. Oui, de temps en temps, il en résulte même des mariages. Ici, aux AE, on ne peut pratiquement pas traverser un couloir sans tomber sur un ex-conjoint, un ex-amant ou une copine de plumard. La boutique est célèbre pour son endogamie, on est bien pire qu'à la NRK. »

Torhus hennit à nouveau.

« L'amant ne fait pas partie des AE. C'est un Norvégien, une sorte de gecko local, un courtier de change de haut vol. Jens Brekke. J'ai d'abord cru que c'était avec la fille de la maison qu'il sortait, mais il se trouve donc que c'est avec Hilde Molnes. Ils se sont rencontrés pratiquement le jour où la famille est venue s'installer ici, et d'après la petite dernière, ils font plus que tirer un coup de loin en loin. C'est en fait assez sérieux, et elle s'attend à ce qu'ils emménagent ensemble d'un jour à l'autre.

– Nouveau pour moi.

– En tout cas, ça donne à la femme un motif possible. Et à son amant.

– Parce que Molnes les séparait ?

– Non, bien au contraire. Toujours d'après Runa, c'est Hilde Molnes qui a refusé de laisser filer son jules pendant toutes ces années. Après qu'il a eu revu ses aspirations politiques à la baisse, je suppose que le paravent que créait le mariage n'était plus aussi indispensable. Il s'est certainement servi du droit parental qu'il avait sur sa fille comme moyen de pression, ce n'est pas ce qui se passe, d'habitude ? Non, le motif est en l'occurrence moins noble que ça. La famille Molnes possède certainement la moitié d'Ørsta.

– Exact.

– J'ai demandé à Møller de vérifier s'il existe un testament et ce qu'Atle Molnes détient comme actions dans l'entreprise familiale, et ses autres possessions.

– Eh bien, ce n'est pas mon domaine, Hole, mais est-ce que vous ne compliquez pas un peu les choses, là ? Il peut toujours s'agir d'un barjo qui est allé frapper à la porte de Molnes et qui lui a planté un couteau dans le dos…

– Peut-être. Avez-vous quelque chose contre le fait que ce cinglé puisse être norvégien, Torhus ?

– Que voulez-vous dire ?

– Les vrais tueurs sadiques ne se contentent pas de poignarder quelqu'un avant d'effacer leurs traces. Le taré authentique laisse quelque chose qui nous permette de jouer aux gendarmes et aux voleurs avec lui. Dans ce cas précis, on n'a rien – nada. Croyez-moi, ça, c'était le meurtre soigneusement planifié commis par un type qui n'agit pas par espièglerie, mais qui voulait simplement que le job soit fait et que l'affaire soit classée, faute de preuves. Mais qui sait… Peut-être faut-il encore plus de folie pour commettre un meurtre pareil. Et le seul cinglé que j'aie rencontré jusqu'à présent dans le cadre de cette enquête parlait norvégien. »

# Chapitre 25

Harry trouva enfin l'entrée entre deux boîtes de strip-tease de Soi 1, à Patpong. Il monta et parvint dans une pièce obscure au plafond de laquelle un gigantesque ventilateur tournait paresseusement. Harry rentra instinctivement la tête dans les épaules en passant sous les grandes pales, ayant déjà remarqué que les huisseries et autres éléments de construction du pays n'étaient pas adaptés à ses cent quatre-vingt-dix centimètres.

Hilde Molnes occupait une table à l'autre bout du restaurant. Ses lunettes de soleil, qui devaient en principe lui permettre de garder l'anonymat, laissèrent Harry supposer que tout le monde l'avait remarquée.

« En réalité, je n'aime pas l'alcool de riz, dit-elle en vidant son verre. Exception faite du Mekong. Puis-je vous offrir un verre, inspecteur ? »

Harry secoua la tête. Elle claqua des doigts et se fit remplir son verre.

« Ils me connaissent, ici, expliqua-t-elle. Ils arrêtent quand ils jugent que j'ai eu mon compte. Et généralement, à ce moment-là, j'ai effectivement mon compte, précisa-t-elle avec un rire rauque. J'espère que ça ne vous dérange pas qu'on ait dû se voir ici. À la maison, c'est… un peu triste, pour l'instant. Qu'est-ce qui a motivé cette consultation, inspecteur ? »

Elle articulait les mots avec cette diction un peu trop soignée qui caractérise les gens qui ont l'habitude d'essayer de cacher qu'ils ont bu.

« Nous venons d'avoir la confirmation de l'hôtel Maradiz que Jens Brekke et vous y êtes descendus régulièrement.

– Voyez-vous ça ! Enfin quelqu'un qui fait son boulot. Et si vous allez voir le serveur, ici, il pourra vous confirmer que Jens Brekke et moi nous voyons ici aussi régulièrement. » Elle crachait ses mots. « Sombre, anonyme, jamais d'autres Norvégiens et en plus, ils servent le meilleur plaa lòt de la ville. Vous aimez l'anguille, Hole ? l'anguille de mer ? »

Harry pensa au type qu'ils avaient repêché au large de Drobak. Il avait passé quelques jours dans l'eau salée, et son visage pâle de cadavre les avait regardés avec un étonnement puéril. Quelque chose lui avait bouffé les paupières. Mais ce qui avait capté leur attention, c'était l'anguille. Sa queue pointait de la bouche de l'homme et claquait d'avant en arrière comme un fouet d'argent. Harry avait toujours en mémoire le goût salé de l'air, ça avait donc dû être une anguille de mer.

« Mon grand-père ne mangeait pratiquement que de l'anguille, dit-elle. Depuis juste avant la guerre, et jusqu'à sa mort. Il s'en empiffrait, il était insatiable.

– J'ai également recueilli certaines informations concernant le testament.

– Vous savez pourquoi il mangeait tant d'anguille ? Pfff, évidemment, que vous ne savez pas. Il était pêcheur, mais c'était juste avant la guerre et les gens d'Ørsta ne voulaient pas d'anguille. Vous savez pourquoi ? »

Il vit une nuance douloureuse lui passer sur le visage, la même que dans le jardin.

« Madame Molnes…

– Je vous demande si vous savez pourquoi ? »

Harry secoua la tête.

Hilde Molnes baissa le ton et rythma chacune de ses syllabes d'un coup d'ongle rouge sur la nappe :

« Eh bien, un cotre avait fait naufrage cet hiver-là ; le temps était calme et ils n'étaient qu'à quelques centaines de mètres de la côte, mais il faisait si froid que personne n'en avait réchappé. Il y a un chenal à l'endroit pile où le bateau a coulé, et on n'a retrouvé personne. À la suite de ça, les gens ont prétendu qu'il y avait beaucoup d'anguilles dans le fjord. On dit que les anguilles mangent les noyés, vous savez. Beaucoup des trépassés avaient de la famille à Ørsta, et le commerce de l'anguille mourut du jour au lendemain. Les gens n'osaient même pas prendre le risque d'être vus rentrant chez eux avec une anguille dans leur cabas. Grand-père s'est alors aperçu qu'il était rentable de vendre tous les autres poissons, et de garder l'anguille pour lui. Les gens du Sunnmøre, vous savez… »

Elle souleva son verre du sous-bock et le posa à même la table. Un anneau sombre s'étendit sur la nappe.

« Alors, il a bien dû y prendre goût. "Ils n'étaient que neuf, disait-il. Il n'a pas pu y en avoir assez pour toutes. J'en ai peut-être mangé une ou deux qui s'étaient servies sur les pauvres gars, et puis ? Si c'est le cas, je n'ai remarqué aucune différence." "Aucune différence !" Pas mal, hein ? »

Comme en écho de quelque chose.

« Qu'est-ce que vous en pensez, Hole ? Vous croyez que les anguilles ont mangé ces types ? »

Harry se gratta derrière l'oreille.

« Eh bien… On prétend que le maquereau est anthropophage, lui aussi. Je ne sais pas. Ils en prennent tous bien un petit peu, je pense. Les poissons, je veux dire. »

Hilde Molnes leva son verre en un geste de triomphe.

« Vous savez, c'est exactement ce que je crois ! Ils en prennent tous un petit morceau. »

Harry la laissa finir son verre.

« Un collègue à Oslo vient d'avoir une conversation avec l'avocat d'affaires de votre mari, Bjorn Hardeid, d'Ålesund. Comme vous le savez peut-être, les avocats ne sont plus tenus au secret professionnel dès lors que leur client est décédé et qu'ils pensent que les informations divulguées ne peuvent pas nuire à la mémoire de leur client ?

– Non.

– Bon. Bjorn Hardeid ne voulait rien dire. Mon collègue a donc plutôt téléphoné au frère d'Atle Molnes, mais il n'y a malheureusement pas eu grand-chose à en tirer non plus. Son silence a été particulièrement assourdissant quand mon collègue a émis la théorie qu'Atle Molnes était loin de disposer de la fortune familiale que beaucoup lui avaient peut-être attribuée.

— Qu'est-ce qui vous fait croire ça ?

— Un homme qui ne parvient pas à rembourser une dette de jeu de 750 000 couronnes n'est pas nécessairement pauvre, mais ce n'est en tout cas pas quelqu'un qui a un frère qui peut lui prêter sa part sur une fortune familiale de presque deux cents millions de couronnes.

— Où…

— Mon collègue a pu obtenir du RCS de Brønnøysund la balance des Meubles Molnes. Les capitaux propres enregistrés sont évidemment inférieurs, mais il a découvert que la société est cotée dans la liste des PME-PMI, et il a donc appelé un courtier qui a calculé sa cote boursière pour lui. L'entreprise familiale Molnes Holding compte quatre actionnaires — trois frères et une sœur… Tous sont membres du directoire des Meubles Molnes, il n'y a eu aucun rapport de vente interne puisque les actions ont été cédées par Molnes Senior à la holding, alors à moins que votre mari ait revendu sa part de la holding à quelqu'un de sa fratrie, il devait posséder au moins… »

Harry jeta un œil dans le carnet qui lui avait servi pendant qu'on lui dictait les chiffres à l'autre bout du fil.

«… cinquante millions de couronnes.

— Vous avez fait votre boulot consciencieusement, je vois.

— Je ne comprends pas la moitié de ce que je viens de dire, je sais seulement que ça signifie que quelqu'un retient l'argent de votre mari, et j'aimerais bien savoir pourquoi. »

Hilde Molnes le regarda par-dessus son verre.

« Vous tenez vraiment à le savoir ?

— Pourquoi pas ?

— Je ne suis pas sûre que ceux qui vous ont envoyé ici avaient pensé que vous auriez besoin de vous immiscer à ce point dans… la vie privée de l'ambassadeur.

— Si c'est le cas, j'en sais déjà trop, madame Molnes.

— Vous avez eu vent de…

— Oui.

— Bien, bien… »

Elle fit une pause pour vider son verre de Mekong. Le serveur vint pour faire le plein, mais elle le congédia d'un geste.

« Si l'inspecteur sait en outre que la famille Molnes entretient une longue tradition de grenouilles de bénitier dans les maisons de prières de l'Idremisjon et de membres du KrF, il peut sans doute s'imaginer aussi le reste.

— Peut-être. Mais j'apprécierais que vous me le racontiez. »

Elle frissonna, comme si elle ne ressentait qu'alors le goût amer de l'alcool de riz.

« C'est le père d'Atle qui en a décidé. Quand des rumeurs ont commencé à circuler à propos d'une élection pour la présidence du parti, Atle a dressé un état des lieux avec son père. Une semaine plus tard, ce dernier avait remanié son testament. Il y était stipulé que la part de la fortune familiale qui revenait à Atle serait à son nom, mais que l'usufruit en reviendrait à Runa, qui venait alors tout juste de naître. L'usufruit entrerait en vigueur lorsqu'elle aurait vingt-trois ans révolus.

— Et qui bénéficiait de l'argent, dans l'intervalle ?

— Personne. Ce qui veut dire qu'il restait dans l'entreprise familiale.

— Et maintenant que votre mari est mort ?

— Maintenant, commença Hilde Molnes en parcourant d'un doigt le bord de son verre, maintenant, c'est Runa qui hérite de la totalité. Et l'usufruit est transféré à celui ou celle qui jouit de l'autorité parentale jusqu'à ses vingt-trois ans révolus.

— Si je vous suis bien, ça veut dire que l'argent est dès à présent disponible, et que c'est vous qui en disposez.

— On dirait bien, oui. Jusqu'à ce que Runa ait vingt-trois ans.

— Que recouvre-t-il exactement, cet usufruit ? »

Hilde Molnes haussa les épaules.

« Je n'y ai vraiment pas beaucoup songé. Il n'y a que quelques jours que je suis au courant. Par Hardeid, l'avocat.

— Cette clause qui fait que l'usufruit vous est attribué, personne ne vous en avait parlé avant ?

— Elle avait peut-être été évoquée. J'ai bien sûr signé pas mal de papiers, mais ce sont des trucs épouvantablement compliqués, vous ne trouvez pas ? Quoi qu'il en soit, ce n'étaient pas les choses auxquelles j'accordais de l'importance, à l'époque.

— Ah non ? dit Harry d'un ton badin. Il me semblait que vous veniez de dire quelque chose à propos des habitants du Sunnmøre...

— J'en ai toujours fait une bien mauvaise », dit-elle avec un sourire pâle.

Harry la regarda. Avait-elle volontairement accentué son état d'ébriété ? Il se gratta la nuque.

« Depuis combien de temps connaissez-vous Jens Brekke ?

– Vous devez vouloir dire : depuis combien de temps on baise ?

– Eh bien… Ça aussi.

– Alors, reprenons les choses dans l'ordre ; voyons voir… »

Hilde Molnes fronça les sourcils et plissa les yeux vers le plafond. Elle essaya de poser son menton dans sa main, mais celle-ci glissa, et il comprit qu'il s'était trompé : elle était beurrée comme un petit Lu.

« On s'est rencontrés à la réunion organisée pour accueillir Atle, deux jours après notre arrivée à Bangkok. Ça a commencé à huit heures, toute la colonie norvégienne était invitée, et ça a eu lieu dans le jardin devant l'ambassade. Il m'a sautée dans le garage, environ deux ou trois heures après, je crois. Je dis qu'il m'a sautée parce que j'étais vraisemblablement si pétée à ce moment-là qu'il n'avait pas vraiment besoin de ma contribution. Ou de mon consentement. Ça, il l'a eu la fois d'après. Ou la fois suivante, je ne me souviens pas. En tout cas, après quelques parties de jambes en l'air, on a fini par faire connaissance, ce n'est pas ça que vous vouliez savoir ? Si, et ensuite, on a continué à faire connaissance. On se connaît pas mal l'un l'autre, à présent. Ça vous suffit, inspecteur ? »

Harry se sentait irrité. Peut-être était-ce la façon dont elle mettait en scène l'indifférence et le mépris qu'elle éprouvait pour elle-même. Elle ne lui donnait en tout état de cause aucune bonne raison de continuer à faire dans la dentelle.

« Vous avez déclaré que vous étiez chez vous le jour où votre mari est mort. Où exactement vous trouviez-vous entre dix-sept heures et le moment où vous avez appris qu'on l'avait retrouvé mort ?

– Je ne me souviens pas ! »

Elle éclata d'un rire qui ressemblait au cri d'une corneille dans le calme matinal d'une forêt, et Harry se rendit compte que l'attention avait commencé à se tourner vers eux. Pendant un instant, elle sembla à deux doigts de tomber de sa chaise, mais elle retrouva son équilibre.

« N'ayez pas l'air effrayé à ce point, inspecteur. Il se trouve que j'ai un alibi, ce n'est pas comme ça que l'on dit ? Oh oui, un petit alibi en or, si vous voulez que je vous dise. Ma fille ne fera sûrement pas de difficultés pour témoigner que je n'étais pas en état de beaucoup me déplacer, ce soir-là. Je me souviens que j'ai ouvert une bouteille de gin au début de l'après-midi, et j'ai l'impression que je me suis endormie, réveillée, servi un petit verre, rendormie, réveillée, et ainsi de suite. Vous comprendrez certainement. »

Harry comprit.

« Y avait-il autre chose que vous vouliez savoir, inspecteur Hole ? »

Elle allongea les voyelles dans son nom, pas exagérément, mais suffisamment pour qu'il cède à la provocation.

« Juste si vous avez tué votre mari, madame Molnes. »

D'un geste étonnamment rapide et souple, elle attrapa son verre, et avant d'avoir eu le temps de l'arrêter, il l'entendit lui frôler l'oreille et aller se fracasser sur le mur derrière lui. Elle fit la grimace.

« Vous ne le croirez peut-être pas après ça, mais j'étais la marqueuse chez les filles d'Ørsta entre quatorze et seize ans. » Sa voix était calme, comme si ce qui venait de se produire était déjà quelque chose sur quoi elle avait tiré un trait. Harry regarda les visages effrayés qui s'étaient tournés vers eux.

« Seize ans, ça doit faire atrocement longtemps. J'étais la plus belle fille de… oui, je vous l'ai déjà sûrement dit. Et j'avais des formes, pas comme maintenant. Avec une copine, on entrait souvent dans le vestiaire des arbitres avec juste une minuscule serviette, en prétextant qu'on s'était trompé de vestiaire en sortant des douches. Tout pour l'équipe, vous voyez. Mais je ne crois pas que ça avait une grosse influence sur l'arbitrage. Ils devaient se demander ce qu'on allait foutre dans les douches avant le match. »

Elle se leva brusquement, et cria :

« Ørstagutt[1] hei, Ørstagutt hei, Ørstagutt hei, hei, hei ! » Elle se laissa retomber sur sa chaise. Un silence total s'était abattu dans la pièce.

« Notre cri de guerre. Ça ne passe pas, avec "gonzesse", vous comprenez. Le rythme ne collerait pas. Mouais, qui sait, peut-être qu'on aimait juste bien se montrer. »

Harry la prit par le bras et la soutint pour redescendre les marches. Il donna l'adresse et un billet de

1. Gutt : garçon. Ørstagutt : mec d'Ørsta.

cinq dollars au chauffeur de taxi, en lui demandant de veiller à ce qu'elle regagne bien ses pénates. Il ne comprenait probablement pas grand-chose de ce que lui racontait Harry, mais il fit mine de saisir.

Il entra dans un bar tout en bas de Soi 2, près de Silom. Le comptoir était pratiquement désert, et deux filles go-go qui n'avaient pas encore été achetées pour la soirée – et qui ne semblaient pas avoir de gros espoirs de l'être – occupaient la scène. Avec la même expression que si elles avaient été en pleine séance de vaisselle, elles remuaient les guibolles sans enthousiasme, et leur nichons tressautaient en rythme sur *When Susanna Cries*. Harry n'était pas sûr de savoir ce qu'il trouvait le plus triste.

Quelqu'un posa devant lui une bière qu'il n'avait pas commandée. Il la laissa intacte, la paya et appela l'hôtel de police depuis un téléphone public installé à côté de la porte des toilettes des hommes. Il ne vit pas de porte pour les femmes.

## Chapitre 26

Une légère brise passait dans ses cheveux coupés presque à ras. Depuis l'avancée de pierre, au coin du toit, Harry regardait la ville. En fermant les yeux, ça devenait un tapis lumineux uni qui scintillait et clignotait.

« Descends de là, dit une voix derrière lui. Tu me rends nerveuse. »

Liz était assise dans un transat, une canette de bière dans la main. Harry était descendu au poste et l'avait trouvée enfouie derrière des piles de rapports à lire. Il était près de minuit, et elle avait reconnu qu'il était temps de laisser tomber. Elle avait fermé le bureau, ils avaient pris l'ascenseur jusqu'au onzième étage, découvert que la porte du toit était fermée pour la nuit, étaient sortis par une fenêtre et avaient descendu un escalier d'incendie pour finalement grimper là-haut.

Un coup de sirène de bateau résonna subitement dans la couverture sonore nébuleuse de la circulation.

« Tu as entendu ? demanda Liz. Quand j'étais petite, mon père disait souvent qu'à Bangkok, on pouvait entendre les éléphants crier entre eux quand on les faisait monter sur les bateaux qui naviguent sur le fleuve. Ils venaient de Malaisie, parce que les forêts de Bornéo étaient déboisées, et on les attachait sur le pont des bateaux qui les emmenaient dans les forêts du nord de la Thaïlande. Quand je suis arrivée ici, j'ai longtemps cru que c'étaient les éléphants qui soufflaient dans leur trompe. »

L'écho mourut.

« Madame Molnes a un motif, mais est-il assez bon ? demanda Harry en sautant de son perchoir. Est-ce que tu tuerais quelqu'un pour pouvoir disposer de cinquante millions de couronnes pendant six ans ?

— Ça dépend de qui je dois seringuer, répondit-elle. J'en connais quelques-uns que je descendrais bien pour moins que ça.

— Je veux dire : est-ce que ça revient au même, cinquante millions en six ans et cinq millions en soixante ans ?

— Négatif.

— Effectivement. Et merde !

— Souhaiterais-tu que ce soit elle ? Madame Molnes ?

— Je ne souhaiterais pas que ce soit quelqu'un en particulier. Je souhaite seulement trouver le meurtrier et me barrer d'ici pour rentrer dans mon putain de pays. »

Liz émit un rot étonnamment puissant, opina du chef à son adresse et posa sa canette.

« Pauvre fille. C'est Runa, qu'elle s'appelle ? Imagine que la mère soit accusée d'avoir buté son mari à cause de l'argent.

— Je sais. Heureusement, c'est une fille qui a les nerfs solides.

— En es-tu si sûr ? »

Il haussa les épaules et étendit un bras vers le ciel.

« Qu'est-ce que tu fabriques ? demanda-t-elle.

— J'pense.

— Je veux dire, ce que tu fais, avec ta main, c'est quoi ?

— Énergie. Je rassemble l'énergie de tous les individus qui sont là, en dessous. C'est censé faire vivre éternellement. Tu crois à ce genre de choses ?

— J'ai cessé de croire à la vie éternelle à l'âge de seize ans, Harry. »

Il se retourna, mais ne put voir son visage dans le noir.

« Ton père ? » demanda-t-il.

Il vit le contour bien net de son crâne quand elle acquiesça.

« Yep. Il portait le monde sur ses épaules, mon père, tiens. Juste dommage que ça ait fait trop lourd.

— Comment... » Il se tut.

Elle écrasa sa canette de bière dans un crissement de métal.

« Ce n'est que la triste histoire d'un vétéran du Vietnam, Harry, une de plus. On l'a retrouvé dans le garage, vêtu de son uniforme complet, avec son pistolet de service à côté de lui. Il avait écrit une longue lettre, pas pour nous, mais pour l'armée américaine. Il y était écrit qu'il n'avait pas pu supporter de fuir ses responsabilités. Il l'avait compris quand il était dans l'ouverture de l'hélicoptère qui décollait du toit de l'ambassade américaine à Saïgon, en 1973, et qu'il regardait ces Sud-Vietnamiens désespérés qui se ruaient dans l'ambassade à la recherche d'une protection contre les forces militaires qui entraient en ville. Il écrivait qu'il était aussi responsable que les policiers militaires qui se servaient de la crosse de leur fusil pour les empêcher d'entrer, tous ceux qui avaient promis de gagner la guerre, promis la démocratie. En tant qu'officier, il se jugeait coresponsable de la priorité décrétée par l'armée américaine d'évacuer les leurs au détriment des Vietnamiens qui s'étaient battus à leurs côtés. Papa leur dédiait sa contribution en tant que militaire et se déclarait navré de ne pas s'être montré à la hauteur de la responsabilité. Il terminait par un salut à maman et moi, en nous conseillant de l'oublier aussi vite que possible. »

Harry éprouva une brusque envie de fumer.

« Ça faisait une sacrée responsabilité à accepter, dit-il.

– Oui. Mais je suppose qu'il est parfois plus facile de prendre sur soi la responsabilité pour les morts que pour les vivants. Nous autres, il faut qu'on prenne soin d'eux. Les vivants. Malgré tout, c'est cette responsabilité qui nous anime. »

La responsabilité. S'il y avait quelque chose qu'il avait essayé d'enfouir au cours de cette dernière année, c'était bien la responsabilité. Que ce soit pour les vivants ou pour les morts, que ce soit pour lui ou pour les autres. Ce n'était source que de faute, et de toute façon jamais récompensé. Non, il ne pouvait pas envisager que ce fût la responsabilité qui l'animait. Torhus avait peut-être raison, les motifs qu'il avait de vouloir voir triompher le droit n'étaient peut-être pas si nobles que ça. Ce n'était peut-être que son ambition stupide qui l'empêchait d'admettre que l'affaire soit classée, qui lui imposait de vouloir coffrer quelqu'un, n'importe qui, du moment qu'on arrivait à un jugement décisif et que l'affaire pouvait être estampillée « élucidée ». Les manchettes dans les journaux et les accolades, à son retour d'Australie, avaient-elles eu le peu de signification qu'il se plaisait à leur prêter ? Cette idée qu'il pouvait passer devant tout et tout le monde rien que parce qu'il fallait qu'il rentre au pays s'occuper du cas Frangine n'était peut-être qu'un prétexte ? Parce qu'il était devenu crucial pour lui de réussir.

Il y eut un instant de quasi-silence, comme si Bangkok respirait. Puis la même sirène déchira de nouveau l'air. Plaintive. Comme un éléphant très seul. Et les voitures se remirent à klaxonner.

Un mot l'attendait sur le paillasson lorsqu'il revint à l'appartement. « Suis à la piscine. Runa. »

Harry avait remarqué que « pool » était inscrit sous le chiffre 4, dans l'ascenseur, et il sentit effectivement l'odeur de chlore lorsqu'il sortit au quatrième. Un bassin se trouvait au coin, à ciel ouvert, encadré des deux côtés par des façades garnies de balcons. L'eau scintillait faiblement dans la clarté lunaire. Il s'accroupit sur le bord et plongea une main dans l'eau.

« Tu te sens chez toi, ici, n'est-ce pas ? »

Runa ne répondit pas, fit juste quelques battements et passa en glissant devant lui avant de disparaître de nouveau. Ses vêtements et sa prothèse gisaient en tas sur une chaise longue.

« Tu sais l'heure qu'il est ? » demanda-t-il.

Elle émergea juste sous lui, l'attrapa à la nuque, groupa les jambes et repoussa doucement le bord. Totalement pris au dépourvu, il perdit l'équilibre et ses mains rencontrèrent sa peau nue et lisse lorsqu'il bascula dans l'eau, l'entraînant sous lui. Ils ne firent aucun bruit, repoussant juste l'eau sur les côtés à l'instar d'une couette épaisse et chaude dans laquelle ils sombrèrent. L'eau vint en glougloutant lui chatouiller les oreilles, et il lui sembla que sa tête se dilatait. Ils atteignirent le fond, et il poussa sur ses jambes pour les ramener tous les deux à la surface.

« Tu es folle ! » haleta-t-il.

Elle émit un rire sourd et s'éloigna de lui en quelques mouvements rapides.

Il était allongé sur le bord du bassin, les vêtements dégoulinants, lorsqu'elle sortit de l'eau. Au moment où il ouvrit les yeux, elle essayait de récupérer une grosse libellule en perdition à l'aide de l'épuisette de nettoyage de la piscine.

« C'est un miracle, dit Harry. J'étais convaincu que les seuls insectes à pouvoir survivre en ville étaient les cafards.

— Certains des gentils survivent toujours », répondit-elle en relevant précautionneusement son épuisette. Elle libéra la libellule qui partit en bourdonnant sourdement au-dessus du bassin.

« Les cafards ne sont pas gentils ?

— Beurk, ils sont dégoûtants !

— Ça ne les empêche peut-être pas d'être gentils.

— Peut-être pas. Mais je ne crois pas qu'ils soient gentils, malgré tout. Ils se contentent d'être, en quelque sorte.

— Ils se contentent d'être, répéta Harry, sans sarcasme, juste pensivement.

— Ils sont faits comme ça. De telle sorte qu'on ait envie de les écraser. Sinon, il y en aurait beaucoup trop.

— Pas inintéressant, comme théorie.

— Écoute, chuchota-t-elle. Tout le monde dort.

— Bangkok ne dort jamais.

— Si, écoute. Ce sont des bruits de sommeil. »

L'épuisette était montée sur un tube d'aluminium dans lequel elle souffla, produisant un son de didgeridoo. Il écouta. Elle avait raison.

Elle monta avec lui pour passer à la douche. Il était déjà dans le couloir et avait appuyé sur le bouton de l'ascenseur lorsqu'elle sortit de la salle de bains, enroulée dans une serviette.

« Tes vêtements sont sur le lit », dit-il en refermant la porte.

Ils attendaient l'ascenseur. Des chiffres lumineux rouges avaient commencé leur compte à rebours.

« Quand repars-tu ? demanda-t-elle.

— Bientôt. S'il ne se passe rien.

— Je sais que tu devais rencontrer maman, avant ce soir. »

Harry enfonça ses mains dans ses poches et contempla ses ongles de pieds. Elle lui avait conseillé de les couper. La porte de l'ascenseur s'ouvrit, et il se mit dans l'ouverture.

« Ta mère dit qu'elle était à la maison le soir où ton père est mort. Que tu peux en témoigner. »

Elle gémit.

« Sincèrement, tu veux que je réponde à ça ?

— Peut-être pas. » Il fit un pas en arrière, et ils se regardèrent en attendant la fermeture des portes.

« Qui a fait le coup, à ton avis ? » demanda-t-il finalement.

Elle le regardait toujours lorsque les portes se refermèrent.

# Chapitre 27

La musique disparut sans crier gare au beau milieu du solo de Jimi sur *All Along The Watchtower*, et Jim Love sursauta lorsqu'il comprit que quelqu'un venait de lui chiper ses écouteurs.

Il se retourna sur sa chaise et vit un grand type blond qui avait indéniablement déconné avec la crème solaire, penché sur lui dans l'étroit poste de garde. Ses yeux étaient dissimulés derrière une paire de lunettes d'aviateur de qualité douteuse. Jim remarquait ce genre de choses, les siennes lui ayant coûté une semaine de salaire.

« Salut, dit le grand, je t'ai demandé si tu parlais anglais. »

Le type avait un accent indéfinissable, et Jim répondit avec celui de Brooklyn :

« Mieux que je ne parle thaï, en tout cas. Que puis-je pour toi ? Quelle société tu viens voir ?

— Pas de société aujourd'hui. Je veux discuter un peu avec toi.

— Avec moi ? Tu n'es pas inspecteur de la société de gardiennage, hein ? Parce que dans ce cas, je peux t'expliquer, pour le walkman…

– Pas de la société de gardiennage. De la police. Je m'appelle Hole. Mon collègue, Nho... »

Il fit un pas sur le côté, et Jim vit derrière lui, près de la porte, un Thaïlandais coiffé à la flic et portant une chemise blanche bien repassée. Ces deux éléments firent que Jim ne douta pas une seule seconde que la plaque que l'individu tenait devant lui fût authentique. Il ferma très fort un œil.

« Police, hein ? Dis-moi, vous allez tous chez le même coiffeur ? Jamais songé à changer un peu ? Pour quelque chose dans le genre, par exemple ? » dit-il en éclatant de rire, en désignant sa propre coupole capillaire.

Le grand fit un sourire.

« On dirait que la nostalgie des années 80 n'a pas encore atteint les commissariats de police, non.

– La quoi ?

– Laisse tomber. Est-ce que tu as un remplaçant et un endroit où on peut parler ? »

Jim leur expliqua qu'il était venu passer des vacances en Thaïlande avec des amis, quatre ans plus tôt. Ils avaient loué des motos et étaient partis vers le nord, et l'un d'eux avait eu la bêtise d'acheter un peu d'opium dans un petit village au bord du Mekong, près de la frontière avec le Laos, et l'avait gardé dans son sac. Sur le chemin du retour, une voiture de police les avait fait stopper sur le bas-côté et ils avaient été fouillés. Il leur apparut soudain, sur cette route poussiéreuse en pleine Thaïlande profonde, qu'une peine d'emprisonnement remarquablement longue attendait leur copain.

« D'après les textes, ils ont le putain de droit d'exécuter les gens qui trafiquent des saloperies, tu savais ? Et nous trois, qui n'avions rien fait, on a pensé que nous aussi, merde, on allait avoir des emmerdements, pour complicité ou un truc du genre. Merde, je veux dire, en tant que Noir américain, je corresponds pas mal à l'image qu'on se fait du trafiquant d'héro standard, tu vois ? On a supplié, imploré et on n'a rien compris jusqu'à ce qu'un des policiers parle de transformer la sanction en amende. Ils nous ont donc pris tout ce qu'on avait de blé et nous ont confisqué l'opium, et on a pu repartir. Putain, qu'est-ce qu'on était contents ! Le seul problème, c'est que ce pognon devait payer nos billets retour, pas vrai ? Alors... »

Jim décrivit avec force mots et encore davantage de gestes comment les choses s'étaient enchaînées, qu'il s'était essayé un temps comme guide pour touristes américains, mais avait eu des problèmes quant à son permis de séjour, qu'il s'était ensuite tenu à carreau en se faisant entretenir par une Thaïlandaise qu'il avait rencontrée, et qu'il avait décidé de rester quand les autres étaient repartis. Après encore bien des péripéties, il avait obtenu son permis de séjour grâce au poste de gardien qu'il avait décroché, puisqu'ils avaient besoin de personnel anglophone dans les bâtiments abritant les sociétés internationales.

Jim était un tel moulin à paroles que Harry finit par devoir l'arrêter.

« Merde, j'espère que ton pote thaïlandais ne parle pas anglais, dit Jim avec un coup d'œil nerveux en direction de Nho. Ces mecs, qu'on a payés dans le Nord…

— Relax, Jim. On est venus te poser des questions sur tout autre chose. Une Mercedes bleu marine, avec des plaques diplomatiques, qui serait venue le 3 janvier, vers quatre heures, ça te dit quelque chose ? »

Jim éclata de rire.

« Si tu m'avais demandé quel tube de Jimi Hendrix j'écoutais à ce moment-là, j'aurais peut-être pu te répondre, man. Mais les bagnoles qui entrent et qui sortent… » Il fit un large geste des bras.

« Quand on est venus ici, on a eu un ticket. Tu ne peux rien y retrouver, numéro d'immatriculation ou truc du style ? »

Jim secoua la tête.

« On n'est pas si attentifs à ce genre de choses. La majeure partie du parking est sous télésurveillance, alors si quelque chose doit arriver, on peut vérifier après coup.

— Après coup ? Tu veux dire que vous enregistrez tout sur cassette ?

— Bien sûr.

— Je n'ai pas vu de moniteurs.

— C'est parce qu'il n'y a pas de moniteurs. Il y a six étages de parkings, et on n'a pas la capacité de tout suivre. Merde, la plupart des voleurs qui voient une caméra pensent qu'ils sont observés, et ils se taillent les flûtes, pas vrai ? Comme ça, la moitié du boulot est faite. Et si quelqu'un doit être assez con pour entrer en lousdé et tirer une bagnole, on a tout sur la bande, fin prêt pour vous, les gars.

– Combien de temps conservez-vous ces enregistrements ?

– Dix jours. Ça laisse le temps à la majorité de constater s'il manque quelque chose dans leur voiture. Ensuite, on réutilise les mêmes bandes.

– Ça veut dire que vous avez le 3 janvier, entre seize et dix-sept heures, sur vidéo ? »

Jim jeta un œil sur le calendrier au mur.

« Bien sûr. »

Ils descendirent jusque dans une cave chaude et humide. Jim alluma une ampoule esseulée et déverrouilla l'une des armoires métalliques le long du mur. Les cassettes vidéo étaient soigneusement rangées sur leurs rayonnages.

« Ça fait un bon paquet de vidéos à visionner si vous voulez vérifier l'ensemble du parking.

– Le parking invités suffira. »

Jim parcourut l'étagère du regard. Chaque caméra avait manifestement son étagère, et les dates correspondantes étaient inscrites au crayon, sur la tranche. Jim tira l'une des cassettes.

« Showtime. »

Il ouvrit un autre placard qui renfermait un magnétoscope et un moniteur, introduisit la cassette, et une image en noir et blanc apparut au bout de quelques secondes sur l'écran. Harry reconnut sur-le-champ le parking invités, l'enregistrement avait vraisemblablement été réalisé par la caméra qu'il avait remarquée la dernière fois qu'il était venu. Le mois, le jour et l'heure apparaissaient au bas de l'écran, dans un coin. Ils firent avancer la bande jusqu'à

15 h 50. Pas de voiture d'ambassade en vue. Ils attendirent. C'était comme regarder une image fixe, il ne se passait rien.

« On va le passer en accéléré », dit Jim.

En dehors du fait que l'heure dans le coin défila plus rapidement, la différence fut nulle. Il fut 17 h 40. Quelques voitures passèrent à toute vitesse en laissant derrière elles des traces mouillées, mais toujours aucune trace de la Mercedes de l'ambassadeur. Lorsque l'horloge indiqua 17 h 50, Harry lui demanda d'arrêter la diffusion.

« Il aurait dû y avoir une voiture d'ambassade sur le parking invités, dit Harry.

— Désolé. On dirait que le tuyau que vous avez eu était percé.

— Est-ce qu'il pouvait être ailleurs ?

— Bien sûr. Mais tous ceux qui n'ont pas de place attribuée doivent passer devant cette caméra, ce qui fait qu'on aurait de toute façon vu passer la voiture.

— Nous aimerions voir une autre vidéo.

— Bien. Laquelle ? »

Nho fouilla dans sa poche.

« Est-ce que tu sais où se gare la voiture dont voici l'immatriculation ? » demanda-t-il en lui tendant un bout de papier. Jim le regarda par en dessous.

« Merde, man, tu parles anglais, alors ? !

— C'est une Porsche rouge, précisa Nho.

— Je n'ai pas besoin de vérifier, dit Jim en lui rendant le papier. Aucun habitué ne conduit de Porsche rouge.

— Faen[1] ! ne put s'empêcher de dire Harry.

1. Équivalent norvégien de : Merde !

– Qu'est-ce que c'était, ça ? demanda Jim avec un grand sourire réjoui.

– Du norvégien que tu n'as pas envie d'apprendre. »

Ils ressortirent à la lumière du jour.

« Je peux t'en avoir une paire de bonnes pour pas cher, dit Jim en montrant du doigt les lunettes de soleil de Harry.

– Non merci.

– Ou autre chose que tu pourrais rechercher. » Jim lui fit un clin d'œil et s'esclaffa. Il avait déjà commencé à claquer des doigts, et savourait certainement à l'avance ses retrouvailles avec son walkman.

« Hé, inspecteur ! » cria-t-il derrière eux lorsqu'ils prirent congé. Harry se retourna. « Fa-an ! »

Ils entendirent son rire jusqu'à leur voiture.

« Alors, qu'est-ce qu'on sait ? demanda Liz en posant les pieds sur son bureau.

– On sait que Brekke ment. Il a dit qu'à l'issue de leur rendez-vous, il avait raccompagné l'ambassadeur à sa voiture qui attendait au parking.

– Pourquoi mentir sur ce point précis ?

– Au téléphone, l'ambassadeur dit juste qu'il voulait avoir confirmation que le rendez-vous était à seize heures. Il est absolument hors de doute que l'ambassadeur est allé voir Brekke. On a parlé avec la réceptionniste, et elle le confirme. De même quand ils ont quitté le bureau, puisque Brekke est passé lui laisser un message. Elle s'en souvient parce qu'il était environ cinq heures et qu'elle-même se préparait à rentrer chez elle.

– Super que quelqu'un se souvienne de quelque chose.

– Mais ce qu'ont fait ensuite l'ambassadeur et Brekke, on n'en sait rien.

– Où était la voiture ? Il est peu probable qu'il ait pris le risque de se garer dans la rue, dans ce quartier de Bangkok, dit Liz.

– Ils avaient peut-être prévu d'aller ailleurs, de sorte que l'ambassadeur a envoyé quelqu'un chercher sa voiture pendant qu'il montait chercher Brekke », proposa Nho.

Rangsan toussota légèrement et tourna la page de son journal.

« Dans un endroit qui regorge de petits voleurs qui n'attendent que ça ?

– D'accord, dit Liz. C'est quand même bizarre qu'il n'ait pas mis sa voiture au parking, puisque c'est à la fois le plus simple et le plus sûr. En plus, il aurait pu se garer juste à côté de l'ascenseur. »

Son petit doigt s'aventura dans son oreille, et son visage prit une expression extatique.

« Autre chose qui me chiffonne, c'est où tout ça nous mène. »

Harry fit un geste de résignation.

« J'avais espéré que nous pourrions rendre vraisemblable que Brekke a quitté son job quand lui et l'ambassadeur sont partis à dix-sept heures, et qu'ils sont partis dans la voiture de l'ambassadeur. Que l'enregistrement vidéo montrerait que sa Porsche était restée au parking pour la nuit. Mais je ne pensais pas que Brekke n'allait pas au boulot avec sa voiture.

– Oublions un peu les bagnoles pour l'instant, dit Liz. Ce qu'on sait, c'est que Brekke ment. Et qu'est-ce qu'on fait, dans ce cas précis ? » Elle donna une pichenette dans le journal de Rangsan.

« On vérifie l'alibi », fit une voix de l'autre côté.

## Chapitre 28

Les réactions qu'ont les gens quand on les arrête sont aussi différentes qu'imprévisibles.

Harry pensait avoir vu la plupart des variantes, et ne fut donc pas surpris outre mesure lorsqu'il vit que le visage bronzé de Jens Brekke avait pris une teinte grise et que son regard était fuyant comme celui d'une bête traquée. Le langage du corps change, et même un costume Armani coupé sur mesure n'est plus aussi seyant. Brekke gardait la tête levée, mais il y avait quelque chose de rabougri dans tout son être, comme s'il avait rapetissé.

Brekke n'était pour l'heure pas en état d'arrestation, mais simplement convoqué pour être entendu ; mais pour quelqu'un qui n'a jamais vu arriver vers lui deux policiers armés et chargés de l'emmener sans demander au préalable si le moment est opportun, la différence est purement formelle. Lorsque Harry posa les yeux sur Brekke, dans la pièce où il devait être interrogé, l'idée que l'homme qu'il avait devant lui ait pu commettre de sang-froid un meurtre par arme blanche lui parut absurde. Mais il lui était déjà arrivé de penser cela et de se tromper.

« Nous sommes obligés de faire ça en anglais, dit Harry en s'asseyant devant lui. Ce sera enregistré. » Il désigna le magnétophone, entre eux.

« Bon. » Brekke essaya de sourire. On eût dit que quelqu'un lui soulevait les coins de la bouche à l'aide de crochets.

« Il a fallu que je bataille ferme pour pouvoir effectuer moi-même cette audition, dit Harry. Puisque c'est enregistré, c'est en principe à quelqu'un de la police thaïlandaise de le faire ; mais puisque tu es citoyen norvégien, le chef de la police a dit que ça passait.

— Merci.

— Oh, je ne sais pas si ça vaut le coup de me remercier. On t'a dit que tu avais le droit de contacter un avocat ?

— Oui. »

Harry faillit demander pourquoi l'autre n'avait pas profité de la chance, mais s'abstint. Pas de raisons de lui donner une occasion d'y réfléchir encore une fois. Ce qu'il avait pu savoir du système juridique thaïlandais, c'est qu'il était relativement semblable au norvégien, et il n'y avait par conséquent aucune raison de croire que les avocats étaient très différents. Demander au client de fermer sa gueule aurait alors été la première chose qu'ils auraient faite. Mais les textes avaient été suivis, et il n'y avait qu'à laisser les choses suivre leur cours.

Harry signala que l'enregistrement pouvait commencer. Nho entra, lut à voix haute quelques formules qui devaient figurer au début de la bande, et ressortit.

« Est-ce vrai que tu entretiens une relation avec Hilde Molnes, l'épouse de feu Atle Molnes ?

– Quoi ? » Deux yeux grands ouverts le regardèrent de l'autre côté de la table.

« J'ai discuté avec madame Molnes. Je te suggère de dire la vérité. »

Un ange passa.

« Oui.

– Un peu plus fort, s'il te plaît.

– Oui !

– Depuis combien de temps dure cette relation ?

– Je ne sais pas. Longtemps.

– Depuis la cérémonie d'accueil de l'ambassadeur, il y a environ un an et demi ?

– Eh bien…

– Eh bien ?

– Oui, on peut le dire.

– Savais-tu que madame Molnes disposerait d'une fortune importante si son mari mourait ?

– Fortune ?

– Est-ce que je ne parle pas assez distinctement ? »

L'air s'échappa de Brekke comme d'un ballon de plage crevé.

« C'est une nouveauté, pour moi. J'avais l'impression qu'ils avaient un capital relativement limité.

– Ah oui ? La dernière fois qu'on a discuté, tu m'as dit que le rendez-vous que tu as eu avec l'ambassadeur le 3 janvier, à ton bureau, concernait un placement financier. Nous savons de plus que Molnes devait une somme rondelette. Je n'arrive pas à recoller les bouts. »

Nouvelle pause. Brekke faillit dire quelque chose, mais changea d'avis.

« J'ai menti, dit-il finalement.

– Eh bien tu as une nouvelle chance de dire la vérité.

– Il est venu pour parler de ma relation avec Hilde… avec sa femme. Il voulait que ça cesse.

– Peut-être pas une demande tout à fait délirante ? »

Brekke haussa les épaules.

« J'ignore ce que vous savez au juste sur Atle Molnes.

– Pars du principe qu'on ne sait rien.

– Laisse-moi te dire froidement que ses penchants sexuels ne faisaient pas des miracles dans son couple. »

Il leva les yeux. Harry l'encouragea à continuer d'un hochement de tête.

« Ce n'était pas la jalousie qui le rendait à ce point désireux que Hilde et moi cessions de nous voir. C'était par rapport à un certain nombre de rumeurs qui circulaient certainement en Norvège. Il a dit que ça ferait exploser ces rumeurs si cette relation devait être révélée, et que ça ne ferait pas que l'atteindre lui, mais aussi injustement d'autres personnes haut placées. J'ai essayé d'en savoir un peu plus, mais c'est tout ce qu'il a bien voulu dire.

– De quoi t'a-t-il menacé ?

– Menacé ? Qu'est-ce que tu veux dire ?

– Il ne t'a quand même pas demandé d'avoir l'amabilité de cesser de voir une femme à l'égard de qui je suppose que tu éprouves une certaine affection ?

– Si. Si, en fait. Je crois même que c'est l'expression qu'il a utilisée.

– Quelle expression ?

– Avoir l'amabilité. » Brekke joignit les mains sur la table. « C'était un homme étrange. L'amabilité. » Il fit un sourire triste.

« Oui, je suppose qu'on ne l'entend pas si souvent, dans ta branche.

– Peut-être pas dans la tienne non plus ? »

Harry releva brusquement les yeux, mais il n'y avait aucune provocation dans ceux de Brekke.

« Sur quoi vous êtes-vous mis d'accord ?

– Rien. J'ai dit qu'il fallait que j'y réfléchisse. Que pouvais-je dire ? Il avait l'air d'être au bord des larmes.

– Est-ce que tu as envisagé d'arrêter de la voir ? »

Brekke fronça les sourcils, comme si l'idée était toute neuve pour lui.

« Non. Je… oui, il m'aurait été très difficile d'arrêter de la voir.

– Tu m'as dit qu'après votre rendez-vous, tu as suivi l'ambassadeur au parking, où il était garé. Veux-tu revenir sur cette déclaration ?

– Non… » Brekke semblait tomber des nues.

« Nous avons vérifié sur les enregistrements vidéo du jour en question, entre quinze heures cinquante et dix-sept heures quinze. La voiture de l'ambassadeur n'était pas sur les places invités du parking. Veux-tu revenir sur cette déclaration ?

– Rêve… » Brekke avait l'air sceptique. « Non, mais au nom du ciel, je suis sorti de l'ascenseur et j'ai vu sa voiture qui était là ! On doit sûrement être sur l'enregistrement, tous les deux. Je me rappelle même que nous avons échangé quelques mots avant qu'il ne s'installe au volant, et j'ai promis à l'ambassadeur que je ne dirais rien à Hilde de la conversation que nous venions d'avoir.

— Nous pouvons donc prouver que ce n'est pas le cas. Pour la dernière fois : veux-tu revenir sur cette déclaration ?

— Non ! »

Harry entendit dans la voix de Brekke une fermeté qui n'était pas présente lorsque l'entretien avait commencé.

« Qu'as-tu fait après avoir — selon tes dires — raccompagné l'ambassadeur au parking ? »

Brekke expliqua qu'il était remonté dans son bureau pour travailler sur des rapports de situation et qu'il y était resté jusqu'à environ minuit, heure à laquelle il avait pris un taxi pour rentrer chez lui. Harry lui demanda si quelqu'un était passé le voir ou avait appelé durant ce laps de temps, mais Brekke l'informa que personne ne pouvait accéder à son bureau sans avoir le code d'accès et qu'il avait fermé son téléphone aux appels entrants pour pouvoir travailler tranquillement, ce qu'il avait l'habitude de faire quand il s'occupait de rapports de situation.

— Il n'y a personne qui puisse te fournir un alibi ? Personne qui t'ait vu rentrer chez toi, par exemple ?

— Ben, le gardien où j'habite. Il s'en souvient peut-être. En tout cas, il remarque souvent quand je rentre tard le soir, en costume.

— Un gardien qui t'a vu rentrer chez toi vers minuit, c'est tout ?

— J'en ai bien peur.

— O.K. Quelqu'un va venir prendre le relais. Tu veux quelque chose à boire ? Café, eau ?

— Non merci. »

Harry se leva pour sortir.

« Harry ? »

Celui-ci se retourna.

« Il vaut mieux que tu m'appelles Hole. Ou inspecteur.

— Bon. Est-ce que je suis dans la mouise ? », demanda-t-il en norvégien.

Harry ferma très fort les yeux. Brekke ne faisait pas plaisir à voir, avachi comme une espèce de pouf à moitié dégonflé.

« Je crois que si j'étais toi, je téléphonerais à cet avocat.

— Je vois. Merci. »

Harry s'arrêta à la porte.

« À propos, cette promesse que tu as faite à l'ambassadeur, au parking, tu l'as tenue ? »

Brekke lui fit une sorte de sourire d'excuse. « Aberrant. Bien sûr, j'avais pensé en parler à Hilde, je veux dire, il le fallait bien. Mais quand j'ai appris qu'il était mort… Oui, donc, c'était un type étrange, et je me suis imaginé qu'il fallait que je tienne cette promesse-là. De toute façon, elle n'avait plus aucune signification pratique. »

« Un instant, je te bascule sur le haut-parleur.

— Allô ?

— On t'écoute, Harry. Vas-y. »

Bjarne Møller, Dagfinn Torhus et la chef de la brigade locale de police écoutèrent sans interrompre le rapport téléphonique que leur fit Harry.

Ce fut Torhus qui prit ensuite la parole.

« Nous avons donc un compatriote en détention provisoire, soupçonné de meurtre. La question est : combien de temps va-t-on réussir à le dissimuler ? »

La chef se racla la gorge :

« Puisque le meurtre n'est pas connu des médias, il n'y a pas encore urgence pour la police à trouver un meurtrier. Je vais passer un coup de fil, après ça. Je crois que nous avons quelques jours devant nous, surtout parce qu'ils n'ont pas grand-chose d'autre sur ce Brekke que de fausses déclarations et un motif. S'ils doivent le relâcher, ils préféreront que personne n'ait eu vent de cette arrestation.

– Harry, tu m'entends ? » C'était Møller qui parlait. Un vacarme spatial lui tint lieu de confirmation. « Est-ce que ce type est coupable, Harry ? Est-ce que c'est lui qui a fait le coup ? »

Il y eut encore du bruit, et Møller décrocha le téléphone de la chef.

« Qu'est-ce que tu dis ?... que ? Bon. On en discute, ici, et on garde le contact. »

Il raccrocha.

« Qu'est-ce qu'il a dit ?

– Qu'il ne sait pas. »

Il était tard quand Harry rentra chez lui. Le Boucheron était plein, et il avait par conséquent dîné à Patpong, dans un restaurant de Soi 4, la rue des tapettes. Pendant le plat principal, un type était venu à sa table, lui avait demandé s'il souhaitait se faire branler et s'était discrètement retiré sans plus de cérémonies en voyant Harry secouer la tête.

Harry sortit de l'ascenseur au quatrième. L'endroit était désert, et les lumières étaient éteintes près du bassin. Il quitta ses vêtements et plongea. L'eau l'étreignit en le rafraîchissant. Il fit quelques longueurs, ressentit la résistance de l'eau. Runa lui avait dit qu'il n'existait pas deux bassins semblables, que toute eau avait ses particularités, une consistance, une odeur et une couleur particulières. Ce bassin-ci était vanille, avait-elle dit. Doux, et un peu sirupeux. Il inspira, mais ne sentit que l'odeur de chlore et celle de Bangkok. Il fit la planche et ferma les yeux. Le son de sa propre respiration lui donna l'impression d'être enfermé dans un petit espace. Il ouvrit les yeux. La lumière s'éteignit dans l'un des appartements. Un satellite se déplaçait lentement entre les étoiles. Une moto dont le pot était percé tenta de partir en trombe. Puis son regard revint à l'appartement. Il compta encore une fois les étages. Il avala de l'eau. C'était dans son appartement que la lumière s'était éteinte.

En quelques secondes, Harry sortit du bassin, remit son pantalon et chercha en vain du regard quelque chose qui puisse lui servir d'arme. Il attrapa l'épuisette qui était posée contre le mur, rejoignit l'ascenseur au pas de course et pressa le bouton. Les portes s'ouvrirent, il entra et sentit une vague odeur de curry. Ce fut comme si sa vie avait été amputée d'une seconde, et quand il revint à lui, il était étendu sur le dos à même le sol froid. Le coup l'avait heureusement atteint au front, mais une imposante silhouette était penchée au-dessus de lui, et Harry sentit immédiatement que les atouts n'étaient pas dans son jeu. Il donna un coup d'épuisette qui arriva juste au-dessus du genou, mais la légère tige d'aluminium n'était pas très efficace. Harry parvint à esquiver le premier coup et se remit sur ses genoux, mais le second coup l'atteignit à l'épaule et le retourna à moitié. Son dos lui faisait mal, mais l'adrénaline se mit à déferler et il se releva avec un rugissement de douleur. Dans la lumière de l'ascenseur ouvert, il vit une touffe de cheveux danser autour d'un crâne rasé au moment précis où un bras décrivait un arc de cercle, le frappait audessus de l'œil et l'envoyait chanceler à reculons vers le bassin. La silhouette suivit à pas lourds, et Harry simula un coup du gauche avant de planter son poing droit où il pensait que le visage de l'homme se trouvait. Ce fut comme frapper dans du granit, et il eut l'impression de s'être fait davantage de mal à luimême qu'il n'en avait fait à l'autre. Harry recula et jeta la tête de côté, sentant le souffle d'un coup et la peur qui lui martelait la poitrine. Il chercha à sa ceinture, attrapa ses menottes, les ouvrit et passa les doigts dedans. Il attendit que la silhouette se rapproche, misa pour qu'un uppercut ne parte pas et plongea. Puis il frappa, vrilla ses hanches puis ses épaules, récupéra tout son corps et jeta en avant ses phalanges ferrées, avec l'énergie du désespoir, jusqu'à ce qu'elles rencontrent de la chair et du sang, et que quelque chose cède. Il frappa à nouveau et sentit le fer mordre dans la peau. Le sang était chaud et visqueux entre ses doigts, il ne savait pas si c'était le sien ou celui de l'autre, mais il leva de nouveau le poing pour frapper, à moitié épouvanté que l'autre soit encore debout. Puis il entendit ce rire sourd et rauque. Une masse de béton frappa alors sa tête, tout le noir devint encore plus noir, et il n'y eut plus ni haut ni bas.

# Chapitre 29

L'eau réveilla Harry qui inspira automatiquement, et l'instant suivant, il était sous la surface. Il se débattit, mais en pure perte. L'eau amplifia le cliquetis métallique de quelque chose qui se refermait, et le bras qui le retenait lâcha brusquement prise. Il ouvrit les yeux, tout était bleu turquoise autour de lui et il sentit le carrelage du bassin en dessous. Il donna des coups de pieds, mais une secousse dans son poignet lui apprit ce que son cerveau avait déjà essayé d'expliquer, mais que Harry avait refusé d'admettre. Qu'il allait se noyer. Que Woo l'avait attaché à la bonde au fond du bassin, à l'aide de ses propres menottes.

Il leva les yeux. La lune luisait à travers un filtre aqueux. Il étendit son bras libre hors de l'eau. Merde, le bassin ne faisait qu'un mètre de profondeur, à cet endroit ! Harry groupa ses jambes sous lui et tenta de se redresser, s'étira du mieux qu'il put, la menotte entama la peau au niveau du pouce, mais il manquait toujours vingt centimètres pour que sa bouche atteigne la surface. Il vit l'ombre sur le bord du bassin s'éloigner. Bordel de merde ! Ne panique pas, pensa-t-il, la panique fait consommer plein d'oxygène.

Il se laissa couler vers le fond, palpa la grille d'évacuation. Elle était en acier et sacrément bien encastrée, et ne se laissait pas ébranler même lorsqu'il essayait de la soulever des deux mains. Combien de temps pourrait-il retenir sa respiration ? Une minute ? Deux minutes ? Ses muscles lui faisaient déjà mal, une sorte de raclement lui vrillait les tempes, et des points rouges dansaient devant ses yeux. Il réessaya de se libérer d'une secousse, conscient du fait que les efforts physiques consumaient rapidement l'oxygène. La peur asséchait sa bouche, son cerveau avait commencé à envoyer des images qu'il savait être des hallucinations, trop peu de combustible, trop peu d'eau. Une idée absurde le frappa — s'il buvait autant qu'il pouvait, la surface s'abaisserait peut-être suffisamment pour que sa tête dépasse. Il tapa de sa main libre sur le bord du bassin, sut que personne ne pouvait l'entendre, car même si le monde subaquatique était celui du silence, Bangkok continuait imperturbablement de mugir comme il le faisait depuis plus de cent ans, assourdissant tous les autres bruits. Et si quelqu'un l'avait entendu, quelle différence ? Tout ce qu'on pouvait faire, c'était lui tenir compagnie vers l'au-delà. Une chaleur insoutenable lui traversa la tête, et il se prépara à essayer ce que tous les gens qui se noient doivent tôt ou tard essayer : respirer de l'eau. Sa main libre rencontra du métal. L'épuisette. Elle gisait contre le bord. Harry l'agrippa et la tira à lui. Runa avait joué du didgeridoo. Trou. Air. Il ferma la bouche autour de l'extrémité du tube et inspira. De l'eau envahit sa bouche, il avala et manqua de s'étrangler, sentit des insectes morts et desséchés sur sa langue et mordit le bout de la perche en luttant contre le réflexe tussigène. Pourquoi dit-on que l'oxygène brûle les poumons ? Ça ne brûle pas du tout, c'est frais, même à Bangkok l'air est frais comme la rosée. Il inspira des saletés et des petites particules d'aluminium qui se collèrent aux muqueuses de sa gorge, mais n'y fit pas attention. Il se mit à respirer aussi intensément que quelqu'un qui vient de boucler un marathon.

Son cerveau avait recommencé à fonctionner. C'est ce qui lui fit comprendre qu'il n'avait obtenu qu'un sursis. Dans le sang, l'oxygène est transformé en dioxyde de carbone, le gaz d'échappement du corps, et le tube était trop long pour qu'il parvienne à en évacuer tout l'azote. C'est pourquoi il inspirait de nouveau l'air recyclé, encore et encore, un mélange qui contenait de moins en moins d'oxygène et de plus en plus de $CO_2$ mortel. On appelait ça l'hypercapnie, et il ne tarderait pas à en mourir. C'était en fait pire qu'il respire aussi vite, ça ne faisait qu'accélérer le processus. Petit à petit, le sommeil le gagnerait, le cerveau perdrait l'envie de se procurer de l'air, il respirerait de moins en moins pour finir par s'arrêter tout à fait.

Si seul, pensa Harry. Attaché. Comme les éléphants, sur la rivière. Les éléphants. Il souffla de toutes ses forces dans le tuyau.

Anne Verk habitait depuis trois ans à Bangkok. Son mari dirigeait la branche thaïlandaise de Shell, ils n'avaient pas d'enfant, étaient moyennement malheureux et parviendraient encore à tenir ensemble quelques années. Elle rentrerait alors aux Pays-Bas, mettrait un terme à ses études et se chercherait un nouveau mari. Par pur désœuvrement, elle avait postulé pour être professeur bénévole pour Empire, et, à sa grande surprise, avait obtenu le job. Empire était un projet idéaliste qui visait à offrir aux nombreuses jeunes prostituées de Bangkok une formation, essentiellement leur apprendre l'anglais. Anne Verk leur enseignait des choses dont elles pourraient se servir dans les bars, c'était pour ça qu'elles venaient. Assises à leurs places, ces jeunes filles empruntées et souriantes gloussaient lorsque Anne leur demandait de répéter après elle : « Puis-je vous donner du feu, sir ? » ou « Je suis vierge, vous êtes très aimable, sir. Vous prenez quelque chose ? »

Aujourd'hui, l'une des filles portait une robe rouge neuve dont elle était manifestement très fière, et elle avait expliqué devant les autres élèves, dans un anglais bredouillant, qu'elle l'avait achetée au Robertson Department Store. Il était parfois difficile de s'imaginer que ces filles se livraient à la prostitution dans certains des quartiers les plus chauds de Bangkok.

Comme la plupart des Bataves, elle parlait un anglais remarquable, et une fois par semaine, elle donnait également des cours à une partie des autres professeurs. Elle quitta l'ascenseur au quatrième. La soirée avait été des plus exténuantes et avait connu bon nombre de prises de bec quant aux méthodes d'enseignement, et elle brûlait d'envie d'envoyer promener ses godasses à travers les deux cents mètres carrés de son appartement lorsqu'elle entendit ces étranges coups sourds. Elle crut d'abord qu'ils provenaient du fleuve, mais comprit bientôt que c'était de la piscine. Elle fit jouer l'interrupteur et mit plusieurs secondes pour intégrer et décoder cette vision : un homme sous la surface et l'épuisette qui pointait vers le ciel. Elle courut.

Harry vit la lumière s'allumer et la silhouette sur le bord du bassin. Puis celle-ci disparut. On eût dit une femme. Avait-elle cédé à la panique ? Harry avait commencé à noter les premiers symptômes d'hypercapnie. En théorie, ce devait être presque agréable, comme sombrer dans la narcose, mais il ne ressentait que la peur qui ruisselait dans ses vaisseaux comme de l'eau glaciaire. Il essaya de se concentrer, de respirer calmement, pas trop, pas trop peu, mais ça redevenait difficile de penser.

Par conséquent il ne remarqua pas que la surface avait commencé à descendre, et quand la femme sauta dans le bassin et le souleva, il fut sûr que c'était un ange qui venait le chercher.

Durant le reste de la nuit, il fut essentiellement question de migraine. Harry occupait une chaise dans son appartement, un médecin arriva, lui fit une prise de sang et lui dit qu'il avait eu de la chance. Comme s'il avait besoin de quelqu'un pour se l'entendre expliquer. Plus tard, ce fut Liz qui se trouvait à côté de lui, notant ce qui s'était passé.

« Qu'est-ce qu'il foutait dans l'appartement ? demanda-t-elle.

— Aucune idée. Il voulait peut-être me faire peur.

— Est-ce qu'il a pris quelque chose ? »

Il regarda rapidement autour de lui.

« Pas si ma brosse à dents est toujours dans la salle de bains.

– Nigaud. Comment te sens-tu ?

– J'ai la gueule de bois.

– Je lance une enquête immédiatement.

– C'est ça. Rentre plutôt chez toi dormir un peu, toi aussi.

– Ce que tu te remets vite !

– Je joue bien, pas vrai ? » Il se frotta le visage dans ses mains.

« Il n'y a pas de quoi rire, Harry. Tu es conscient que tu as été empoisonné au $CO_2$ ?

– Pas plus qu'un habitant moyen de Bangkok, d'après le toubib. Je suis sérieux, Liz : rentre chez toi, je n'ai plus la force de discuter avec toi. Je serai en pleine forme demain.

– Tu ne bosses pas demain.

– Comme tu veux. Mais va-t'en. »

Harry s'empiffra des pilules que le médecin lui avait données, dormit d'un sommeil sans rêves et ne se réveilla que lorsque Liz téléphona dans le courant de la matinée pour prendre des nouvelles. Il grogna une réponse.

« Je ne veux pas te voir aujourd'hui, dit-elle.

– Moi aussi, je t'aime », répondit-il avant de raccrocher et de se lever pour s'habiller.

C'était la journée la plus chaude depuis le début de l'année, et au commissariat, tout le monde gémissait à qui mieux mieux. Même dans le bureau de Liz, la climatisation n'arrivait pas à suivre. Harry avait commencé à peler du nez et ressemblait à une variante du renne Rudolf[1]. Il en était à la moitié de son troisième litre d'eau.

« Si ça, c'est la saison froide, comment est-ce en…

– Harry, s'il te plaît… » Liz n'avait pas l'air de penser que parler de la chaleur la rendît plus supportable.

« Et pour Woo, Nho ? Des pistes ?

– Niet. J'ai eu une conversation sérieuse avec monsieur Sorensen, de la Thai Indo Travellers. Il dit qu'il ne sait pas où est Woo, et qu'il ne fait plus partie de la boîte.

– Et on n'a aucune idée de ce qu'il fabriquait dans l'appartement de Harry, soupira Liz. Sympathique. Et pour Brekke ? »

Sunthorn avait mis le grappin sur le gardien de chez Brekke. Il se souvenait en effet que le Norvégien était rentré après minuit le soir en question, mais il n'avait pas pu donner d'heure exacte.

Liz leur communiqua que les gars de la scientifique étaient déjà en train de passer l'appartement et le bureau de Brekke au peigne fin. Ils examinaient en particulier ses vêtements et ses chaussures pour voir s'ils trouvaient quelque chose, du sang, des cheveux, des fibres, n'importe quoi qui puisse lier Brekke au trépassé ou au lieu du crime.

« Dans l'intervalle, dit Rangsan, j'ai deux ou trois trucs à dire sur les photos qu'on a retrouvées dans l'attaché-case de Molnes. »

Il punaisa trois agrandissements sur un tableau, à côté de la porte. Même si les photos avaient trotté

1. Il s'agit d'un des rennes du Père Noël, dont le museau pèle (de froid) et rougit au point de s'allumer, et que le Père Noël choisit pour tirer son attelage, dans une comptine norvégienne.

dans la tête de Harry jusqu'à perdre un peu de leur indéniable impact, il sentit son ventre protester.

« On a envoyé ça à la brigade des mœurs pour voir ce qu'ils en tiraient. Ils n'arrivent pas à lier ces photos à un quelconque distributeur de pédo-porno. » Rangsan retourna l'un des clichés. « Pour commencer, les photos ont été développées sur un papier allemand qui n'est pas en vente en Thaïlande. En second lieu, les épreuves sont un peu floues et font penser au premier coup d'œil à des photos amateur qui ne sont pas destinées à être diffusées. Nos gars ont parlé avec un expert qui affirme qu'elles ont été prises de loin, au téléobjectif, probablement de l'extérieur. Il pense que ça, c'est un meneau de fenêtre. »

Rangsan désigna une ombre grise dans le coin de l'image.

« Le fait que ces clichés soient pourtant relativement professionnels peut faire penser qu'il s'agit d'une nouvelle niche dans le pédo-porno, à savoir le voyeurisme.

– Et alors ?

– Aux USA, le porno fait largement son beurre en vendant des clichés prétendument pris par des amateurs, mais qui sont en réalité faits par des acteurs et des photographes professionnels qui donnent sciemment un côté amateur en utilisant un matériel tout simple et en évitant les modèles les plus affriolants. Il est apparu que les gens étaient prêts à payer plus cher pour ce qu'ils pensent être des photos prises dans la chambre à coucher des gens. Il en va de même pour les photos et les vidéos dont on nous dit qu'elles ont été prises ou tournées d'un côté à l'autre de la rue sans que le protagoniste principal en soit conscient ni le veuille. Ceci s'adresse tout particulièrement aux voyeurs, donc des gens que ça excite de regarder des personnes qui ne se savent pas observées. C'est dans cette catégorie que nous pensons que ces photos se situent.

– Ou bien, dit Harry, il peut s'agir de photos qui n'étaient pas destinées à la diffusion, mais au chantage. »

Rangsan secoua la tête.

« On y a pensé, mais dans ce cas, l'adulte devrait être identifiable sur la photo. Ce qui est typiquc des clichés à caractère pédophile, c'est que le visage des adultes est dissimulé, comme ici. »

Il pointa les trois images. On y voyait le derrière et le bas du dos d'une personne. À l'exception d'un débardeur rouge sur lequel on distinguait le bas d'un deux et d'un zéro, la personne était nue.

« Imaginons que ce soit malgré tout destiné à faire chanter quelqu'un, mais que le photographe n'ait pas réussi à prendre le visage, dit Harry. Ou bien qu'il n'a envoyé à sa victime que des clichés sur lesquels il ne peut pas être identifié ?

– Ça suffit ! fit Liz en agitant une main. Qu'est-ce que tu es en train de nous dire, Harry ? Que le type, sur la photo, c'est Molnes ?

– C'est une théorie parmi d'autres. Qu'il a été victime d'un chantage, mais qu'il n'a pas pu payer à cause de ses dettes de jeu.

– Et puis ? réagit Rangsan. Ça ne donne pas au maître-chanteur un motif pour tuer Molnes.

– Il a peut-être menacé son bourreau de le balancer à la police.

– C'est ça, et puis être lui-même condamné pour pédophilie ? » Rangsan leva les yeux au ciel, et Nho et Sunthorn n'arrivèrent pas bien à dissimuler leur sourire.

Harry étendit ses bras en l'air.

« Encore une fois, ce n'était qu'une théorie parmi d'autres, et je ne vois pas d'inconvénient à ce qu'on la laisse tomber. La seconde théorie, c'est que c'est Molnes le maître-chanteur…

– … et Brekke l'agresseur. » Liz posa son menton dans sa main et leva des yeux pensifs au plafond. « Eh bien, Molnes avait besoin d'argent, et ça donne à Brekke un motif de meurtre. Mais il l'avait déjà avant, et ça ne nous mène donc pas bien loin. Qu'en penses-tu, Rangsan ? Est-ce qu'on peut exclure que c'est Brekke qu'on voit sur ces photos ? »

Il secoua la tête.

« Elles sont si floues qu'on ne peut pas exclure qui que ce soit, à moins que Brekke n'ait un signe particulier.

– Qui est volontaire pour aller examiner le popotin de Brekke ? » demanda Liz à un public hilare.

Sunthorn s'éclaircit discrètement la voix.

« Si Brekke a tué Molnes à cause de ces photos, pourquoi les a-t-il ensuite laissées ? »

Un ange passa, fit plusieurs allers-retours.

« Est-ce que je suis la seule à avoir l'impression qu'on balbutie ? » demanda finalement Liz.

La climatisation gargouilla, et Harry se dit que la journée allait être aussi longue qu'elle était chaude.

Harry s'arrêta à la porte de la terrasse donnant sur le jardin de l'ambassadeur.

« Harry ? » Runa cligna des yeux pour en chasser l'eau et sortit du bassin.

« Salut. Ta mère dort. »

Elle haussa les épaules.

« Nous avons arrêté Jens Brekke. »

Il attendit qu'elle dise quelque chose, qu'elle demande pourquoi, mais elle resta coite.

« Je ne fais pas ça pour t'ennuyer, Runa, soupira-t-il. Mais je suis là-dedans jusqu'au cou, tout comme toi, alors je crois qu'on pourrait peut-être essayer de s'entraider un peu.

— Bon. » Harry essaya de décrypter l'intonation. Il choisit d'en venir à l'essentiel.

« Je dois essayer d'en savoir un peu plus sur lui, quel genre de type c'est, si c'est le type qu'il prétend être, etc. J'ai pensé que je pourrais commencer à sa relation avec ta mère. Je veux dire, il y a quand même une jolie différence d'âge…

— Tu veux savoir s'il profite d'elle ?

— Par exemple, oui.

— Ma mère profite peut-être de lui, mais le contraire… »

Harry s'assit sur l'une des chaises à l'abri du saule, mais Runa resta debout.

« Ma mère n'aime pas beaucoup que je sois dans le coin quand ils sont ensemble, ce qui fait que je n'ai jamais pu vraiment le connaître.

— Tu le connais mieux que moi.

— Ah oui ? Hmm. Il a l'air retors, mais ce n'est peut-être qu'une apparence. En tout cas, il essaie d'être sympa avec moi, c'était par exemple son idée, de m'emmener aux matches de boxe thaï. Je crois qu'il s'est mis dans le ciboulot que je m'intéresse au sport à cause du plongeon. S'il profite d'elle ? Sais pas. Désolée, ça ne doit pas t'aider des masses, mais je ne sais pas comment pensent les hommes de cet âge, tu sais qu'ils ne montrent pas tant que ça... »

Harry rajusta ses lunettes de soleil.

« Merci, c'est tout à fait satisfaisant, Runa. Peux-tu demander à ta mère de m'appeler, quand elle se réveillera ? »

Elle se plaça au bord du bassin, dos à l'eau, prit une impulsion et décrivit pour lui une nouvelle parabole en cambrant le dos et en rejetant la tête en arrière. Il vit des bulles crever la surface au moment où il se retourna pour s'en aller.

Le chef de Brekke à la Barclay Thailand avait rabattu une grande mèche du côté de son crâne pour masquer sa calvitie plus que prononcée, et l'inquiétude se lisait sur son visage. Il toussait sans arrêt, et demanda à Harry de répéter trois fois son nom. Harry parcourut le bureau du regard, et dut admettre que Brekke n'avait pas menti : celui-ci était plus petit.

« Brekke est l'un de nos courtiers les plus compétents, dit son supérieur. Bonne mémoire des chiffres.

– Bon.

– Futé, oui. C'est son métier.

– O.K.

– Certains prétendent qu'il peut à l'occasion être brutal, mais aucun de nos clients n'a jamais accusé Brekke de ne pas être fair-play.

– Comment est-il, humainement parlant ?

– Ce n'est pas ce que je viens de vous dire ? »

Une fois rentré au commissariat, Harry appela Tore Bø, directeur du service change à la DnB. Ce dernier évoqua une liaison de courte durée qu'avait eue Brekke avec une fille du back-office change, liaison qui s'était brusquement interrompue, vraisemblablement à l'initiative de la demoiselle. Il pensait que ça pouvait faire partie des raisons qui avaient poussé Brekke à démissionner et à accepter ce poste à Bangkok.

« En plus d'une prime de transfert rondelette et d'un salaire supérieur, bien entendu », avait-il ajouté.

Après le déjeuner, Harry et Nho descendirent au premier où Brekke occupait toujours une salle de séjour en attendant d'être conduit en détention provisoire au centre de Pratunam.

Brekke portait toujours le costume dans lequel on l'avait arrêté, mais il avait déboutonné sa chemise, en avait remonté les manches, et de fait ne ressemblait plus à un courtier. La transpiration faisait adhérer la frange sur son front, et il regardait fixement et avec une espèce d'étonnement ses mains qui gisaient, désœuvrées, sur la table devant lui.

« Voici Nho, un collègue », dit Harry.

Brekke leva les yeux, sourit courageusement et hocha la tête.

« Je n'ai en fait qu'une question, dit Nho. Avez-vous raccompagné l'ambassadeur à sa voiture qui attendait au parking, le lundi 3 janvier à dix-sept heures ? »

Brekke regarda Harry, puis Nho.
« Oui », dit-il.
Nho regarda Harry et hocha la tête.
« Merci, ce sera tout », dit Harry.

# Chapitre 30

La circulation avait été particulièrement lente, Harry avait mal au crâne et la climatisation couinait dangereusement. Nho s'était arrêté devant la barrière du parking de la Barclay Thailand, avait baissé sa vitre et appris d'un Thaïlandais au visage plat et vêtu d'un uniforme bien repassé que Jim Love ne travaillait pas.

Nho lui montra sa plaque et expliqua qu'ils désiraient voir une autre cassette, mais le gardien secoua la tête avec une expression désapprobatrice, et leur dit qu'il fallait appeler la société de gardiennage. Nho se tourna vers Harry et haussa les épaules.

« Dis-lui qu'il est question d'un meurtre, dit Harry.

— Déjà fait.

— Alors on va lui expliquer plus en détail. »

Harry descendit de voiture. La chaleur et l'humidité l'atteignirent en pleine poire, et il eut l'impression de soulever le couvercle d'une casserole d'eau bouillante. Il s'étira, fit lentement le tour de la voiture, déjà un rien pris de vertige. Le gardien plissa le front lorsqu'il vit ce farang écarlate de près de deux mètres approcher et poser une main sur la crosse de son pistolet.

Harry se plaça devant lui, montra les dents et attrapa la ceinture du gardien de la main gauche. Le malheureux poussa un cri mais ne parvint pas à riposter avant que Harry ne tire sur la ceinture et ne plonge la main droite à l'intérieur. Le gardien décolla du sol à la secousse suivante. Son sous-vêtement craqua avec un bruit déchirant. Nho cria quelque chose, mais il était trop tard. Harry brandissait déjà triomphalement un boxer-short blanc au-dessus de sa tête. L'instant suivant, il voltigeait par-dessus la guérite et dans les buissons au-dehors. Puis Harry refit calmement le tour de la voiture et se rassit.

« Vieux truc de lycéen, dit-il à Nho dont les yeux étaient ronds comme des billes. Tu vas reprendre les négociations d'ici. Putain, ce qu'il fait chaud… »

Nho sauta de voiture, et après de courts pourparlers, il repassa la tête dans la voiture et hocha la tête. Harry les suivit tous les deux dans la pièce au sous-sol, le gardien se tenant à distance respectueuse de Harry et le fixant d'un œil mauvais.

Le mécanisme du magnétoscope bourdonna, et Harry s'alluma une cigarette. Il partageait la théorie que la nicotine, dans des situations données, facilite la réflexion. Comme par exemple quand on a envie de s'en fumer une.

« Bien, dit Harry. Donc, selon toi, Brekke dit la vérité ?

– Selon toi aussi, dit Nho. Sinon, tu ne m'aurais pas amené ici.

– Bien vu. » La fumée piqua les yeux de Harry. « Et là, tu vois donc pourquoi je crois qu'il dit la vérité. »

Nho regarda les images, mais dut s'incliner et secoua la tête.

« Cette cassette est celle du lundi 10 janvier, dit Harry. Vers dix heures du soir.

– Faux, dit Nho. C'est l'enregistrement que nous avons vu la dernière fois, du 3 janvier, le jour du meurtre. La date est même dans le coin de l'image, là. »

Harry souffla un rond de fumée, mais il dut accrocher quelque part car il se ratatina immédiatement.

« C'est le même enregistrement, mais la date a toujours été erronée. Je parie que notre pote décaleçonné peut confirmer que c'est un jeu d'enfant pour eux que de programmer les date et heure sur leurs enregistreurs de sorte que celles qui figurent soient fausses. »

Nho regarda le gardien qui haussa les épaules et acquiesça.

« Mais ça n'explique pas pourquoi tu sais de quand date cette séquence », dit Nho.

Harry pointa l'image du doigt.

« Ça m'est venu quand je me suis réveillé ce matin à cause de la circulation sur Taksin Bridge, devant mon appartement. Qu'il y avait trop peu de circulation. C'est un parking de six niveaux, situé dans un bâtiment commercial actif, il est entre quatre et cinq heures et il passe deux voitures en l'espace d'une heure. »

Harry fit tomber la cendre de sa cigarette.

« Ce à quoi j'ai pensé ensuite, c'est ces trucs-là. »

Il se leva et montra du doigt les traces noires sur le ciment.

« Les traces de pneus mouillés. Derrière les deux voitures. Quand les rues de Bangkok ont-elles été trempées, pour la dernière fois ?

— Il y a deux mois, si ce n'est plus.

— Faux. Il y a quatre jours, le 10 janvier, entre 22 h et 22 h 30, il y a eu une pluie de mangues. Je le sais, parce que j'en ai ramassé la plus grande partie dans ma liquette.

— Zut, ça correspond », dit Nho. Il plissa le front. « Mais ces machines doivent bien enregistrer en continu. Si cet enregistrement n'est pas du 3, mais du 10 janvier, ça veut alors dire que la cassette qui devait effectivement être en place à ce moment-là a été retirée du lecteur. »

Harry demanda au gardien de lui trouver la cassette marquée « 10 janvier », et ils purent constater trente secondes plus tard que l'enregistrement s'arrêtait à 21 h 30. Cinq secondes de neige suivaient avant que l'image ne revienne.

« C'est à ce moment-là que la cassette a été retirée. Les images que nous voyons à présent sont celles qui se trouvaient déjà sur la cassette. »

Il montra la date du doigt.

« Premier janvier, 5 h 25. »

Harry demanda au gardien d'effectuer un arrêt sur image, et ils contemplèrent l'écran le temps que Harry termine sa cigarette.

Nho joignit ses paumes devant sa bouche.

« Quelqu'un a donc fabriqué une cassette pour donner l'illusion que la voiture de l'ambassadeur n'est jamais venue dans ce parking. Pourquoi ? »

Harry ne répondit pas. Il regarda l'heure sur l'écran. 5 h 25. Trente-cinq minutes avant que le nouvel an n'atteigne Oslo. Où était-il, que faisait-il ? Était-il chez Schreder ? Non, ils étaient certainement fermés. Il avait dû dormir. Il ne pouvait en tout cas pas se souvenir du moindre pétard.

La société de gardiennage confirma que Jim Love avait été de garde la nuit du 10 janvier, et ils transmirent son adresse et son numéro de téléphone sans moufter. Nho appela pour voir si quelqu'un répondait chez Love, mais sans succès.

« Envoyez une voiture et vérifiez », dit Liz. Le fait d'avoir enfin quelque chose de concret à se mettre sous la dent semblait la transporter d'allégresse.

Sunthorn entra dans le bureau et lui tendit un dossier.

« Jim Love n'a pas de casier, dit-il. Mais Maisan, l'une des taupes des stup, a reconnu sa description. Si c'est le même mec, il a été vu plusieurs fois chez Miss Duyen.

— Ce qui veut dire ?

— Qu'il n'est peut-être pas aussi innocent dans l'histoire de l'opium qu'il le dit.

— Miss Duyen tient une fumerie à Chinatown, expliqua Liz.

— Fumerie ? Est-ce que ce n'est pas, euh… interdit ?

— Bien sûr.

— Sorry, question bête, dit Harry. En fait, je croyais que la police luttait contre ce genre de choses.

– Je ne sais pas comment c'est d'où tu viens, Harry, mais ici, on essaie de voir le côté pratique. On peut parfaitement faire fermer la turne de Miss Duyen, et la semaine suivante, une autre fumerie ouvre ailleurs. Ou bien les pauvres diables continuent dans la rue. L'avantage, c'est que chez Miss Duyen, on sait ce qui se passe, que nos taupes peuvent y aller et venir à leur guise et que ceux qui ont décidé de se cramer une fois les neurones à l'opium le font dans des conditions à peu près convenables. »

Quelqu'un toussa.

« Sans compter que Miss Duyen casque certainement assez pour être tranquille », murmura-t-on derrière le *Bangkok Post.*

Liz fit mine de ne pas entendre.

« Puisqu'il ne s'est pas présenté au boulot aujourd'hui et qu'il n'est pas chez lui, je suppose qu'il plane sur une des nattes de bambou de chez Miss Duyen. Je propose que Harry et toi alliez y faire un tour, Nho. Va voir Maisan, il peut vous aider. Ça peut être intéressant à voir pour notre touriste. »

Maisan et Harry pénétrèrent dans une rue étroite où une brise brûlante poussait les immondices le long des fragiles façades. Nho était resté dans la voiture, Maisan ayant trouvé qu'il sentait le flic à des lieues à la ronde. Il soupçonnait également qu'on se méfierait, chez Miss Duyen, si trois personnes arrivaient en même temps.

« La consommation d'opium n'est pas un truc social », expliqua Maisan avec un épais accent américain. Harry se demanda si ça et le T-shirt des Doors ne faisaient pas un peu trop pour une taupe des stup. Maisan s'arrêta devant une petite grille en fer forgé qui faisait office de porte, essaya de visser son mégot de cigarette dans l'asphalte à l'aide de son talon de botte droit et plongea.

Après avoir quitté le soleil à l'extérieur, Harry ne vit d'abord rien, mais il entendit des voix qui murmuraient et suivit deux dos qui disparurent vers l'intérieur de la pièce.

« Merde ! » Harry se cogna le crâne contre le chambranle d'une porte, se retourna en entendant un rire qu'il connaissait. Près du mur, dans l'obscurité, il lui sembla distinguer une imposante silhouette, mais il n'était pas impossible qu'il se trompe. Il se hâta de continuer son chemin pour ne pas perdre les deux qui le précédaient. Ils disparurent dans un escalier, et Harry descendit derrière au pas de course. Quelques billets changèrent de main et la porte s'ouvrit tout juste assez pour qu'ils se glissent à l'intérieur.

Là se mêlaient les odeurs de terre battue, de pisse, de fumée et celle doucereuse de l'opium.

La représentation que Harry se faisait d'une fumerie provenait d'un film de Sergio Leone dans lequel des femmes en sari de soie s'occupaient de Robert de Niro, vautrés ensemble sur des lits doux garnis d'énormes coussins, sous une lumière jaune miséricordieuse qui donnait à l'ensemble un aspect sacral. C'était en tout cas ainsi dans son souvenir. Mis à part le fait qu'ici aussi, la lumière était tamisée, peu de choses rappelaient Hollywood. La poussière qui flottait dans l'atmosphère rendait la respiration pénible, et à l'exception de quelques lits superposés le long des murs, c'était sur des tapis et des nattes de bambou posées à même le sol de terre que les gens étaient allongés.

L'obscurité, en plus de ce que la pièce répercutait de toussotements et de raclements de gorge, fit que Harry crut d'abord qu'une poignée d'individus se trouvaient là, mais au fur et à mesure que ses yeux s'habituaient à l'obscurité, il s'aperçut que la pièce était très vaste et qu'il devait y avoir plusieurs centaines de personnes, quasi exclusivement des hommes. Les quintes de toux mises à part, la pièce était curieusement silencieuse. La plupart semblaient dormir, certains bougeaient à peine. Il vit un vieil homme qui tenait des deux mains l'embout de sa pipe en aspirant si fort que sa peau ridée se collait à ses pommettes.

La folie était organisée, ils étaient répartis en rangs et colonnes, regroupés en carrés entre lesquels il était possible de circuler, un peu comme dans un cimetière. Harry monta et redescendit les rangées avec Maisan, en passant les visages en revue et en essayant de retenir sa respiration.

« Tu vois ton bonhomme ? » murmura la taupe.

Harry secoua la tête.

« Il fait foutrement sombre, ici. »

Maisan lui fit un sourire en coin. « Ils ont essayé de poser quelques tubes fluorescents, à une époque, pour éradiquer toute la fauche. Mais les gens ont cessé de venir. La plupart sont eux-mêmes des voleurs. »

Maisan disparut vers l'intérieur de la pièce. Il resurgit un instant plus tard des ténèbres et pointa un index sur la porte d'entrée.

« On m'a dit que ton nègre descend de temps en temps à la Yupa House, en bas de cette rue. Certains y vont régulièrement avec leur propre opium. Le patron leur fout la paix. »

Au moment précis où les pupilles Harry se furent suffisamment dilatées pour lui permettre de voir dans l'obscurité, elles se retrouvèrent de nouveau exposées à la lampe de dentiste qui occupait fidèlement son poste dans le ciel. Il mit ses lunettes de soleil en un temps record.

« Tu sais, je connais un endroit ou je peux te trouver des…

— Non merci, celles-ci sont parfaites. »

Ils passèrent chercher Nho. La Yupa House allait exiger une plaque de la police thaïlandaise pour leur montrer son registre, et Maisan n'avait pas envie de décliner son identité dans le voisinage.

« Merci, dit Harry.

— Soyez prudents », dit Maisan avant de disparaître dans l'ombre.

# Chapitre 31

Le réceptionniste de la Yupa House ressemblait au reflet que vous renvoient ces miroirs qui amincissent les gens, dans les fêtes foraines. Des épaules étroites et tombantes servaient de socle à un visage allongé planté sur un cou d'oiseau. Ses cheveux faisaient des touffes, ses yeux se croisaient vers une mince moustache en crocs. L'obligeance formelle qu'il affichait, plus son costume noir donnèrent à Harry l'impression de se trouver face à un employé des pompes funèbres.

Il assura Harry et Nho que personne répondant au nom de Love n'habitait là. Lorsqu'ils le lui décrivirent, il se contenta de sourire de plus belle et de secouer la tête. Un panonceau au-dessus du comptoir rappelait les règles intérieures simples de la maison : pas d'armes, pas d'objets malodorants et interdiction de fumer au lit.

« Excusez-nous un instant, dit Harry au réceptionniste avant d'entraîner Nho vers la porte.

« Alors ?

– Difficile, répondit Nho. Il est vietnamien.

– Et alors ?

— Tu n'as jamais entendu ce que Nguyen Cao Ky[1] disait de ses paysans pendant la guerre du Vietnam ? Il a dit que les Vietnamiens étaient des menteurs-nés, que c'est inscrit dans leurs gènes après avoir appris au cours de générations que la vérité n'apporte que le malheur.

— Tu es en train de me dire qu'il ment ?

— Je dis que je n'en ai pas la moindre idée. Il est doué. »

Harry se retourna, alla au comptoir et demanda le passe-partout. Le réceptionniste lui fit un sourire mal assuré.

Harry haussa le ton, lui épela « master key » et lui fit un sourire dents serrées.

« On veut visiter cet hôtel, chambre par chambre, tu comprends ? Si nous trouvons quelque chose de contraire au règlement, nous serons bien sûr dans l'obligation de faire fermer l'hôtel en vue d'une enquête plus approfondie, mais ça ne posera sûrement pas de problème, ici. »

Le réceptionniste secoua la tête, rencontrant brusquement de grosses difficultés pour comprendre l'anglais.

« Je dis que ça ne devrait pas poser de problème, parce que je vois un panneau au-dessus du comptoir qui dit qu'il est interdit de fumer au lit. » Harry arracha l'enseigne et l'abattit sur le comptoir.

Le réceptionniste regarda longuement le panonceau. Quelque chose bougea sous la peau de son cou d'oiseau.

1. Général de division vietnamien (1930) et Premier ministre (1965-1967).

« La chambre 304 est occupée par quelqu'un qui s'appelle Jones, dit-il. C'est peut-être lui ? »

Harry se tourna vers Nho en souriant, et celui-ci haussa les épaules.

« Monsieur Jones est-il là ?

– Il est resté dans sa chambre depuis qu'il s'est inscrit. »

Le réceptionniste les accompagna dans les étages. Ils frappèrent, mais personne ne répondit. Nho fit signe au réceptionniste qu'il allait ouvrir et dégaina un Beretta 35 mm noir qu'il chargea et dont il ôta la sécurité. La tête du réceptionniste se couvrit de ridules, comme celle d'une poule. Il fit jouer une clé dans la serrure et recula précipitamment de deux pas en arrière. Harry poussa doucement la porte. Les rideaux étaient tirés, et il faisait pratiquement noir dans la pièce. Il passa une main contre le chambranle et appuya sur l'interrupteur. Jim Love était étendu sur le lit, immobile, les yeux fermés, un casque de walkman sur les oreilles. Un ventilateur qui tournait en bourdonnant au plafond créait un mouvement léger et régulier dans les rideaux. La pipe à eau était posée sur une table basse à côté du lit.

« Jim Love ! » cria Harry, mais Jim Love ne réagit pas.

Ou bien il dort, ou bien son walkman ne chôme pas, pensa Harry en jetant un coup d'œil autour de lui pour s'assurer qu'il était seul. Ce ne fut que lorsqu'il vit une mouche parader effrontément hors de la narine droite de Jim qu'il comprit que celui-ci ne respirait pas. Harry alla jusqu'au lit et posa une main sur son front. C'était comme poser la main sur du marbre froid.

Harry attendait, assis sur une mauvaise chaise dans la chambre d'hôtel. Il fredonnait une chanson, mais sans arriver à déterminer laquelle.

Le médecin arriva et affirma que Love était mort depuis plus de douze heures, ce que Harry aurait pu lui dire avant. Et quand il haussa les épaules après qu'on lui eut demandé combien de temps il faudrait attendre les résultats de l'autopsie, Harry sut que la réponse était identique : plus de douze heures.

Tout le monde – Rangsan excepté – se réunit dans le bureau de Liz, un peu plus tard dans la soirée. L'humeur radieuse de l'inspecteur principal du début de la journée s'était comme volatilisée.

« Dites-moi qu'on a quelque chose, dit-elle d'un ton menaçant.

– Les TIC ont trouvé tout plein de choses, dit Nho. Ils ont mis trois gonzes dessus, et ont trouvé des tas d'empreintes digitales, de cheveux et de fibres. Ils ont dit que la Yupa House avait l'air de ne pas avoir été nettoyée depuis six mois. »

Sunthorn et Harry s'esclaffèrent, mais Liz ne fit que le regarder avec tristesse.

« Aucune piste qui puisse être rattachée au meurtre ?

– Nous ne savons pas encore s'il s'agit d'un meurtre, dit Harry.

– Oh si, putain ! glapit Liz. Les gens soupçonnés de complicité de meurtre ne meurent pas par hasard d'une overdose quelques heures avant qu'on leur mette la main dessus.

– Celui qui doit être pendu ne se noiera pas.

– Plaît-il ?

– Je dis que tu as raison. »

Nho ajouta qu'une overdose fatale était rare chez les consommateurs d'opium. Ils perdaient généralement connaissance avant d'avoir pu en absorber trop. La porte s'ouvrit, et Rangsan entra.

« Du neuf, dit-il avant de s'asseoir et d'attraper son journal. Ils ont déterminé la cause du décès.

— Je croyais que les résultats d'autopsie ne seraient pas prêts avant demain, dit Nho.

— Pas besoin. Les gars de la scientifique ont retrouvé des traces d'acide cyanhydrique dans l'opium, tartiné en une fine couche. Le type a dû mourir après une bonne bouffée. »

Il y eut un instant de silence autour de la table.

« Trouvez-moi Maisan ! s'écria Liz, de nouveau sur le pied de guerre. Il faut qu'on sache où Love s'était procuré cet opium.

— Je ne me ferais pas trop d'illusions, mit en garde Rangsan. Maisan a discuté avec le fournisseur habituel de Love, et il dit ne pas l'avoir vu depuis longtemps.

— Super, dit Harry. Mais maintenant, il est en tout cas évident que quelqu'un a sciemment essayé de désigner Brekke comme coupable.

— Ça ne nous aide pas, dit Liz.

— Je n'en suis pas si sûr. Il n'est pas certain que Brekke ait été choisi au hasard pour jouer les boucs émissaires, le meurtrier avait peut-être un motif pour que la faute rejaillisse sur lui, des comptes pas réglés.

— Et puis ?

— Si on libère Brekke, il se passera peut-être quelque chose. On pourra peut-être coincer le meurtrier à découvert.

— Désolée, dit Liz, les yeux rivés sur la table. On garde Brekke.

— Quoi ? » Harry n'en croyait pas ses oreilles. « Les ordres du chef de la police.

— Mais…

— C'est comme ça.

— En plus, nous avons un nouvel indice qui conduit vers la Norvège, dit Rangsan. La scientifique a envoyé à ses collègues norvégiens des échantillons de la graisse qui était sur le couteau, pour voir ce qu'ils dégotaient. Ils ont découvert que la graisse provenait du renne, et il n'y en a pas des masses en Thaïlande. Quelqu'un à la scientifique a proposé que nous arrêtions le Père Noël. »

Nho et Sunthorn pouffèrent de rire.

« Mais ensuite, Oslo nous a dit que la graisse de renne est couramment utilisée par les Sames de Norvège pour protéger l'acier des couteaux.

— Couteau thaïlandais et graisse norvégienne, dit Liz. C'est vraiment de plus en plus intéressant. » Elle se leva brusquement. « Je vous souhaite à tous une bonne nuit en espérant vous revoir parfaitement reposés demain. »

Harry l'intercepta près de l'ascenseur et lui demanda des explications.

« Écoute, Harry, on est en Thaïlande, ici, et ce sont des règles légèrement différentes qui s'appliquent. Notre chef a un peu exagéré, et il a dit à son homologue d'Oslo qu'il avait trouvé le meurtrier. Il pense que c'est Brekke, et quand je l'ai mis au courant des derniers progrès de l'enquête, il s'est mis dans tous ses états et a insisté pour qu'on maintienne Brekke en détention provisoire jusqu'à ce qu'il ait au moins un alibi.

– Mais…

– La face, Harry, la face. N'oublie pas qu'en tant que Thaïlandais, on t'apprend à ne jamais admettre que tu as fait une faute.

– Et quand tout le monde sait qui a fait ladite faute ?

– Tout le monde apporte son soutien pour que ça n'ait pas l'air d'une faute. »

Par chance, les portes de l'ascenseur s'ouvrirent et se refermèrent sur Liz avant que Harry n'ait eu le temps de dire tout le bien qu'il en pensait. Il mit en revanche le doigt sur la chanson qui lui trottait dans la tête. *All Along The Watchtower.* Et il se souvenait même des paroles : « There must be some way out of here, said the joker to the thief[1]. »

Qui sait.

Une lettre l'attendait devant la porte de sa chambre, et il vit le nom de Runa écrit au verso.

Il déboutonna sa chemise. La sueur faisait comme une fine couche d'huile sur sa poitrine et son ventre. Il essaya de se souvenir de ses dix-sept ans. Avait-il été amoureux ? Sûrement.

Il rangea la lettre dans le tiroir de sa table de nuit, cachetée, telle qu'il pensait la restituer. Puis il s'étendit sur son lit, et un demi-million d'automobiles et une climatisation s'essayèrent à une berceuse.

Il pensa à Birgitta. La jeune Suédoise qu'il avait rencontrée en Australie et qui lui avait dit qu'elle

1. Il doit y avoir un moyen de sortir d'ici, dit le bouffon au voleur.

l'aimait. Qu'avait dit Aune ? Qu'il avait « peur de se lier à d'autres ». La dernière chose qu'il se souvenait avoir commencé à retourner dans son crâne, c'est que toute rédemption a sa gueule de bois. Et inversement.

## Chapitre 32

Jens Brekke semblait ne pas avoir dormi depuis la dernière fois que Harry l'avait vu. Ses yeux étaient injectés de sang, et ses mains allaient et venaient sans but sur la table.

« Tu ne te souviens donc pas de ce gardien de parking noir avec sa coupe afro ? lui demanda Harry.

– Comme je te l'ai dit, je n'utilise jamais le parking.

– On va oublier Jim Love, pour l'instant, dit Harry. Attachons-nous à déterminer qui peut bien essayer de te faire coffrer.

– Qu'est-ce que tu veux dire ?

– Quelqu'un a mis un soin immense à torpiller ton alibi. »

Les sourcils de Jens montèrent tellement qu'ils disparurent pratiquement à la naissance des cheveux.

« Le 10 janvier, quelqu'un a mis la cassette du 3 janvier dans le magnétoscope et a fait un enregistrement qui a effacé les heures durant lesquelles nous aurions dû voir la voiture de l'ambassadeur, et toi, quand tu l'as raccompagné au parking. »

Les sourcils de Jens redescendirent et dessinèrent un M.

« Hein ?

– Réfléchis.

– J'aurais des ennemis, c'est ça ?

– Peut-être. Ou bien c'était peut-être pratique d'avoir un bouc émissaire. »

Jens se frotta la nuque.

« Des ennemis ? Personne à qui je puisse penser, pas comme ça. » Son visage s'éclaira. « Mais alors, ça veut dire que je vais sortir d'ici !

– Sorry, tu restes soupçonné.

– Oui, mais tu viens tout juste de dire que vous...

– Le boss ne veut pas te relâcher avant que nous ayons un alibi. C'est pour ça que je te demande de bien réfléchir. Est-ce que quelqu'un, absolument n'importe qui, t'a vu après que tu as pris congé de l'ambassadeur, et avant que tu ne rentres chez toi ? Au parking, quand tu as quitté le bureau ou quand tu as pris le taxi, dans un kiosque à journaux, Dieu sait quoi ? »

Jens posa son front sur le bout de ses doigts. Harry s'alluma une cigarette.

« Bordel, Harry ! Tu m'as complètement retourné, avec tes histoires de vidéo ! Je n'arrive plus à penser correctement. » Il gémit et abattit sa paume sur la table. « Tu sais ce qui s'est passé, cette nuit ? J'ai rêvé que je tuais l'ambassadeur. Qu'on sortait par la grande porte, qu'on prenait sa voiture pour aller dans un motel où je lui flanquais un énorme couteau de chasse dans le dos. J'essayais de m'arrêter, mais je n'étais plus maître de mon propre corps, c'était comme si j'étais enfermé dans un robot qui frappait, qui frappait, et je… »

Il s'interrompit.

Harry ne dit rien, lui laissant le temps nécessaire.

« Ce qu'il y a, c'est que je ne supporte pas d'être enfermé, dit Jens. Je n'ai jamais supporté. Souvent, mon père… »

Il déglutit et ferma le poing droit si fort que les articulations blanchirent. Il chuchota presque la suite :

« Si quelqu'un s'était pointé avec des aveux en me disant que j'étais libre à condition de signer au-dessous, je n'ai pas la moindre idée de ce que j'aurais fait. »

Harry se leva.

« Continue à essayer de te rappeler quelque chose. Maintenant qu'on a éliminé cette preuve vidéo, tu arriveras peut-être à penser un peu plus efficacement. »

Il alla vers la porte.

« Harry ? »

Il se demanda ce qui rendait les gens si loquaces quand on leur tournait le dos.

« Ouais.

— Pourquoi crois-tu que je suis innocent alors que tous les autres ont l'air de penser le contraire ?

— Premièrement parce que nous n'avons pas le moindre commencement de preuve contre toi, répondit-il sans se retourner, juste un alibi manquant et un motif bancal.

— Et deuxièmement ? »

Harry sourit et tourna à demi la tête.

« Parce que j'ai compris que tu étais un salopard dès que je t'ai vu.

– Et ?

– Je n'ai absolument aucune psychologie. Bonne journée. »

Bjarne Møller ouvrit un œil, regarda la pendulette entre ses paupières entrouvertes et se demanda quel était l'insensé qui pouvait penser que six heures du matin était une heure idéale pour téléphoner chez les gens.

« Je sais quelle heure il est, dit Harry avant que Møller ait eu le temps de dire quoi que ce soit. Écoute, il faut que tu fasses deux-trois vérifications sur un mec, pour moi. Rien de concret pour l'instant, juste quelque chose que me dit mon petit doigt.

– Ton petit doigt ? » La voix de Møller faisait penser à un bout de carton crépitant dans les rayons d'une roue de vélo.

« Oui, un soupçon, quoi. Je crois qu'on recherche un Norvégien, et ça réduit pas mal les possibilités. »

Møller fit remonter à force de tousser tout un tas de choses appétissantes. « Pourquoi un Norvégien ?

– Eh bien… Sur la veste de Molnes, on a trouvé des traces de graisse de renne, qui était probablement sur le couteau. Et l'angle d'impact laisse supposer que c'est une personne relativement grande qui a frappé ; les Thaïlandais sont généralement assez petits, comme tu sais peut-être.

– O.K., mais tu n'aurais pas pu attendre quelques heures ?

– Bien sûr que si. » Il y eut une pause.

« Alors pourquoi tu ne l'as pas fait ?

– Parce qu'ici, cinq enquêteurs et un chef de la police attendent que tu te bouges les fesses, chef. »

Møller rappela deux heures plus tard.

« Qu'est-ce qui faisait que tu voulais qu'on se renseigne sur ce type en particulier, Hole ?

— Bon. Je suis parti du principe qu'un type qui passe de la graisse de renne sur un couteau a dû aller en Laponie. Je me suis alors souvenu de quelques potes qui étaient revenus du service militaire dans le Finnmark, et qui avaient acheté là-bas de gros couteaux sames. Ivar Løken a passé plusieurs années dans l'armée, et il a été en poste à Vardø. En plus, j'ai le sentiment qu'il sait comment on manie un couteau.

— Ça doit pouvoir correspondre, dit Møller. Qu'est-ce que tu veux de plus sur lui ?

— Pas grand-chose. Tonje Wiig pense qu'il est affecté ici jusqu'à ce que sonne l'heure de la retraite.

— Eh bien, il n'y avait rien le concernant au casier judiciaire. » Møller s'interrompit.

« Et ?

— On avait malgré tout un fichier sur lui.

— C'est-à-dire ?

— Son nom est apparu sur l'écran, mais je n'ai pas pu accéder au fichier. Une heure plus tard, j'ai reçu un coup de téléphone du commandement en chef de l'armée, à Huseby, qui se demandait pourquoi j'avais essayé d'accéder à son dossier.

— Pétard…

— Ils m'ont demandé d'envoyer un courrier si je souhaitais des infos sur Ivar Løken.

— Oublie.

— J'ai déjà oublié, Harry, ça ne nous mènera nulle part, de toute façon.

– Tu as eu Hammervoll, des mœurs ?
– Oui.
– Qu'est-ce qu'il a dit ?
– Qu'il n'existe bien sûr pas d'archives des pédophiles norvégiens en Thaïlande.
– Je m'en doutais. Saloperie de CNIL.
– Rien à voir.
– Ah ?
– On a fait un état des lieux il y a quelques années, mais on a tout bonnement dû abandonner l'idée de le tenir à jour. Il y en avait purement et simplement trop. »

Lorsque Harry avait appelé Tonje Wiig pour lui demander de la voir dans les plus brefs délais, elle avait insisté pour qu'ils se retrouvent à l'Author's Lounge, dans l'Oriental Hotel, pour y prendre le thé. « Tout le monde y va », avait-elle dit.

Harry découvrit que « tout le monde » était blanc, aisé et bien mis.

« Bienvenue dans le meilleur hôtel au monde, Harry », gazouilla Tonje depuis le fond d'une chaise longue, dans le hall.

Elle portait une robe de coton bleu, tenait un chapeau de paille sur ses genoux, et donnait au hall une touche de colonialisme antique et insouciant, comme le faisaient aussi les autres personnes qui s'y trouvaient.

Ils « se retirèrent » dans l'Author's Lounge, se firent servir leur thé et adressèrent des signes de tête polis à d'autres blancs qui semblaient trouver que la race était une raison suffisante au salut. La nervosité faisait tinter la porcelaine dans les mains de Harry.

« Pas ton genre d'endroit, peut-être, Harry ? » Tonje parvint à boire un peu de thé tout en lui jetant un regard espiègle.

« J'essaie de découvrir pourquoi je souris à des Américains en tenue de golf. »

Elle éclata de son rire retentissant.

« Oh, un soupçon d'environnement cultivé ne peut pas faire de mal.

– Depuis quand les pantalons à carreaux sont gage de culture ?

– Oui, bon, des gens cultivés, quoi. »

Harry était persuadé que Fredrikstad n'avait pas fait beaucoup pour la fille qu'il avait devant lui. Il pensa à Sanphet, le vieux Thaïlandais qui avait mis une chemise bien repassée et un pantalon long pour les recevoir, et était resté assis dehors en plein soleil pour que personne ne puisse être choqué par la simplicité de sa demeure. Ça démontrait davantage de culture que tout ce qu'il avait vu jusqu'alors chez les résidents étrangers de Bangkok.

Harry demanda à Tonje ce qu'elle savait des pédophiles.

« Rien d'autre que le fait que la Thaïlande en attire une quantité énorme. Comme tu t'en souviens certainement, un Norvégien a littéralement été pris le pantalon sur les chevilles, l'année dernière à Pattaya. Les journaux norvégiens ont imprimé une photo adorablement truquée de trois petits garçons qui le montraient du doigt à la police. Le visage du type était crypté, pas ceux des mômes. Dans l'édition anglophone du *Pattaya Mail*, c'était l'inverse. En plus, ils donnaient l'identité complète du mec dans l'entrefilet de première page, après quoi ils se mettaient à l'appeler systématiquement "le Norvégien" ». Tonje secoua la tête.

« Les gens d'ici qui n'avaient jamais entendu parler de la Norvège ont brusquement appris que la capitale en est Oslo, parce qu'il était écrit que les pouvoirs publics norvégiens exigeaient que le type soit envoyé à Oslo par avion. Tout le monde s'est demandé quelle mouche pouvait bien nous piquer pour que nous désirions le voir revenir. Ici, en tout cas, il aurait été collé au violon pour pas mal d'années.

– Si les condamnations sont si sévères, ici, pourquoi y a-t-il tant de pédophiles en Thaïlande ?

– Les pouvoirs publics souhaitent que la Thaïlande se débarrasse de cette estampille qui ferait d'elle un eldorado pour pédophiles, puisqu'elle est préjudiciable pour cette partie du tourisme qui n'est pas orienté vers le sexe. Mais en ce qui concerne la police, l'enquête n'est pas si prioritaire parce que les arrestations d'étrangers sont toujours source de tout un tas d'histoires. Les pédophiles viennent en grande majorité des pays européens disposant de moyens considérables, des USA et du Japon, qui mettent immédiatement en branle la grosse machine du droit d'extradition, et on a alors des ambassadeurs qui cavalent dans les couloirs, des accusations de corruption, et j'en passe.

– Le résultat, c'est donc que les pouvoirs publics se contrecarrent les uns les autres ? »

Le visage de Tonje s'illumina d'un sourire resplendissant dont Harry comprit qu'il ne lui était pas destiné, mais à quelqu'un qui passait.

« Oui et non, répondit-elle. Quelques-uns collaborent. Ceux du Danemark et de Suède sont par exemple tombés d'accord avec les Thaïlandais pour que leur soit accordé le droit de mettre en poste des policiers chargés d'enquêter spécialement dans les affaires impliquant des pédophiles danois et suédois. Ils ont également adopté la modification de loi qui autorise les citoyens danois et suédois à être jugés dans leurs pays respectifs pour des cas d'agressions sexuelles envers des enfants commises en Thaïlande.

— Et la Norvège ? »

Tonje haussa les épaules.

« On n'a pas d'accord avec la Thaïlande. Je sais que la police norvégienne s'est battue pour arriver à un accord équivalent, mais je ne suis pas sûre que les pouvoirs publics norvégiens aient bien saisi la mesure de ce qui se passe à Pattaya et Bangkok. Tu as vu les gosses qui vendent du chewing-gum dans la rue ? »

Harry acquiesça. Les environs des bars go-go de Patpong en regorgeaient.

« C'est le code soi-disant secret. Le chewing-gum signifie qu'on peut les acheter. »

Harry frissonna en repensant qu'il avait acheté un paquet de Wrigley's à un gamin aux yeux noirs et aux pieds nus qui avait eu l'air terrorisé, mais Harry avait pensé que c'était dû au vacarme et à la foule.

« Peux-tu m'en dire davantage sur les intérêts photographiques d'Ivar Løken ? Est-ce que tu as déjà vu les photos qu'il prend ?

— Non, mais j'ai vu son matériel, et il est en tout cas assez impressionnant. »

Ses joues rougirent imperceptiblement lorsqu'elle comprit pourquoi Harry souriait involontairement.

« Et ces périples en Indochine, est-ce que tu sais de façon absolument sûre que c'est là qu'il est allé ?

— Sûre, sûre… Pourquoi mentirait-il là-dessus ?

— Des propositions ? »

Elle croisa les bras, comme si elle trouvait que l'air s'était brutalement rafraîchi.

« En fait, non. Comment était le thé ?

— Il faut que je te demande un service, Tonje.

— Oui ?

— Une invitation à dîner. »

Elle leva vers lui des yeux étonnés.

« Si tu en as le temps », ajouta-t-il.

Elle mit un peu de temps à remeubler l'expression de son visage, mais le sourire mutin finit par retrouver sa place.

« Mon agenda est vierge pour toi, Harry. À tout moment.

— Super. » Harry se passa la langue sur les dents. « Je me demandais si tu pouvais inviter Ivar Løken à dîner, ce soir entre sept et dix heures. »

Elle avait suffisamment d'entraînement à garder le masque pour que ce ne soit pas trop pénible. Elle dit même oui quand Harry lui en eut expliqué les raisons. Il fit encore tinter la porcelaine, dit qu'il devait partir et fit une sortie aussi maladroite que soudaine.

# Chapitre 33

Tout le monde peut entrer par effraction dans une maison, il suffit d'insérer un pied de biche dans la porte et de s'appuyer dessus pour faire voltiger les fragments de bois. Mais entrer par effraction en insistant plus sur « entrer » que sur « par effraction », de sorte que l'habitant ne comprenne jamais qu'il a eu de la visite qu'il ne désirait pas, c'est tout un art. Un art que Sunthorn maîtrisait à la perfection, comme on va le voir.

Ivar Løken habitait dans un ensemble d'appartements situé de l'autre côté du pont de Phra Pinklao, et Sunthorn et Harry avaient planqué pendant presque une heure dans la voiture avant de le voir finalement sortir. Ils attendirent encore dix minutes pour s'assurer qu'Ivar Løken ne revenait pas chercher quelque chose qu'il aurait oublié.

La surveillance était du genre apathique. Deux hommes en uniforme discutaient près de la grille. Ils levèrent les yeux, notèrent qu'un homme blanc et un Thaïlandais relativement bien habillé se dirigeaient vers l'ascenseur, et reprirent leur conversation.

Lorsqu'ils arrivèrent devant la porte de Løken au douzième étage, ou 12B, comme le mentionnait le bouton dans l'ascenseur, Sunthorn s'empara de deux épingles à cheveux, une dans chaque main, qu'il introduisit dans la serrure. Il les en retira presque aussitôt.

« Il n'y a qu'à se calmer, chuchota Harry. Ne stresse pas, on a tout le temps qu'il nous faut. Essaie avec d'autres.

— Je n'en ai pas d'autres. »

Sunthorn sourit et poussa la porte qui s'ouvrit.

Harry n'en revenait pas. Il ne s'était peut-être pas agi d'une plaisanterie, en fin de compte, lorsque Nho avait évoqué le gagne-pain de Sunthorn avant que celui-ci n'entre dans la police. Mais si Sunthorn n'était pas hors-la-loi avant, il l'est en tout cas maintenant, se dit Harry en ôtant ses chaussures et en pénétrant dans l'appartement totalement obscur. Liz avait expliqué que pour obtenir un mandat de perquisition, la signature d'un procureur était nécessaire, ce qui voulait dire que le chef de la police devait être mis au courant. Elle pensait que ça pouvait être rendu problématique par la demande inconditionnelle qu'il avait faite que toute l'enquête se concentre sur Jens Brekke. Harry avait objecté qu'il n'était pas sous les ordres du chef de la police et qu'il voulait aller musarder un peu autour de l'appartement de Løken pour voir s'il se passait quelque chose. Elle avait senti le vent, et elle avait demandé à en savoir le moins possible sur les plans de Harry. Tout en lui glissant que Sunthorn était souvent de bonne compagnie.

« Redescends attendre dans la voiture, murmura Harry à Sunthorn. Si Løken se pointe, fais son numéro depuis le mobile de la voiture, et laisse sonner trois fois avant de raccrocher, O.K. ? »

Sunthorn hocha la tête et disparut.

Harry alluma après s'être assuré qu'aucune fenêtre ne donnait sur la rue, alla au téléphone et vérifia qu'il avait la tonalité. Puis il jeta un œil autour de lui. C'était un appartement de vieux célibataire, privé de tout bibelot superflu et de toute chaleur. Trois murs nus, le quatrième couvert d'étagères pleines à craquer de livres rangés à plat ou sur la tranche, et une modeste TV de voyage. Le centre naturel de cette grande pièce ouverte était une massive table en bois dont les pieds étaient des boucs et équipée d'une lampe comme celles qu'il avait vues sur les tables à dessin des architectes.

Deux sacs photo étaient posés dans un coin, à côté d'un pied, appuyé contre le mur. La table était couverte de bandelettes de papier, apparemment des rognures de clichés car deux paires de ciseaux, une grande et une petite, occupaient le centre de la table.

Deux appareils, un Leica et un gros Nikon F5 muni d'un téléobjectif, fixaient Harry de leur œil aveugle. À côté se trouvait une paire de jumelles à infrarouges. Harry en avait déjà vu, c'était un modèle israélien qu'ils avaient déjà utilisé lors de quelques missions de surveillance. Des piles amplifiaient toutes les sources lumineuses externes et rendaient possible la vision dans ce qui pour l'œil nu apparaissait comme une obscurité totale.

La seconde porte menait à la chambre à coucher. Le lit était défait, et Harry supposa que Løken appartenait à cette minorité d'étrangers résidant à Bangkok qui ne disposaient pas d'une aide ménagère. Celles-ci ne coûtaient pas grand-chose, et Harry avait dans l'idée qu'on attendait presque des étrangers qu'ils contribuent de la sorte à l'emploi dans le pays.

La chambre donnait sur la salle de bains.

Il fit jouer l'interrupteur et comprit instantanément pourquoi Løken n'avait pas de femme de ménage.

La pièce servait visiblement de chambre noire, puait les produits chimiques et les murs étaient couverts de clichés en noir et blanc. Une rangée d'épreuves séchaient, suspendues à un cordon audessus de la baignoire. On y voyait un homme de profil, jusqu'à la poitrine, et Harry put constater que ce n'était pas le meneau qui empêchait de voir son portrait en pied, mais que la partie supérieure de la fenêtre était en fait un vitrail soigné représentant des lotus et des Bouddhas.

Un garçon qui ne devait pas avoir plus de dix ans accomplissait une fellation, et la photo avait été prise avec une focale suffisamment longue pour que le regard de l'enfant fût visible. Il était inexpressif, lointain, et apparemment pas posé sur quelque chose de précis. Il portait un T-shirt orné de la célèbre bande Nike.

« Just do it », murmura Harry pour lui-même. Il essaya de se représenter ce à quoi le garçonnet pouvait bien penser.

Hormis le T-shirt, il était nu. Harry s'approcha du cliché au grain grossier. L'homme avait une main sur la hanche, l'autre pendait derrière la tête du gamin. Harry vit l'ombre d'un pédophile derrière le vitrail, mais il était impossible de distinguer ses traits. Il eut brusquement l'impression que la salle de bains empuantie et aveugle se rétrécissait, et que les clichés fixés aux murs se jetaient sur lui. Harry céda à une impulsion et arracha les photos des murs, autant de fureur que de désespoir, le sang battant dans ses tempes. Il aperçut en un clin d'œil son visage dans le miroir, avant de tituber dans le salon, les photos en paquet sous le bras. Il s'assit sur une chaise.

« Putain d'amateur ! » cria-t-il lorsqu'il eut repris son souffle.

C'était un joli coup de canif dans le contrat. Étant donné qu'ils n'avaient pas de mandat de perquisition, ils avaient convenu de ne laisser aucune trace, juste de regarder ce qu'il y avait dans l'appartement et de revenir ensuite avec un mandat de perquisition s'ils trouvaient quelque chose.

Harry essaya de trouver un endroit au mur où fixer son regard et de se convaincre qu'il était inévitable d'emporter des preuves concrètes en vue de persuader cette tête de mule de chef de la police. S'ils étaient rapides, ils pouvaient mettre la main sur un procureur dans la soirée, pour obtenir les papiers nécessaires et attendre Løken à son retour de dîner. Tout en débattant avec lui-même, il attrapa les jumelles, les porta à ses yeux et regarda au-dehors. La fenêtre donnait sur une cour intérieure, et il chercha inconsciemment un meneau ou un vitrail, mais il ne vit que des murs blanchis à la chaux et baignés de la clarté verdâtre que donne ce type d'appareils.

Il regarda l'heure. Il avait finalement décidé de remettre les photos au mur. Le chef de la police se contenterait de sa parole. Au même instant, il se figea.

Il avait entendu un bruit. En fait, il entendait mille bruits, mais celui-ci, au milieu des mille autres, ne faisait pas partie de la cacophonie urbaine à laquelle il s'était progressivement habitué. De plus, il provenait du tambour de la porte. C'était un cliquetis doux. Huile et métal. Lorsqu'il sentit le courant d'air et comprit que quelqu'un avait ouvert la porte, il pensa d'abord à Sunthorn, avant de se dire que celui qui venait d'entrer avait essayé d'être aussi silencieux que possible. D'où il était, Harry ne pouvait pas voir la porte d'entrée, masquée par le tambour, et il retint son souffle tandis que son cerveau parcourait à toute vitesse sa bibliothèque sonore. En Australie, un expert en ce domaine lui avait expliqué que le tympan peut noter une différence de pression entre un million de fréquences différentes. Et ça n'avait pas été le son d'une poignée qu'on abaissait, mais celui d'un pistolet bien graissé qu'on chargeait. Harry se trouvait dans le fond de la pièce, tel une cible vivante contre le mur blanc, et l'interrupteur était à l'autre bout, à côté du tambour. Il se saisit de la grosse paire de ciseaux, au milieu de la table, se pencha et suivit le fil électrique de la lampe d'architecte jusqu'à la prise. Il arracha la fiche et enfonça de toutes ses forces les ciseaux dans le plastique dur.

Une lumière bleue jaillit de la prise, suivie d'un claquement atténué. L'obscurité s'abattit sur la pièce.

Le choc électrique lui paralysa le bras, et il glissa vers le bas du mur en gémissant, les narines remplies d'une odeur de métal et de plastique brûlé.

Il écouta, mais il n'entendit que la circulation et le bruit de son propre cœur. Il tambourinait au point d'être physiquement sensible, c'était comme chevaucher un cheval lancé au grand galop. Il entendit depuis le tambour quelque chose que l'on déposait délicatement par terre, et comprit que l'individu avait retiré ses chaussures. Il tenait toujours sa paire de ciseaux à la main. Avait-il vu une ombre se mouvoir ? C'était impossible à dire, il faisait si sombre que même les murs blancs avaient disparu. La porte de la chambre grinça, et un cliquetis suivit. Harry comprit que le nouvel arrivant avait essayé d'y allumer la lumière, mais le court-circuit avait apparemment coupé le courant dans tout l'appartement. Cela lui apprit en tout cas que la personne connaissait les lieux. Mais si ça avait été Løken, Sunthorn aurait appelé. Ou bien ? L'image de la tête de Sunthorn appuyée contre la vitre, avec un petit trou juste derrière l'oreille passa devant ses yeux.

Harry se demanda s'il devait essayer de se glisser jusqu'à la porte d'entrée, mais quelque chose lui dit que c'était justement ce que l'autre attendait. Au moment d'ouvrir la porte, sa silhouette ferait comme l'une des cibles de la salle de tir d'Økern. Merde ! Il devait déjà viser la porte, assis quelque part sur le sol.

Si seulement il pouvait prévenir Sunthorn ! Au même moment, Harry se rendit compte qu'il portait toujours les jumelles autour du cou. Il les porta à ses yeux, mais ne vit qu'une bouillie verte, comme si quelqu'un avait tartiné de la morve sur les verres. Il tourna la molette de réglage jusqu'à son minimum. Les choses n'étaient toujours pas nettes, mais il pouvait voir les contours d'une personne, debout le long du mur, de l'autre côté de la table. Son bras était plié, et le pistolet pointait vers le plafond. Il y avait peut-être deux mètres entre le bord de la table et le mur. Harry prit son élan, attrapa le plateau de la table des deux mains et le poussa en avant à la manière d'un bélier. Il entendit un gémissement et le bruit du pistolet qui atteignait le sol, passa en glissant sur la table et saisit quelque chose qui ressemblait à une tête. Il passa son bras autour du cou et serra.

« Police ! » cria-t-il en appuyant le tranchant des ciseaux contre la peau chaude du visage de l'individu, qui cessa immédiatement de bouger. Ils restèrent un moment ainsi, emmêlés l'un à l'autre, deux hommes qui ne se connaissaient pas, dans l'obscurité totale, haletant tous les deux comme des marathoniens à l'arrivée.

« Hole ? » gémit l'autre.

Harry comprit soudain que dans le feu de l'action, il avait crié en norvégien.

« Ça serait sympa que tu me lâches, maintenant. C'est Ivar Løken, et je ne tenterai rien. »

# Chapitre 34

Løken alluma une bougie pendant que Harry étudiait le pistolet de celui-ci, un Glock 31 fait sur mesure. Il en avait retiré le chargeur et l'avait mis dans sa poche. L'arme était pourtant plus lourde que toutes celles que Harry avait eues en main jusque-là.

« Je me le suis procuré quand je servais en Corée, dit Løken.

— Ah oui. La Corée. Qu'est-ce que tu y faisais ? »

Løken rangea les allumettes dans un tiroir et s'assit de l'autre côté de la table, juste en face de Harry.

« La Norvège y avait un hôpital de campagne, régi par les Nations unies, et j'étais un jeune sous-lieutenant qui croyait aimer les émotions. Après la paix, en 1953, j'ai continué à bosser aux Nations unies, pour le tout nouveau bureau du Haut Commissariat aux Réfugiés. Ils déferlaient par la frontière avec la Corée du Nord, et la situation était un tantinet anarchique. Je dormais avec ça sous mon oreiller, dit-il en montrant l'arme du doigt.

— Fichtre ! Qu'est-ce que tu as fait, après ça ?

— Bangladesh et Vietnam. La faim, la guerre et les boat-people. Après ça, la vie en Norvège m'est apparue infiniment triviale, et je n'ai tenu que quelques années au pays avant de devoir repartir. Tu sais. »

Harry ne savait pas. Il ne savait pas non plus ce qu'il devait penser de l'homme maigre qu'il avait en face de lui. Il ressemblait à une vieille sommité, avec un nez courbe en bec d'aigle et de petits yeux qui luisaient tout au fond de leurs orbites. Ses cheveux étaient blancs, et son visage brun et ridé. Erik Bye[1], pensa Harry. Il avait de plus l'air totalement détendu malgré la situation, ce qui accroissait la vigilance de Harry.

« Pourquoi es-tu revenu ? Et comment as-tu fait pour passer devant mon collègue ? »

Le Norvégien chenu lui fit un sourire de renard, et une dent en or scintilla dans la lueur de la bougie.

« La voiture dans laquelle vous étiez ne collait pas tout à fait avec le voisinage, il n'y a que des tuk-tuk, des taxis et de vieilles épaves qui sont garés dans le coin. J'ai aperçu deux personnes dans la voiture, avec toutes les deux le dos un peu trop raide. Alors j'ai contourné le coin et je suis allé m'installer dans un café, d'où je pouvais vous voir. Au bout d'un moment, j'ai vu la lumière s'allumer à l'intérieur de la voiture, et vous en êtes sortis. J'ai pensé que l'un de vous monterait la garde et j'ai attendu que ton collègue redescende. J'ai alors fini de boire, j'ai fait signe à un taxi et je lui ai demandé de me conduire dans le parking de l'immeuble, d'où j'ai pris l'ascenseur. C'était un joli petit tour, celui du court-circuit…

1. Auteur norvégien né à New York en 1926.

— Et l'individu lambda ne fait pas attention aux voitures garées dans la rue. À moins d'y être exercé ou d'être particulièrement aux aguets.

— Eh bien… Il y a peu de chance que Tonje Wiig soit bientôt nominée pour un quelconque Oscar.

— Alors, quel boulot tu as fait réellement ici ? »

Løken balaya d'un geste les clichés et le matériel qui jonchaient le sol.

« C'est ton gagne-pain, des photos… de ce genre ?

— Ouaip. »

Harry sentit son pouls se mettre à battre plus fort.

« Tu sais combien de temps ils vont te coller à l'ombre pour ça, ici ? J'en ai assez sous la main pour te flanquer dix ans, je pense. »

Løken partit d'un rire court et sec.

« Tu me prends pour un abruti ? Tu n'aurais pas eu besoin d'entrer ici par effraction si tu avais eu un mandat de perquisition. Si j'avais risqué de plonger pour ce que j'ai dans mon appartement, toi et ton collègue venez de me rendre un gros service. N'importe quel juge infirmera des preuves que vous vous êtes procurées de cette façon ; ce n'est pas seulement contraire au règlement, c'est carrément illégal. Tu peux peut-être toi-même prévoir de rester ici un peu plus longtemps que prévu, Hole. »

Harry frappa avec le pistolet. Ce fut comme ouvrir un robinet — le sang coula du nez de Løken comme d'une fontaine.

Løken ne bougea pas, se contentant de baisser les yeux sur sa chemise à fleurs et son pantalon blanc qui se coloraient en rouge.

« C'est de la soie thaïlandaise, tu sais, dit-il. Pas donné. »

La violence aurait dû l'apaiser, mais Harry sentait au contraire que sa fureur ne faisait que croître.

« Tu en as bien les moyens, enculé de pédéraste ! Je suppose qu'ils te paient grassement pour ce genre de merde », dit Harry en donnant un coup de pied dans les photos tombées.

« Oh, je ne sais pas, répondit Løken en appuyant un mouchoir blanc contre son nez. Selon la grille de salaire des fonctionnaires. Plus prime d'expatriation.

– Qu'est-ce que tu racontes ? »

La dent d'or scintilla à nouveau. Harry prit conscience qu'il serrait si fort la poignée du pistolet que sa main commençait à lui faire mal. Il fut heureux d'avoir retiré le chargeur.

« Il y a deux ou trois trucs que tu ne sais pas, Hole. On aurait peut-être pu t'en parler avant, mais ta chef a jugé que ce n'était pas nécessaire puisque ça n'a rien à voir avec le meurtre sur lequel tu enquêtes. Mais maintenant, je dois reconnaître que je suis découvert, alors autant que tu saches aussi le reste. La chef de la police et Dagfinn Torhus m'ont mis au courant pour les photos que tu avais trouvées dans la valise de Molnes, et tu as maintenant compris qu'il s'agissait de mes photos. Ça et les autres clichés que tu vois ici, poursuivit-il avec un geste de la main, c'est lié à une enquête sur une affaire de pédophilie qui, pour différentes raisons, est marquée jusqu'à nouvel ordre du sceau du secret. Je tiens cette personne à l'œil depuis plus de six mois. Les photos constituent des preuves. »

Harry n'eut pas besoin de réfléchir, il savait que c'était vrai. Tout tombait en place, comme s'il l'avait inconsciemment su depuis le début. Les mystères faits sur le boulot de Løken, son équipement photo, les jumelles pour voir de nuit, les prétendus voyages au Vietnam et au Laos, tout concordait. Et le type en sang qu'il avait en face de lui ne fut soudain plus un ennemi, mais un collègue, un allié dont il avait sérieusement essayé d'enfoncer le nez dans le visage.

Il hocha lentement la tête et posa le pistolet sur la table.

« O.K., je te crois. Pourquoi tant de cachotteries ?

– Tu as entendu parler de l'accord qu'ont la Suède et le Danemark avec la Thaïlande pour qu'il y ait une enquête sur les agressions envers des enfants, ici ? »

Harry acquiesça.

« Eh bien… La Norvège est en pourparlers avec les pouvoirs publics thaïlandais, mais n'est pas encore parvenue à un accord de ce type. Dans l'intervalle, j'ai une activité des plus officieuses. On en a assez pour le pincer, mais il nous faut juste attendre. Si nous l'arrêtons maintenant, il nous faudra dévoiler que nous nous sommes livrés à des investigations illégales sur le sol thaïlandais, et ça, c'est politiquement inacceptable.

– Alors pour qui travailles-tu ? »

Løken tourna ses paumes vers le haut.

« L'ambassade.

– Ça, je sais, mais de qui reçois-tu tes ordres ? Qui est derrière ? Et le Storting, est-ce qu'ils sont au courant ?

– Es-tu sûr de vouloir en savoir autant, Hole ? »

Son regard perçant rencontra celui de Harry. Celui-ci faillit dire quelque chose, mais il se ravisa et secoua la tête.

« Dis-moi plutôt qui est le type sur les photos.

– Je ne peux pas. Désolé, Hole.

– Est-ce que c'est Atle Molnes ? »

Løken baissa les yeux sur la table et sourit.

« Non, ce n'est pas l'ambassadeur. C'est lui qui a pris l'initiative de cette enquête.

– Est-ce...

– Je le répète, je n'ai pas la possibilité de te le dire maintenant. S'il apparaît que nos affaires sont interconnectées, on pourra peut-être en rediscuter, mais ça, c'est à nos supérieurs d'en convenir. »

Il se leva.

« Je suis fatigué. »

« Comment ça s'est passé ? » demanda Sunthorn quand Harry se rassit dans la voiture.

Harry lui demanda la permission de lui taper une cigarette, l'alluma et en inhala méticuleusement la fumée.

« Rien trouvé. Chou blanc. Je suppose que ce mec n'a rien à se reprocher. »

Harry était à l'appartement.

Il avait eu la Frangine au téléphone pendant presque une demi-heure. C'est-à-dire, c'était surtout elle qui avait parlé. C'est incroyable, tout ce qui peut arriver dans une vie humaine en un peu plus d'une semaine. Mais elle raconta aussi qu'elle avait eu Papa, et qu'elle irait dîner chez lui dimanche. Gâteaux de viande. Elle préparerait le dîner, et elle espérait que Papa discuterait un peu. C'était aussi le souhait de Harry.

Puis il feuilleta son carnet de notes et composa un autre numéro.

« Allô ? » fit-on à l'autre bout du fil.

Il retint son souffle.

« Allô ? » répéta la voix.

Harry raccrocha. Il y avait eu quelque chose de quasiment suppliant dans la voix de Runa. Il n'avait réellement pas la moindre idée de ce qui l'avait fait lui téléphoner. Quelques secondes plus tard, le téléphone sonna. Il décrocha, s'attendant à entendre la voix de l'adolescente. C'était Jens Brekke.

« Je m'en suis souvenu », dit-il. Sa voix était pleine d'enthousiasme. « Quand j'ai pris l'ascenseur pour remonter du parking à mon bureau, une fille est montée, au rez-de-chaussée. Elle est descendue au quatrième. Et je crois qu'elle se souvient de moi.

— Pourquoi ? »

Il y eut un petit rire un peu nerveux.

« Parce que je l'ai invitée à dîner.

— Tu l'as invitée à dîner ?

— Oui. C'est une des filles qui bosse pour McEllis, je l'avais déjà vue deux ou trois fois. Il n'y avait qu'elle et moi dans l'ascenseur, et elle souriait de telle sorte que ça m'a tout simplement échappé. »

Il fit une pause.

« Et ça te revient maintenant ?

— Non, mais je viens seulement de me rappeler quand ça s'était passé, que c'était après avoir raccompagné l'ambassadeur en bas. Pour une raison quelconque, je pensais que c'était arrivé la veille.

Mais ensuite, je me suis dit que si je l'avais vue prendre l'ascenseur au rez-de-chaussée, ça voulait dire que je venais d'en dessous. Et je ne suis jamais au parking, je n'y suis allé que ce jour-là.

– Et qu'est-ce qu'elle a répondu ?

– Elle a dit oui, et je m'en suis immédiatement mordu les doigts. C'était juste une sorte de flirt, alors je lui ai demandé sa carte en lui disant que je pouvais l'appeler un de ces jours pour qu'on se mette d'accord sur une date. Ça n'aurait bien sûr rien donné, mais je crois qu'elle se souvient de moi.

– Tu as sa carte ? demanda Harry, qui tombait des nues.

– Oui, c'est chouette, non ? »

Harry réfléchit un instant.

« Écoute, Jens, tout ça, c'est bien joli, mais ce n'est pas si simple. Tu n'as toujours pas d'alibi. Théoriquement, rien ne t'empêchait après de reprendre l'ascenseur. Tu pouvais ne remonter que pour aller chercher quelque chose que tu avais oublié, tu vois ?

– Ah. » La voix exprimait la déconfiture. « Mais… »

Jens se tut et Harry entendit un soupir.

« Et merde. Tu as raison, Harry. »

# Chapitre 35

Harry s'éveilla en sursaut. Le bourdonnement monotone du Taksin Bridge s'effaçait sous le mugissement d'un bateau qui mettait ses moteurs en route sur le Chao Phraya. Un sifflet hurlait, et la lumière lui brûla les yeux. Il s'assit dans son lit, posa la tête dans ses mains et attendit que le sifflement s'arrête quand il comprit que c'était le téléphone qui sonnait. Il décrocha à contrecœur.

« Je te réveille ? » C'était à nouveau Jens.

« Pas grave.

— Je suis un con. Je suis si con que je ne sais pas si je vais oser te raconter quelque chose.

— Alors oublie. »

Il y eut un silence, interrompu seulement par le bruit d'une pièce de monnaie tombant dans le téléphone.

« Je déconne. Allez, vas-y.

— O.K., Harry. J'ai passé toute la nuit à réfléchir, à essayer de me souvenir exactement de ce que j'avais fait dans mon bureau, ce soir-là. Tu sais, je me rappelle à la décimale près les montants des transactions de change que j'ai effectuées il y a plusieurs mois, mais je suis infoutu de me souvenir de choses simples et pratiques alors que je suis enfermé dans une cellule, soupçonné de meurtre. Tu comprends ça ?

— L'un explique peut-être l'autre. On n'a pas déjà fait tout ça ?

— O.K., voici en tout cas ce qui s'est passé. Tu te souviens que je t'ai dit avoir déconnecté le téléphone pendant que j'étais dans mon bureau, ce soir-là, hein ? Je me disais que c'était vraiment le diable, que s'il avait été branché et que si quelqu'un m'avait appelé, j'aurais eu la conversation sur l'enregistreur, et la preuve que j'étais bien dans mon bureau. Ce truc-là, on ne peut pas le bidouiller, comme le ferait un gardien de parking avec ses propres enregistrements.

— Où veux-tu en venir ?

— Je me suis dit, merde, il se peut que moi, j'aie appelé même si le téléphone ne pouvait pas recevoir d'appel. J'ai appelé notre réceptionniste et je lui ai demandé de vérifier l'enregistreur. Et, tu sais, elle a retrouvé une conversation, et je me suis souvenu de tout. À huit heures, j'ai appelé ma sœur, à Oslo. Qu'est-ce que tu dis de ça ? »

Harry n'avait même pas pensé à essayer.

« Ta sœur peut te fournir ton alibi, et tu ne t'en souvenais vraiment pas ?

— Non. Et tu sais pourquoi ? Parce qu'elle n'était pas chez elle. J'ai juste laissé un message sur son répondeur pour lui dire que j'avais appelé.

— Et ça, tu ne t'en souvenais pas ? répéta Harry.

— Oh, merde, Harry, c'est le genre de trucs qu'on oublie sitôt qu'on les a faits, non ? Tu te souviens de tous les coups de téléphone que tu passes et auxquels personne ne répond, peut-être ? »

Harry dut reconnaître qu'il avait raison.

« Tu as parlé à ton avocat ?

— Pas aujourd'hui. Je voulais te le dire en premier.

— O.K., Jens. Appelle ton avocat, maintenant, et j'enverrai quelqu'un à ton bureau vérifier ce que tu dis.

— Un enregistrement de ce genre est valable, dans un procès, tu sais, dit-il d'une voix où pointait l'angoisse.

— Détends-toi, Jens, il ne reste pas longtemps. Ils vont être obligés de te laisser sortir, maintenant. »

Le téléphone crachota lorsque Brekke expira.

« Dis-le encore une fois, Harry, s'il te plaît.

— Ils vont être obligés de te laisser sortir. »

Jens éclata d'un drôle de rire sec.

« Alors je te paie un dîner, inspecteur.

— Sans façon.

— Pourquoi ?

— Je suis policier.

— Appelle ça une audition.

— Je ne crois pas, Jens.

— Comme tu voudras. »

Il y eut une détonation, en bas dans la rue, peut-être un pétard ou un pneu crevé.

« Je vais y penser. »

Harry raccrocha, alla dans la salle de bains et se regarda dans le miroir. Il se demanda comment il était possible de passer autant de temps dans un coin tropical tout en restant aussi pâle. Il n'avait jamais particulièrement apprécié le soleil, mais il n'avait pas mis aussi longtemps à prendre des couleurs. Son train de vie au cours des douze derniers mois avait peut-être eu raison de sa production de mélanine ? Sûrement pas. Il s'aspergea le visage d'eau froide, pensa aux ivrognes hâlés de chez Schroder, et regarda de nouveau dans le miroir. Ouais, le soleil lui avait en tout cas filé un nez rouge porto.

« Retour à la case départ, dit Liz. Brekke a un alibi, et il nous faut provisoirement ne plus compter sur ce Løken. »

Elle renversa sa chaise en arrière et leva les yeux au plafond.

« Des propositions, les gars ? Sinon, cette réunion du matin est terminée, vous pouvez faire tout ce que vous voulez, mais il me manque toujours deux ou trois rapports, et je compte sur vous au plus tard demain matin. »

L'assemblée sortit à grand bruit. Harry resta assis.

« Oui ? fit Liz.

– Rien », dit-il en faisant tressauter une cigarette intacte au coin de sa bouche. L'inspecteur principal avait décrété l'interdiction absolue de fumer dans son bureau.

« J'ai bien compris qu'il y avait quelque chose. »

Les coins de la bouche de Harry se soulevèrent.

« C'est juste ça que je voulais savoir. Que tu avais compris qu'il y a quelque chose. »

Une ride grave était apparue entre les sourcils de l'inspecteur principal.

« Tu me diras ça quand tu auras quelque chose à me raconter. »

Harry reprit sa cigarette et la remit dans le paquet.

« Oui, dit-il en se levant. Je le ferai. »

# Chapitre 36

Jens souriait, renversé sur sa chaise, les joues en feu à l'aplomb de son nœud papillon. Il rappelait à Harry un petit garçon à son propre goûter d'anniversaire.

« Je suis presque content d'avoir été enfermé un moment, c'est comme si ça faisait qu'on accorde plus de valeur aux choses simples. Comme une bouteille de Dom Perignon 1985, par exemple. »

Il claqua des doigts à l'adresse du serveur qui rappliqua jusqu'à la table, sortit la bouteille dégoulinante du seau et remplit les verres.

« J'adore quand ils font ça. Ça ferait presque se sentir comme un surhomme. Qu'est-ce que tu en dis, Harry ? »

Harry jouait avec son verre.

« Assez chouette. Pas tout à fait mon truc, peut-être.

— Nous sommes différents, Harry », constata-t-il avec un sourire. Il emplissait de nouveau son costume. Ou bien il s'était changé pour un autre, quasiment identique, Harry n'était pas sûr.

« Certaines personnes ont besoin de luxe comme d'autres ont besoin d'air, dit Jens. Pour moi, une voiture coûteuse, de beaux vêtements et un rien de cour sont tout bonnement indispensables pour que je me sente bien, pour que je sente que j'existe. Tu vois ce que je veux dire ? »

Harry secoua la tête.

« Bref. » Jens tenait sa flûte de champagne par le pied. « De nous deux, c'est moi, le décadent. Tu devrais te fier à ta première impression, Harry, je suis un salopard. Et tant qu'il y aura une place pour nous, les salopards, dans le monde, je prévois d'en rester un. Santé. »

Il garda un peu le champagne en bouche avant de l'avaler. Puis il montra les dents et gémit de plaisir. Harry ne put s'empêcher de sourire et leva son propre verre, mais Jens lui jeta un regard désapprobateur.

« De l'eau ? Est-ce qu'il n'est pas temps que tu te mettes toi aussi à profiter un peu de la vie, Harry ? Il est impossible qu'il faille être aussi sévère avec soi-même.

— Quelquefois, si.

— Bêtises. Tous les êtres humains sont des hédonistes au fond d'eux-mêmes, certains mettent juste plus de temps que les autres à le comprendre. Tu as une femme ?

— Non.

— N'en est-il pas temps ?

— Certainement. Mais je ne vois pas ce que ça a à voir avec le fait de profiter de la vie.

— Pas faux. » Jens baissa les yeux sur sa coupe. « Je t'ai parlé de ma sœur ?

— Celle à qui tu as téléphoné ?
— Oui. Elle est libre, tu sais. »
Harry s'esclaffa.
« Il ne faut pas que tu te sentes redevable de quoi que ce soit, Jens. Ce n'est pas grand-chose, ce que j'ai fait, à part te faire arrêter.
— Je ne déconne pas. Supernana. Elle est directrice littéraire, dans une maison d'édition, mais je crois qu'elle bosse beaucoup trop pour avoir le temps de se trouver un jules. En plus, elle les fait fuir, elle est exactement comme toi : stricte, et consciente de ce qu'elle veut et ne veut pas. D'ailleurs, tu as remarqué que c'est ce que disent les Norvégiennes qui sont nommées miss-quelque-chose quand il faut qu'elles se décrivent aux journalistes ? Qu'elles savent ce qu'elles veulent ? Bon Dieu, les choses ont bien changé. »
Jens prit une mine songeuse.
« Ma sœur a pris le nom de jeune fille de Maman du jour où elle a été majeure. Et quand je dis majeure, je le pense vraiment.
— Je ne suis pas si sûr qu'elle et moi nous accorderions à merveille.
— Pourquoi ?
— Eh bien… Je suis un poltron. Ce que je recherche, c'est une fille altruiste qui bosse dans le social, si belle que personne n'a encore osé le lui dire.
— Alors tu peux te marier avec ma sœur en toute quiétude, répondit Jens en riant. Ça ne fait rien si tu ne l'apprécies pas, elle travaille tellement que tu ne la verras de toute façon pas beaucoup.
— Alors pourquoi lui as-tu téléphoné chez elle, et pas à son job ? Il était deux heures de l'après-midi, quand tu as appelé. »

Jens secoua la tête.

« Ne le dis à personne, mais je n'arrive jamais à me dépatouiller du décalage horaire. À savoir si je dois ajouter des heures, ou bien en retrancher, je veux dire. C'est on ne peut plus pénible, mon père dit que je fais de la sénilité précoce, il pense que ça vient du côté de ma mère. »

Il se hâta de rassurer Harry en lui disant que sa sœur ne présentait aucun signe de la même pathologie, bien au contraire.

« Ça suffit, Jens, raconte-moi plutôt ce qu'il en est de toi ; tu as commencé à penser au mariage ?

– Chut, ne dis pas ce mot tout fort, j'en ai des palpitations rien qu'à l'entendre. Le mariage... » Jens frissonna. « Le problème, c'est que d'un côté, je ne suis pas fait pour la monogamie, mais de l'autre, je suis un romantique. À partir du moment où je serai marié, je n'aurai plus de maîtresses, tu comprends ? Et l'idée de ne plus devoir t'envoyer en l'air de toute ta vie avec une autre femme est relativement écrasante, tu ne trouves pas ? »

Harry essaya de s'en faire une idée.

« Regarde, par exemple, quand j'ai invité cette fille que j'ai croisée dans l'ascenseur. De quoi tu crois que ça vient ? De la panique pure, n'est-ce pas ? Juste pour me prouver que je suis encore capable de m'intéresser à une autre femme. Assez raté, en fait. Hilde est... » Il chercha ses mots. « Elle a quelque chose que je n'ai trouvé en aucune autre femme. Et j'ai cherché, crois-moi. Je ne sais pas si je peux bien expliquer ce que c'est, mais en tout cas, je n'ose pas y renoncer, parce que je sais que ça sera peut-être difficile à retrouver. »

Harry pensa que ce n'était pas une plus mauvaise raison que celles qu'il avait déjà entendues. Jens fit un sourire en coin tout en jouant avec son verre.

« Ce séjour en prison m'a manifestement tapé sur le système, ça ne me ressemble pas de parler de ce genre de choses. Promets-moi de ne rien raconter à mes collègues. »

Le serveur vint à leur table et leur fit signe.

« Viens, ça a déjà commencé, dit Jens.

– Qu'est-ce qui a commencé ? »

Le serveur les mena vers l'intérieur du restaurant, à travers les cuisines et leur fit gravir un escalier étroit. Des baquets à linge étaient empilés dans le couloir, et une vieille femme assise sur une chaise leur sourit de toutes ses dents noires.

« Noix de bétel, dit Jens. Mauvaise habitude répugnante. Ils en mâchent jusqu'à ce que leur cerveau pourrisse et que leurs dents dégringolent. »

Harry entendit des cris derrière une porte. Le serveur l'ouvrit, et ils se retrouvèrent dans une grande pièce aveugle, sous les combles. Entre vingt et trente hommes formaient un cercle compact. Leurs mains gesticulaient et désignaient quelque chose, tandis que des billets chiffonnés étaient comptés et circulaient entre eux à une vitesse folle. La plupart des hommes étaient blancs, certains portaient des costumes de coton clair. Harry eut l'impression de reconnaître un visage vu à l'Author's Lounge de l'Oriental Hotel.

« Combat de coqs, expliqua Jens. Arrangement privé.

– Pourquoi ça ? dut crier Harry au milieu du vacarme. Il me semble avoir lu que les combats de coqs sont toujours autorisés en Thaïlande.

– En quelque sorte. Les pouvoirs publics ont autorisé une forme adaptée dans laquelle on ficelle les griffes sur l'arrière des pattes de sorte qu'ils ne puissent pas s'esquinter l'un l'autre. Et puis il y a des limitations de durée, pas de combats à mort jusqu'à ce qu'il y en ait un qui reste sur le carreau. Ici, on fait ça à l'ancienne. Et sans limite aux paris. On s'approche ? »

Harry se redressa et put regarder dans le cercle, devant les hommes qui l'en séparaient. Deux coqs, tous deux brun-roux et orange, paradaient en envoyant de petits coups de tête, et semblaient s'intéresser étonnamment peu l'un à l'autre.

« Comment vont-ils faire pour que ces deux-là se battent ? demanda Harry.

– Ne t'en fais pas. Les deux coqs se haïssent avec plus d'intensité que toi ou moi pourrons jamais le faire.

– Pourquoi ? »

Jens le regarda.

« Ils sont dans le même cercle. Ce sont des coqs. »

Puis, comme répondant à un signal, ils se précipitèrent l'un sur l'autre. La seule chose que put voir Harry, ce fut des ailes battantes et des tourbillons de paille. Les hommes criaient d'excitation, et certains d'entre eux se mirent à sauter sur place. Une curieuse odeur aigre-douce d'adrénaline et de transpiration se répandit dans la pièce.

« Tu vois celui dont la crête est fendue au milieu ? » demanda Jens.

Harry ne voyait rien.

« C'est le gagnant.

– À quoi le vois-tu ?

– Je ne le vois pas. Je le sais. Je le savais à l'avance.

– Comment…

– Ne pose pas de question. » Jens sourit.

Les cris se turent brusquement. Un coq gisait dans le cercle. Quelqu'un gémit, un homme vêtu d'un costume en lin gris lança son chapeau par terre, de rage. Harry regarda le coq agonisant. Un muscle joua encore sous les plumes avant qu'il ne s'immobilise tout à fait. C'était absurde, on aurait dit une espèce de jeu, juste une pléthore d'ailes, de pattes et de cris.

Une plume ensanglantée voleta devant son visage. Un Thaïlandais portant un pantalon large vint ramasser le coq dans le ring. Il avait l'air au bord des larmes. L'autre coq avait recommencé à parader. Harry vit sa crête fendue.

Le serveur apporta une pile de billets à Jens. Quelques-uns des autres parieurs le regardèrent, certains hochèrent la tête, mais personne ne dit rien.

« Est-ce qu'il t'arrive de perdre ? » demanda Harry lorsqu'ils se furent rassis à leur table. Jens avait allumé un cigare et commandé un cognac, un vieux Richard Hennessy 40° qui fit que le serveur se le fit demander deux fois. Il était difficile de concevoir que ce Jens était l'homme que Harry avait réconforté au téléphone deux jours plus tôt.

« Tu sais pourquoi le jeu est une maladie, et pas un métier, Harry ? C'est parce que le joueur aime le risque. Il vit et respire pour cette incertitude frémissante. »

Il souffla sa fumée en cercles épais.

« Chez moi, c'est le contraire, je peux en arriver à des extrémités pour éliminer le risque. Ce que tu m'as vu gagner aujourd'hui, c'est une somme brute, et il faut en déduire les frais, qui ne sont pas négligeables, tu peux me croire.

– Mais tu ne perds jamais ?

– Ça offre un rendement honnête.

– Un rendement honnête ? Tu essaies de me dire que tous les joueurs doivent tôt ou tard mettre tout ce qu'ils possèdent au clou ?

– Quelque chose comme ça.

– Mais est-ce qu'une partie du charme qui consiste à jouer ne disparaît pas quand tu connais le résultat ?

– Charme ? » Jens brandit le paquet de billets. « Je trouve que ça, ça a suffisamment de charme. Ça peut me procurer ça. » Il embrassa la pièce d'un geste de la main. « Je suis quelqu'un de simple, dit-il en étudiant le bout incandescent de son cigare. Ou disons les choses comme elles sont : je suis un tantinet bébête. »

Il partit brusquement d'un rire bêlant. Harry ne put s'empêcher de sourire à son tour.

Jens jeta un nouveau coup d'œil à l'heure et sursauta.

« Les USA ouvrent. Saloperies de turbulences. Salut. Pense à ce que je t'ai dit, pour ma sœur. »

Il sortit, et Harry resta assis à fumer une cigarette et à penser à la sœur de Brekke. Puis il prit un taxi pour Patpong. Il ne savait pas ce qu'il cherchait, mais il entra dans un bar go-go, faillit se payer une bière et ressortit sans tarder. Il alla manger des cuisses de grenouille au Boucheron, où le propriétaire vint lui expliquer dans un anglais déplorable qu'il voulait revoir sa Normandie. Harry lui dit que son grand-père y était le jour J. Ce n'était pas tout à fait vrai, mais cela redonna du baume au cœur du Français.

Harry paya et changea de bar. Une fille portant des talons ridiculement hauts s'assit à côté de lui, le regarda de ses grands yeux bruns et lui demanda s'il voulait se faire sucer. Tu m'étonnes, que j'en ai envie, pensa Harry en secouant la tête. Il remarqua que Manchester United jouait sur l'écran suspendu au-dessus des étagères de verre posées en travers du miroir du bar. Il voyait dans le reflet les filles qui dansaient sur la petite scène intimiste, juste derrière lui. Elles s'étaient collé de petites étoiles de papier doré qui couvraient à peine les mamelons, juste assez pour que le bar ne viole pas la loi sur la nudité. Et sur leurs strings minimalistes, chacune avait fixé un numéro dont la police ne demandait pas l'utilité, mais dont tout le monde savait qu'il devait éviter l'équivoque lorsqu'une des filles avait trouvé acquéreur. Harry l'avait déjà repérée. Numéro vingt. Dim se trouvait au bout de la rangée des danseuses, et son regard fatigué balayait l'ensemble des hommes au bar, comme un radar. Un rapide sourire passait de temps à autre sur ses lèvres, mais sans que ça éveille de la vie dans ses yeux. Elle semblait avoir établi un contact avec un homme mince vêtu d'une sorte d'uniforme colonial. Allemand, pensa Harry, sans savoir pourquoi. Il regarda les hanches de Dim qui ondulaient paresseusement d'un côté et de l'autre, ses cheveux noirs luisants qui dansaient dans son dos quand elle se retournait, et sa peau lisse et incandescente qui semblait éclairée de l'intérieur. S'il n'y avait pas eu ce regard, elle aurait été belle, pensa Harry.

Leurs regards se rencontrèrent dans le miroir l'espace d'une courte seconde, et Harry se sentit instantanément mal à l'aise. Rien dans ses gestes ne montrait qu'elle l'avait reconnu, mais il détourna le regard sur l'écran de télévision et vit le dos d'un joueur qui entrait sur le terrain à la faveur d'un remplacement. Même numéro. « Solskjaer » était inscrit dans le haut de son maillot. Harry se réveilla comme d'un rêve.

« Bon Dieu ! » s'écria-t-il en renversant son verre, et le Coca jaillit sur les genoux de la tenace flirteuse. Harry se fraya un chemin jusqu'à la sortie tandis que retentissait un cri indigné derrière lui : « You not my friend ! »

Après avoir échoué dans sa tentative de joindre Ivar Løken chez lui, il appela Tonje Wiig.

« Harry, j'ai essayé de t'appeler ! dit-elle. Løken ne s'est pas pointé, hier, et depuis son boulot, aujourd'hui, il m'a dit avoir mal compris le nom du restaurant, et qu'il m'avait attendue à un tout autre endroit. Qu'est-ce qui se passe ?

— Une autre fois. Est-ce que tu sais où est Løken en ce moment ?

— Non. Ou plutôt, si. On est mercredi. Lui et quelques autres de l'ambassade sont à une soirée thématique au FCCT. C'est le club des correspondants étrangers à Bangkok, mais il y a beaucoup d'autres expats qui en sont membres.

— Expats ?

— Oh, excuse-moi, Harry. Expatriés. Des étrangers qui se sont installés et qui travaillent ici.

— Des immigrants, donc ?

— On ne se nomme pas exactement comme ça, dit-elle avec un petit rire.

— Quand a commencé cette réunion ?

— À sept heures neuf.

— Neuf ?

— C'est un truc bouddhiste. Le neuf est le chiffre porte-bonheur.

— Fichtre.

— Ce n'est rien, tu verras qu'il se passera des choses importantes, ici. Avant qu'ils viennent de Hong Kong pour signer l'accord BERTS, quatre devins avaient passé deux semaines à chercher la date et l'heure la plus favorable pour la signature. Rien à dire des Asiatiques, ils sont travailleurs et aimables, mais dans certains domaines, tu peux voir qu'ils ne sont pas complètement descendu de leur arbre.

— Intéressant, mais je dois presque…

— Il faut que je me sauve, Harry, on ne peut pas en reparler ? »

Harry raccrocha en secouant la tête sur toute la folie du monde. Dans ce contexte, les chiffres porte-bonheur n'étaient pas si absurdes.

Il appela l'hôtel de police et tomba sur Rangsan qui lui donna le numéro personnel du professeur du musée Benchamabophit.

# Chapitre 37

Deux hommes vêtus de vert traversèrent en trombe les fourrés, l'un d'eux courbé, portant sur l'épaule un camarade blessé. Ils l'étendirent à couvert derrière un tronc couché tout en attrapant leurs fusils ; ils les mirent en position et firent feu dans la végétation. Une voix sèche notifiait qu'il s'agissait de combats désespérés au Timor Oriental contre le président Suharto et son régime terroriste.

Sur l'estrade, un type se débattait avec ses papiers. Il avait sillonné tout le territoire pour parler de son pays, et ce soir était un soir important. Il n'y avait peut-être pas tant de monde que ça dans la salle du Foreign Correspondents Club Thailand, seulement quarante ou cinquante personnes, mais elles avaient leur importance, puisque ensemble, elles pouvaient peut-être transmettre le message à des millions de lecteurs. Il avait vu le film cent fois, et il savait qu'il lui restait exactement deux minutes avant de partir au feu.

Ivar Løken sursauta malgré lui lorsqu'il sentit une main se poser sur son épaule.

« Il faut qu'on parle. Maintenant », chuchota une voix.

Dans la pénombre, il distingua le visage de Hole. Il se leva et ils quittèrent la pièce ensemble au moment où un guérillero dont la moitié du visage avait été brûlée en un masque figé racontait pourquoi il avait passé les huit dernières années de sa vie dans la jungle indonésienne.

« Comment m'as-tu trouvé ? demanda Løken lorsqu'ils furent sortis.

– J'ai discuté avec Tonje Wiig. Tu viens souvent ici ?

– Souvent, souvent… J'aime bien me tenir au courant. En plus, je rencontre des gens avec qui il est utile de discuter.

– Comme des gens de l'ambassade de Suède ou du Danemark ? »

La dent en or scintilla.

« Encore une fois, j'aime bien me tenir au courant. De quoi est-il question ?

– Tout.

– Ah oui ?

– Je sais après qui vous courez. Et je sais que les affaires sont liées. »

Le sourire de Løken disparut.

« Ce qui est drôle, c'est que j'étais à un jet de pierre ou deux de l'endroit d'où tu le surveillais l'un des tout premiers jours que j'ai passés ici.

– Pas possible ? » Il était difficile de savoir à coup sûr s'il y avait du sarcasme dans la voix de Løken.

« L'inspecteur principal Crumley s'est dit qu'elle se devait de m'emmener en visite guidée sur le fleuve. Elle m'a montré la maison d'un Norvégien qui a fait déménager un temple entier depuis la Birmanie jusqu'à Bangkok. Ove Klipra, ça te dit quelque chose, non ? »

Løken ne répondit pas.

« Bien. Je n'avais pas pensé à faire le lien jusqu'à ce que je voie un match de football, hier soir à la télé.

– Un match de football ?

– Il se trouve que le Norvégien le plus connu au monde joue dans le club favori de Klipra.

– Et alors ?

– Tu sais quel numéro porte Ole Gunnar Solskjaer ?

– Non, pourquoi diable le saurais-je ?

– Eh bien, tous les gamins du monde le savent, et tu peux trouver son maillot dans les magasins de sport depuis Cape Town jusqu'à Vancouver. Il arrive que des adultes aussi achètent ce maillot. »

Løken hocha la tête sans quitter Harry des yeux.

« Numéro vingt, dit-il.

– Comme sur la photo. Et puis il y a deux ou trois autres choses qui ont fait tilt. Le manche du couteau que Molnes avait dans le dos était orné d'une mosaïque de verre particulière, et un professeur d'histoire de l'art a pu nous raconter qu'il s'agissait d'un très ancien couteau du nord de la Thaïlande, probablement une œuvre du peuple Shan. J'ai pu le rencontrer un peu plus tôt ce soir. Il m'a expliqué que les Shan s'étaient répartis jusqu'à des provinces du Laos, où ils avaient entre autres construit des temples. Une des caractéristiques de ces temples était que les fenêtres et les portes étaient volontiers ornées des mêmes mosaïques que sur le couteau. Je suis passé voir le professeur avant de venir et je lui ai montré une de tes photos. Il n'a pas douté que ce soit la fenêtre d'un temple Shan, Løken. »

Ils entendirent dans le café que l'orateur avait commencé. Sa voix était métallique et tranchante à travers les haut-parleurs.

« Bon travail, Hole. Et maintenant ?

— Maintenant, tu me racontes tout ce qui se passe en coulisses, et je prends sur moi la suite de l'enquête. »

Løken éclata de rire.

« Tu déconnes, n'est-ce pas ? »

Harry ne déconnait pas.

« Une proposition intéressante, Hole, mais je ne crois pas que ce soit faisable. Mes chefs...

— Je ne crois pas que "proposition" soit le mot adéquat, Løken. Essaie "ultimatum". »

Løken rit de plus belle.

« Tu as des couilles, Hole, il faut l'admettre. Qu'est-ce qui peut bien te faire croire que tu es en position d'adresser un ultimatum ?

— Que vous allez avoir toute une chiée de problèmes quand je raconterai à mon supérieur thaïlandais ce qui se passe.

— Ils vont te foutre dehors, Hole.

— Et pour quel motif ? Pour commencer, je suis ici pour enquêter sur un meurtre, pas pour sauver la peau de quelques bureaucrates d'Oslo. Personnellement, je n'ai rien contre le fait que vous essayiez de coincer un pédophile, mais ce n'est pas de ma responsabilité. Et quand le Storting apprendra qu'on ne les a pas tenus au courant d'une enquête illégale, j'ai comme l'impression qu'il y en a quelques autres qui seront bien plus susceptibles que moi d'aller pointer au chômedu. À ce que j'en vois, la chance que j'ai d'aller grossir les rangs des sans-emploi est nettement supérieure si je me rends coupable de complicité en gardant ça pour moi. Cigarette ? »

Harry tendit un paquet de vingt Camels qu'il venait d'ouvrir. Løken secoua la tête, mais changea d'avis. Harry offrit du feu, et ils s'assirent sur des chaises, le long du mur. Des applaudissements vigoureux leur parvinrent du café.

« Pourquoi tu ne t'es pas contenté de laisser filer, Hole ? Tu as pigé depuis un bon moment que ton boulot ici n'était pas de résoudre une affaire, alors pourquoi ne pouvais-tu pas tout simplement te plier sous le vent et t'épargner – en même temps qu'à nous – tout un tas de pépins ? »

Harry inhala profondément et relâcha son souffle en une longue phase d'expiration. La majeure partie de la fumée resta à l'intérieur.

« J'ai recommencé à fumer des Camels cet automne, dit Harry en tapotant sa poche. J'ai eu une copine qui fumait des Camels. Je ne pouvais pas lui en taper, elle pensait que ça pouvait devenir une sale habitude. On était en interrail, et dans le train entre Pampelune et Cannes, j'ai découvert que j'étais à cours de sèches. Elle pensait que ça me servirait de leçon. C'était un voyage de presque dix heures, et pour finir, il a fallu que j'aille demander une clope aux personnes des autres compartiments, pendant qu'elle restait assise à tirer sur ses Camels. Bizarre, hein ? »

Il tint sa cigarette devant lui et souffla doucement sur le bout incandescent.

« Eh bien, je continuais à tirer des cigarettes à des gens que je ne connaissais pas quand le train est arrivé à Cannes. Au début, elle a trouvé ça drôle. Quand j'ai commencé à aller de table en table au restaurant, à Paris, elle a trouvé ça moins drôle, et m'a dit que je pouvais en prendre une dans son paquet, mais j'ai décliné. Quand elle a rencontré à Amsterdam des gens qu'elle connaissait de Norvège, et quand j'ai commencé à leur demander alors que son paquet était sur la table, elle m'a trouvé puéril. Elle m'a payé un paquet de clopes, en m'expliquant que ça, ce n'était pas de la tape, mais le paquet est resté dans la chambre d'hôtel. Quand on est rentrés à Oslo et que ça a continué, elle a vu que j'étais malade.

— Est-ce que cette histoire a une fin ?

— Oh oui. Elle a arrêté de fumer. »

Løken pouffa de rire.

« Happy end, donc.

— Presque au même moment, elle a emménagé avec un musicien à Londres. »

Løken avala de travers.

« Tu avais peut-être poussé le bouchon un peu loin ?

— Sans aucun doute.

— Mais tu n'as pas appris grand-chose de ça ?

— Non. »

Ils continuèrent à fumer en silence.

« Je comprends », dit Løken en écrasant son mégot. Les gens avaient commencé à s'en aller.

« Allons boire une bière quelque part, et je t'exposerai l'intégralité de l'histoire. »

« Ove Klipra construit des routes. En dehors de ça, on ne sait en fait pas grand-chose sur lui. On sait qu'il est venu en Thaïlande quand il avait vingt-cinq ans avec un demi-diplôme d'ingénieur et une fort mauvaise réputation, et qu'il a fait changer son nom de Pedersen en Klipra, ce qui est certainement le nom du quartier d'Ålesund dans lequel il a grandi. »

Ils étaient installés dans un profond canapé de cuir, devant une chaîne stéréo, une télévision et une table portant une bière, une bouteille d'eau, deux micros et un catalogue de chansons. Harry avait d'abord cru que Løken plaisantait quand il avait dit qu'ils allaient dans un bar karaoké, jusqu'à ce qu'il se soit fait expliquer le pourquoi de la chose. On y louait à l'heure une pièce insonorisée, pas de nom, on commandait ce qu'on voulait boire, et en dehors de ça, on avait une paix royale. Il y avait de plus juste assez de monde pour qu'on puisse aller et venir totalement inaperçu. C'était en un mot l'endroit idéal pour des rendez-vous secrets, et on avait là aussi l'impression que ce n'était pas la première fois que Løken y venait.

« Quel genre de mauvaise réputation ? demanda Harry.

– Quand on a commencé à creuser cette affaire, on s'est aperçu qu'il y avait eu quelques épisodes avec des mineurs d'Ålesund. Pas de dépôt de plainte, mais la rumeur a couru et il a trouvé opportun de faire ses valises. Quand il est arrivé ici, il a créé sa société d'ingénieur, s'est fait imprimer des cartes de visite qui le présentaient comme docteur et a commencé à aller frapper aux portes pour dire qu'il savait construire des routes. À l'époque, il y a vingt ans de cela, il n'y avait au départ que deux façons de trouver des projets d'équipement en Thaïlande : il fallait être ou bien de la famille de quelqu'un du gouvernement, ou bien assez riche pour graisser la patte aux susnommés. Klipra n'était ni l'un ni l'autre et avait évidemment tous les atouts contre lui. Mais il a appris deux choses sur lesquelles tu peux être sûr qu'il a bâti la totalité de sa fortune actuelle : le thaï, et la flatterie. En ce qui concerne la flatterie, ce n'est pas quelque chose que j'ai découvert, c'est lui-même qui a frimé avec ça auprès de plusieurs Norvégiens locaux. Il prétend qu'il a un tel talent pour sourire que même les Thaïlandais ont trouvé qu'il avait dépassé les bornes. En plus, il s'est trouvé un intérêt commun pour les petits garçons avec certains des politiques qu'il s'est petit à petit mis à fréquenter. Il n'est pas sûr que ça ait été un inconvénient de partager leurs vices quand il a fallu répartir les contrats pour la construction du dénommé Hopewell Bangkok Elevated Road and Train System.

— Route et train ?

— Hmm. Tu as certainement remarqué les énormes piliers d'acier qu'ils plantent dans le sol partout en ville. »

Harry acquiesça.

« Pour l'instant, il y en a six mille, mais il y en aura d'autres. Et ils ne sont pas uniquement destinés à l'autoroute, car encore au-dessus, il y aura le nouveau train. On parle de cinquante kilomètres de routes hi-tech, et de soixante kilomètres de rail à vingt-cinq milliards de couronnes, qui doivent sauver cette ville de l'auto-étouffement. Tu piges ? Ce projet est vraisemblablement le plus gros projet d'équipement jamais élaboré dans une ville, c'est le Messie d'asphalte et de traverses.

— Et Klipra est là-dedans ?

— Personne n'a l'air de savoir précisément qui est dedans et qui ne l'est pas. Ce qui est clair, c'est que l'entrepreneur principal, de Hong Kong, qui avait été prévu à l'origine s'est retiré, et que le budget et le planning vont assez certainement partir en sucette.

— Dépassement de budget ? Je suis outré, dit Harry sèchement.

— Mais ça veut dire en tout cas qu'il y aura plus à faire pour les autres, et selon moi, Klipra est déjà bien investi dans le projet. Puisque quelqu'un fait machine arrière, les politiques doivent s'attendre à ce que les autres revoient leurs devis à la hausse. Si Klipra a la capacité financière d'ingérer la part du gâteau qu'on lui propose, il peut rapidement devenir l'un des entrepreneurs les plus puissants de la région.

— D'accord, mais où est le rapport avec les agressions envers des enfants ?

— Juste que les puissants ont un don pour faire plier en leur faveur les textes de loi. Je n'ai aucune raison de douter de l'intégrité du gouvernement actuel, mais ça ne risque pas d'augmenter les chances d'extradition de jouir d'une influence politique, compte tenu qu'une arrestation retarderait en plus l'ensemble du projet routier.

— Alors que faites-vous ?

— Les choses sont en cours. Après cette affaire de Norvégien pincé à Pattaya un peu plus tôt cette année, les politiques locaux se sont réveillés, et on planche sur un accord tel que celui que la Suède et le Danemark ont signé. Quand c'est fait, on attend un petit peu, on arrête Klipra et on explique aux pouvoirs publics thaïlandais que les photos ont bien évidemment été prises après la ratification de l'accord.

— Et vous le jugez pour violences sexuelles sur mineurs ?

— Plus un meurtre, peut-être. »

Harry se recula au fond de sa chaise.

« Tu pensais peut-être que tu étais le seul à avoir établi un lien entre Klipra et le couteau, inspecteur ? demanda Løken en essayant d'allumer sa pipe.

— Qu'est-ce que tu sais sur ce couteau ?

— J'ai escorté Tonje Wiig quand elle est allée au motel pour identifier l'ambassadeur. J'ai pu prendre quelques photos.

— Avec un troupeau de policiers qui regardaient ?

— Oui, c'était un tout petit appareil. Il se loge dans une montre, comme celle-ci. Tu ne trouveras pas ça dans le commerce.

— Et tu as fait le lien entre les incrustations de verre dans le manche et la maison de Klipra ?

— J'ai été en contact avec l'un de ceux qui ont contribué à l'achat du temple par Klipra, un pongyi du centre Mahasi, à Rangoon. Le couteau faisait partie des accessoires qui allaient avec le temple et que Klipra a eus en prime. D'après le moine, ils les font par paires. Il doit exister un autre couteau identique en tout point.

— Attends un peu, dit Harry. Puisque tu as contacté ce moine, tu devais te douter à l'avance que ce couteau avait quelque chose à voir avec le temple birman. »

Løken haussa les épaules.

« Allez, dit Harry. Tu n'es pas historien d'art, en plus. Il nous a fallu faire appel à un professeur juste pour établir qu'il avait un lien avec les Shan ou je ne sais quoi. Tu soupçonnais Klipra avant même de poser la question. »

Løken se brûla les doigts et jeta avec irritation l'allumette calcinée.

« J'avais des raisons de croire que le meurtre pouvait être lié à Klipra. En fait, je me trouvais dans un appartement juste en face de la demeure de Klipra le jour où l'ambassadeur a été tué.

— Et ?

— Atle Molnes est arrivé vers six heures. Vers huit heures, lui et Klipra en sont repartis dans la voiture de l'ambassadeur.

— Tu es sûr que c'étaient eux ? J'ai vu la voiture, et comme la plupart des voitures d'ambassade, elle a des vitres fumées opaques.

— Je regardais Klipra dans mon appareil photo quand la voiture est arrivée. Elle est entrée au garage, d'où une porte donne directement dans la maison, ce qui fait que je n'ai d'abord vu que Klipra qui se levait et allait à la porte. Il s'est ensuite écoulé un moment pendant lequel je n'ai rien vu, mais j'ai ensuite vu l'ambassadeur passer plusieurs fois dans le salon. Ce qui s'est passé finalement, c'est que la voiture est repartie, et que Klipra n'était plus là.

— Tu ne peux pas savoir que c'était l'ambassadeur, affirma Harry.

— Pourquoi pas ?

— Parce que d'où tu étais, tu ne le voyais que du milieu du dos aux pieds, le reste était dissimulé par la mosaïque. »

Løken rit.

« Eh bien, c'était plus que suffisant, dit-il en parvenant enfin à allumer sa pipe et en tirant dessus avec satisfaction. Parce qu'il n'y a qu'une personne en Thaïlande qui se trimbale avec un costard pareil. »

Dans d'autres circonstances, Harry se serait peut-être fendu d'un sourire, mais il y avait pour l'heure trop d'autres choses qui lui tournicotaient dans la cervelle.

« Pourquoi la chef de la police d'Oslo et Torhus n'ont-ils pas été informés de ça ?

— Qui te dit qu'ils n'en ont pas été informés ? »

Harry sentit une pression naître quelque part derrière ses yeux. Il chercha du regard quelque chose à bousiller.

# Chapitre 38

Bjarne Møller se tenait à la fenêtre, et regardait dehors. Le froid n'avait pas l'air d'avoir prévu de se rendre immédiatement. Les gamins trouvaient ça on ne peut mieux et rentraient le soir avec l'onglée et les joues rouges, tout en se chamaillant pour déterminer celui qui avait sauté le plus loin.

Le temps passait si vite, il lui semblait que ça ne faisait pas si longtemps qu'il les avait entre ses skis pour labourer les pentes de Grefsenkollen. La veille, il était allé les voir et leur avait demandé s'il pouvait leur lire une histoire, mais ils n'avaient fait que le regarder par en dessous.

Trine avait dit qu'il avait l'air fatigué. L'était-il ? Peut-être. Il y avait eu beaucoup de choses auxquelles penser, plus qu'il ne se l'était peut-être imaginé quand il avait accepté le poste de capitaine de police. Si ce n'étaient pas des rapports, des réunions et des budgets, c'était l'un de ses subordonnés qui frappait à la porte parce qu'il avait un problème qu'il n'arrivait pas à résoudre —sa femme voulait le divorce, son emprunt immobilier était trop élevé ou ses nerfs avaient tendance à se mettre en pelote.

Le travail de police auquel il avait aspiré quand il avait démarré à ce poste, diriger des investigations, était presque devenu une affaire de second plan. Et il ne s'en sortait toujours pas impeccablement avec l'agenda secret, le message entre les lignes et le jeu de carrière. De temps en temps, il se demandait s'il n'aurait pas dû continuer à son ancien poste, mais il savait que Trine accordait de l'importance aux échelons supérieurs. Et les gamins voulaient faire du saut à ski. Il était aussi peut-être temps qu'ils aient le PC qu'ils avaient réclamé à cor et à cris. De petits flocons tournoyaient contre le carreau. Il avait été un sacrément bon policier.

Le téléphone sonna.

« Møller.

– C'est Hole. Tu l'as tout le temps su ?

– Allô ? Harry, c'est toi ?

– Est-ce que tu savais que j'avais été désigné spécialement pour qu'ils soient sûrs que cette enquête ne déboucherait sur rien ? »

Møller baissa le ton. Il avait oublié PC et saut à ski.

« Je n'ai pas l'impression de bien comprendre de quoi tu parles.

– Je veux juste t'entendre dire que tu ne savais pas que des gens à Oslo ont eu leur idée du meurtrier potentiel depuis le début.

– O.K., Harry. Je ne savais pas… je veux dire, je ne sais absolument pas sur quoi tu es en train de délirer.

– La chef de la police et Dagfinn Torhus savent depuis le jour du meurtre qu'un Norvégien nommé Ove Klipra et l'ambassadeur ont quitté le domicile de Klipra une demi-heure avant que l'ambassadeur ne se pointe au motel. Ils savent aussi que Klipra a un motif en or massif pour buter l'ambassadeur. »

Møller se laissa tomber sur sa chaise.

« Et c'est ?

– Klipra est l'un des hommes les plus riches de Bangkok, l'ambassadeur était gêné aux entournures, il avait lui-même pris l'initiative de mettre en route une enquête sur Klipra pour agression sexuelle sur des enfants, et quand on l'a retrouvé, il avait dans son attaché-case des photos de Klipra en compagnie d'un gamin. C'est à la portée du premier crétin venu d'imaginer pourquoi il allait voir Klipra. Molnes a dû réussir à le convaincre qu'il était en solo là-dessus, que c'est lui qui avait pris les photos. Ensuite, il lui a certainement donné un prix pour "toutes les copies", ce n'est pas comme ça que l'on dit, d'habitude ? Il est bien entendu impossible de contrôler le nombre de copies que Molnes avait prises, et il n'est donc pas spécialement sorcier de comprendre que Klipra a pigé qu'un maître chanteur qui est un joueur aussi invétéré que l'était Molnes va imparablement revenir frapper à la porte. Plusieurs fois. Klipra a donc peut-être proposé d'aller faire un tour en voiture ; il a dit qu'il allait à la banque, a demandé à Molnes d'aller attendre au motel qu'il se pointe avec l'argent. Quand Klipra y est ensuite arrivé, il n'a pas eu besoin de chercher la chambre, il a vu la voiture de l'ambassadeur garée devant, tu vois ? Merde, ce mec a même réussi à remonter la trace depuis le couteau jusqu'à Klipra.

– Quel mec ?

— Løken. Ivar Løken. Une ancienne taupe qui opère depuis plusieurs années dans la région. Employé aux Nations unies, il dit qu'il a bossé pour les réfugiés, mais je n'en sais foutre rien. Je parie qu'il s'est fait la majeure partie de son beurre à travers l'OTAN ou quelque chose comme ça. Ça fait plusieurs mois qu'il espionne Klipra.

— L'ambassadeur ne le savait pas ? Il me semblait t'avoir entendu dire que c'était lui qui avait pris l'initiative de l'enquête…

— Qu'est-ce que tu veux dire ?

— Tu prétends que l'ambassadeur est allé là-bas faire chanter Klipra, même s'il savait que cette taupe les observait.

— Bien sûr, qu'il le savait, puisqu'il a même reçu des épreuves de Løken. Et alors ? Il n'y a rien de louche à ce que l'ambassadeur de Norvège rende une petite visite de courtoisie au Norvégien le plus riche de Bangkok, non ?

— Peut-être pas. Qu'est-ce qu'il a raconté d'autre, ce Løken ?

— Il m'a donné la véritable raison pour que ce soit moi qui aie été désigné pour venir ici.

— Et c'est ?

— Attends une minute. »

Møller entendit une main couvrir le micro, puis des exclamations emportées en anglais et en norvégien. Puis Harry reprit la parole.

« Désolé, Møller, mais on est les uns sur les autres, ici. Mon voisin avait foutu sa chaise sur le fil du téléphone. Où en étions-nous ?

— La raison pour laquelle on t'avait choisi, toi.

– Ah oui. Ceux qui participent à cette enquête sur Klipra courent un sacré risque. S'ils sont démasqués, tout est foutu, ça sera un tapage politique infernal et des têtes tomberont, n'est-ce pas ? Donc, quand l'ambassadeur a été retrouvé mort, alors qu'ils avaient une idée assez précise du responsable, il leur a fallu veiller à ce que l'enquête sur le meurtre ne dévoile pas toute leur organisation. Ils ont dû trouver un moyen terme en or, faire quelque chose, mais pas trop pour ne pas remuer de poussière. En envoyant un policier norvégien, ils se couvraient contre les accusations de passivité. J'ai entendu dire qu'on n'avait pas envoyé une équipe parce que les Thaïlandais l'auraient mal pris. »

Le rire de Harry se mêla à une conversation qui bruissait quelque part entre la surface du globe et un satellite.

« Au lieu de ça, ils ont été chercher le type le moins susceptible selon eux de dégoter quoi que ce soit ici. Dagfinn Torhus avait enquêté et trouvé le candidat idéal, un qui à coup sûr ne leur causerait pas davantage d'ennuis. Parce qu'il passerait probablement ses soirées au-dessus d'une palette de bières et ses journées dans le mazout d'une gueule de bois. Harry Hole était idéal parce qu'il fonctionne, mais au strict minimum. Ils pouvaient justifier leur choix, au besoin, par les bons résultats obtenus par le susnommé dans une affaire équivalente en Australie. En plus de ça, le capitaine Møller s'était porté garant de lui, et ce devait être lui le mieux placé pour savoir, pas vrai ? »

Møller n'appréciait pas ce qu'il entendait. Encore moins parce qu'il y voyait clair à présent, ce regard de la chef de la police par-dessus la table quand la question avait été posée, ce sourcil imperceptiblement haussé. Ça avait été un ordre.

« Mais pourquoi Torhus et la chef devraient risquer leur job rien que pour coffrer un pauvre pédéraste ?

— Bonne question. »

Un ange passa. Aucun d'entre eux n'osait dire tout haut ce qu'ils pensaient tout bas.

« Alors, qu'est-ce qui se passe, maintenant, Harry ?

— Maintenant, c'est l'opération save ass[1].

— Ce qui veut dire ?

— Ce qui veut dire que personne ne veut se retrouver avec le pouilleux. Pas Løken, et moi pas plus. On a convenu de la boucler tous les deux là-dessus et de choper Klipra de concert. Je me suis dit que tu pouvais avoir intérêt à reprendre l'affaire en main à ce stade, capitaine. Aller directement au Storting, peut-être. Tu as une peau à sauver, toi aussi, tu sais. »

Møller réfléchit. Il n'était pas sûr de vouloir être sauvé. Le pire qui pouvait arriver, c'est qu'on lui fasse refaire du boulot de policier.

« C'est un gros casse-croûte, Harry. Il faut que j'y réfléchisse, et je te rappelle, O.K. ?

— O.K. »

Ils avaient reçu de faibles signaux d'une autre conversation quelque part dans le monde, qui se tut en même temps que la leur. Ils écoutèrent un instant le vacarme des étoiles.

1. Littéralement : sauve-cul, en anglais dans le texte.

« Harry ?

— Oui ?

— Laisse tomber la réflexion. Je suis avec toi.

— C'est ce que j'avais escompté, chef.

— Passe-moi un coup de fil quand vous l'aurez arrêté.

— Ah, oui, j'avais oublié : personne n'a vu Klipra depuis que l'ambassadeur s'est fait descendre. »

Puis vint un jour où Harry ne fit rien.

Fit des gribouillis et essaya de voir s'ils ressemblaient à quelque chose.

Jens appela pour demander comment se portait l'enquête. Harry répondit que ces choses-là étaient secret d'État, et Jens percuta, mais dit qu'il dormirait mieux avec la certitude qu'ils avaient un autre principal suspect. Puis il raconta une blague qu'il venait d'entendre au téléphone, d'un gynécologue qui raconte à l'un de ses collègues qu'il a une patiente dotée d'un clitoris comme un pied de porc salé. « Si gros que ça ? » demande le collègue ; « Non », répond le premier. « Aussi salé. »

Jens s'excusa qu'il n'y ait que des blagues scabreuses qui circulent dans le milieu de la finance.

Harry essaya ensuite de raconter la blague qu'il tenait de Nho, mais c'était ou bien son propre anglais ou bien celui de Nho qui était trop mauvais, car l'expérience fut assez pénible.

Puis il alla voir Liz et lui demanda si ça ne la dérangeait pas qu'il reste simplement là un petit moment. Au bout d'une heure, elle en eut assez de cette compagnie silencieuse, et lui demanda d'aller voir ailleurs.

Il mangea de nouveau au Boucheron. Le Français lui parla dans sa langue maternelle, et Harry lui fit un sourire et lui répondit quelque chose en norvégien.

Il était presque onze heures lorsqu'il rentra chez lui.

« Tu as de la visite », dit le gardien à la grille.

Harry prit l'ascenseur, s'étendit sur le dos au bord du bassin pour écouter les petits clapotements cadencés des mouvements de Runa.

« Il faut que tu rentres chez toi », dit-il au bout d'un moment. Elle ne répondit pas, et il se leva pour remonter à pied jusqu'à son appartement.

# Chapitre 39

Løken tendit les jumelles à Harry.

« C'est clair, dit-il. Je connais leur routine. Maintenant, le gardien va s'asseoir dans la guérite au bas de l'allée, près du portail. Il ne fera pas d'autre ronde avant une vingtaine de minutes. »

Ils étaient installés dans un grenier situé à environ cent mètres de la propriété de Klipra. Les fenêtres étaient fermées par des planches, mais il y avait tout juste la place de glisser une paire de jumelles entre deux d'entre elles. Ou bien un appareil photo. La pièce où ils se trouvaient et la maison en teck ornée de têtes de dragons de Klipra étaient séparées par un alignement de remises basses, une route et un haut mur blanc coiffé de barbelés.

« Aucun problème, dit Løken. Le seul souci dans cette ville, c'est qu'il y a du monde partout. En permanence. On doit donc faire le tour et escalader le mur sur l'arrière de la remise, là-bas. »

Il désigna quelque chose du doigt, et Harry prit les jumelles.

Løken lui avait demandé de mettre des vêtements sombres et serrés, discrets. Ce furent un jean noir et ce vieux t-shirt noir Joy Division. Il avait pensé à Kristin en l'enfilant, puisque c'était la seule et unique chose qu'il avait jamais réussi à lui faire aimer, Joy Division. Il pensa que ça avait peut-être contrebalancé le fait qu'elle avait cessé d'aimer les Camels.

« Allons-y », dit Løken.

L'air au-dehors était calme, et la poussière flottait librement au-dessus de l'allée de graviers. Un groupe de gamins étaient en pleine partie de takraw, formant un cercle au-dessus duquel ils s'efforçaient de maintenir en l'air une balle de caoutchouc en donnant des coups de pied dedans, sans se soucier des deux farang vêtus de noir. Ils traversèrent la route en biais, passèrent entre les remises et parvinrent au mur sans avoir été remarqués. Le ciel nocturne brumeux renvoyait la lueur jaune sale de millions de sources lumineuses plus ou moins grosses qui faisaient que par des soirs comme celui-ci, Bangkok n'était jamais totalement plongée dans les ténèbres. Løken lança son petit sac à dos par-dessus le mur et déroula un tapis de caoutchouc étroit et fin qu'il jeta sur les barbelés.

« Toi d'abord, dit-il en joignant les mains en une marche sur laquelle Harry mit le pied.

— Et toi ?

— Ne t'occupe pas de moi, vas-y. »

Il souleva Harry qui saisit l'un des piquets au sommet du mur. Il lança une jambe de l'autre côté du mur et entendit les pointes pénétrer dans le caoutchouc sous ses fesses tandis qu'il ramenait l'autre jambe. Il essaya de ne pas penser à l'histoire de ce garçon qui s'était laissé glisser le long du mat à drapeau, sur la foire du Romsdal, sans penser au crochet qui retenait la corde. Le grand-père prétendait qu'on avait pu entendre ses cris de castrat depuis l'autre rive du fjord.

Løken était à côté de lui.

« Eh bien, ça a été vite fait ! chuchota Harry.

— Entraînement quotidien du retraité. »

Il suivit le retraité et, pliés en deux, ils traversèrent en courant la pelouse, longèrent le mur et s'arrêtèrent au coin. Løken attrapa ses jumelles et attendit d'être sûr que le gardien regardait dans une autre direction.

« Maintenant ! »

Harry courut en tentant de se persuader qu'il était invisible. Le chemin n'était pas long jusqu'au garage, mais il était éclairé, et rien ne les dissimulait depuis la guérite. Løken était sur ses talons.

Harry avait émis l'opinion qu'il n'y avait pas trente-six façons d'entrer par effraction chez quelqu'un, mais Løken avait insisté pour tout planifier jusque dans le moindre détail. Quand il avait souligné l'importance de courir très près l'un de l'autre sur la dernière portion critique, Harry avait demandé s'il ne valait pas mieux y aller un par un, pendant que l'autre faisait le guet.

« Le guet pour quoi ? avait demandé Løken avec irritation. On le saura, si on est repérés. Si on passe un par un, on a exactement deux fois plus de chances d'être vus. Dis-moi, ils ne vous apprennent vraiment rien, dans les écoles de police, de nos jours ? »

Harry n'avait émis aucune objection durant tout le reste de l'élaboration du plan.

Une Lincoln Continental blanche trônait dans le garage où une porte menait effectivement dans la maison. Løken avait dit que la serrure de la porte de côté poserait moins de problèmes que celle de la porte principale, et qu'ils seraient en outre invisibles depuis le portail.

Il sortit son rossignol et se mit à l'œuvre.

« Tu suis l'heure ? » demanda-t-il, et Harry hocha la tête. Selon le plan, il restait seize minutes avant la ronde suivante.

Après douze minutes, Harry sentit des démangeaisons sur tout le corps.

Après treize minutes, il en vint à espérer que Sunthorn passe par hasard dans le coin.

Après quatorze minutes, il comprit qu'ils devaient annuler l'opération.

« On se casse !

— Encore un peu, répondit Løken, courbé sur la serrure.

— On n'a pas le temps.

— Plus que quelques secondes…

— Maintenant ! » dit Harry entre ses dents serrées.

Løken ne répondit pas. Harry inspira à fond et posa un bras sur son épaule. Løken se retourna vers lui, et leurs regards se croisèrent. La dent en or scintilla.

« Ouvre », chuchota Løken.

La porte s'ouvrit sans bruit. Ils se glissèrent à l'intérieur et la refermèrent silencieusement derrière eux. Au même instant, ils entendirent des pas dans le garage, virent la lumière d'une applique à travers la fenêtre, et quelqu'un secoua soudain sans ménagement la poignée de la porte. Ils se tenaient le dos au mur. Harry retint son souffle tout en sentant son cœur battre si fort que le sang déferlait partout dans son corps. Puis les pas s'éloignèrent.

Harry éprouva des difficultés à parler bas.

« Vingt minutes, tu avais dit ! »

Løken haussa les épaules.

« Plus ou moins quelques minutes. »

Harry compta tout en respirant la bouche grande ouverte.

Chacun alluma sa lampe et ils s'apprêtaient à s'enfoncer dans la maison quand quelque chose craqua sous la semelle de Harry.

« Qu'est-ce que c'est que ça ? » Il éclaira le sol. Quelques petits grumeaux blancs gisaient sur le parquet sombre.

Løken éclaira les murs blanchis à la chaux.

« Ouff, Klipra a triché. Cette baraque était censée n'être faite que de teck. Non, vraiment, j'ai perdu tout respect pour ce gonze, dit-il, sarcastique. Allez, viens, Harry, le temps passe ! »

Ils fouillèrent la maison rapidement et systématiquement, sur les instructions de Løken. Harry se concentra pour agir selon les consignes qu'il avait reçues, à mémoriser l'emplacement des objets avant de les déplacer, à ne pas déposer d'empreintes digitales sur les portes blanches, et à chercher les morceaux de scotch avant d'ouvrir les tiroirs et les portes de placards. Après presque trois heures, ils s'assirent à la table de la cuisine. Løken avait trouvé des journaux pédophiles et un revolver qui ne semblait pas avoir servi depuis plusieurs années. Il avait pris des photos de l'ensemble.

« Le bonhomme s'est taillé fissa, dit-il. Il y a deux valises vides dans sa chambre, sa trousse de toilette est dans la salle de bains et les penderies sont pleines à craquer.

— Il avait peut-être une troisième valise ? » suggéra Harry.

Løken le regarda avec un mélange d'écœurement et d'indulgence. Exactement comme il aurait regardé un bidasse plein de bonne volonté, mais pas spécialement rapide, se dit Harry.

« Aucun homme n'a deux trousses de toilette, Hole. »

Bidasse, se dit Harry.

« Il reste une pièce, dit Løken. Le bureau au premier est fermé, et la serrure est une espèce de monstre allemand qui ne se laisse pas crocheter, dit-il en extrayant un pied-de-biche de son sac. J'avais espéré que nous n'aurions pas à nous en servir. On va laisser un sacré jeton dans la porte.

— Ça ne fait rien. Je crois que de toute façon, j'ai remis ses savates sur la mauvaise étagère. »

Løken pouffa de rire.

Ils jouèrent sur les gonds plutôt que sur la serrure. Harry réagit trop tard, et la lourde porte bascula vers l'intérieur avec fracas. Ils restèrent quelques secondes immobiles, s'attendant à entendre les cris des gardiens.

« Tu crois qu'ils ont entendu quelque chose ?

— Boah, il y a tellement de décibels par habitant dans cette ville que personne ne remarque une détonation isolée. »

Les faisceaux de leurs lampes coururent comme des cafards jaunes sur les murs.

Au-dessus du bureau était punaisée la bannière rouge et blanc de Manchester United, surplombant une grande photo encadrée de l'équipe. En dessous, les armoiries rouge et blanc d'une ville ornées d'un bateau à voile, sculptées dans le bois.

La lumière s'arrêta sur une photo. Elle représentait un homme qui avait une grande bouche souriante, de solides doubles mentons et deux yeux légèrement globuleux qui pétillaient de drôlerie. Ove Klipra semblait être quelqu'un qui riait facilement. Le vent agitait ses boucles blondes. La photo avait peut-être été prise à bord d'un bateau.

« Il ne correspond pas vraiment à l'idée qu'on se fait d'un pédophile, dit Harry.

– C'est rarement le cas », répondit Løken. Harry jeta un œil dans sa direction, mais fut aveuglé par sa lampe. « Qu'est-ce que c'est que ça ? »

Harry se retourna. Løken éclairait une boîte métallique grise, dans un coin. Harry la reconnut sur-le-champ.

« Je vais te dire, répondit-il, heureux de pouvoir enfin apporter sa contribution. C'est un enregistreur à bande qui coûte un demi-million de couronnes. J'en ai vu un exactement pareil dans le bureau de Brekke. Ça enregistre les conversations téléphoniques, et ni l'enregistrement ni les références temporelles ne peuvent être falsifiées, ce qui fait qu'on peut s'en servir comme pièce à conviction. Sympa quand on traite par oral des opérations de plusieurs millions.

– Sympa quand on parle à des gens dans la branche la plus corrompue au monde, dans un des pays les plus corrompus du monde », renchérit Løken.

Harry passa rapidement en revue les papiers qui jonchaient le bureau. Il y vit des courriers portant les noms et logos de sociétés américaines et japonaises, des conventions, des contrats, des projets de convention et des modifications de projets. BERTS figurait dans plusieurs d'entre eux. Il remarqua un fascicule broché portant le nom de la Barclay Thailand sur la couverture. C'était apparemment l'analyse d'une société nommée Phuridell. Puis il déplaça à nouveau le faisceau de sa lampe, et s'arrêta brusquement quand il trouva autre chose sur le mur.

« Bingo ! Regarde, Løken. Ce doit être le couteau jumeau dont tu parlais. »

Løken ne répondit pas. Il tournait le dos à Harry.

« Entends-tu ce que…

— Il faut sortir, Harry. Maintenant. »

Harry se retourna et vit Løken éclairer un petit boîtier sur le mur, où clignotait une lumière rouge. Au même moment, il eut l'impression qu'on lui plantait une aiguille à tricoter dans l'oreille, et le hurlement hyper-aigu fut si puissant qu'il l'assourdit à moitié en une fraction de seconde.

« Alarme à retardement, cria Løken qui courait déjà. Éteins ta lampe ! »

Harry descendit en trombe l'escalier derrière lui. Ils coururent à la porte de côté du garage. Løken arrêta Harry au moment où celui-ci posait la main sur la poignée.

« Attends. »

Des voix et des tintements de clés leur parvenaient de l'extérieur.

« Ils sont devant la porte principale, dit Løken.

— Alors sortons !

— Non. Ils nous verront de là-bas si on sort maintenant, chuchota Løken. Au moment où ils entrent, on se faufile dehors, d'accord ? »

Harry acquiesça. Une bande de lune, colorée en bleu par le vitrail au-dessus de la porte, tombait sur le parquet devant eux.

« Qu'est-ce que tu fabriques ? »

Harry s'était mis à genoux, et ramassait les grumeaux de chaux qui étaient par terre. Il n'eut pas le temps de répondre, car la porte principale s'ouvrit à ce moment-là. Løken tint la porte ouverte, et Harry se précipita dehors. Un instant plus tard, ils couraient pliés en deux à travers la pelouse, avec derrière eux le hurlement caractéristique de l'alarme qui décroissait progressivement.

« Moins une », dit Løken une fois qu'ils furent de l'autre côté du mur. Harry leva les yeux vers lui. La lune faisait briller sa dent en or. Il n'était même pas essoufflé.

# Chapitre 40

Un fil électrique avait brûlé quelque part dans le mur quand Harry avait planté les ciseaux dans la prise électrique, et c'est pourquoi ils étaient de nouveau éclairés par la lueur vacillante d'une bougie. Løken venait de faire sauter le bouchon d'une Jim Beam.

« Pourquoi plisses-tu le nez, Hole ? Tu n'aimes pas l'odeur ?

— Il n'y a rien qui cloche dans l'odeur.

— Et le goût ?

— Pas de problème. Jim et moi sommes de vieux potes.

— Ah, je vois. » Løken se servit un bon verre. « Peut-être plus aussi bons amis ?

— On dit qu'il exerce une fâcheuse influence sur moi.

— Qui te tient compagnie, maintenant, alors ? »

Harry leva sa bouteille de Coca. « L'impérialisme culturel américain.

— Totalement desséché ?

— Il y a eu quelques bières cet automne. »

Løken gloussa. Chaleureux et rassurant comme une émission d'Erik Bye.

« Alors voilà. Je me suis torturé les méninges pour savoir ce qui avait bien pu faire que Torhus t'ait choisi. »

Harry comprit que c'était un compliment indirect, que l'autre entendait que Torhus aurait pu choisir des imbéciles plus accomplis. Que ça venait d'autre chose que du fait qu'il était un policier incapable.

Harry fit un signe de tête vers la bouteille.

« Est-ce que ça calme la nausée ? »

Løken le regarda sans comprendre.

« Est-ce que ça te fait oublier ton boulot pour un moment ? Je veux dire, les gamins, les photos, toute cette merde ? »

Løken vida son verre et le remplit. Il but une gorgée, posa son verre et se renversa sur sa chaise.

« Je suis particulièrement qualifié pour ce boulot, Hole. »

Harry avait une vague idée de ce qui lui faisait dire ça.

« Je sais comment ils raisonnent, ce qui les anime, ce qui les fait bicher, quelles tentations ils peuvent combattre et quelles tentations ils ne peuvent pas combattre. » Il se saisit de sa pipe. « Je les ai connus d'aussi loin que je me souvienne. »

Harry ne sut que répondre. Il ferma donc sa gueule.

« Tu as dit desséché ? Tu es doué pour ça, Hole ? Pour renoncer aux choses ? Comme l'histoire des cigarettes, tu prends une décision, et tu t'y tiens ensuite, quoi qu'il advienne ?

– Eh bien… oui. Je suppose, dit Harry. Le problème, c'est que ces décisions ne sont pas toujours bonnes. »

Løken pouffa de rire. Harry pensa à un vieil ami qui pouffait de rire de la même façon. Ils l'avaient enterré à Sydney, mais il avait rendu des visites nocturnes régulières à Harry.

« Alors on est pareils, dit Løken. Jamais de ma vie je n'ai posé la main sur un enfant. J'en ai rêvé, j'y ai songé et j'en ai pleuré, mais je ne l'ai jamais fait. Tu peux le concevoir ? »

Harry déglutit. Des sentiments contradictoires faisaient rage en lui.

« Je ne sais pas quel âge j'avais quand mon beau-père m'a violé pour la première fois, mais je suppose que je ne devais pas avoir plus de cinq ans. Je lui ai foutu un coup de hache dans la cuisse quand j'avais treize ans. J'ai touché une artère, il a fait un malaise et a failli y rester. Il a survécu, mais il s'est retrouvé en fauteuil roulant. Il a dit que c'était un accident, que la hache lui avait échappé des mains pendant qu'il coupait du bois. Il devait penser que nous étions quittes. »

Løken leva son verre et regarda avec méfiance le liquide brun.

« Tu penses peut-être que c'est un paradoxe de compétition, dit-il. Que les enfants qui sont victimes d'agressions sexuelles sont ceux qui ont le plus de chances de devenir à leur tour des violeurs, hein ? »

Harry fit la grimace.

« C'est vrai, dit Løken. Un pédophile sait souvent précisément quelles souffrances il inflige aux enfants, beaucoup des violeurs ont eux-mêmes connu la peur, le trouble et le sentiment de culpabilité. D'ailleurs, est-ce que tu savais que plusieurs psychologues prétendent qu'il y a une proche parenté entre l'excitation sexuelle et le désir de mort ? »

Harry secoua la tête. Løken éclusa son remontant et retroussa les lèvres contre ses dents.

« C'est comme la morsure du vampire. On croit qu'on est mort, mais au lieu de cela, on se réveille et on est soi-même un vampire. Immortel et victime d'une insatiable soif de sang.

— Et avec l'aspiration éternelle vers la mort ?

— Exactement.

— Et qu'est-ce qui fait que tu es différent ?

— Ils sont tous différents, Hole. »

Løken finit de bourrer sa pipe et la posa sur la table. Il avait retiré son pull à col cheminée noir et son torse nu était luisant de sueur. Il était sec et bien bâti, mais la peau distendue et les muscles émaciés révélaient qu'il avait vieilli et qu'il mourrait quand même peut-être un jour.

« Quand ils ont découvert un magazine pédophile dans mon placard au mess des officiers de Vardø, j'ai été convoqué chez le commandant de place. J'ai eu de la chance, je suppose ; ils ne m'ont pas dénoncé parce qu'ils ne pouvaient pas me soupçonner d'autre chose que d'aimer regarder les photos. C'est pour ça que je n'ai rien eu non plus sur mon casier, juste une invitation à quitter l'armée de l'air. Via mon boulot dans les renseignements, j'étais entré en contact avec ceux qui s'étaient jadis appelés Services Spéciaux, les précurseurs de la CIA. Ils m'ont envoyé en formation aux États-Unis avant de m'expédier en Corée sous couvert de travail pour l'hôpital de campagne norvégien.

– Et pour qui exactement travailles-tu maintenant ? »

Løken haussa les épaules pour signifier que ça n'avait aucune espèce d'importance.

« Tu n'as pas honte ? demanda Harry.

– Si, bien sûr, répondit Løken avec un sourire triste. Chaque jour. C'est une faiblesse que j'ai.

– Alors pourquoi tu me racontes tout ça ?

– Eh bien, tout d'abord parce que je suis trop vieux pour passer mon temps à me planquer. Ensuite parce que je n'ai personne à prendre en compte à part moi-même. Enfin parce que la honte tient plus du sentimental que de l'intellectuel. »

L'un des coins de sa bouche se souleva en un rictus sarcastique.

« Avant, j'étais abonné à "Archives of Sexual Behavior" pour voir si certains des chercheurs arrivaient à déterminer quel genre de monstre je suis. Plus par curiosité que par honte. J'ai lu un article sur un moine pédophile suisse qui n'avait certainement jamais rien fait non plus, mais à la moitié de l'article, il allait dans une pièce boire de l'huile de foie de morue enrichie de morceaux de verre, ce qui fait que je n'ai jamais lu la fin de l'article. Je préfère me considérer comme un produit d'éducation et d'environnement, mais malgré tout comme une personne douée de morale. J'arrive à vivre avec moi-même, Hole.

– Mais comment fais-tu, en tant que pédophile, pour travailler sur la prostitution des mineurs ? Si ça t'excite ? »

Løken baissa un regard pensif sur la table.

« As-tu un jour rêvé de violer une femme, Hole ? Tu n'as pas besoin de répondre, je sais que tu l'as fait. Ça ne veut pas dire que tu as le désir de violer quelqu'un, n'est-ce pas ? Et ça ne veut pas dire non plus que tu es inapte à travailler sur une affaire de viol, tu vois ? Même si tu peux comprendre qu'un homme puisse perdre le contrôle de lui-même, c'est simple comme bonjour. C'est mal. C'est contraire à la loi. Les porcs doivent être punis. »

Le troisième verre fut englouti. Le niveau de la bouteille frôlait l'étiquette.

Harry secoua la tête.

« Désolé, Løken, mais j'ai du mal à piger, là. Tu achètes du matériel pédophile, tu en fais partie. Sans des gens comme toi, il n'y aurait pas eu de marché pour ces saloperies.

— Vrai. » Le regard de Løken s'était voilé. « Je ne suis pas un saint. C'est vrai que j'ai contribué à ce que le monde devienne la vallée de larmes qu'il est. Alors que puis-je dire ? Comme on dit dans la chanson, il en va de moi comme de tous les autres, je suis mouillé quand il pleut ? »

Harry se sentit tout à coup vieux, lui aussi. Vieux et fatigué.

« Alors, qu'est-ce que c'était que cette histoire, pour les bouts de chaux ? demanda Løken qui commençait à s'endormir.

— Juste une impulsion. Je me suis dit qu'ils ressemblaient à la poussière de chaux sur un tournevis que Molnes avait dans le coffre de sa voiture. Jaunasses, un peu. Pas bien blancs comme de la chaux ordinaire. Je les ferai analyser et comparer à la chaux retrouvée dans la voiture.

— Et si ça correspond, qu'est-ce que ça voudra dire ? »

Harry haussa les épaules.

« On ne sait jamais ce qui a une signification. Quatre-vingt-dix-neuf pour cent des informations qu'on rassemble au cours d'une enquête n'ont pas de valeur. Il n'y a plus qu'à espérer qu'on sera réveillé quand le pour cent restant nous passera devant.

— Pas faux. » Løken ferma les yeux et se renversa sur sa chaise.

Harry descendit acheter une soupe de nouilles aux gambas à l'échoppe d'un édenté coiffé d'une casquette marquée Liverpool. Il versa la soupe d'une marmite noire dans un sac en plastique, y fit un nœud et exhiba ses gencives. Harry trouva deux assiettes dans la cuisine. Løken se réveilla en sursaut lorsque Harry le secoua, et ils mangèrent en silence.

« Je crois que je sais qui a donné l'ordre d'enquêter », dit Harry.

Løken ne répondit pas.

« Je comprends pourquoi vous ne pouviez pas attendre que l'accord avec la Thaïlande soit signé pour commencer la surveillance des trafics. Ça urgeait, pas vrai ? Il vous fallait rapidement des résultats, sinon vous preniez un faux départ.

— Tu ne lâches pas prise ?

— Est-ce que ça veut dire quelque chose, maintenant ? »

Løken souffla sur sa cuiller.

« Ça peut prendre longtemps, de se procurer des preuves, dit-il. Des années, peut-être. Le facteur temps était le plus important de tous.

— J'imagine qu'il n'y a rien d'écrit qui puisse permettre de remonter jusqu'au donneur d'ordre, et que Torhus est seul, au cas où ça tournerait mal ? »

Løken leva sa cuiller et se mit à parler à la crevette qui était dedans :

« Des politiques doués veillent toujours à se couvrir, non ? Ils ont des secrétaires d'État qui s'occupent de tout le boulot de merde. Et les secrétaires d'État ne donnent pas d'ordre. Ils évoquent simplement au chef de bureau ce qu'il faut pour faire décoller une carrière qui n'avance plus.

— Askildsen ? »

Løken mit la crevette dans sa bouche et mastiqua en silence.

« Alors qu'est-ce que Torhus s'est vu promettre pour diriger l'opération ? Un poste de sous-directeur ?

— Je ne sais pas. On ne parle pas de ces choses-là.

— Et la chef de la police ? Elle risque aussi un paquet ?

— Elle est certainement une bonne socio-démocrate, je suppose.

— Ambitions politiques ?

— Peut-être. Peut-être qu'aucun d'entre eux ne risque autant que tu crois. Que mon bureau soit dans le même bâtiment que l'ambassade ne veut pas dire…

— … que tu figures sur la liste de leurs employés ? Alors pour qui tu travailles ? Tu es en free-lance ? »

Løken sourit à son reflet dans la soupe.

« Dis-moi, qu'est-ce qui s'est passé, avec ta nénette, Hole ? »

Harry le regarda, désorienté.

« Celle qui a arrêté de fumer.

– Je te l'ai dit. Elle est partie en Angleterre avec un musicien.

– Mais après ça ?

– Qui a dit qu'il s'était passé quelque chose après ?

– Toi. La façon dont tu parles d'elle. » Løken éclata de rire. Il avait posé sa cuiller et s'était effondré sur sa chaise. « Allez, Hole. Elle avait vraiment arrêté de fumer ? Pour de bon ?

– Non, dit Harry calmement. Mais à présent, elle a arrêté. Pour de bon. »

Il jeta un coup d'œil à la bouteille de Jim Beam, ferma les yeux et essaya de se rappeler la chaleur du tout, tout premier verre.

Harry resta assis jusqu'à ce que Løken se soit endormi. Il le porta alors dans son lit et étendit un plaid sur lui avant de sortir.

Le gardien à la grille de River Garden dormait aussi. Harry se demanda s'il devait le réveiller, mais opta pour la négative – tout le monde devait pouvoir dormir un peu, cette nuit-là. Une lettre avait été glissée sous la porte. Harry la rangea sans l'ouvrir dans le tiroir de sa table de nuit, avec l'autre, se posta à la fenêtre et vit un cargo passer silencieusement sous Taksin Bridge.

# Chapitre 41

Il était presque dix heures quand Harry arriva au bureau. Il croisa Nho qui sortait.

« Tu as entendu ?

– Quoi donc ? bâilla Harry.

– Le message du chef ? »

Harry secoua la tête.

« On l'a appris à la réunion de ce matin. Les huiles ont discuté. »

Liz fit un bond sur sa chaise lorsque Harry fit irruption dans son bureau sans plus de formalités.

« Bonne journée, Harry ?

– Pas tellement. Je ne me suis pas pieuté avant cinq heures ce matin. Qu'est-ce que j'ai entendu ? On va mettre la pédale douce sur l'enquête ? »

Liz soupira.

« On dirait que nos grands manitous ont à nouveau débattu. La tienne parle de restrictions budgétaires et de manque de main d'œuvre, et est impatiente de te voir revenir, tandis que le nôtre commence à se faire enguirlander à cause des affaires qu'on a laissées tomber quand celle-ci a démarré. Il n'est bien sûr pas question de classer l'affaire, mais juste de la rétrograder à un niveau de priorité normal.

— Ce qui veut dire ?

— Ce qui veut dire que j'ai reçu la consigne de veiller à ce que tu sois dans un avion dans les jours qui viennent.

— Et ?

— J'ai expliqué que les avions sont généralement pleins à ras bord en janvier, et que ça peut prendre au moins une semaine.

— Alors on a une semaine devant nous ?

— Non, si c'était plein en classe touristes, j'ai reçu la consigne de réserver en première classe. »

Harry s'esclaffa.

« Trente mille balles. Restrictions budgétaires ? Ah, non, ils commencent à être nerveux. »

La chaise de Liz grinça quand elle appuya ses épaules contre le dossier.

« Tu veux parler de ça, Harry ?

— Tu veux, toi ?

— Je ne sais pas si je le veux, dit-elle. Il vaut mieux laisser dormir certaines choses, non ?

— Alors pourquoi ne le fait-on pas ? »

Elle tourna la tête, remonta les stores et regarda dehors. Harry était assis de telle sorte que la lumière solaire faisait une auréole blanche autour du crâne brillant de l'inspecteur chef.

« Tu sais quel est le salaire moyen d'une jeune recrue à la Police nationale, Harry ? Cent cinquante dollars par mois. Il y a cent vingt mille policiers dans la maison qui essaient de subvenir aux besoins de leur famille, mais on n'est même pas capables de les payer suffisamment pour qu'ils puissent subvenir à leurs propres besoins. Tu trouves ça bizarre, qu'une partie d'entre eux essaient de majorer leur salaire en laissant certaines choses tranquilles ?

— Non. »

Elle soupira.

« Personnellement, je n'ai jamais réussi à laisser des choses de côté. Dieu sait que j'aurais eu besoin d'un peu plus d'argent, mais ce n'est tout bonnement pas mon genre. Ça ressemble sûrement à quelque chose comme une promesse de scout, mais en fait, il faut bien que quelqu'un fasse le boulot.

— Et en plus, c'est ta…

— … responsabilité, oui. » Elle poussa un soupir fatigué. « Chacun porte sa croix. »

Harry se mit à parler. Elle alla chercher du café, fit savoir au standard qu'elle ne prenait pas de communications, gratta quelques notes, retourna chercher du café, leva les yeux au plafond, jura et finit par demander à Harry de sortir pour qu'elle puisse réfléchir.

Une heure après, elle le rappela. Elle écumait.

« Putain, Harry, tu te rends compte de ce que tu me demandes ?

— Oui. Et je constate que tu t'en rends compte aussi.

— Je risque mon boulot si j'accepte de vous couvrir, toi et ce Løken.

— Bienvenue au club.

— Va te faire voir ! »

Harry lui fit un grand sourire.

La fille qui prit l'appel à la Chambre de Commerce et d'Industrie de Bangkok raccrocha quand

Harry commença à parler anglais. Il demanda à Nho d'appeler à sa place, et lui épela le nom qui figurait sur la première page de l'analyse trouvée dans le bureau de Klipra. « Trouve simplement ce qu'ils font, qui en est le directeur, des choses comme ça. »

Nho disparut, et Harry passa un moment à tambouriner sur sa table de travail avant d'appeler.

« Hole », répondit-on. C'était bien le nom de son père, mais Harry savait qu'il le disait selon une vieille habitude, que ça s'appliquait à toute la maisonnée. À l'entendre, il eut l'impression que sa mère était toujours dans son fauteuil vert, au salon, à broder ou à lire un bouquin. Harry se demanda s'il ne s'était pas aussi mis à lui parler.

Son père venait de se lever. Harry lui demanda ce qu'il comptait faire de sa journée, et fut surpris quand le père lui répondit qu'il était en pleins préparatifs pour partir dans leur cabane du Rauland.

« Couper un peu de bois, dit-il. On commence à en manquer. »

Il n'y était pas allé depuis la mort de la mère de Harry.

« Comment ça va ? demanda son père.

– Bien. Je rentre bientôt. Comment va la Frangine ?

– Elle s'en sort. Mais elle ne fera jamais une cuisinière décente. »

Ils ricanèrent tous les deux. Harry imagina à quoi avait ressemblé la cuisine après que la Frangine eut mis en route le dîner dominical.

« Oui, tu devrais lui rapporter quelque chose de chouette.

— Je trouverai bien quelque chose. Et toi, tu veux quelque chose de particulier ? »

Silence. Harry jura intérieurement, sut qu'ils pensaient tous les deux à la même chose, que Harry ne pouvait pas rapporter de Bangkok ce qu'il désirait. C'était à chaque fois la même chose, à chaque fois que Harry pensait enfin qu'il avait fait en sorte que son père se mette à parler, quelque chose était dit ou fait qui lui faisait penser à elle et il était de nouveau parti, de retour à cet isolement volontaire et silencieux. C'était pire pour la Frangine, puisqu'elle et son père avaient été « meilleurs meilleurs amis », selon son expression à lui. Elle était doublement seule quand Harry n'était pas là.

Le père se racla la gorge.

« Tu pourrais peut-être… tu pourrais me rapporter une de ces chemises thaïlandaises.

— Oui ?

— Oui, ça serait chouette. Et une paire de Nike correctes, elles doivent être tellement peu chères en Thaïlande. J'ai ressorti les vieilles, hier, et elles n'en peuvent plus. D'ailleurs, où en est ton entraînement à la course ? Tu es prêt pour un test à Hansekleiva ? »

Harry se sentit un curieux poids dans le haut de la poitrine au moment où il raccrocha.

Harry rêva à nouveau d'elle. Des cheveux roux qui battaient au vent et ce regard calme et assuré. Il s'attendait à ce qui arrivait d'habitude, à ce que les algues commencent à lui sortir par la bouche et les yeux, mais ça n'arriva pas.

« C'est Jens. »

Harry s'éveilla et comprit qu'il avait décroché dans son sommeil.

« Jens ? » Il se demanda pourquoi son cœur s'était tout à coup mis à battre si vite. « Ce sont de mauvaises habitudes téléphoniques que tu as prises, si tu veux mon avis.

– Désolé, Harry, mais c'est la crise. Runa a disparu. »

Harry était complètement réveillé.

« Hilde est dans tous ses états. Runa aurait dû rentrer pour le dîner, et il est trois heures du matin. J'ai appelé la police, et ils ont transmis le message à leurs voitures, mais je voulais aussi t'appeler à l'aide.

– Pour quoi faire ?

– Pour quoi faire ? Je ne sais pas. Tu ne peux pas venir ? Merde, Hilde ne fait que pleurnicher. »

Harry vit le tableau. Il n'avait pas spécialement envie d'être témoin du reste.

« Écoute, Jens, il n'y a pas grand-chose que je puisse faire ce soir. File-lui un valium si elle n'est pas trop pétée et appelle toutes les copines de Runa.

– La police a dit la même chose. Hilde dit qu'elle n'a pas d'amies.

– Merde !

– Quoi ? »

Harry s'assit dans son lit. De toute façon, il n'arriverait plus à dormir. « Excuse-moi. Je suis là dans une heure.

– Merci, Harry. »

# Chapitre 42

Il ne faisait pas un pli que Hilde Molnes était trop imbibée pour du valium. À vrai dire, elle était trop imbibée pour beaucoup de choses, à part se soûler encore davantage.

Jens ne semblait pas y faire attention, il allait et venait en courant, comme un lapin traqué, entre la cuisine et le salon, en trimballant de l'eau et de la glace.

Dans le canapé, Harry écoutait à moitié Hilde Molnes divaguer.

« Elle pense qu'il est arrivé quelque chose de terrible, dit Jens.

– Dis-lui que plus de quatre-vingts pour cent des disparitions de ce genre se terminent par le retour en bon état du disparu », comme si ce qu'il disait devait être traduit dans l'idiome dans lequel elle délirait.

« Je le lui ai dit, moi aussi. Mais elle croit que quelqu'un a fait quelque chose à Runa, elle le sent en elle, qu'elle dit.

– Conneries ! »

Assis sur l'extrême bord de sa chaise, Jens se tordait les mains. Il avait l'air complètement paralysé par l'angoisse, et il adressa à Harry un regard presque suppliant :

« Runa et Hilde s'étaient pas mal chamaillées ces derniers temps, et je pensais que peut-être…

— … qu'elle avait filé sans prévenir pour punir sa mère ? Pas impossible. »

Hilde Molnes toussa, et il y eut du mouvement dans le canapé. Elle parvint à s'asseoir et engloutit davantage de gin. Il n'était plus question de tonic.

« Ça la prend, de temps en temps », dit Jens comme si elle n'était pas présente. Et elle ne l'était en fait peut-être pas, se dit Harry. La bouche de la femme s'était ouverte tout doucement, et elle ronflait faiblement. Jens la regarda à la dérobée.

« La première fois que je l'ai rencontrée, elle m'a raconté qu'elle buvait du tonic pour éviter la malaria. Ça contient de la quinine, tu sais. Mais que ça a un goût si ennuyeux sans gin… » Il fit un pâle sourire et souleva une fois de plus le combiné du téléphone pour vérifier qu'ils avaient toujours la tonalité.

« Au cas où elle…

— Je comprends », dit Harry.

Ils sortirent s'asseoir sur la terrasse et écoutèrent les bruits de la ville. Celui de compresseurs enthousiastes leur parvint à travers le bourdonnement de la circulation.

« La nouvelle autoroute aérienne, dit Jens. Ils y travaillent nuit et jour, maintenant. Elle va passer pile à travers ce quartier, là-bas, dit-il en pointant un doigt.

— J'ai entendu dire qu'un Norvégien est impliqué dans le projet. Ove Klipra. Ça te dit quelque chose ? » Harry observait Jens du coin de l'œil.

« Ove Klipra, oui. Fichtre. Tu sais, on est son plus gros courtier. J'ai fait des tas de transactions de devises pour lui.

– Ah oui ? Tu sais de quoi il s'occupe, en ce moment ?

– De quoi il s'occupe, hmm… Il s'est en tout cas employé à racheter tout un tas d'entreprises.

– Et quel genre d'entreprises ?

– Pour l'essentiel de plus petits entrepreneurs. Il se construit probablement un capital suffisant pour pouvoir prendre en charge une plus grosse part de BERTS en rachetant ses sous-traitants.

– C'est malin, ça ? »

Jens revint à la vie, visiblement soulagé de pouvoir penser à autre chose.

« Tant que les entreprises rachetées peuvent être financées, oui. Et tant que les boîtes ne coulent pas avant d'avoir pu obtenir les marchés attendus.

– Tu as entendu parler d'une boîte qui s'appelle Phuridell ?

– Je veux ! répondit Jens en riant. On en a effectué une analyse pour Klipra, en lui conseillant de l'acheter. La question, c'est plutôt comment toi, tu as entendu parler de Phuridell.

– Il me semble que ça n'a pas été un conseil spécialement heureux, hein ?

– Non, pas spécialement… » Jens avait l'air déboussolé.

« Hier, j'ai demandé à quelqu'un de se renseigner un peu sur cette boîte, et il apparaît qu'elle est à tout point de vue en dépôt de bilan.

– C'est exactement comme tu le dis, mais qu'est-ce qui fait que tu t'intéresses à Phuridell ?

— Disons plutôt que c'est davantage à Klipra que je m'intéresse. Tu as un petit aperçu de ce qu'il possède. Quel sera l'impact sur lui de cette faillite ? »

Jens haussa les épaules.

« Normalement, ça ne devrait pas poser de problème, mais en corrélation avec BERTS, il a fait tellement d'emprunts pour ses rachats que tout le bazar ressemble à un château de cartes. Un souffle peut retourner l'ensemble, si tu vois ce que je veux dire, et dans ce cas, Klipra tombe avec.

— Donc, il a acheté Phuridell sur vos — ou peut-être devrais-je plutôt dire tes — recommandations. Après deux semaines seulement, la boîte fait faillite, et il risque de voir tout ce qu'il a bâti mordre la poussière rien que sur le conseil d'un courtier. Je ne sais pas grand-chose sur l'analyse financière, mais je sais que trois semaines, ce n'est pas long. Il a dû le ressentir comme si tu lui avais vendu une voiture d'occasion sans moteur. Que des bandits comme toi devraient être mis sous les verrous. »

Jens sembla entrevoir ce à quoi Harry faisait allusion.

« Est-ce que Ove Klipra… ? Tu déconnes !

— Eh bien… j'ai une théorie.

— Et c'est ?

— Que Ove Klipra a tué l'ambassadeur au motel et a veillé à ce que le soupçon pèse sur toi. »

Jens se leva.

« Tu pédales vraiment pour de bon dans la semoule, Harry.

— Assieds-toi et écoute-moi, Jens. »

Jens se laissa retomber sur sa chaise avec un soupir. Harry se pencha par-dessus la table.

« Ovc Klipra est quelqu'un d'agressif, pas vrai ? Ce qu'on appelle un homme d'action ?

– Oui. » Jens hésitait.

« Supposons que Atle Molnes sache quelque chose sur Klipra et qu'il vienne le voir avec une grosse exigence au moment pile où Klipra est dans une situation qui l'oblige à lutter pour garder la tête hors de l'eau sur le plan économique.

– Quel genre d'exigence ?

– Disons simplement que Molnes sait quoi faire de l'argent et qu'il a mis la main sur quelque chose de fort désagréable pour Klipra. En temps normal, Klipra l'aurait peut-être assumé, mais dans une situation déjà peu enviable, la pression devient trop forte, il se sent comme un rat claquemuré. Tu me suis ? »

Jens acquiesça.

« Ils quittent la demeure de Klipra dans la voiture de l'ambassadeur parce que Klipra insiste pour que soit fait l'échange entre le matériel compromettant et l'argent dans un endroit plus discret. Pour d'excellentes raisons, l'ambassadeur n'a rien contre. Je parie que Klipra ne pense pas encore à toi pendant qu'il descend de voiture devant sa banque et envoie l'ambassadeur devant, direction le motel. La raison, c'est qu'il veut entrer dans le motel sans être vu. Mais il se met alors à gamberger. Il se dit qu'il peut peut-être faire d'une pierre deux coups. Il sait que tu as vu l'ambassadeur plus tôt dans la journée et que tu te retrouveras quoi qu'il arrive sous les feux des policiers. Il commence à jouer avec cette idée ; peut-être que ce bon vieux Brekke n'aura pas d'alibi pour ce soir-là.

— Mais pourquoi diable s'en serait-il douté ? intervint Jens.

— Parce qu'il t'a lui-même commandé un rapport de position pour le lendemain. Tu es son courtier depuis suffisamment longtemps pour qu'il sache un peu comment tu travailles. Il t'appelle peut-être même d'un téléphone et obtient la confirmation que tu as déconnecté ton téléphone, de sorte que personne d'autre ne peut te fournir d'alibi. Ça le met en appétit, il veut aller plus loin et il veut que la police pense que tu mens délibérément.

— L'enregistrement vidéo ?

— Puisque tu es le conseiller attitré de Klipra en matière de devises, il est certainement venu te voir plusieurs fois, et le système du parking ne lui est pas inconnu. Molnes lui a peut-être signalé en passant que tu l'avais raccompagné au parking, et il a compris que tu en parlerais dans ta déposition à la police. Et qu'un enquêteur normalement réveillé vérifierait la bande.

— Donc, Ove Klipra a soudoyé ce gardien et l'a ensuite assassiné au cyanure ? Je suis désolé, Harry, mais c'est un peu bizarre de s'imaginer Ove Klipra marchander avec un nègre, acheter de l'opium et attendre dans la cuisine en lui préparant des sandwiches au cyanure. »

Harry sortit sa dernière cigarette du paquet, il l'avait économisée aussi longtemps que possible. Il regarda l'heure. À peu près aucune raison de croire que Runa téléphonerait à cinq heures du matin. Il remarqua pourtant qu'il veillait à ne pas perdre le téléphone de son champ de vision. Jens lui tendit un briquet avant que Harry n'ait eu le temps de sortir le sien.

« Merci. Tu connais un peu le passé de Klipra, Jens ? Tu savais qu'il est arrivé ici en tant que demi-savant et qu'en réalité, il a fui la Norvège à cause de vilaines rumeurs qui avaient commencé à courir à son sujet ?

– Je sais qu'il n'avait pas de diplôme officiel en Norvège, oui. Le reste est nouveau.

– Crois-tu qu'un réfugié de ce genre, un type qui est déjà un marginal, a des scrupules à employer tous les moyens nécessaires à sa réussite, surtout quand ces moyens sont plus ou moins universellement acceptés ? Klipra est dans l'une des branches les plus corrompues du monde, dans l'un des pays les plus corrompus du monde, et ce depuis plus de trente ans. Tu ne connais pas la chanson *Il en va de moi comme de tous les autres, je suis mouillé quand il pleut* ? »

Jens secoua la tête.

« Ce que je dis, c'est qu'en tant qu'homme d'affaires, Klipra joue suivant les mêmes règles que tous les autres. Ces gens-là doivent exclusivement veiller à ne pas se salir les mains, c'est pour ça qu'ils ont des gens à leur service qui font toutes les basses œuvres. Je parie que Klipra ne sait même pas de quoi est mort Jim Love. »

Harry tira sur sa cigarette. Elle n'avait pas aussi bon goût qu'il s'y était attendu.

« Je comprends, dit finalement Jens. Mais il y a une explication à la faillite qui fait que je ne comprends pas pourquoi il voudrait me faire porter le chapeau. Ce qui s'est passé, c'est que nous avons acheté l'entreprise à un groupe international qui n'avait pas assuré ses traites en dollars pour cette firme parce qu'ils avaient des revenus en dollars provenant des autres sociétés filles.

— Ce qui veut dire ?

— Brièvement — au moment où la firme a été revendue et est tombée entre les mains de Klipra, elle a été exposée au dollar dans des proportions délirantes. Une exposition de ce genre est comme une bombe dégoupillée. Je lui ai demandé d'assurer la dette immédiatement en en revendant de futures en dollars, mais il a dit vouloir attendre, et que le dollar était surévalué. Avec une fluctuation normale des cours, on peut dire qu'il prenait un risque non négligeable. Mais ça s'est passé encore plus mal que dans le pire des cas. Quand le dollar a pratiquement doublé par rapport au baht, en l'espace de trois semaines, la dette de l'entreprise a aussi doublé. La boîte n'a pas fait faillite en trois semaines, mais en trois jours ! »

Hilde Molnes sursauta au cri de Jens et nasilla quelque chose dans son sommeil, depuis le salon. Il lui jeta un regard inquiet et attendit qu'elle se soit retournée et qu'elle ait recommencé à ronfler.

« Trois jours ! chuchota-t-il en joignant pratiquement le pouce et l'index pour montrer à quel point l'intervalle de temps était faible.

— Donc, tu estimes que ce n'était pas raisonnable de sa part de vouloir te faire porter le chapeau ? »

Jens secoua la tête. Harry écrasa sa cigarette. Elle avait été un fiasco.

« D'après ce que je sais de Klipra, le mot "raisonnable" ne fait pas partie de son vocabulaire. Tu ne dois pas sous-estimer la part d'irrationnel dans la nature humaine, Jens.

— Qu'est-ce que tu veux dire ?

— Quand tu vises un clou et que tu te tapes sur le pouce, qu'est-ce que tu balances contre le mur ?

— Le marteau ?

— Bien. Ça fait quel effet, d'être un marteau, Jens Brekke ? »

À cinq heures et demie, Harry téléphona à l'hôtel de police, fut renvoyé entre trois personnes avant de pouvoir parler à quelqu'un qui maîtrisait un peu l'anglais et qui put lui dire qu'ils n'avaient ni vu ni entendu parler de la disparue.

« Elle réapparaîtra bien, dit son interlocuteur.

— Sans aucun doute, dit Harry. Je parie qu'elle est dans un lit d'hôtel et qu'elle se commande un petit-dej'.

— Quoi ?

— Je parie… oublie. Merci pour les renseignements. »

Jens le raccompagna sur les marches à l'extérieur. Harry leva les yeux vers le ciel. La nuit pâlissait.

« Quand tout ça sera fini, j'ai pensé te demander quelque chose », dit Jens. Il inspira et fit un sourire désemparé. « Hilde a dit oui pour m'épouser, et j'ai besoin d'un témoin. »

Harry eut besoin de quelques secondes pour comprendre ce que l'autre voulait dire. Il sombra dans une telle perplexité qu'il ne sut quoi répondre. Jens contemplait le bout de ses chaussures.

« Je sais que ça a l'air bizarre, qu'on va se marier juste après la mort de son mari, mais il y a des raisons.

— Bien sûr, mais je…

— … ne me connais pas depuis très longtemps ? Je sais, Harry, mais sans toi, je ne serais pas un homme libre, à l'heure qu'il est. » Il releva la tête et sourit. « Penses-y, en tout cas. »

Lorsque Harry héla un taxi dans la rue, une lueur apparaissait au-dessus des toits, vers l'est. La brume de gaz d'échappement, dont Harry pensait qu'elle se dissipait pendant la nuit, s'était simplement étendue entre les maisons pour dormir un peu. Elle se levait maintenant en même temps que le soleil et peignait un lever rouge et majestueux. Ils remontèrent Silom Road, où les piliers jetaient leur ombre allongée et silencieuse sur l'asphalte ensanglantée, comme des dinosaures endormis.

Harry s'assit sur son lit et fixa la table de nuit du regard. Il ne lui était pas encore venu à l'idée que la lettre de Runa puisse donner un renseignement sur l'endroit où elle était allée. Il arracha le tiroir, prit la dernière lettre et la décacheta avec la clé de l'appartement. C'était peut-être parce que les deux enveloppes étaient identiques qu'il avait été certain que la seconde missive était de Runa. Elle avait été tapée sur ordinateur, tirée sur imprimante laser, et était un chef-d'œuvre de concision :

*Harry Hole. Je te vois. N'approche pas plus. Elle réapparaîtra intacte quand tu seras dans l'avion qui te ramènera chez toi. Je peux t'atteindre partout. Tu es seul, très seul. Numéro 20.*

C'était comme si quelqu'un l'avait saisi à la gorge, et il dut se lever sans plus attendre pour pouvoir respirer.

Ça n'arrive pas, se dit-il. Ça ne peut pas arriver – pas à nouveau.

Je te vois. Numéro 20.

Il sait ce qu'ils savent. Bon Dieu !

Tu es seul.

Il y a des fuites. Il décrocha le combiné, mais le remit à sa place. Réfléchis, réfléchis. Woo n'avait rien touché. Il décrocha à nouveau et dévissa le cache du micro. À côté de ce dernier, qui était à sa place, un petit truc noir était fixé, ressemblant à une puce électronique. Harry en avait déjà vu. C'était un modèle russe, certainement encore meilleur que ceux qu'utilisait la CIA.

La douleur dans son pied annihila momentanément toute autre douleur lorsqu'il shoota dans la table de nuit qui effectua un bruyant saut périlleux arrière.

## Chapitre 43

Liz porta sa tasse de café à ses lèvres et aspira si bruyamment que Løken regarda Harry en levant un sourcil comme pour lui demander avec quel genre de créature il était venu. Ils étaient au Millie's Karaoke, sous le regard gourmand d'une Madonna blond platine affichée au mur et la version digitalisée et joyeusement boiteuse de *I Just Called To Say I Love You*. Harry appuya désespérément sur la télécommande pour couper le son. Ils avaient lu la lettre, et personne n'avait encore rien dit. Harry trouva la bonne touche, et la musique se tut brusquement.

« Voilà ce que j'avais à raconter, dit Harry. Comme vous le comprenez, on a donc une fuite interne.

— Et ce mouchard, dont tu penses que Woo l'a posé dans ton téléphone ? demanda Løken.

— Ça n'explique pas que la personne en question sache qu'on est sur sa piste. Je n'ai pas raconté grand-chose dans ce téléphone. Mais je propose malgré tout que l'on se rencontre ici, à partir de maintenant. Si on trouve l'indic, il peut peut-être nous permettre de remonter jusqu'à Klipra, mais je ne crois pas qu'il faille commencer par là.

– Pourquoi ? demanda Liz.

– J'ai l'impression que cet indic est aussi bien planqué que Klipra.

– Ah ?

– Klipra sait que dans sa lettre, il révèle qu'il reçoit des informations de l'intérieur. Il ne l'aurait jamais fait si nous avions une chance d'en trouver la source.

– Pourquoi alors ne pas poser la question qui vient le plus naturellement à l'esprit ? demanda Løken. Comment sais-tu que cet indic n'est pas l'un d'entre nous ?

– Je ne peux pas le savoir. Mais si c'est le cas, on a déjà perdu, quoi qu'il advienne, et c'est donc un risque qu'on peut prendre. »

Les deux autres acquiescèrent.

« Inutile de dire que le temps joue contre nous, de même qu'il est inutile de dire que la gamine a tous les atouts contre elle. Soixante-dix pour cent de ces kidnappings se terminent par le trépas de l'intéressé. » Il tenta de dire cela du ton le plus neutre possible et en évitant de croiser leur regard, persuadé que tout ce qu'il pensait et ressentait était bien visible dans le sien.

« Alors par où commençons-nous ? demanda Liz.

– On commence par éliminer, répondit Harry. Où est-ce qu'elle n'est pas ?

– Eh bien, tant qu'il détient la fille, il est peu probable qu'on le laisse passer la frontière, dit Løken. Ou descendre dans un hôtel. »

Liz était d'accord.

« Elle est vraisemblablement quelque part où ils peuvent rester planqués un bon moment.

– Est-ce qu'il est seul ? demanda Harry.

– Klipra ne fait partie d'aucune famille, ici, dit Liz. Il n'est pas dans ce type de crime organisé qui pratique le kidnapping. Mettre le grappin sur un type qui peut liquider un esclave de l'héroïne comme Jim Love, c'est tout à fait faisable. C'est tout autre chose que de mettre en place l'enlèvement d'une jeune fille blanche, la fille d'un ambassadeur. Il a essayé d'employer quelqu'un, il en a sûrement discuté avec des professionnels, et ils évalueront toujours le risque avant d'accepter. Dans le cas présent, ils sont conscients qu'ils auront l'ensemble des forces de police du territoire aux fesses s'ils se chargent du boulot.

– Donc, tu penses qu'il est seul sur le coup ?

– Comme tu l'as dit, il n'appartient à aucune famille. Au sein de ces familles, il y a des liens de loyauté et des traditions, mais les gens que Klipra va embaucher seront des indépendants sur lesquels il lui est impossible de compter à cent pour cent. Ils découvriraient par exemple tôt ou tard quel usage Klipra a fait de la fille, et celui-ci risquerait dans un second temps de le voir utiliser contre lui. Le fait qu'il ait envoyé Jim Love ad patres indiquerait qu'il veut éliminer toutes les possibilités que quelqu'un lui tombe sur le poil.

– O.K., on part du principe qu'il est seul. L'endroit ?

– Une infinité de possibilités, dit Liz. Ses entreprises possèdent certainement des tas de locaux, dont une partie sont obligatoirement vides. »

Løken toussa bruyamment, reprit son souffle et avala.

« Je soupçonne depuis longtemps Klipra d'avoir un petit nid d'amour secret. À quelques reprises, il a emmené un ou deux des gamins dans la voiture et a disparu jusqu'au lendemain matin. Je n'ai jamais réussi à retrouver où, et on ne lui connaît en tout cas aucune autre résidence. Mais il va de soi que ce doit être un endroit à l'abri de tous les regards, non loin de Bangkok.

— Pourrait-on identifier quelques-uns de ces gamins et leur poser la question ? » demanda Harry.

Løken haussa les épaules et regarda Liz.

« C'est une grande ville, dit-elle. Et on sait d'expérience que ces gosses disparaissent comme des fantômes dès qu'on commence à les chercher. Ça sous-entend en plus qu'on doive impliquer de gros renforts.

— Oublie, dit Harry. On ne peut pas prendre le risque que quoi que ce soit que nous faisons arrive aux oreilles de Klipra. »

Il frappait en rythme sur la table avec un stylo. Il constata avec irritation que *I Just Called To Say I Love You* lui trottait toujours dans la tête.

« Résumons. On part du principe que Klipra est seul sur l'enlèvement et qu'il se trouve quelque part à l'abri des regards pas trop loin de Bangkok.

— Et que fait-on ? demanda Løken.

— Je vais faire un tour à Pattaya », dit Harry.

Roald Bork était au portail quand Harry fit virer la grosse Toyota quatre roues motrices devant la maison. La poussière se déposa sur la route tandis que Harry se battait avec sa ceinture de sécurité et la clé de contact. Comme d'habitude, il fut pris au dépourvu par la chaleur qui s'abattit sur lui lorsqu'il ouvrit sa portière, et il chercha involontairement son souffle. L'air avait un goût salé qui révélait que l'océan se trouvait juste derrière les collines basses.

« Je t'ai entendu remonter la route, dit Bork. Sacré bagnole, ça.

– J'ai loué la plus grosse qu'ils avaient, répondit Harry. J'ai découvert que ça confère une certaine priorité. C'est nécessaire, ces cinglés conduisent à gauche, ici.

– Tu as trouvé la nouvelle autoroute dont je t'ai parlé ? demanda Bork en riant.

– Oh oui. Sauf qu'elle n'était pas tout à fait terminée, et ils l'avaient barrée avec des sacs de sable en plusieurs endroits. Mais ça n'empêchait personne de passer, alors j'ai fait la même chose.

– C'est courant. Ce n'est pas tout à fait permis, et pas tout à fait interdit. Est-ce surprenant, qu'on tombe amoureux de ce pays ? »

Ils retirèrent leurs chaussures et entrèrent. Le sol de pierre froid brûla la plante des pieds nus de Harry. Le salon était orné des portraits de Fridtjof Nansen, Henrik Ibsen et la famille royale. Sur une photo posée sur une commode, un gamin plissait les yeux vers le photographe. Il devait avoir dix ans, et portait un ballon de football sous le bras. La table et le piano étaient couverts de papiers et de journaux méticuleusement empilés.

« J'essaie d'archiver un tantinet ma vie, dit Bork. De découvrir ce qui s'est passé, et pourquoi. »

Il désigna l'une des piles.

« Ça, ce sont les papiers du divorce. Je les observe et j'essaie de me souvenir. »

Une fille entra avec un plateau. Harry goûta le café qu'elle lui versait et leva des yeux interrogateurs vers elle en constatant qu'il était gelé.

« Tu es marié, Hole ? » demanda Bork.

Harry secoua la tête.

« Bien. Tiens-toi à l'écart de ça. Tôt ou tard, elles essaient d'avoir ta peau. J'ai une femme qui m'a ruiné et un fils adulte qui s'emploie à la même chose. Et je n'arrive pas à comprendre ce que je leur ai fait.

— Comment as-tu échoué ici ? » demanda Harry en reprenant une gorgée. Tout compte fait, ce n'était pas si mauvais.

« J'ai fait un boulot pour Televerket, ici, en rapport avec la construction de quelques centrales pour un opérateur thaïlandais. Au troisième voyage, je ne suis pas rentré.

— Jamais ?

— J'étais divorcé et j'avais ici tout ce dont j'avais besoin. Un moment, c'est vrai, j'ai pensé que je regrettais les étés norvégiens, les fjords et les montagnes, et, oui, tu sais… tout ça. » Il fit un signe de tête vers les photos au mur, comme si elles pouvaient raconter le reste.

« Je suis ensuite retourné deux fois en Norvège, mais les deux fois, je suis rentré avant qu'il ne se soit écoulé une semaine. Je n'en pouvais plus, la Thaïlande me manquait sitôt que j'avais posé le pied sur le sol norvégien. J'ai à présent compris que c'est ici, chez moi.

— De quoi vis-tu ?

— Je serai sous peu consultant en télécom à la retraite, j'accepte du boulot de loin en loin, mais pas trop. J'essaie d'évaluer combien de temps il me reste et combien il va me falloir pendant ce temps. Il ne restera pas une seule øre à ces grippe-sous. »

Il éclata de rire et agita la main en direction de ses papiers de divorce comme s'il chassait une odeur désagréable.

« Et Klipra, pourquoi est-il encore ici ?

– Klipra ? Mouais, il a certainement une histoire dans le même genre à te raconter, j'imagine. Ni lui ni moi n'avions de raison suffisamment valable pour rentrer au pays.

– Klipra avait au contraire d'excellentes raisons pour ne pas rentrer au pays.

– Hmm, je vois ce que tu veux dire, dit Bork. Tout ça, ce sont des mégaconneries. Si Ove avait trempé dans quelque chose du genre, je n'aurais jamais eu quoi que ce soit à faire avec lui.

– En es-tu sûr ? »

Les yeux de Bork lancèrent des éclairs.

« Il y a eu quelques Norvégiens qui sont venus à Pattaya pour de mauvaises raisons. Comme tu le sais, je suis une sorte de doyen dans le milieu norvégien en ville, et nous nous sentons dans une certaine mesure responsables de ce que nos compatriotes font ici. La majorité d'entre nous sont des gens respectables, et nous avons fait ce que nous devions faire. Ces enfoirés de pédophiles ont quand même détruit assez sérieusement la réputation de Pattaya pour que plusieurs personnes aient commencé à répondre des noms de quartier comme Naklua ou Jomtien quand des gens en Norvège leur demandent où ils habitent.

— C'est quoi, exactement, "ce que nous devions faire" ?

— Disons que deux d'entre eux ont fait le voyage dans l'autre sens, et qu'un troisième n'est même pas arrivé jusque-là.

— Il est peut-être passé par une fenêtre ? » suggéra Harry.

Bork rugit de rire.

« Non, on ne va pas si loin. Mais je suppose que c'était la première fois que la police recevait un tuyau par téléphone, en thaï mais avec un accent du Nordland. »

Harry fit un sourire.

« Ton fils ? » demanda-t-il en faisant un signe de tête vers la photo sur la commode.

Bork prit un air un peu renfermé, mais hocha la tête.

« Ça a l'air d'être un bon gars.

— Il l'était, à l'époque. »

Bork fit un sourire triste et répéta : « Il l'était. »

Harry regarda l'heure. Il lui avait fallu presque trois heures pour venir de Bangkok, mais il avait conduit comme une limace jusqu'à ce qu'il se sente plus à l'aise dans la circulation, sur les dernières dizaines de kilomètres. Peut-être serait-il rentré pour deux heures légèrement passées. Il tira trois photos de sa sacoche et les posa sur la table. Løken les avait agrandies jusqu'à vingt-quatre fois pour atteindre l'effet de choc maximum.

« Nous pensons que Ove Klipra a une planque dans les environs de Bangkok. Est-ce que tu veux nous aider ? »

# Chapitre 44

La Frangine était contente, au téléphone. Elle avait rencontré un garçon, Anders. Il venait d'emménager à Sogn, dans le même couloir, et il avait un an de moins qu'elle.

« Il a aussi des lunettes. Mais ça ne fait rien, parce qu'il est superintelligent. »

Harry s'esclaffa et imagina le nouvel Einstein de la Frangine.

« Il est complètement citronné. Il croit qu'on nous laissera faire des enfants. Imagine. »

Harry imagina et comprit que des conversations difficiles se profilaient peut-être à l'horizon. Mais pour l'heure, il était juste heureux que la Frangine ait l'air si contente.

« Pourquoi es-tu triste ? » La question vint d'un trait, comme un prolongement de la nouvelle que leur père était venu la voir.

« Je suis triste ? » demanda Harry, parfaitement conscient du fait qu'elle avait toujours su diagnostiquer son état d'esprit bien mieux que lui-même.

— Oui, tu es triste pour quelque chose. Est-ce que c'est ta Suédoise ?

— Non, ce n'est pas Birgitta. C'est quelque chose qui est un peu pénible pour l'instant, mais qui ira bientôt mieux. Je vais y veiller.

— Bon. »

Il y eut une rare pause durant laquelle la Frangine ne dit rien. Harry dit qu'il était temps de raccrocher.

« Harry ?

— Oui ? »

Il l'entendit prendre son élan. « Tu crois qu'on pourrait oublier ces trucs, maintenant ?

— Quels trucs ?

— Ces trucs, tu sais, avec cet homme. Anders et moi, on… on est tellement heureux, je n'ai plus envie d'y penser. »

Harry garda le silence. Puis il inspira profondément.

« Il t'a charcutée, Frangine. »

Les larmes arrivèrent en masse dans sa voix.

« Je sais. Tu n'as pas besoin de le répéter. Mais je ne veux plus y penser, j'ai dit. »

Elle renifla, et Harry sentit quelque chose se nouer dans sa poitrine.

« S'il te plaît, Harry ? »

Harry prit conscience qu'il étreignait le combiné.

« N'y pense plus. N'y pense plus, Frangine. Tout ira bien. »

Ça faisait bientôt deux heures qu'ils étaient étendus dans l'herbe haute à éléphants, en attendant que le soleil se couche. À cent mètres, en lisière du bosquet, se trouvait une petite maison construite dans le style traditionnel thaïlandais, en bambou et en bois, avec un patio ouvert au milieu. Il n'y avait pas de portail, juste une petite allée de graviers qui menait à la porte d'entrée. Ce qui ressemblait à une cage à oiseaux multicolore était planté devant, sur un piquet. C'était une phra phum, une maison à esprits qui devait protéger la demeure contre les mauvais esprits.

« Le propriétaire a dû leur construire une maison pour qu'ils n'emménagent pas dans le bâtiment principal, expliqua Liz en s'étirant. Et puis, il faut qu'il leur fasse offrande de nourriture, d'encens, de cigarettes et de trucs dans le genre pour entretenir leur satisfaction.

– Et ça suffit ?

– Pas dans le cas présent. »

Ils n'avaient vu ni entendu aucun signe de vie. Harry essaya de penser à autre chose, et pas à ce qui pouvait se trouver à l'intérieur. Ils n'avaient mis qu'une heure pour venir en voiture de Bangkok, mais c'était malgré tout comme s'ils étaient arrivés dans un autre monde. Ils avaient pu se garer derrière une petite maison au bord de la route, à côté d'une soue, et avaient trouvé le petit sentier qui montait en pente raide à travers les arbres jusqu'au plateau sur lequel se trouvait la petite maison de Klipra, suivant les instructions de Roald Bork. La forêt était vert-de-gris, le ciel résolument bleu et des oiseaux de toutes les couleurs de l'arc-en-ciel passaient au-dessus de Harry qui écoutait le silence. Il avait d'abord cru que ses oreilles s'étaient bouchées avant de comprendre que ça n'avait pas été aussi calme autour de lui depuis qu'il avait quitté Oslo.

Les choses changèrent avec l'arrivée du crépuscule. Ça avait commencé par des stridulations et des bourdonnements épars, comme un orchestre symphonique qui s'accorde. Puis commença le concert de coassements et de caquetages qui alla crescendo quand les hululements et des cris déchirants tombant du haut des arbres se joignirent à l'orchestre.

« Est-ce que ces animaux ont toujours été là ? demanda Harry.

— Ce n'est pas à moi qu'il faut le demander, dit Liz. Je suis une citadine. »

Harry sentit quelque chose de froid lui caresser la peau, et il retira sa main en un clin d'œil.

Løken pouffa de rire.

« Ce ne sont que des grenouilles qui font leur balade nocturne », dit-il. Et effectivement, il y eut bientôt plein de grenouilles sautant çà et là autour d'eux, apparemment au petit bonheur.

« Bon, bon, tant qu'il n'y a que des grenouilles en pâturage, ça va, dit Harry.

— Les grenouilles servent aussi de nourriture, dit Løken en tirant une capuche noire par-dessus sa tête. Là où il y a des grenouilles, il y a des serpents.

— Tu déconnes ! »

Løken haussa les épaules.

Harry n'avait pas envie de demander, mais il ne put s'en empêcher.

« Quel genre de serpents ?

— Cinq ou six espèces de cobras, des vipères vertes, des vipères de Russel et un bon paquet d'autres. Fais gaffe, on dit que des trente espèces les plus répandues en Thaïlande, vingt-six sont venimeuses.

— Merde, dit Harry malgré lui. Comment sait-on lesquelles sont venimeuses ? »

Løken le regarda à nouveau avec son regard ce pauvre-bidasse.

« Harry, compte tenu de ces statistiques, je crois que tu devrais tout simplement considérer que tous les serpents sont venimeux. »

Huit heures sonnèrent.

« Je suis prête, dit Liz avec impatience en vérifiant pour la troisième fois que son Smith & Wesson 650 était chargé et que la sécurité en était mise.

– Peur ?

– Juste qu'on n'y arrive pas avant que le chef de la police comprenne ce qui se passe, dit-elle. Vous savez quelle est l'espérance de vie moyenne d'un agent de circulation à Bangkok ? »

Løken posa une main sur son épaule.

« O.K. Allons-y. »

Liz courut pliée en deux dans l'herbe haute et disparut dans les ténèbres.

Løken examina la maison grâce à ses jumelles tandis que Harry braquait sur la façade un fusil à éléphants que Liz avait réquisitionné au dépôt en même temps qu'un pistolet, un Ruger SP-101 qu'il gardait dans un étui jambier inhabituel, puisque les holster classiques ne se font pas dans un pays où la veste de costume n'est pas un vêtement idéal. La lune était pleine et haute dans le ciel, lui procurant en tout cas suffisamment de lumière pour qu'il puisse distinguer les contours des fenêtres et de la porte.

Liz alluma et éteignit une fois sa lampe, signalant qu'elle avait pris position sous l'une des fenêtres.

« À toi, Harry, dit Løken en voyant son hésitation.

– Merde, tu avais besoin de me raconter ça, sur les serpents ? dit Harry en vérifiant que son couteau était bien à sa ceinture.

– Tu ne les aimes pas ?

– Eh bien… Le peu que j'ai rencontré ne m'a pas fait une bonne première impression.

– Si tu te fais mordre, essaie juste de choper le serpent, pour qu'on puisse te filer le bon sérum. Ça ne changera pas grand-chose, en fait, si tu te fais mordre une deuxième fois. »

Harry ne vit pas si Løken souriait dans l'ombre, mais il devina que oui.

Il courut vers la maison qui émergea de l'obscurité. Parce qu'il courait, la silhouette de la tête de dragon béante sur le faîte du toit semblait bouger. La maison avait malgré tout l'air sacrément morte. Le manche de la masse qu'il portait dans son sac battait contre son dos. Il avait cessé de penser aux serpents.

Il parvint à la deuxième fenêtre, fit signe à Løken et s'assit. Sa dernière course du genre commençait à remonter, et c'était probablement la raison pour laquelle son cœur battait si lourdement. Il entendit un halètement léger à côté de lui. C'était Løken.

Harry avait suggéré des gaz lacrymogènes, mais Løken avait refusé tout net. Il faisait si sombre que ça les empêcherait d'y voir quelque chose, et ils n'avaient aucune raison de penser que Klipra les attendait en tenant un couteau sur la gorge de Runa.

Løken montra le poing à Harry, signal qu'il devait passer à l'action.

Harry hocha la tête et sentit que sa bouche était sèche, signe infaillible que l'adrénaline coulait dans son sang en quantité suffisante. La poignée du pistolet était moite dans sa main. Il vérifia que la porte s'ouvrait bien vers l'intérieur avant que Løken ne lève la masse.

La lune se refléta dans l'acier, et il eut pendant un court instant l'air d'un joueur de tennis au service avant que la masse ne s'abatte à pleine puissance sur la porte et ne fracasse la serrure.

Harry fut à l'intérieur l'instant suivant, et le faisceau de sa lampe balaya la pièce. Il la vit immédiatement, mais la lumière continua sa course, comme douée d'une vie propre. Les étagères de la cuisine, un réfrigérateur, un banc, un crucifix. Il n'entendait plus les bruits des animaux, juste les bruits de chaînes, de vagues qui clapotaient contre les flancs du bateau dans une marina de Sydney, tandis que les mouettes criaient, peut-être parce que Birgitta était étendue sur le pont, infiniment morte.

Une table et quatre chaises, un placard, deux canettes de bière, un homme sur le sol, immobile, du sang sous la tête, sa main cachée par ses cheveux à elle, un pistolet sous la chaise, un tableau représentant un plateau de fruits et un vase vide. Vie immobile. Nature morte[1]. La lumière passa sur elle et il vit une nouvelle fois la scène : sa main, pointant vers le haut, appuyée contre le pied de la table. Il entendit sa voix : « Tu sens ? Tu peux vivre éternellement ! » Comme si elle avait essayé de rassembler de l'énergie en une ultime protestation contre la mort. Une porte, un congélateur, un miroir. Avant d'être aveugle, il s'entraperçut un instant une sil-

1. En français dans le texte.

houette vêtue de noir, un capuchon sur la tête. Il ressemblait à un bourreau. Harry lâcha sa lampe.

« Ça va ? » Liz avait posé une main sur son épaule. Il voulut répondre, ouvrit la bouche, mais rien ne sortit.

« C'est Ove Klipra, oui », dit Løken. Il était accroupi près du mort, une ampoule nue éclairait la scène depuis le plafond. « Bizarre. J'ai regardé ce mec pendant des mois. »

Il posa la main sur son front.

« Pas touche ! »

Harry attrapa Løken par le col et le leva vers lui.

« Ne… ! »

Il le lâcha tout aussi soudainement.

« Désolé, je… ne touche à rien, simplement. Pas encore. »

Løken ne dit rien, le regarda juste. La profonde ride était réapparue entre les sourcils glabres de Liz.

« Harry ? »

Il se laissa tomber sur une chaise.

« C'est fini, à présent, Harry. Je suis désolée, nous sommes tous désolés, mais c'est fini. »

Harry se contenta de secouer la tête.

« Est-ce que tu essaies de me dire quelque chose ? »

Elle s'était penchée sur lui et lui avait posé une grande main chaude sur la nuque. Comme sa mère le faisait souvent. Merde, merde.

Il se leva, la repoussa et sortit. Liz et Løken échangèrent quelques mots à voix basse. Il leva les yeux vers le ciel, chercha une étoile, mais ne put la trouver.

Il était près de minuit lorsque Harry sonna. Hilde Molnes ouvrit. Il baissa les yeux. Il n'avait pas téléphoné à l'avance, et il entendit au souffle de la femme qu'elle n'allait pas tarder à se mettre à pleurer.

Ils s'assirent face à face dans le salon. Il ne voyait pas la bouteille de gin, et elle avait l'air suffisamment nette. Elle essuya ses larmes.

« Elle voulait devenir plongeuse, vous le saviez ? »

Il acquiesça.

« Mais ils ne voulaient pas la laisser participer à des compétitions classiques. Ils disaient que les juges ne sauraient pas comment l'évaluer. Quelqu'un a dit aussi que c'était un avantage de plonger avec un seul bras, que ce n'était pas juste.

— Je suis désolé », dit-il. C'était la première chose qu'il disait depuis son arrivée.

« Elle ne savait pas, dit-elle. Si elle l'avait su, elle ne m'aurait pas parlé de cette façon. » Son visage se tordit, elle hoqueta et les larmes coulèrent comme de petits ruisseaux dans les rides qu'elle avait près de la bouche.

« Savait quoi, madame Molnes ?

— Que je suis malade ! cria-t-elle en se cachant le visage dans les mains.

— Malade ?

— Pourquoi croyez-vous que je m'assomme comme ça, sinon ? Mon corps sera bientôt entièrement bouffé, il n'est plus qu'un matériau pourri de cellules mortes. »

Harry ne dit rien.

« Je voulais lui dire, murmura-t-elle entre ses doigts. Que le médecin avait dit six mois. Mais je voulais le lui dire dans un bon jour. »

Sa voix était à peine audible.

« C'est juste qu'il n'arrivait aucun bon jour. »

Harry se leva, ne tenant plus assis. Il alla à la grande fenêtre qui donnait sur le jardin, en évitant de regarder les portraits de famille sur le mur, parce qu'il savait qui ses yeux allaient y rencontrer. La lune se reflétait dans le bassin.

« Est-ce qu'ils ont rappelé, ceux à qui votre mari devait de l'argent ? »

Elle baissa les mains. Ses yeux étaient marqués par les larmes, laids.

« Ils ont appelé, mais Jens était là et il leur a parlé. Depuis, plus de nouvelles.

— Donc, il s'occupe d'eux, c'est ça ? »

Harry se demanda pourquoi il avait posé cette question en particulier. Peut-être était-ce une tentative maladroite pour la rassurer, pour lui rappeler qu'elle avait toujours quelqu'un.

Elle hocha la tête, sans rien dire.

« Et maintenant, vous allez vous marier…

— Avez-vous quelque chose contre ? »

Harry se retourna vers elle.

« Non, pourquoi ? Le devrais-je ?

— Runa… » Elle n'alla pas plus loin, et les larmes recommencèrent à dégringoler le long de ses joues.

« Je n'ai pas connu beaucoup d'amour, dans ma vie, Hole. Est-ce trop demander que de vouloir quelques mois de bonheur avant que ça ne soit fini ? Ne pouvait-elle pas me l'accorder ? »

Harry vit flotter un pétale mauve dans le bassin. Il pensa aux cargos venant de Malaisie.

« L'aimez-vous, madame Molnes ? »

Dans le silence qui suivit, il guetta les coups de trompette.

« Si je l'aime ? Quel rapport ? J'arrive à me figurer que je l'aime, je crois que je pourrais aimer n'importe qui, à condition d'être aimée en retour. Vous comprenez ? »

Harry regarda vers le placard-bar. Trois pas seulement l'en séparaient. Trois pas, deux glaçons et un verre. Il ferma les yeux et entendit les glaçons tinter et danser au fond du verre, le glouglou de la bouteille au moment de verser le liquide brun et pour finir, le crépitement du soda se mélangeant à l'alcool.

# Chapitre 45

Il était sept heures du matin lorsque Harry revint sur les lieux du crime. À cinq heures, il avait renoncé à essayer de dormir, il s'était habillé et était allé s'asseoir dans la voiture de location qui attendait encore au parking. Il n'y avait personne d'autre, les TIC avaient terminé pour la nuit et ne reviendraient certainement pas dans l'heure à venir. Il franchit la tresse orange de la police et entra.

Tout avait l'air totalement différent dans la lumière diurne : paisible et bien rangé. Seuls le sang et les contours tracés à la craie sur le plancher grossier autour des deux corps témoignaient que c'était bien la pièce dans laquelle il était venu la veille au soir.

Ils n'avaient trouvé aucune lettre et pourtant, personne n'avait de doute sur ce qui s'était passé. On se demandait surtout pourquoi Ove Klipra l'avait abattue avant de retourner l'arme contre lui. Avait-il compris que la partie était perdue ? Et dans ce cas, pourquoi ne pas la laisser filer, tout simplement ? Ça n'avait peut-être pas été prévu, il l'avait peut-être abattue alors qu'elle tentait de fuir, ou bien parce qu'elle avait dit quelque chose qui lui avait fait perdre les pédales. Avant de se suicider ? Harry se gratta la tête.

Il regarda le contour du corps de Runa et le sang qui n'avait pas encore été nettoyé. Il lui avait tiré une balle dans la gorge avec le pistolet qu'ils avaient retrouvé, un Dan Wesson. La balle l'avait traversée, sectionnant la carotide qui avait eu le temps d'envoyer du sang jusqu'à l'évier avant que le cœur ne cesse de battre. Le médecin avait dit qu'elle avait perdu connaissance sur-le-champ car le cerveau n'était plus oxygéné, et qu'elle était morte trois ou quatre battements de cœur après. Un trou dans le carreau indiquait où Klipra s'était tenu au moment de tirer. Harry se positionna dans le contour du corps de Klipra. L'angle correspondait.

Il baissa les yeux au sol.

Le sang dessinait une auréole noire et coagulée à l'endroit où avait reposé la tête de l'homme. C'était tout. Il s'était tiré une balle dans la bouche. Harry vit que les TIC avaient fait un repère de craie sur la double cloison en bambou à l'endroit où la balle l'avait transpercée. Il imagina la façon dont Klipra s'était étendu sur le sol, avait tourné la tête pour la regarder, se demandant peut-être où elle était avant de faire feu.

Il sortit et retrouva le trou dans la paroi. Il y colla son œil et aperçut de l'autre côté le tableau suspendu au mur. La nature morte. Étrange, il s'était attendu à voir le contour du corps de Klipra. Il poursuivit vers l'endroit où ils s'étaient tapis dans l'herbe, la veille, en tapant bien fort des pieds pour ne pas arriver à l'improviste sur un quelconque rampant, et il s'arrêta près de la maison à esprits.

Un petit Bouddha souriant avec un ventre tout rond y trônait en compagnie de quelques fleurs fanées dans un vase, quatre cigarettes avec filtre et quelques bougies consumées. Un petit trou blanc dans le coin arrière de la céramique indiquait l'endroit où la balle avait frappé. Harry dégaina son couteau suisse et l'utilisa pour extraire une balle de plomb déformée. Il regarda vers la maison. La balle avait décrit une trajectoire rectiligne horizontale. Il était évident que Klipra était debout au moment de se suicider. Pourquoi avait-il cru qu'il s'était allongé ?

Il retourna à la maison. Quelque chose clochait. Tout avait l'air si propre, si net. Il ouvrit le réfrigérateur. Vide, rien pour la survie de deux personnes. Un aspirateur dégringola et s'abattit sur son gros orteil lorsqu'il ouvrit le placard de la cuisine. Il jura et renvoya l'aspirateur dans le placard, mais il retomba avant que Harry n'ait eu le temps de refermer la porte. Un examen plus approfondi lui fit découvrir un crochet destiné à retenir l'aspirateur.

Logique, pensa-t-il. Il y a une logique, ici. Mais quelqu'un est venu la perturber.

Il repoussa les canettes qui étaient sur le congélateur et ouvrit. Des morceaux de viande pâles et rouges étincelèrent devant lui. Ils n'étaient pas emballés, juste jetés pêle-mêle en gros quartiers, et à certains endroits, le sang avait gelé en une pellicule noire. Il se saisit d'un des morceaux, l'étudia un instant avant de maudire son imagination macabre et de le remettre à sa place. Ça ressemblait à de la stupide viande de porc qui se respecte.

Harry entendit un bruit et fit instantanément volte-face. Une silhouette s'immobilisa dans l'ouverture. C'était Løken.

« Bon sang, tu m'as fait peur, Harry. J'étais sûr que c'était vide. Qu'est-ce que tu fais là ?

– Rien. Je regarde. Et toi ?

– Je voulais juste voir si je trouvais des papiers que nous aurions pu utiliser dans une affaire de pédophilie.

– Pourquoi ça ? Cette affaire est classée, maintenant que le type est mort. »

Løken haussa les épaules.

« Il nous faut des preuves solides qui montrent qu'on a fait ce qu'il fallait, puisqu'il faut s'attendre à ce que nos investigations soient dévoilées. »

Harry regarda Løken. Avait-il l'air un tantinet crispé ?

« Mais au nom du ciel, tu as les photos, non ? Quelles meilleures preuves veux-tu trouver ? »

Løken sourit, mais pas suffisamment pour que Harry puisse voir sa dent en or.

« Tu dois avoir raison, Harry. Je ne suis sans doute qu'un vieil homme anxieux qui veut savoir exactement à quoi s'en tenir sur tout. Tu as trouvé quelque chose ?

– Juste ça, dit Harry en lui montrant la balle.

– Hmm, fit Løken en l'étudiant. Où l'as-tu trouvée ?

– Dehors, dans la maison à esprits. Et je n'arrive pas à faire le lien.

– Pourquoi ça ?

– Ça veut dire que Klipra était debout quand il s'est suicidé.

– Et alors ?

– Le sang aurait dû arroser tout le sol de la cuisine. Mais il n'y a de son sang qu'à l'endroit où il était étendu. Et même là, il n'y en a vraiment pas beaucoup. »

Løken avait ramassé la balle.

« Tu n'as jamais entendu parler de l'appel d'air que ça fait quand on se tire une balle dans la bouche ?

– C'est-à-dire ?

– Quand la victime expire et se colle le canon du pistolet dans la bouche, un vide se crée qui fait que le sang coule à l'intérieur du tube digestif plutôt qu'à l'extérieur de la blessure. Puis il descend jusqu'à l'estomac, ne laissant derrière lui que des petits mystères de ce genre. »

Harry jeta à Løken un regard sceptique.

« C'est nouveau pour moi.

– Ça serait ennuyeux de tout savoir à trente et quelques années… » dit Løken.

Tonje Wiig avait téléphoné pour dire que tous les plus gros journaux norvégiens l'avaient contactée et que les plus assoiffés de sang avaient annoncé leur arrivée à Bangkok. En Norvège, les gros titres se concentraient pour l'instant sur la fille de l'ambassadeur récemment décédé. Malgré sa situation à Bangkok, Ove Klipra était inconnu en Norvège. Il est vrai que *Capital* avait publié quelques années plus tôt une interview de lui, mais puisque ni Per Ståle Lønning ni Anne Grosvold ne l'avait reçu sur son plateau télé, bien peu savaient qui il était.

« La fille de l'ambassadeur » et « le magnat norvégien inconnu » auraient été tués par balle, selon toute vraisemblance par des cambrioleurs pris sur le fait ou par des agresseurs agissant de sang-froid.

Dans les journaux thaïlandais, en revanche, la photo de Klipra couvrait toute la première page. Le journaliste du *Bangkok Post* émettait quand même des doutes quant à la théorie avancée par la police qui parlait d'une agression. Il écrivait qu'on ne pouvait pas exclure l'hypothèse que c'était Klipra qui avait tué Runa Molnes avant de se suicider. Le journal conjecturait aussi librement sur les conséquences possibles pour l'avancée du projet BERTS. Harry était impressionné.

Les journaux des deux pays soulignaient néanmoins que les informations données par la police thaïlandaise étaient encore très fragmentaires.

Harry remonta en voiture jusque devant le portail de chez Klipra et donna un coup d'avertisseur. Il devait admettre qu'il avait commencé à apprécier le gros 4x4 Toyota. Le gardien sortit, et Harry descendit sa vitre.

« Je suis de la police, c'est moi qui ai téléphoné. »

Le gardien lui jeta l'indispensable regard de gardien avant d'ouvrir le portail.

« Vous pourriez m'ouvrir la porte, s'il vous plaît ? » demanda Harry.

Le gardien sauta sur le marchepied, et Harry sentit son regard sur lui. Il se rendit au garage. Le gardien fit tinter son trousseau de clés.

« L'entrée est de l'autre côté », dit-il, et il s'en fallut de peu que Harry lui réponde qu'il le savait. Au moment où le gardien allait tourner la clé dans la serrure, il se retourna vers Harry :

« Ne vous ai-je pas déjà vu quelque part, sil ? »

Harry eut un sourire. Qu'est-ce que ça pouvait bien être ? Son après-rasage ? Le savon qu'il utilisait ? On dit que l'odorat est le sens qui possède la meilleure mémoire.

« Peu de chances. »

Le gardien lui retourna son sourire. « Excusez-moi, sil. Sûrement quelqu'un d'autre. Je ne fais pas la différence entre les farang. »

Harry leva les yeux au ciel, mais s'immobilisa d'un coup.

« Dites-moi, vous souvenez-vous avoir vu une voiture diplomatique bleue qui serait venue ici juste avant le départ de Klipra ? »

Le gardien hocha la tête.

« Je n'ai pas de difficulté à me souvenir des voitures. C'était un farang, cette fois aussi.

— À quoi ressemblait-il ? »

Le gardien rit.

« Comme je disais…

— Que portait-il ? »

Il secoua la tête.

« Un costume ?

— Il me semble.

— Un costume jaune ? Jaune comme un poulet ? »

Le gardien plissa le front et regarda Harry.

« Un poulet ? Personne n'a de costume comme un poulet ? »

Harry haussa les épaules.

« Eh bien… certaines personnes. »

Il se trouvait dans l'entrée par où Løken et lui étaient arrivés, et il regardait un petit trou rond dans la paroi. On eût dit que quelqu'un avait essayé d'accrocher un cadre, mais avait dû renoncer à y enfoncer une vis. Ou bien était-ce tout autre chose.

Il monta au bureau, passa en revue les papiers, alluma le PC, plutôt au petit bonheur, et on lui demanda un mot de passe. Il essaya MAN U. Wrong password. Mot de passe erroné.

Quelle langue polie que l'anglais.

OLD TRAFFORD. Wrong password derechef.

Un dernier essai avant d'être automatiquement éconduit. Il regarda tout autour de lui comme pour trouver un point de repère dans la pièce. Qu'utilisait-il lui-même ? Il pouffa de rire. Évidemment. Le mot de passe le plus banal de Norvège. Il tapa joyeusement les lettres P.A.S.S.W.O.R.D avant de valider.

Pendant un instant, l'ordinateur eut l'air d'hésiter. Puis l'écran s'éteignit, et un message nettement moins poli apparut blanc sur noir pour lui signifier que l'accès lui était refusé.

« Merde. »

Il essaya d'éteindre l'ordinateur et de le rallumer, avec un écran blanc pour tout résultat.

Il fouilla à nouveau dans les papiers et trouva une liste récente des actionnaires de Phuridell. Un nouvel actionnaire, Ellem Ltd. avait été gratifié de trois pour cent des parts. Ellem. Une idée folle effleura Harry, mais il la rejeta.

Tout au fond d'un tiroir, il trouva le mode d'emploi du répondeur téléphonique. Il regarda l'heure et poussa un soupir. Il ne lui restait plus qu'à se mettre à lire. Une demi-heure plus tard, il faisait défiler la bande. La voix de Klipra psalmodiait pour la majeure partie en thaï, mais il entendit plusieurs fois le nom de Phuridell. Au bout de trois heures, il abandonna. La conversation avec l'ambassadeur, le jour du meurtre, ne se trouvait tout simplement sur aucune des bandes. Pas d'autres conversations le jour du meurtre, d'ailleurs. Il glissa l'une des bandes dans sa poche, éteignit la lumière et sortit en veillant à filer au passage un coup de pied à l'ordinateur.

# Chapitre 46

Il ne ressentait pas grand-chose. Assister à un enterrement, c'était comme voir une rediffusion. Le même endroit, le même prêtre, la même urne, le même choc pour les yeux au moment de ressortir dans la lumière du jour, et les mêmes personnes se regardant en chiens de faïence en haut des escaliers. Presque les mêmes personnes. Harry fit signe à Roald Bork.

« C'est vous qui les avez trouvés, oui », dit-il simplement. Ses yeux vifs s'étaient voilés de gris, il semblait changé, comme si ce qui s'était produit lui avait rajouté des années.

« C'est nous qui les avons trouvés.

– Elle était si jeune... » Ça sonnait comme une question. Comme s'il souhaitait que quelqu'un puisse lui expliquer comment des choses pareilles pouvaient arriver.

« Fait chaud, dit Harry, histoire de parler d'autre chose.

– Il fait plus chaud où est Ove. » Il le dit négligemment, mais sa voix avait un accent dur et amer. Il s'essuya le front avec son mouchoir. « D'ailleurs, j'en suis venu à la conclusion que j'ai besoin de faire une pause, question chaleur. J'ai réservé mon billet retour.

– Retour ?

– Oui, en Norvège, quoi. Le plus tôt possible. J'ai appelé mon gamin en lui disant que je voulais le voir. Il s'est passé un bon moment avant que je ne comprenne que ce n'était pas lui que j'avais au bout du fil, mais son fils. Hé, hé. La sénilité me guette. Un grand-père sénile, ça va être quelque chose, tiens ! »

Ao et Sanphet se tenaient à l'écart des autres, dans l'ombre de l'église. Harry alla les voir et leur retourna leur wai.

« Puis-je poser une question rapide, Ao ? »

Son regard se posa à toute vitesse sur Sanphet avant qu'elle n'acquiesce.

« Vous triez le courrier de l'ambassadeur, je crois. Arrivez-vous à vous souvenir s'il a reçu quelque chose de la part d'une société nommée Phuridell ? »

Elle réfléchit un petit moment avant d'afficher un sourire d'excuse : « Je ne me souviens pas, il y a tant de courrier. Je peux chercher dans le bureau de l'ambassadeur, demain, si vous voulez. Ça prendra peut-être un peu de temps, on ne peut pas dire qu'il était spécialement ordonné…

– Ce n'est pas à l'ambassadeur que je pensais. »

Elle le regarda sans comprendre. Harry soupira.

« Je ne sais même pas si c'est important, mais vous me tiendrez au courant, si vous trouvez quelque chose ? »

Elle jeta un coup d'œil à Sanphet.

« Elle le fera, inspecteur », répondit ce dernier.

Harry l'attendait dans son bureau lorsqu'une Liz essoufflée entra en trombe. Des gouttelettes de sueur couvraient son front.

« Doux-Jésus, dit-elle, on sent l'asphalte à travers les semelles de godasses !

– Comme s'est passé le briefing ?

– Bien, si l'on peut dire. Les chefs ont fait des compliments pour les éclaircissements et n'ont posé aucune question indiscrète sur le contenu du rapport. Ils ont même avalé qu'on avait soupçonné Klipra sur la base d'un tuyau anonyme. Si le chef de la police a des soupçons sur ce qui s'est passé, il n'a en tout cas pas prévu de gueuler.

– Je m'y attendais, dans le fond. Il n'y gagnerait pas grand-chose.

– Ouïrais-je un léger sarcasme, monsieur Hole ?

– Que nenni, mademoiselle Crumley. Juste un jeune officier naïf qui commence tout juste à piger les règles du jeu.

– Peut-être bien. Mais ça ne doit sûrement catastropher personne que Klipra soit mort. Une procédure judiciaire aurait nécessairement amené pas mal de révélations désagréables, non seulement pour quelques-uns de nos supérieurs, mais aussi pour les pouvoirs publics dans chacun de nos pays. »

Liz envoya promener ses chaussures et se renversa avec satisfaction sur son siège. Un grincement des ressorts du fauteuil accompagna la propagation de l'odeur univoque de transpiration plantaire.

« Oui, ça fait l'affaire de tout un tas de monde, à tel point que c'en est presque étonnant, tu ne trouves pas ? dit Harry.

— Qu'est-ce que tu veux dire ?

— Je ne sais pas. Je trouve juste que ça pue. »

Liz jeta un coup d'œil à ses orteils et dévisagea Harry.

« On ne t'a jamais dit que tu souffrais de paranoïa ?

— Si, tu penses ! Mais ça ne veut pas dire que les petits hommes verts ne sont pas à tes trousses, hein ? »

Elle le regarda sans comprendre.

« Détends-toi un peu, Harry.

— Je vais essayer.

— Alors, quand est-ce que tu t'en vas ?

— Dès que j'aurai parlé avec le médecin et l'équipe technique.

— Qu'est-ce que tu leur veux ?

— Juste me débarrasser de ma paranoïa. Tu sais... quelques idées tordues, que j'ai.

— Oui, oui, fit Liz. Tu as mangé ?

— Oui, mentit Harry.

— Merde, et moi qui ai horreur de déjeuner seule. Tu ne peux pas venir juste pour me tenir compagnie ?

— Une autre fois, hmm ? »

Harry se leva et sortit.

Le jeune médecin-légiste essuyait ses lunettes tout en parlant. Les intervalles entre les mots étaient parfois si importants que Harry se demandait si le débit verbal visqueux s'était arrêté pour de bon. Mais il venait alors un mot, puis un autre, le bouchon sautait et il poursuivait. On aurait dit qu'il craignait que

Harry ait quelque chose à lui reprocher quant à son anglais.

« Le type a passé au grand maximum deux jours ici, dit le médecin. Plus longtemps, dans cette chaleur, et son corps… »

Il gonfla les joues et fit un geste de ses mains.

«… aurait ressemblé à un gros ballon. Et vous auriez senti l'odeur. En ce qui concerne la fille… »

Il regarda Harry et gonfla de nouveau les joues.

«… même chose.

– Combien de temps a mis Klipra à mourir, après le coup de feu ? »

Le médecin s'humecta les lèvres, et Harry eut l'impression de pouvoir ressentir le temps qui passait.

« Peu.

– Et elle ? »

Le médecin-légiste glissa son mouchoir dans sa poche.

« Instantanément. Le tronc cervical a été sectionné.

– Je veux dire, est-ce que l'un d'entre eux a pu se déplacer après les coups de feu, a pu avoir des convulsions, ou quelque chose dans le genre ? »

Le médecin mit ses lunettes, vérifia qu'elles étaient bien positionnées, et les enleva.

« Non.

– J'ai lu que pendant la Révolution française, avant la guillotine, quand on décapitait encore à la main, on faisait savoir aux condamnés qu'il arrivait que le bourreau loupe son coup, et que s'ils arrivaient à se lever et à descendre de l'échafaud à la suite de ça, ils étaient libres. Plusieurs d'entre eux ont certainement réussi à se lever sans leur tête et à faire plusieurs pas avant de tomber, à la grande joie du public, ça va sans dire. Si ma mémoire est bonne, un chercheur a expliqué ça en disant que dans une certaine mesure, le cerveau peut être préprogrammé et les muscles peuvent faire des heures supplémentaires si une quantité suffisante d'adrénaline parvient au cerveau juste avant que la tête ne soit coupée. Que c'est ce qui se passe quand des poulets se font couper le kiki. »

Le médecin fit un sourire amer.

« Amusant, inspecteur. Mais j'ai peur que ce soient des histoires à dormir debout.

— Alors comment peut-on expliquer ceci ? »

Il lui tendit une photo montrant Klipra et Runa étendus sur le sol. Le médecin regarda longtemps le cliché avant de remettre ses lunettes et de l'examiner plus attentivement.

« Expliquer quoi ? »

Harry pointa un doigt vers la photo. « Regardez. La main du type est sous ses cheveux à elle. »

Le médecin cilla, comme si une poussière dans l'œil l'empêchait de voir ce que Harry lui montrait.

Harry chassa une mouche.

« Écoutez, vous avez entendu parler des conclusions que le subconscient tire automatiquement, non ? »

Le médecin haussa les épaules.

« Bien. Sans en avoir conscience, le mien a conclu que Klipra devait être allongé quand il s'est suicidé, parce que c'était le seul moyen pour lui d'avoir sa main sous les cheveux de la fille. Vous comprenez ? Mais la trajectoire décrite par la balle montre qu'il était debout. Comment s'est-il débrouillé pour la tuer avant de retourner l'arme contre lui en ayant quand même sa main sous ses cheveux à elle, et pas dessus ? »

Le médecin ôta de nouveau ses lunettes et reprit leur nettoyage.

« Elle est peut-être responsable de leur mort à tous les deux », dit-il, mais Harry était déjà parti.

Harry ôta ses lunettes de soleil et plissa des yeux brûlants vers l'intérieur de la salle de restaurant ombragée. Une main s'agita en l'air, et il devina une table placée sous un palmier. Un rai de soleil fit briller la monture d'acier de l'homme qui se levait.

« On vous a transmis le message, à ce que je vois », dit Dagfinn Torhus. Il avait de grandes auréoles sous les aisselles, et une veste était suspendue au dossier de sa chaise.

« L'inspecteur principal Crumley m'a dit que vous aviez appelé. Qu'est-ce qui vous amène ? demanda Harry en serrant la main que l'autre lui tendait.

– Des besognes administratives à l'ambassade. Je suis arrivé ce matin pour faire le tri dans tout un tas de papiers. Et on va devoir nommer un nouvel ambassadeur.

– Tonje Wiig ? »

Torhus fit un petit sourire.

« On verra. Il y a beaucoup de choses à prendre en considération. Qu'est-ce qu'on mange, ici ? »

Un serveur se tenait déjà près de leur table, et Harry l'interrogea du regard.

« Anguille, dit le serveur. Spécialité vietnamienne. Avec un rosé vietnamien et…

— Non merci, dit Harry qui jeta un œil au menu et désigna la soupe au lait de coco. Avec une bouteille d'eau minérale. »

Torhus haussa les épaules et hocha la tête en signe d'assentiment.

« Félicitations. » Torhus se fourra un cure-dent entre les lèvres. « Quand partez-vous ?

— Merci, mais j'ai bien peur qu'il soit encore un peu tôt, Torhus. Il reste quelques fils à démêler. »

Torhus cessa de se curer les dents.

« Des fils ? Ce n'est pas votre boulot de vous charger des finitions, Hole. Vous n'avez plus qu'à faire vos valises et à rentrer au bercail.

— Ce n'est pas si simple. »

Des éclairs passèrent dans les yeux bleus et durs du bureaucrate. « C'est terminé, vous comprenez ? L'affaire s'est ébruitée. Les journaux d'Oslo en faisaient l'intégralité de leur première page, hier, que Klipra avait tué l'ambassadeur et sa fille. Mais on survivra, Hole. Ils font référence au chef de la police de Bangkok qui dit ne pas voir de motif, et qu'il peut sembler que Klipra ait été cinglé. Aussi simple, et aussi incroyable que ça. Le plus important, c'est que les gens marchent. Et c'est bien ce qu'ils font.

— Alors le scandale est devenu une réalité ?

— Oui et non. On a réussi à tenir secret ce qui concernait le motel. L'essentiel, c'est que le Premier ministre ne soit pas compromis. À présent, nous avons d'autres chats à fouetter. Les journaux ont commencé à appeler l'ambassade pour demander pourquoi on n'avait pas fait savoir plus tôt que l'ambassadeur avait été assassiné.

— Qu'est-ce que vous répondez ?

— Qu'est-ce que vous voulez que je réponde, bon sang ? Problèmes linguistiques et mauvaise compréhension, que la police thaïlandaise nous a d'abord envoyé des informations pleines de lacunes, des trucs de ce tonneau.

— Et ils gobent ?

— Oh non. Mais ils ne peuvent pas non plus nous soupçonner d'avoir voulu les égarer. Le communiqué fait à la presse mentionnait que l'ambassadeur avait été retrouvé mort dans un hôtel, ce qui colle assez bien. Comment avez-vous dit que vous aviez trouvé Klipra et la fille, Hole ?

— Je ne l'ai pas dit. » Harry respira à fond deux ou trois fois. « Écoutez, Torhus, j'ai trouvé chez Klipra un journal porno qui indique qu'il était pédophile. Ça n'a été mentionné dans aucun rapport de police.

— Ça aussi ? Oui, oui. » Sa voix ne trahit pas une seule seconde qu'il mentait. « Quoi qu'il en soit, vous n'avez plus de mandat en Thaïlande, et Møller dit qu'il veut vous voir revenir aussi vite que possible. »

On déposa sur la table la soupe au lait de coco fumante, et Torhus plongea un regard sceptique dans son bol. De la buée envahit les verres de ses lunettes.

« *VG* va sûrement prendre une chouette photo de vous quand vous arriverez à Fornebu, dit-il sur un ton aigre.

— Goûtez l'un des rouges, là », dit Harry en pointant le doigt.

## Chapitre 47

Supawadee était d'après Liz celui qui résolvait le plus d'affaires de meurtre en Thaïlande. Ses principaux instruments étaient un microscope, quelques ballons de laboratoire et du papier de tournesol. Assis en face de Harry, il exhibait un sourire radieux.

« C'est exact, Hally. Les morceaux de chaux que tu nous as donnés contiennent le même colorant que la poussière de chaux qui se trouvait sur le tournevis, dans la voiture de l'ambassadeur. »

Au lieu de répondre par oui ou non aux questions de Harry, il reprenait dans sa réponse tous les éléments de la question, pour qu'il n'y ait aucune méprise. La raison en était que Supawadee était très calé en langues ; il savait que, pour une raison qui lui échappait, l'anglais utilisait les doubles négations. Si Harry avait pris le mauvais bus en Thaïlande, et s'il avait demandé à un passager « ce n'est pas le bus qui va à Hualamphong ? », son interlocuteur thaïlandais lui aurait vraisemblablement répondu « yes », dans le sens de « oui, ce que vous dites est vrai, ce n'est pas le bus qui va à Hualamphong. » Les farang qui connaissent un peu le thaï savent ça, mais la confusion survient lorsqu'un Thaïlandais qui possède un bon niveau en anglais répond « no ». Supawadee savait par expérience que la plupart des farang n'y comprenaient rien quand il essayait de leur expliquer, et c'est pourquoi il avait découvert qu'il valait mieux leur répondre comme aux individus légèrement moins intelligents qu'ils étaient.

« C'est aussi exact, Hally. Le contenu du sac de l'aspirateur retrouvé chez Klipra était très intéressant. Il comprenait des fibres provenant du revêtement du coffre de la voiture de l'ambassadeur, de son costume et aussi du costume de Klipra.

– Qu'en est-il des deux bandes que tu as reçues, demanda Harry tout en prenant des notes avec une frénésie croissante. Tu as pu les envoyer à Sydney ? »

Supawadee sourit si possible encore plus largement, car le point qu'ils abordaient était celui dont il était vraiment content.

« Nous sommes au vingtième siècle, inspecteur, nous n'envoyons pas les bandes, parce qu'il nous faudrait attendre quatre jours avant de les récupérer. On les a copiées sur une cassette DAT, on l'a passée dans un PC et on a envoyé le résultat par e-mail à ton expert.

– Punaise, on peut vraiment faire ça ? » demanda Harry, à moitié pour faire plaisir à Supawadee et à moitié résigné. Les tronches en informatique le faisaient toujours se sentir vieux. « Et qu'a dit Jesús Marguez ?

– J'ai commencé par lui dire qu'il devait être complètement impossible de dire quoi que ce soit concernant la pièce d'où appelle une personne d'après ce qu'a enregistré un répondeur. Mais ton copain a été on ne peut plus convaincant, il m'a fait tout un topo sur les gammes de fréquences et les hertz qui était très instructif. Est-ce que tu savais par exemple que l'oreille, en une microseconde, peut distinguer entre un million de sons différents ? Je crois que lui et moi, on pourrait…

— La conclusion, Supawadee ?

— Sa conclusion a été que les enregistrements ont été faits par deux personnes distinctes, mais selon toute vraisemblance dans la même pièce. »

Harry sentit que son cœur forçait la cadence.

« Et la viande dans le congélateur ? C'était de la viande de porc ?

— C'est exact, ce que tu dis, Hally. La viande contenue dans le congélateur était bien du porc. »

Supawadee cligna des yeux et gloussa de plaisir brut. Harry comprit qu'il y avait une suite.

« Et ?

— Mais le sang n'était pas que du sang de porc. Une partie était du sang humain.

— Tu sais de qui ?

— Eh bien, il faudra encore quelques jours pour que j'obtienne les résultats finaux de l'analyse d'ADN, ce qui fait que pour l'instant, je n'ai que quatre-vingt-dix pour cent de certitude. »

Harry était persuadé que si Supawadee avait eu une trompette, il aurait d'abord joué une fanfare.

« Le sang est celui de notre ami, nai Klipra. »

Harry réussit finalement à joindre Jens à son bureau. « Comment ça va, Jens ?

— Ça va.

— Tu es sûr ?

— Qu'est-ce que tu veux dire ?

— À t'entendre, on croirait que… » Harry n'arrivait pas à définir l'impression que l'autre lui donnait. « Tu as l'air un peu triste, dit-il.

— Oui. Non. Ce n'est pas si simple. Elle a perdu toute sa famille, et je… » Sa voix se perdit.

« Et tu ?

— Oublie.

— Allez, Jens.

— C'est juste que si un jour j'ai eu envie de renoncer au mariage, maintenant, c'est impossible.

— Pourquoi ça ?

— Seigneur, je suis tout ce qui lui reste, Harry. Alors je sais que je devrais penser à elle et à tout ce qu'elle a traversé, mais à la place, je pense à moi et au terrain sur lequel je m'aventure. Je ne suis certainement pas un enfant de chœur, mais tout ça me terrifie, tu comprends ?

— J'en ai l'impression.

— Zut. Si seulement il ne s'était agi que d'argent. Ça, au moins, ça me parle. Mais ces… » Il chercha ses mots.

« Sentiments ? suggéra Harry.

— Exactement. Quelle foutue merde ! » Il rit, mais le cœur n'y était pas. « Enfin bref. Je me suis dit que pour une fois dans ma vie, j'allais faire quelque chose où il n'était pas question de moi. Et je veux que tu sois là pour me botter le cul si tu vois le moindre signe de refus. Hilde a besoin de penser à autre chose, et on a donc déjà fixé une date. Le 4 avril. Pâques à Bangkok, ça sonne comment ? Elle voit déjà les choses sous un jour un peu moins sombre, et elle s'est déjà à moitié décidée à arrêter de picoler. Je t'enverrai ton billet d'avion par courrier, Harry. N'oublie pas que je compte sur toi, tu ne t'en tireras pas aussi facilement.

— Si je suis le meilleur candidat au poste de témoin, je n'ose pas penser à l'état de ta vie sociale, Jens.

— J'ai fait marron au moins une fois tous les gens que je connais. Un témoin ne parle pas de ces choses-là, dans son discours, hein ? »

Harry s'esclaffa.

« Bon, il faut que tu me laisses encore quelques jours pour y réfléchir. Mais en réalité, j'appelais pour te demander un service. J'essaie de découvrir quelque chose sur l'un des actionnaires de Phuridell, une société répondant au nom de Ellem Limited, mais tout ce qu'on me donne au registre des sociétés, c'est une adresse ici, à Bangkok, et la confirmation que le capital a bien été investi.

— Ce doit être un actionnaire relativement récent, je n'ai jamais entendu ce nom. Pas de problème, je vais passer quelques coups de fil pour voir si je trouve quelque chose. Je te rappelle.

— Non, Jens. Ceci est strictement confidentiel, il n'y a que Liz, Løken et moi qui sommes au courant, et tu ne dois donc en parler à personne d'autre. Même dans la police, personne d'autre ne sait rien. On doit se voir dans un endroit tenu secret, ce soir, tous les trois, et ce serait donc bien que tu aies quelque chose d'ici là. Je te rappellerai de là-bas, O.K. ?

— Oui, doux-Jésus. Ça a l'air vraiment sérieux, je croyais que l'affaire avait été classée ?

— Elle le sera ce soir. »

Le bruit des marteaux-piqueurs contre la pierre était assourdissant.

« Vous êtes George Walters ? » cria Harry dans l'oreille de l'homme au casque jaune que le groupe en bleu de travail lui avait indiqué.

Il se tourna vers Harry.

« Oui. Qui êtes-vous ? »

Dix mètres sous eux, la circulation se traînait au ralenti. Un nouvel après-midi embouteillé semblait se profiler.

« Inspecteur Hole. Police norvégienne. »

Walters roula un plan et le tendit à l'un des deux types qu'il avait à côté de lui.

« Ah, oui. Klipra ? »

Il fit le geste du temps mort à l'attention du préposé au marteau-piqueur, et un silence relatif s'abattit comme un filtre sur leurs tympans quand on éteignit le compresseur.

« Un Wacker, dit Harry. LHV5.

— Ah. Vous vous y connaissez ?

— J'ai eu quelques jobs d'été sur des chantiers. Je me suis un peu fait secouer les reins par ce truc-là. »

Walters acquiesça. Ses sourcils étaient blancs, brûlés par le soleil, et il avait l'air fatigué. Les rides étaient déjà profondes sur son visage qui n'était plus jeune, mais pas encore vieux.

Harry montra l'autre extrémité de la voie de béton – qui passait tel un aqueduc romain à travers le reg d'immeubles et de gratte-ciel.

« Alors, c'est ça, BERTS, le salut de Bangkok ?

— Oui, répondit Walters en regardant la direction que Harry lui indiquait. Vous êtes dessus, en ce moment même. »

Le recueillement dans sa voix, plus le fait qu'il se trouvait sur le chantier plutôt que dans un bureau indiquèrent à Harry que le chef de Phuridell devait davantage apprécier l'ingénierie que la comptabilité. Plus palpitant de voir le projet prendre forme que de s'intéresser plus que de raison à ce qu'on faisait de la dette en dollars.

« Ça fait penser à la Grande Muraille de Chine, dit Harry.

— Ça doit rassembler les gens, pas les isoler.

— Je suis venu me renseigner un peu sur Klipra et sur ce projet. Et sur Phuridell.

— Dramatique, fit Walters sans préciser quel était l'objet de ce constat.

— Connaissiez-vous Klipra, monsieur Walters ?

— Je ne serais pas aussi affirmatif. Nous avons discuté à l'occasion de quelques réunions du directoire, et il m'a appelé deux ou trois fois. » Walters mit une paire de lunettes de soleil. « C'est tout.

— Il a appelé deux ou trois fois ? Phuridell est une entreprise relativement grosse, non ?

— Plus de huit cents employés.

— Et c'est tout juste si vous avez discuté avec le propriétaire de l'entreprise dont vous êtes le responsable ?

— Bienvenue dans le monde des affaires. » Walters parcourut du regard la route et la ville, comme si tout le reste ne le concernait pas.

« Il a misé un bon paquet sur Phuridell. Vous voulez dire qu'il ne s'en souciait pas ?

– Il ne voyait manifestement aucun inconvénient à la manière dont la compagnie était gérée.

– Connaissez-vous une entreprise qui s'appelle Ellem Limited ?

– J'ai constaté qu'elle est apparue dans la liste des actionnaires. On a eu d'autres préoccupations, ces derniers temps.

– Comme par exemple la façon de régler ce problème de la dette en dollars ? »

Walters se tourna de nouveau vers Harry, qui vit son reflet tordu dans les lunettes de soleil du chef de chantier.

« Qu'est-ce que vous en savez, mister ?

– Je sais que votre entreprise aura besoin d'être renflouée si vous voulez continuer votre activité. Vous n'êtes tenus à aucun devoir de transparence étant donné que vous n'êtes plus cotés en bourse, et vous pourrez donc toujours arriver à dissimuler les problèmes un temps, tout en espérant que survienne le capital d'un sauveteur. Il serait fâcheux de devoir jeter l'éponge maintenant que vous êtes en position d'obtenir d'autres gros contrats dans BERTS, non ? »

Walters fit signe aux ingénieurs qu'il n'aurait plus besoin d'eux.

« J'ai comme l'impression que ce sauveteur va survenir, poursuivit Harry. Il va racheter la société pour une bouchée de pain, et se fera vraisemblablement des couilles en or quand les contrats arriveront. Combien de personnes sont au courant de la situation de la boîte ?

– Écoutez, maintenant, mister…

– Inspecteur. La direction, bien sûr. D'autres personnes ?

– Nous informons tous les actionnaires, et nous ne voyons en dehors de ça aucune raison de parler au premier venu de choses qui ne le concernent pas.

– Selon vous, qui va racheter cette société, monsieur Walters ?

– Je suis directeur administratif, répondit Walters d'un ton brusque. Je suis un employé des actionnaires, je ne m'occupe pas des questions de propriété.

– Même si ça peut être synonyme de chômage pour vous et les huit cents autres ? Même si vous devez être écartés de tout ça ? » dit Harry en faisant un signe de tête vers l'endroit où le béton disparaissait dans la brume.

Walters ne répondit pas.

« C'est assez joli, dit Harry. Ça fait presque penser à la Route Volante. Dans *Le Magicien d'Oz*, vous savez ? »

George Walters hocha lentement la tête.

« Écoutez, Walters, j'ai eu l'avocat de Klipra en ligne, ainsi qu'une poignée des petits actionnaires restants. Au cours de ces derniers jours, Ellem Limited a racheté vos parts dans Phuridell. Aucun des autres n'aurait été en mesure de renflouer Phuridell, et ils s'estiment donc heureux d'avoir pu sortir de la société sans perdre la totalité de leur mise. Vous dites que le changement de propriétaire ne vous regarde pas, Walters, mais vous me donnez l'impression d'être un homme responsable. Et Ellem est votre nouveau propriétaire. »

Walters ôta ses lunettes de soleil et se frotta les yeux avec le dos de sa main.

« Voulez-vous bien me dire qui est derrière Ellem Limited, Walters ? »

Les marteaux-piqueurs se remirent à l'œuvre, et Harry dut se pencher vers son interlocuteur pour pouvoir entendre. Il acquiesça.

« Je voulais simplement vous l'entendre dire ! » cria-t-il en réponse.

# Chapitre 48

Harry ne parvenait pas à dormir. Il entendit un raclement faible qui s'arrêta au moment où il alluma la lumière. Il soupira, se pencha hors du lit et pressa la touche de lecture du répondeur. La voix nasillarde de la femme jaillit à nouveau du haut-parleur.

« Salut, c'est Tonje. J'avais juste envie de t'entendre. »

C'était certainement la dixième fois qu'il se repassait le message, mais il était aussi dépité à chaque édition : il avait l'impression d'entendre une réplique tirée d'un roman-feuilleton. Il éteignit de nouveau la lumière. Une minute s'écoula.

« Merde », fit-il en rallumant la lumière.

Il était plus de minuit lorsque le taxi s'arrêta devant une maison petite mais somptueuse, entourée d'un mur bas blanc. Tonje Wiig eut l'air surprise à travers l'interphone, et eut le temps de se faire monter le rouge aux joues avant d'ouvrir la porte. Elle continuait à s'excuser pour le désordre qui régnait dans l'appartement que Harry lui enlevait déjà ses vêtements. Elle était mince, blanche comme neige, et il pouvait voir son pouls battre vite et avec anxiété dans sa gorge. Elle eut bientôt fini de parler, et pointa un doigt vers la porte de la chambre à coucher lorsqu'il la souleva et la renversa en arrière de sorte que ses cheveux dansèrent sur le parquet. Elle gémit lorsqu'il l'étendit sur le lit, haleta lorsqu'il se déboutonna et protesta faiblement lorsqu'il posa les genoux contre le drap et l'attira vers lui.

« Embrasse-moi », murmura-t-elle, mais Harry ne s'en soucia pas et la pénétra, les yeux fermés.

Elle attrapa le pantalon de Harry, voulant le lui enlever complètement, mais il repoussa ses mains. La photo d'un couple d'âge mûr, probablement ses parents, était posée sur la table de nuit. Harry serra les dents, sentit comme des fourmillements sous ses paupières et essaya de se la représenter.

« Qu'est-ce que tu dis ? » demanda-t-elle en levant la tête, mais sans saisir le sens de ses bredouillantes conjurations. Elle tenta d'accompagner ses mouvements, de gémir, mais il la faisait suffoquer comme si elle était un cavalier de rodéo qu'il aurait alternativement essayé de retenir et d'éjecter. Il jouit avec un grondement inarticulé, et elle planta au même moment ses ongles dans son T-shirt, se cambra et cria. Puis elle l'attira vers elle, et il plaqua son visage dans le creux de son cou.

« C'était divin », dit-elle, mais les mots restèrent suspendus en l'air comme un mensonge superflu et absurde, auquel il ne répondit pas.

Quand il entendit qu'elle respirait régulièrement, il se leva et se rhabilla silencieusement. Ils savaient tous les deux qu'ils savaient tous les deux qu'elle ne dormait pas. Il sortit.

Le vent s'était levé. Il descendit l'allée de graviers tandis que l'odeur de la femme s'affaiblissait. Le câble frappait avec zèle le mât à drapeau, près du portail. La mousson arrivait peut-être tôt, cette année, ou peut-être était-ce El Niño. Ou bien peut-être était-ce une variation normale.

Il reconnut la voiture sombre, de l'autre côté de la grille. Il crut voir une silhouette derrière les vitres fumées, mais ne fut sûr que lorsqu'il entendit le grésillement électrique d'une vitre qui descendait et le faible bourdonnement de la *Symphonie en ut mineur* de Grieg qui s'échappait de l'intérieur.

« Vous rentrez chez vous, monsieur Hole ? »

Harry hocha la tête, une porte s'ouvrit et il monta. Le chauffeur redressa son siège.

« Que fais-tu ici, si tard, Sanphet ?

— Je viens de reconduire monsieur Torhus. Aucun intérêt de rentrer dormir à la maison, il ne me reste que quelques heures avant de devoir venir chercher mademoiselle Wiig. » Il démarra, et ils parcoururent en silence les ruelles calmes entre les villas endormies.

« Et où allait Torhus à cette heure ? demanda Harry.

— Il voulait voir Patpong.

— Ah oui. Tu lui as conseillé quelques bars ?

— Non, j'ai eu l'impression qu'il savait où aller. On sait sans doute bien mieux qu'un autre de quel médicament on a besoin. » Harry croisa le regard du chauffeur dans le rétroviseur intérieur.

« Tu as sans doute raison », dit-il en regardant à l'extérieur.

Ils étaient arrivés sur Rama V, et la circulation était paralysée. Une vieille femme édentée les fixait du regard depuis la plate-forme d'un pick-up. Harry avait l'impression de l'avoir déjà vue, et elle sourit brusquement. Il mit un moment à réaliser qu'elle ne pouvait pas voir à l'intérieur, et qu'elle ne faisait que regarder son reflet dans les vitres noires de la voiture d'ambassade.

# Chapitre 49

Ivar Løken savait que c'était fini. Pas une seule fibre de son corps n'avait renoncé, mais c'était fini. La panique arrivait par vagues, le submergeait et se retirait. Et il avait en permanence la certitude qu'il allait mourir. C'était une conclusion purement intellectuelle, mais cette certitude ruisselait en lui comme de l'eau glacée. La fois où il avait marché sur une mine près de My Lai et s'était retrouvé avec une pique puante de bambou à travers la cuisse et une autre à travers la plante du pied et jusqu'à la hauteur du genou, il n'avait pas une seule seconde pensé qu'il allait mourir. Lorsqu'au Japon, il souffrait d'accès de fièvre et qu'on lui avait dit qu'il fallait lui amputer le pied, il avait répondu qu'il préférait mourir, mais il savait que la mort n'était pas une solution de rechange, qu'elle était impossible. Quand ils étaient arrivés avec l'anesthésie, il avait fait voltiger la seringue de la main de l'infirmière.

Idiot. Ils lui avaient par conséquent laissé son pied. « Tant qu'il y a de la douleur, il y a de la vie », avait-il gravé dans le mur au-dessus de son lit. Il était resté près d'un an à l'hôpital d'Okabe avant de remporter la victoire sur son propre sang infecté.

Il se dit qu'il avait vécu une vie bien remplie. Bien remplie. C'était quelque chose, quand même. Et après tout il en avait vu qui allaient plus mal. Alors pourquoi résister, pensait-il. Tout en résistant. Son corps refusait, comme lui-même avait refusé toute sa vie. Refusé de franchir la ligne quand le désir lui maltraitait l'épine dorsale, refusé de les laisser le briser lorsqu'ils l'avaient expulsé de l'armée, refusé de s'apitoyer quand l'humiliation le fouettait et faisait se rouvrir les blessures. Mais en premier lieu, il avait refusé de fermer les yeux. C'est pourquoi il avait tout emmagasiné : les guerres, les souffrances, le macabre, le courage et l'humanité. En quantités telles qu'il pouvait sans hésiter dire qu'il avait vécu une vie bien remplie. Même à ce moment-là, il ne ferma pas les yeux. Il cilla à peine. Løken savait qu'il allait mourir. S'il avait eu des larmes, il aurait pleuré.

Liz regarda l'heure. Il était huit heures et demie, et ça faisait bientôt une heure que Harry et elle étaient arrivés au Millie's Karaoke. Même Madonna, sur son poster, commençait à avoir l'air plus impatiente qu'affamée.

« Qu'est-ce qu'il fabrique ?

— Løken arrive », dit Harry. Il se tenait près de la fenêtre, avait remonté le store et regardait son propre reflet que transperçaient les feux des voitures qui passaient sur Silom Road.

« Quand l'as-tu eu ?

— Juste après t'avoir eue, toi. Il était chez lui, et s'apprêtait à rassembler ses photos et son matériel. Løken arrive. »

Il pressa le dos de ses mains contre ses yeux. Ils étaient rouges et irrités, à son réveil.

« Commençons, dit-il.

— Par quoi ? Tu ne m'as pas encore dit ce qui va se passer.

— On va tout revoir, dit Harry. Une dernière reconstitution.

— À la rigueur. Mais pourquoi ?

— Parce qu'on s'est trompé de bout en bout. »

Il lâcha le cordon, et on entendit le bruit de quelque chose qui tombe à travers un feuillage épais quand le store redescendit.

Løken était assis sur une chaise. Sur la table devant lui, il avait toute une série de couteaux. N'importe lequel était capable de tuer un homme en quelques secondes. Il était absolument singulier de voir à quel point il était facile de tuer un homme. Si facile qu'il semblait par moments incroyable que la plupart des gens aient vécu jusqu'à l'âge qu'ils avaient. Un mouvement circulaire, un peu comme ôter la peau d'une orange, et la gorge était ouverte. Le sang jaillissait avec un enthousiasme qui faisait que la mort intervenait en quelques secondes, en tout cas si le meurtre était perpétré par quelqu'un qui connaissait son boulot.

Poignarder quelqu'un dans le dos réclamait davantage de précision. On pouvait frapper vingt ou trente fois sans toucher quoi que ce soit, juste tailler sans dommage dans la chair. Mais quand on était calé en anatomie, on savait comment crever un poumon ou, le cas échéant, le cœur ; c'était simple comme bonjour. En frappant par-devant, il valait mieux frapper de bas en haut, de manière à passer sous les côtes et à atteindre les organes vitaux. Mais c'était plus facile par derrière, à condition de frapper un peu à côté de la colonne vertébrale.

Était-ce facile de tirer sur quelqu'un ? Très. Il avait tué son premier homme d'un coup de fusil semi-automatique, en Corée. Il avait visé, pressé la détente et vu un homme tomber. Et voilà. Jamais de cas de conscience, de cauchemar ou de dépression nerveuse. C'était peut-être dû à la situation de guerre, mais il ne pensait pas que c'était là la seule explication. Il manquait peut-être d'empathie ? Un psychologue lui avait expliqué qu'il était devenu pédophile à cause d'une blessure de l'âme. Il aurait aussi bien pu dire que c'était parce qu'il était méchant.

« Bon, suis-moi bien. » Harry s'était assis en face de Liz. « Le jour du meurtre, la voiture de l'ambassadeur est arrivée chez Klipra à sept heures, mais ce n'était pas l'ambassadeur qui conduisait.

— Non ?

— Non. Le gardien ne se rappelle pas avoir vu de costume jaune.

— Et alors ?

— Tu as toi-même vu ce costume, Liz, à côté, une station-service passe inaperçue. Tu crois vraiment que ça s'oublie, un costume comme ça ? »

Elle secoua lentement la tête, et Harry poursuivit.

« Celui qui conduisait est entré au garage, a sonné à la porte de côté, et quand Klipra a ouvert, il est vraisemblablement tombé sur la gueule d'un canon de pistolet. Le visiteur est entré, a fermé la porte et a gentiment demandé à Klipra d'ouvrir la bouche.

– Gentiment ?

– J'essaie juste de donner un peu de couleur à cette histoire. S'il te plaît ? »

Liz serra les lèvres et passa son index dessus, en un geste éloquent.

« Il a donc mis le canon de son pistolet dedans, a demandé à Klipra de refermer la bouche et il a fait feu, froidement et impitoyablement. La balle est ressortie par l'arrière de la tête de Klipra, et est allée se ficher dans le mur. Le meurtrier a essuyé le sang et… oui, tu sais à quoi ça ressemble. »

Liz acquiesça et lui fit signe de poursuivre.

« En bref : l'individu a effacé toute trace. Pour finir, il est allé chercher le tournevis dans le coffre de l'auto et s'en est servi pour extraire la balle du mur.

– Comment le sais-tu ?

– J'ai trouvé de la chaux sur le sol dans l'entrée, et la trace de la balle. Les gars de la technique nous ont affirmé que c'était bien la même chaux que celle qui se trouvait sur le tournevis.

– Et après ?

– Ensuite, le meurtrier est ressorti en voiture et a déplacé le corps de l'ambassadeur pour pouvoir remettre le tournevis à sa place.

– Il avait déjà tué l'ambassadeur ?

– J'y reviendrai. Le meurtrier s'est changé pour mettre le costume de l'ambassadeur, et il est entré dans le bureau de Klipra, a pris l'un des deux couteaux Shan et les clés de la cabane. Il a aussi passé un rapide coup de fil depuis le bureau et a emporté la bande sur laquelle la conversation était enregistrée. Il a ensuite chargé le corps de Klipra dans le coffre et est reparti vers huit heures.

— C'est un peu déboussolant, Harry…

— À huit heures et demie, il est descendu chez Wang Lee.

— Allez, Harry. Wang Lee a dit que c'était l'ambassadeur qui était descendu dans son motel.

— Wang Lee n'a aucune raison de penser que le type mort sur le lit n'était pas celui qui s'était présenté à la réception. Tout ce qu'il a vu, c'est un farang vêtu d'un costume jaune. Pour lui, tous les…

—… farang se ressemblent. Et merde !

— Surtout quand ils se cachent derrière une paire de lunettes de soleil. Et n'oublie pas que l'ambassadeur avait dans le dos un couteau particulièrement apte à détourner l'attention, quand il a fallu que Wang Lee l'identifie.

— Oui, à propos, ce couteau ?

— L'ambassadeur a été tué d'un coup de couteau, oui, mais bien avant qu'ils n'arrivent au motel. Un couteau same, je crois, puisqu'il était enduit de graisse de renne. On trouve ce genre de couteaux partout dans le Finnmark.

— Mais le médecin a dit que la plaie correspondait au couteau Shan.

— Ce qu'il y a, c'est que le couteau Shan est plus long et plus large que le couteau same, ce qui rend impossible de voir s'il y a d'abord eu un autre couteau. Suis-moi bien. Le meurtrier est arrivé au motel avec deux cadavres dans son coffre, il a demandé une chambre le plus loin possible de l'entrée de façon à pouvoir entrer en marche arrière jusqu'au fond et porter Molnes sur les quelques derniers mètres jusque dans la chambre sans se faire remarquer. Il a ensuite demandé à ne pas être dérangé avant d'en donner lui-même l'instruction. Dans la chambre, il s'est à nouveau changé et a remis son costume à l'ambassadeur. Mais il était un peu pressé, et il s'est un peu emmêlé. Tu te souviens que j'ai commenté le fait que l'ambassadeur devait avoir prévu de rencontrer une femme, puisque sa ceinture était serrée un cran plus loin que celui qui servait d'habitude ? »

Liz fit claquer sa langue contre son palais.

« Le meurtrier a oublié de regarder sur quel cran il réagrafait la ceinture.

– Une boulette insignifiante, pas quelque chose de rédhibitoire, rien que l'une de ces toutes petites choses qui font que le compte est bon. Une fois Molnes sur le lit, il a soigneusement enfoncé le couteau Shan dans l'ancienne blessure, a nettoyé le manche et a effacé toutes les traces.

– Ça explique aussi pourquoi il y avait aussi peu de sang dans la chambre, il avait été tué ailleurs. Pourquoi les médecins n'ont-ils pas rebondi là-dessus ?

– C'est toujours difficile de dire quelle quantité de sang va s'écouler suite à un coup de couteau de ce genre, ça dépend des artères qui sont touchées et dans quelle mesure le couteau interrompt le flux sanguin. Rien n'est a priori anormal. Vers neuf heures, il a quitté le motel en emportant Klipra dans le coffre, et est allé à la cabane de Klipra.

— Il savait où c'était ? Alors il faut qu'il ait connu Klipra, non ?

— Il le connaissait bien. »

Une ombre tomba sur la table, et un homme s'assit sur la chaise en face de Løken. Le balcon était ouvert sur la circulation assourdissante du dehors, et la pièce entière puait les gaz d'échappement.

« Tu es prêt ? » demanda Løken.

Le géant à la touffe de cheveux le regarda, visiblement surpris que l'autre parle thaï.

« Je suis prêt », répondit-il.

Løken fit un sourire pâle. Il se sentait très fatigué.

« Alors qu'est-ce que tu attends… Au boulot. »

« Quand il est arrivé à la cabane, il est entré et a flanqué Klipra dans le congèl. Il a ensuite nettoyé et passé à l'aspirateur l'intérieur du coffre pour qu'on ne retrouve de trace de personne.

— Pourquoi pas, mais ça, comment le sais-tu ?

— La brigade technique a trouvé du sang appartenant à Ove Klipra dans le congélateur, ainsi que des fibres provenant du coffre et des vêtements des deux trépassés dans le sac de l'aspirateur.

— Voyez-vous ça. Ce n'était donc pas l'ambassadeur, le commanditaire, comme tu l'as prétendu quand on a passé la voiture au peigne fin ? »

Harry eut un sourire.

« J'ai compris que l'ambassadeur n'était pas un commanditaire quand j'ai vu son bureau.

— Est-ce que j'ai bien entendu ? Tu viens de dire que tu t'es trompé ?

— Oh oui. » Harry leva un index. « Mais Klipra était un commanditaire. Tout dans sa cabane semblait si bien ordonné, si systématique, tu te souviens ? Il y avait même un crochet dans le placard pour que l'aspirateur tienne en place. Mais quand j'ai ouvert la porte du placard, le lendemain, l'aspirateur a basculé. Comme si quelqu'un qui n'avait pas ses habitudes chez Klipra l'avait récemment utilisé. C'est ça qui m'a donné l'idée d'envoyer son contenu à la technique. »

Liz secoua lentement la tête, mais Harry poursuivit :

« Quand j'ai vu toute cette viande dans le congélateur, je me suis dit qu'on pouvait fort bien conserver un mort pendant des semaines sans que le corps... » Harry gonfla ses joues et s'appuya d'un geste des mains.

« Tu ne vas pas très bien, dit Liz. Tu devrais voir un toubib.

— Tu veux entendre la suite, ou pas ? »

Elle voulait.

« Ensuite, il est allé au motel, il a garé la voiture et est allé dans la chambre remettre les clés de la voiture dans la poche de Molnes. Et puis il a disparu dans la nuit, sans laisser de traces. Stricto sensu.

— Une minute ! Quand on est allé à la baraque, il nous a fallu une demi-heure pour l'aller simple, n'est-ce pas ? La distance jusqu'à l'hôtel est à peu près la même. Notre amie Dim l'a découvert à minuit, soit deux heures et demie après le moment où le meurtrier a selon toi quitté le motel. Il n'est pas possible qu'il ait eu le temps de revenir au motel avant que le corps de Molnes ne soit découvert. Ou bien c'est quelque chose que tu as oublié ?

— Oh non. J'ai même fait le test. Je suis parti à neuf heures, j'ai fait une pause d'une demi-heure à la cabane et je suis revenu.

— Alors ?

— J'étais de retour à minuit et quart.

— Alors ça ne tient pas debout.

— Tu te rappelles ce qu'a dit Dim à propos de la voiture, quand on l'a interrogée ? »

Liz se mordit la lèvre supérieure.

« Elle ne se souvenait pas avoir vu une voiture, répondit Harry. Parce qu'il n'y en avait pas. À minuit et quart, ils étaient à la réception où ils attendaient la police, et ils n'ont pas fait attention à la voiture qui entrait en toute discrétion.

— Eh bien, je croyais qu'on avait affaire à un meurtrier précautionneux. Il risquait quand même que la police ne soit déjà arrivée, quand il est revenu.

— Il a été prudent, mais il ne pouvait pas prévoir que le meurtre serait découvert avant son retour. L'accord stipulait que Dim ne devait pas se rendre dans la chambre avant qu'il n'en donne l'ordre, n'est-ce pas ? Mais Wang Lee s'est impatienté et a failli tout gâcher. Le meurtrier se sentait vraisemblablement en parfaite sécurité quand il est revenu avec les clés de la voiture.

— Coup de pot, donc ?

— Je parlerais plutôt d'un soupçon de chance dans une malchance extrême. Cet homme ne se fie pas au hasard. »

Il doit être mandchou, se dit Løken. De la province de Ji lin, peut-être. Pendant la guerre de Corée, il avait entendu dire que l'armée rouge y recrutait bon nombre de ses soldats pour leur haute stature. Contre toute logique : ils s'enfonçaient davantage dans la boue et constituaient des cibles plus grosses. L'autre occupant de la pièce se tenait derrière lui et fredonnait une chanson. Løken ne pouvait en jurer, mais il eut l'impression que c'était *I Wanna Hold Your Hand.*

Le Chinois avait pris l'un des couteaux sur la table, si l'on peut parler de couteau pour un cimeterre long de soixante-dix centimètres. Il le soupesa à la manière d'un joueur de base-ball qui choisit la batte qu'il va utiliser, avant de le lever sans un mot au-dessus de sa tête. Løken serra les dents. Au même instant, l'agréable hébétude provoquée par l'acide barbiturique se dissipa, le sang se figea dans ses artères, et il perdit le contrôle de lui-même. Tandis qu'il criait en ruant dans les liens de cuir qui lui immobilisaient les mains sur la table, le fredonnement se rapprocha par derrière. Une main le saisit aux cheveux, tira sa tête en arrière, et on lui enfonça une balle de tennis dans la bouche. Il en sentit la surface velue contre sa langue et son palais, elle attira la salive à elle comme un buvard, et ses cris se changèrent en un gémissement désespéré.

La tunique était serrée si fort autour de ses avant-bras qu'il avait depuis longtemps perdu toute sensibilité dans les mains, et quand le sabre s'abattit avec un bruit sec et qu'il ne sentit rien, il crut un instant que l'autre avait raté son coup. C'est alors qu'il vit sa main droite de l'autre côté de la lame du sabre.

Elle avait été fermée, elle s'ouvrait maintenant lentement. La coupure était propre et nette. Il pouvait voir les deux canaux médullaires qui avaient été coupés perpendiculairement. Radius et cubitus. Il avait pu les voir chez d'autres, mais jamais chez lui. La tunique faisait qu'il n'y avait pas beaucoup de sang. Ce n'est pas vrai que les amputations soudaines ne font pas mal. La douleur était intolérable. Il attendit l'évanouissement, cet état paralysant du néant, mais ils lui coupèrent sur-le-champ cette retraite. L'homme qui fredonnait lui piqua une seringue dans le haut du bras, à travers la chemise, sans même chercher une artère. C'est ce qui est bien avec la morphine, elle fait son effet quel que soit l'endroit où on l'injecte. Il eut conscience qu'il pourrait survivre à ça. Assez longtemps. Aussi longtemps qu'ils le voudraient.

« Et Runa Molnes ? demanda Liz tout en se curant les dents avec une allumette.

— Il a pu la choper n'importe où, dit Harry. À son retour de l'école, par exemple.

— Et il l'a emmenée dans la baraque de Klipra. Que s'est-il passé ensuite ?

— Le sang et le trou qu'a fait la balle indiquent qu'elle a été abattue sur place. À coup sûr dès qu'ils sont arrivés. »

Ça ne posait presque aucun problème quand il en parlait de la sorte, comme de la victime d'un homicide.

« C'est ça que je ne comprends pas, dit Liz. Pourquoi la kidnapper et la tuer tout de suite ? Je croyais qu'il avait dans l'idée de l'utiliser pour t'obliger à mettre un terme à ton enquête. Et ça, il ne pouvait y arriver que tant que Runa Molnes était en vie. Il devait bien se douter que tu exigerais des preuves de sa bonne santé avant de te soumettre à ses exigences.

— Et c'était quoi, me soumettre à ses exigences ? demanda Harry. M'en aller… après quoi Runa serait rentrée en courant chez elle, tout heureuse ? Et le ravisseur pouvait pousser son soupir de soulagement même s'il n'avait plus de moyen de pression, rien que parce que je lui avais promis qu'on ne lui ferait pas d'histoires ? C'était comme ça que tu l'imaginais ? Tu crois qu'il se serait contenté de la… »

Harry se rendit compte au regard que lui jeta Liz qu'il avait haussé le ton. Il la boucla.

« Pas moi, je parle de ce que le meurtrier pensait », dit Liz sans le quitter des yeux. Une ride inquiète était réapparue entre ses sourcils.

« Excuse-moi, Liz, dit-il en appuyant le bout de ses doigts contre sa mâchoire. Je dois être fatigué. »

Il se leva et retourna à la fenêtre. La fraîcheur de l'intérieur et la chaleur humide de l'air extérieur avaient créé une fine couche grise de condensation sur le carreau.

« Il ne l'a pas enlevée parce qu'il craignait que j'aie commencé à en savoir plus que je ne devais. Il n'avait aucune raison de le faire, je ne comprenais vraiment pas.

— Alors quel était le motif de l'enlèvement ? de confirmer ce qu'on pensait : que c'était Klipra qui était derrière les meurtres de l'ambassadeur et de Jim Love ?

– C'était le motif secondaire, dit-il au carreau. Le principal, c'est qu'il devait la tuer elle aussi. Quand je… »

Ils entendirent le faible martèlement des basses depuis la pièce voisine.

« Oui, Harry ?

– Quand je l'ai vue pour la première fois, elle était déjà condamnée. »

Liz inspira.

« Il est bientôt neuf heures, Harry. Tu devrais peut-être quand même me dire qui est le meurtrier, avant que Løken n'arrive… »

Løken avait verrouillé la porte de son appartement à sept heures et était descendu pour prendre un taxi qui l'emmènerait au Millie's Karaoke. Il avait tout de suite vu la voiture. C'était une Toyota Corolla, et l'homme au volant semblait emplir tout l'habitacle. Il vit la silhouette d'une autre personne sur le siège passager. Il se demanda s'il devait aller voir à la voiture ce qu'ils désiraient, mais décida de les mettre d'abord à l'épreuve. Il pensait savoir ce qu'ils cherchaient, et qui les avait envoyés.

Løken héla un taxi, et après avoir parcouru quelques pâtés de maisons, il vit qu'en effet, la Corolla s'était lancée à sa poursuite.

Le chauffeur de taxi remarqua instinctivement que le farang qui occupait la banquette arrière n'était pas un touriste, et il laissa donc tomber sa proposition de massage. Mais quand Løken lui demanda de faire encore quelques détours, le conducteur sembla réviser son jugement. Løken croisa son regard dans le rétroviseur.

« Visite guidée, sil ?

– Oui. Visite guidée. »

Au bout de dix minutes, il n'y avait plus aucun doute. Le but était visiblement que Løken mène les deux policiers au lieu de rendez-vous. Løken se demandait juste ce qui avait bien pu mettre la puce à l'oreille du chef de la police à propos d'un éventuel rendez-vous. Et pourquoi il vivait aussi mal qu'un de ses inspecteurs principaux se livre à un soupçon de collaboration irrégulière avec des étrangers. Ça ne respectait peut-être pas les consignes à la lettre, mais ça avait en tout cas donné des résultats.

Tout s'immobilisa pour de bon sur Sua Pa Road. Le chauffeur se glissa dans une poche derrière deux bus et montra du doigt les piliers qu'ils s'affairaient à construire entre les files. Une poutrelle d'acier était tombée la semaine passée, tuant un automobiliste. Il l'avait lu. Ils avaient aussi publié les photos. Le chauffeur secoua la tête, attrapa un chiffon et essuya son tableau de bord, les vitres, la petite statue de Bouddha et la photo de la famille royale ; puis il soupira, ouvrit le *Thai Rath* sur son volant, et alla directement à la page des sports.

Løken regarda par la lunette arrière. Deux voitures seulement les séparaient de la Corolla. Il regarda l'heure. Sept heures et demie. Il se dit qu'il était suffisamment en retard pour ne pas s'accorder le temps de semer ces deux imbéciles. Løken se décida et tapota l'épaule du chauffeur.

« J'ai vu quelqu'un que je connais », dit-il en anglais en faisant de grands gestes vers l'arrière.

Le chauffeur eut l'air de douter, soupçonnant manifestement le farang de vouloir se tirer sans payer.

« Je reviens tout de suite », dit Løken en réussissant tout juste à s'extraire par la portière.

Un jour de moins à vivre, pensa-t-il en inhalant une dose de $CO_2$ suffisante pour estourbir toute une famille de rats, avant de se diriger lentement vers la Corolla. L'un des phares avait dû prendre un gnon, car la lumière lui partait en pleine figure. Il prépara ce qu'il allait dire, se réjouissant d'avance de la tronche qu'ils feraient. Løken n'était plus qu'à quelques mètres et distinguait les deux silhouettes. Le doute l'assaillit d'un seul coup. Il y avait dans l'apparition quelque chose qui ne collait pas. Même si les policiers ne font généralement pas partie des plus futés, ils avaient en tout cas bien enregistré que la discrétion est l'impératif absolu lorsqu'il s'agit de filer quelqu'un. L'homme assis sur le siège passager portait des lunettes de soleil bien que le soleil se fût couché depuis un bon moment, et même s'il n'était pas rare que les Chinois de Bangkok n'aient qu'une touffe de cheveux, le géant derrière le volant était loin de passer inaperçu. Løken allait se retourner quand la porte de la Corolla s'ouvrit.

« Mistel », fit une voix douce. C'était le comble ! Løken essaya de retourner au taxi, mais une voiture s'était avancée et lui interdisait l'accès. Il se tourna à nouveau vers la Corolla. Le Chinois venait vers lui. « Mistel », répéta-t-il tandis que les voitures de la file opposée redémarraient. Il lui sembla qu'on chuchotait dans la tempête.

Løken avait une fois tué un homme en ne se servant que de ses mains. Il lui avait brisé le larynx d'un coup du tranchant de la main, exactement comme il avait appris à le faire dans ce camp d'entraînement du Wisconsin. Mais c'était loin en arrière, quand il était jeune. Et paniqué. À présent, il n'était pas paniqué. Juste hors de lui.

Ça n'aurait probablement fait aucune différence.

Lorsqu'il sentit les deux bras autour de lui et que ses jambes ne reposaient plus par terre, il sut que ça n'aurait fait aucune différence. Il essaya de crier, mais l'air dont auraient eu besoin ses cordes vocales pour se mettre à vibrer l'avait déjà abandonné. Il vit le ciel étoilé tourner lentement avant qu'un plafond capitonné de voiture ne s'interpose.

Il sentit un souffle chaud et nauséabond contre sa nuque et regarda par le pare-brise de la Corolla. Le type aux lunettes de soleil était allé jusqu'au taxi, et il tendit une poignée de billets par la vitre côté conducteur. L'étreinte se desserra un peu, et Løken but cet air sale tel de l'eau de source, en une longue inspiration frémissante.

La vitre du taxi remonta, et le type aux lunettes de soleil revint vers eux. En fait, il avait retiré ses lunettes de soleil, et au moment où il pénétra dans le faisceau que jetait le phare abîmé, Løken le reconnut.

« Jens Brekke ? » murmura-t-il, interloqué.

# Chapitre 50

« Jens Brekke ? » s'exclama Liz.

Harry hocha la tête.

« Impossible ! Tu sais bien qu'il a un alibi, il a cette bande infaillible qui prouve qu'il a appelé sa sœur à huit heures et quart.

– C'est vrai, mais pas de son propre bureau. Je lui ai demandé ce qui lui avait pris d'appeler sa bête de somme de sœur chez elle, en plein milieu des heures de bureau. Il m'a répondu qu'il avait oublié quelle heure il était en Norvège.

– Et ?

– Tu as déjà entendu parler d'un courtier de change qui oublie quelle heure il est dans d'autres pays ?

– Peut-être pas, mais en quoi ça nous intéresse ?

– Il a appelé chez sa sœur pour lui laisser un message parce qu'il n'avait pas le temps de lui parler, et qu'il n'avait en plus rien à lui raconter.

– Je ne suis pas.

– Je me suis fait la remarque quand j'ai vu que Klipra avait un appareil semblable à celui de Brekke. Après avoir buté Klipra, il a téléphoné à sa sœur depuis le bureau de Klipra et a emporté la bande en partant. Elle montre quand il a appelé, mais pas d'où. On n'a jamais pensé que la bande pouvait provenir d'un autre appareil. Mais je peux prouver qu'il manque une bande au bureau de Klipra.

— Comment ?

— Tu te rappelles que le mobile de l'ambassadeur mentionnait une conversation téléphonique avec Klipra, le 3 janvier de bonne heure ? Elle ne figure sur aucune des bandes retrouvées dans son bureau. »

Liz éclata de rire.

« C'est complètement farfelu, Harry. Cet enfoiré s'est constitué un alibi en béton, il a été en taule et il attendait le moment de jouer son atout pour lui donner le plus de vraisemblance possible !

— Il me semble entendre l'émerveillement dans ta voix, inspecteur principal.

— C'est purement professionnel. Tu crois que ça, c'était prévu dès l'origine ? »

Harry regarda l'heure. Son cerveau s'était mis à lui transmettre un message lui disant que quelque chose clochait.

« Si je suis sûr d'une chose, c'est que tout ce qu'a fait Brekke était prévu à l'avance. Il n'a pas laissé un seul détail au hasard.

— Comment peux-tu en être aussi sûr ?

— Eh bien, commença-t-il en s'appliquant un verre vide sur le front. Il me l'a dit. Qu'il déteste le risque, qu'il ne joue pas s'il n'est pas sûr de gagner.

— Je suppose que tu t'es aussi fait une idée de la façon dont il avait tué l'ambassadeur ?

— Pour commencer, il a suivi l'ambassadeur au parking, ce que peut confirmer la réceptionniste. Ensuite, il est remonté en ascenseur, ce que peut confirmer cette fille qui est montée avec lui et qu'il a invitée à dîner. Il a vraisemblablement tué l'ambassadeur dans le parking, en lui plantant le couteau same dans le dos quand il s'est retourné pour monter en voiture ; il a pris les clés, a chargé l'ambassadeur dans le coffre avant de refermer à clé, est retourné dans l'ascenseur en attendant que quelqu'un d'autre appelle à un autre étage, de manière à être sûr d'avoir un témoin qui pourrait dire qu'il remontait.

— Il l'a même invitée pour qu'elle se souvienne de lui.

— Exactement. Si ça avait été quelqu'un d'autre, il aurait trouvé autre chose. Il a alors fermé son téléphone à tout appel entrant pour donner l'impression qu'il était occupé, il est redescendu en ascenseur et est parti chez Klipra avec la voiture de l'ambassadeur.

— Mais s'il a tué l'ambassadeur dans le parking, ça a bien dû être enregistré en vidéo ?

— Pourquoi cette cassette avait-elle disparu, à ton avis ? Il est évident que personne n'essayait de détruire l'alibi de Brekke, c'est lui-même qui a forcé Jim Love à lui remettre la bande. Le soir où on l'a aperçu à la compétition de boxe, il devait faire vite pour retourner au bureau. Pas pour s'y entretenir avec des clients américains, mais parce qu'ils avaient prévu que Jim le laisserait entrer de façon à pouvoir repasser l'enregistrement sur lequel on le voyait tuer l'ambassadeur. Et bidouiller le compteur horaire pour qu'on ait l'impression que quelqu'un essayait de lui saboter son alibi.

— Pourquoi ne s'est-il pas contenté de faire disparaître la bande en question ?

— C'est un perfectionniste. Il savait qu'un enquêteur modérément intelligent finirait tôt ou tard par découvrir que l'enregistrement et les indications de temps ne concordaient pas.

— Comment ?

— Étant donné qu'il a utilisé l'enregistrement d'un autre soir pour remplacer l'enregistrement compromettant, la police aurait tôt ou tard fini par discuter avec des employés du bâtiment pouvant certifier qu'ils étaient passés en voiture devant cette caméra entre cinq heures et cinq heures et demie le 3 janvier. La preuve que cette bande a été bricolée est tout naturellement qu'ils ne sont pas sur l'enregistrement. La pluie et les traces que laissaient les voitures derrière elles ont juste fait qu'on a abouti un peu plus vite à cette conclusion que dans d'autres circonstances.

— Tu n'as donc pas été plus rusé que ce qu'il attendait de toi ? »

Harry haussa les épaules.

« Niet. Mais je n'en mourrai pas. Ça n'a pas été le cas de Jim Love. Il a reçu de l'opium empoisonné en guise de rétribution.

— Parce que c'était un témoin ?

— Encore une fois, Brekke n'aime pas le risque.

— Mais et le motif ? »

Harry souffla par le nez, rendant un son semblable au bruit des freins d'un semi-remorque.

« Tu te souviens que l'on s'est demandé si la mise à disposition de cinquante millions de couronnes sur six ans était un assez bon motif pour tuer l'ambassadeur ? Ça ne l'était pas. Mais en disposer pour le restant de sa vie était pour Jens Brekke un assez bon motif pour tuer trois personnes. D'après le testament, Runa devait hériter à sa majorité, mais puisqu'il ne figure rien qui précise ce qui arriverait si elle mourait, l'argent suit naturellement les voies d'héritage. Ce qui veut dire que la fortune revient à Hilde Molnes. Le testament ne l'empêche pas non plus de disposer dès maintenant de l'argent.

— Comment Brekke a-t-il prévu de la dépouiller ?

— Il n'a pas besoin de faire quoi que ce soit. Il reste six mois de vie à Hilde Molnes. Suffisamment longtemps pour lui permettre de l'épouser, mais pas assez pour que Brekke ne fasse pas l'effort de tenir le coup comme un parfait gentleman.

— Il a fait disparaître son mari et sa fille de la circulation pour hériter de sa fortune, à sa mort ?

— S'il n'y avait que ça. Il a déjà utilisé l'argent. »

Liz le regarda sans comprendre.

« Il a pris le contrôle d'une entreprise au bord du dépôt de bilan répondant au nom de Phuridell. Si les prévisions de la Barclay Thailand se réalisent, la compagnie peut en l'espace de quelques années valoir vingt fois plus cher que ce qu'il l'a payée.

— Alors pourquoi les autres vendent-ils ?

— D'après George Walters, chef de Phuridell, "les autres" se résument à quelques petits actionnaires qui ont refusé de vendre leurs parts à Ove Klipra quand celui-ci en a acheté la majorité, parce qu'ils ont senti que quelque chose d'énorme se tramait.

Mais après la disparition de Klipra, on leur a fait savoir que la dette en dollars risquait d'envoyer la société par le fond, et ils ont accueilli avec beaucoup de bienveillance l'offre de Brekke. Il en va de même pour le cabinet d'avocats qui s'occupe de la succession Klipra. Le prix total d'achat est d'environ cent millions de couronnes.

– Mais Brekke n'a pas encore l'argent, que je sache ?

– Walters dit que la moitié du règlement doit être versée maintenant, le reste dans six mois. Comment il a pensé payer la première partie, je n'en sais rien, mais il a dû se procurer l'argent d'une autre façon.

– Et si elle ne meurt pas dans les six mois ?

– Pour une raison qui m'échappe, je crois que Brekke va veiller à ce que ça arrive. C'est lui qui lui prépare ses cocktails... »

Le regard de Liz se perdit en l'air.

« Il n'avait pas peur que ça ait l'air un peu suspect qu'il apparaisse comme le nouveau propriétaire de Phuridell, justement maintenant ?

– Si. Et c'est pourquoi il a acheté les parts au nom d'une société qui s'appelle Ellem Limited.

– On aurait pu trouver qui était derrière.

– Ce n'est pas le cas. La société a été fondée au nom de Hilde Molnes. Mais il en héritera évidemment aussi quand elle mourra. »

Liz arrondit les lèvres en un *o* muet.

« Et tout ça, tu l'as trouvé tout seul ?

– Avec l'aide de Walters. Mais j'ai eu des soupçons dès que j'ai trouvé la liste des actionnaires de Phuridell chez Klipra.

— Ah oui ?

— Ellem. » Harry fit un sourire. « Ça m'a tout d'abord fait soupçonner Ivar Løken. Il se trouve que le surnom qu'on lui avait donné pendant la guerre du Vietnam était justement LM. Mais la solution est plus banale qu'il n'y paraît.

— J'abandonne, dit Liz en joignant les mains sur sa nuque.

« Si on retourne Ellem, on obtient Melle. C'est le nom de jeune fille de Hilde Molnes. »

Liz posa sur Harry le même regard que sur un phénomène de cirque.

« Tu es impossible ! » murmura-t-elle.

Jens regarda la papaye qu'il tenait dans la main.

« Tu sais quoi, Løken ? Au moment précis où tu mords dans une papaye, ça sent la gerbe, tu avais remarqué ? »

Il planta ses dents dans le fruit. Le jus lui dégoulina le long du menton.

« Et puis ça sent la chatte. » Il renversa la tête en arrière et se mit à rire. « Tu sais, une papaye coûte cinq bahts, ici à Chinatown — autant dire rien. Tout le monde peut se le permettre, la papaye est l'une des prétendues joies simples. Et comme pour les autres joies simples, on ne sait pas y mettre un prix avant d'en être privé. C'est comme… (Jens agita la main devant son visage, comme s'il cherchait une analogie adéquate) … comme de pouvoir se torcher le cul. Ou se branler. Tout ce qu'il faut, c'est avoir au moins une main intacte. »

Il attrapa la main sectionnée de Løken par le majeur et la leva devant son visage.

« Il t'en reste une. Penses-y. Et pense à tout ce que tu ne peux pas faire sans mains. J'y ai déjà un peu réfléchi, alors laisse-moi t'aider. Tu ne peux pas éplucher une orange, tu ne peux pas poser un appât sur un hameçon, tu ne peux pas caresser le corps d'une femme ou boutonner ton pantalon. Oui, tu ne peux même pas te tirer une balle, au cas où tu en aurais envie. Il faut quelqu'un pour t'aider en tout. En tout, penses-y un peu. »

Des gouttes de sang tombaient de la main, se désintégraient sur le bord de la table, et la chemise de Løken s'ornait de petites taches rouges. Jens reposa la main. Les doigts pointaient vers le plafond.

« D'un autre côté, il n'y a pas de limites à ce qu'on peut réussir à faire avec deux mains intactes. On peut étrangler une personne que l'on déteste, rafler le pognon qui est sur la table et tenir un club de golf. Tu sais à quel point les connaissances médicales ont progressé, à ce jour ? »

Jens attendit jusqu'à ce qu'il soit sûr que Løken ne répondrait pas.

« Ils peuvent te recoudre une main sans abîmer ne serait-ce qu'un nerf. Ils remontent très haut dans ton bras et en tirent les nerfs comme autant de petits élastiques. Au bout de six mois, tu ne te souviendras même pas qu'elle t'a été enlevée. Il faut bien entendu que tu ailles suffisamment vite chez le médecin, et que tu aies ta main avec toi. »

Il alla se placer derrière la chaise de Løken, posa son menton sur son épaule et lui chuchota dans l'oreille :

« Regarde, quelle jolie main. Belle, non ? Presque autant que celle sur le tableau de Michel-Ange, comment s'appelle-t-il, déjà ? »

Løken ne répondit pas.

« Celle qu'ils ont utilisée pour la pub Levi's, tu sais ? »

Løken avait fixé son regard sur un point aérien, droit devant lui. Jens soupira.

« On n'est pas vraiment des connaisseurs en art, nous autres, hein ? Eh bien, j'achèterai peut-être quelques tableaux connus quand tout ça sera fini, pour voir si ça peut stimuler mon intérêt. À propos de finir, dans combien de temps crois-tu qu'il sera trop tard pour te recoudre la main ? Une demi-heure ? Peut-être plus si on l'avait mise dans la glace, mais malheureusement, on n'en a plus pour aujourd'hui. Heureusement pour toi, on n'est qu'à un quart d'heure de voiture de l'hôpital Answut. »

Il inspira, mit sa bouche tout contre l'oreille de Løken et hurla :

« OÙ SONT HOLE ET CETTE GONZESSE ? »

Løken sursauta et montra les dents en un rictus douloureux.

« Désolé », dit Jens. Il enleva un morceau de fruit orange de la joue de Løken. « C'est juste qu'il est légèrement important pour moi de leur mettre la main dessus. Après tout, vous trois, vous êtes les seuls à avoir compris la logique dans tout ça, non ? »

Un murmure rauque parvint aux lèvres du vieil homme :

« Tu as raison…

– Quoi ? fit Jens en se penchant tout contre sa bouche. Qu'est-ce que tu dis ? Parle, bonhomme !

— Tu as raison, à propos de la papaye. Ça pue la gerbe. »

Liz joignit les mains au sommet de son crâne.

« Mais pour Jim Love… Je n'arrive pas complètement à m'imaginer Brekke dans la cuisine, en train de mélanger du cyanure et de l'opium.

— Brekke a dit la même chose à propos de Klipra, répondit Harry avec un sourire en coin. Tu as raison, il avait quelqu'un pour l'aider, un pro.

— Ce n'est pas vraiment le genre de gars qu'on peut recruter à travers les petites annonces dans le journal…

— Non.

— Peut-être quelqu'un avec qui il est entré en relation fortuitement. Il ne faut pas oublier qu'il fréquente le milieu trouble du jeu. Ou bien… » Elle s'interrompit lorsqu'elle le vit la regarder. « Oui ? Qu'est-ce qu'il y a ?

— Ce n'est pas assez évident ? C'est notre vieil ami Woo. Jens et lui ont collaboré depuis le début. C'est Jens qui lui avait donné l'ordre de planquer un micro dans mon téléphone.

— C'est une sacrée coïncidence que ce soit le même homme qui travaillait et pour le créancier de Molnes et pour Brekke.

— Ce n'est bien évidemment pas une coïncidence. Hilde Molnes m'a dit que les prêteurs qui l'avaient appelée après la mort de l'ambassadeur s'étaient sans plus de cérémonie mis à traiter avec Jens Brekke, au téléphone. Je doute que ça lui ait flanqué la frousse, si tu vois ce que je veux dire. Quand nous sommes allés voir monsieur Sorensen, à la Thai

Indo Travellers, il nous a dit qu'il n'avait aucun en-cours chez Molnes. Il disait probablement la vérité ; je parie que Brekke avait payé la dette de l'ambassadeur. Contre services, ça va de soi.

– Ceux de Woo.

– Exactement. » Harry regarda l'heure. « Merde, merde. Que fout Løken ? »

Liz se leva et poussa un soupir.

« On va essayer de l'appeler. Il s'est peut-être endormi. »

Harry se gratta pensivement le menton.

« Peut-être. »

Løken éprouvait une douleur dans la poitrine. Il n'avait jamais eu de problèmes cardiaques, mais il en connaissait un peu les symptômes. S'il s'agissait d'un infarctus, il espérait qu'il serait suffisamment puissant pour lui ôter la vie. Il allait mourir de toute façon, et c'était donc aussi bien s'il pouvait piquer un peu de plaisir à Brekke. Encore que, qui sait, il n'en retirerait peut-être aucune satisfaction. C'était peut-être pour Brekke comme ça l'avait été pour lui : un travail qu'il fallait faire. Un coup de feu, un homme tombe, et c'est fini. Il regarda Brekke. Il vit bouger sa bouche et s'aperçut avec étonnement qu'il n'entendait rien.

« Alors quand Ove Klipra m'a demandé d'assurer la dette en dollars de Phuridell, il l'a fait au cours d'un déjeuner, et pas par téléphone, dit Jens. Je n'arrivais pas à le croire. Un ordre d'environ un demi-milliard, et il me le donne oralement, sans que ce soit enregistré ! C'est le genre de chance qu'on peut attendre en vain toute sa vie. » Jens s'essuya la bouche avec une serviette en papier.

« Quand je suis revenu au bureau, j'ai acheté des traites en dollars, en mon nom propre. Si le dollar baissait, je pouvais toujours passer la transaction sur le compte de Phuridell et dire que c'était l'assurance de la dette, comme prévu. S'il montait, je pouvais moi-même rafler la mise en niant catégoriquement que c'était Klipra qui m'avait demandé d'acheter ces traites. Il ne pouvait rien prouver. Devine ce qui s'est passé, Ivar ? Tu es d'accord pour que je t'appelle Ivar ? » Il fit une boule de sa serviette en papier et visa une poubelle, près de la porte.

« Oui. Klipra a menacé d'aller voir la direction de Barclay Thailand. Je lui ai expliqué que si la Barclay lui donnait raison, elle se trouverait dans l'obligation de lui verser une indemnité pour les pertes subies. Sans compter qu'elle perdrait son meilleur courtier. En clair : ils n'avaient d'autre possibilité que de me soutenir. Il m'a alors menacé d'utiliser ses relations politiques. Et tu sais quoi ? Il n'est jamais allé jusque-là. J'ai découvert que je pouvais me débarrasser d'un problème – Ove Klipra –et prendre en même temps le contrôle de sa société – Phuridell – une société qui va décoller comme une fusée. Et si je dis ça, ce n'est pas parce que je le crois ou que je l'espère, comme le font ces pathétiques spéculateurs boursiers. Je le sais. Je vais y veiller. Ça va arriver. »

Les yeux de Jens brillèrent.

« Tout comme je sais que Harry Hole et cette fébosse rasée vont mourir ce soir. Ça va arriver. » Il regarda l'heure. « Excuse le mélo, Ivar, mais le temps passe. Il est temps de penser à son bien, n'est-ce pas ? »

Løken le toisa d'un regard vide.

« Tu n'as pas peur, hein ? Un dur comme toi ? » Légèrement surpris, Løken tira un fil qui pendait dans une boutonnière. « Dois-je te dire comment on va les retrouver, Ivar ? Attachés chacun à son pilier, un peu plus haut dans la rivière, avec une balle dans le corps et une "tronche de gorille". Tu te souviens de l'expression, Ivar ? Non ? Vous ne l'utilisiez peut-être pas quand tu étais jeune, hein ? Tu sais, je n'avais jamais compris ce que ça voulait dire. Jusqu'à ce que mon ami Woo ici présent m'explique qu'une hélice de bateau retourne littéralement la peau d'un type et dévoile la viande qui est en dessous, tu piges ? Le plus beau, là-dedans, c'est que c'est une technique de la mafia. Les gens pourront évidemment se demander ce que ces deux-là ont fait qui ait à ce point indisposé la mafia, mais la réponse, ils ne l'auront jamais, hmm ? Et certainement pas de toi, qui gagnes une opération gratuite et cinq millions de dollars pour me dire où ils sont. Parce que tu as de l'entraînement pour disparaître, te forger une nouvelle identité, ce genre de choses, non ? »

Ivar Løken voyait les lèvres de Jens Brekke bouger et entendait l'écho d'une voix au loin. Des bribes comme « hélice de bateau », « cinq millions » et « nouvelle identité » passaient çà et là. Il n'avait jamais été un héros à ses propres yeux, et n'avait pas particulièrement le désir de mourir en héros. Mais il savait faire la différence entre le bien et le mal, et, dans les limites du raisonnable, il s'était efforcé de bien faire. Personne d'autre que Brekke et Woo ne saurait jamais s'il avait accueilli la mort la tête levée ou non, personne ne parlerait de ce vieux Løken autour d'une bière partagée entre vétérans du contre-espionnage ou aux AE, et en réalité, Løken s'en moquait pas mal. Il n'avait pas vraiment besoin d'un renom posthume. Sa vie avait été un secret bien gardé, et ce serait donc tout naturel que sa mort en soit un aussi. Mais si ceci n'était pas une occasion de donner dans le grandiose, il savait que la seule chose qu'il gagnerait à donner à Brekke ce que celui-ci voulait, c'était une mort plus rapide. Et il n'éprouvait plus de douleur. Ça ne valait donc pas le coup. C'est pourquoi si Løken avait perçu les détails de la proposition de Brekke, ça n'aurait fait aucune différence. Car à cet instant précis, le mobile qu'il avait à la ceinture se mit à sonner.

## Chapitre 51

Au moment où Harry allait raccrocher, il entendit un déclic suivi d'une autre sonnerie, et il comprit que son appel venait d'être renvoyé sur la ligne personnelle de Løken. Il attendit, laissa sonner sept fois avant de renoncer et de remercier la fille aux tresses enroulées à la Mickey Mouse, derrière son comptoir, pour le téléphone.

« On a un problème », dit-il en revenant dans la pièce. Liz avait quitté ses chaussures pour inspecter un peu de peau sèche.

« La circulation, répondit-elle. Il y a tout le temps de la circulation.

– J'ai été connecté à son mobile, mais il n'a pas répondu non plus. Je n'aime pas ça.

– Détends-toi. Que peut-il arriver, dans la paix de Bangkok ? Il a sûrement laissé son mobile chez lui.

– J'ai fait une boulette, dit Harry. J'ai raconté à Brekke que nous devions nous réunir ce soir, et je lui ai demandé de me trouver qui était derrière Ellem Limited.

— Tu as fait quoi ? » Liz enleva ses pieds de la table.

Harry abattit son poing sur la table, faisant sauter sa tasse de café. « Merde, merde ! Je voulais voir comment il réagirait.

— Comment il réagirait ? Bon sang, Harry, ce n'est pas un jeu !

— Je ne joue pas. On était convenu que je le rappellerais depuis notre lieu de rencontre, pour décider d'un endroit où se voir. J'avais prévu le Lemon Grass.

— Le restaurant où on était ?

— C'est juste à côté, et c'est mieux que de risquer de tomber dans une embuscade, chez lui. Nous sommes trois, et j'avais donc prévu une arrestation à la manière dont on avait arrêté Woo.

— Et tu n'as pas pu t'empêcher de lui flanquer la frousse en parlant d'Ellem ? gémit Liz.

— Brekke n'est pas bête. Il avait senti le vent tourner bien avant. Il est revenu sur l'histoire des témoins, il m'a testé pour savoir si je l'avais dans ma ligne de mire.

— Connards de machos ! renâcla Liz. Si vous vous êtes tous les deux investis personnellement là-dedans, exclus-le du plan. Merde, Harry, je pensais que tu étais trop pro pour ce genre de choses. »

Harry ne répondit pas. Il savait qu'elle avait raison, il s'était conduit comme un amateur. Bon sang, qu'est-ce qui lui avait pris de parler d'Ellem Limited ? Il aurait pu trouver cent autres prétextes avant qu'ils ne se voient. Peut-être y avait-il quelque chose dans ce qu'avait dit Jens, que les hommes aiment le risque pour lui-même, peut-être n'était-il qu'un des joueurs que Brekke trouvait si pathétiques. Non, ce n'était pas ça. Pas seulement ça, en tout cas. Son grand-père lui avait dit une fois pourquoi il ne tirait pas les perdrix des neiges quand elles étaient par terre. « Ce n'est pas joli. »

C'était ça, la raison ? Une sorte d'éthique de la chasse qu'il avait reçue en héritage, on faisait peur à la proie pour pouvoir l'abattre en vol, pour lui donner symboliquement une chance de fuir ?

Liz interrompit le cours de ses pensées.

« Qu'est-ce qu'on fait, maintenant, inspecteur ?

— On attend. On donne une demi-heure à Løken. S'il ne s'est pas pointé, j'appelle Brekke.

— Et si Brekke ne répond pas ? »

Harry inspira. « Alors on appelle le chef de la police et on met tout le bazar en route. »

Liz bougonna quelques malédictions entre ses dents serrées. « Je t'ai déjà expliqué ce que c'était, d'être affecté à la circulation ? »

Jens regarda l'écran du mobile de Løken et gloussa. Ça ne sonnait plus.

« Chouette téléphone, Ivar, dit-il. Ericsson a fait du beau boulot, tu ne trouves pas ? Tu peux connaître le numéro de celui qui appelle. Comme ça, si c'est quelqu'un à qui tu n'as pas envie de parler, tu peux laisser sonner. Si je ne me trompe pas, il y a quelqu'un qui a commencé à se demander pourquoi tu n'arrivais pas. Parce que tu ne dois pas avoir tant d'amis que ça qui t'attendent à cette heure, hein, Ivar ? »

Il balança le téléphone par-dessus son épaule, et Woo fit gracieusement un pas de côté pour l'attraper.

« Appelle les renseignements et trouve qui a ce numéro, et où il est. Maintenant. »

Jens s'assit tout près de Løken.

« Cette opération devient vraiment urgente, Ivar. »

Il se pinça le nez et regarda par terre, où une mare s'était formée sous la chaise.

« Mais Ivar, voyons !

– Millie's Karaoke, fit-on derrière eux dans un anglais staccato. Je sais où c'est. »

Jens donna une tape sur l'épaule de Løken.

« Désolé, mais il faut qu'on se sauve, Ivar. On ira faire un tour à l'hôpital quand on sera rentrés. C'est promis, d'accord ? »

Løken sentit la vibration que faisaient des pas en s'éloignant, et attendit le souffle d'une porte qui claque. Il ne vint pas. Au lieu de cela, il entendit de nouveau l'écho lointain d'une voix, tout près de son oreille.

« Ah, oui, j'allais oublier, Ivar. » Il sentit le souffle chaud sur sa tempe. « Il nous faut quelque chose pour les attacher à leurs piles. Je peux t'emprunter ta tunique ? Tu la récupéreras, c'est promis. »

Løken ouvrit la bouche et sentit le voile de son palais se déchirer lorsqu'il hurla. Un autre avait pris le contrôle de son cerveau, et il sentit qu'il s'agitait dans les liens de cuir tout en regardant son sang se répandre sur la table et les manches de sa chemise l'absorber jusqu'à être totalement rouges. Il ne remarqua pas le souffle de la porte.

Harry sursauta lorsqu'on frappa doucement à la porte.

Il fit une grimace involontaire en découvrant que ce n'était pas Løken, mais la fille aux tresses qui lui faisaient comme des oreilles de Mickey.

« You Hally, sil ? »

Il acquiesça.

« Téléphone.

– Qu'est-ce que je disais ? demanda Liz. Cent bahts que c'est la circulation. »

Il suivit la fille jusqu'à l'accueil, en remarquant à demi consciemment qu'elle avait les mêmes cheveux noir corbeau et le même cou élancé que Runa. Il fixa les fins cheveux noirs sur sa nuque, sous l'élastique. Elle se retourna, fit un sourire rapide et lui tendit la main. Il hocha la tête et attrapa le combiné.

« Oui ?

– Harry ? C'est moi. »

Harry crut sentir ses artères se dilater lorsque son cœur se mit à battre plus vite. Il respira à fond deux ou trois fois avant de se mettre à parler, calmement et distinctement.

« Où est Løken, Jens ?

– Ivar ? Tu sais, il avait du boulot plein les mains, et il n'a pas pu venir. »

Harry put entendre à sa voix que la mascarade était terminée, que c'était Jens Brekke qui avait la parole, la personne à qui il avait parlé pour la première fois, à son bureau. Le même ton taquin et provocant, comme un homme qui sait qu'il gagne, mais veut savourer son plaisir avant de porter le coup de grâce. Harry essaya de réfléchir rapidement, de trouver ce qui avait pu de nouveau répartir les atouts en sa défaveur.

« J'ai attendu ton coup de fil, Harry. » Ce n'était pas la voix d'un homme désespéré, mais celle d'un homme assis sur le siège de conducteur, un bras nonchalamment posé sur le volant.

« Eh bien, tu m'as coupé l'herbe sous le pied, Jens. »

Ce dernier partit d'un rire rauque.

« Je te coupe sans doute toujours l'herbe sous le pied, Harry, hein ? Quel effet ça fait ?

— Fatigant. Où est Løken ?

— Tu veux savoir ce qu'a dit Runa avant de mourir ? »

Harry sentit un picotement sous la peau de son front.

« Non, s'entendit-il dire. Je veux seulement savoir où est Løken, ce que tu lui as fait et où on peut te trouver.

— Mais ça fait trois vœux d'un coup, ça ! »

La membrane du téléphone trembla sous son rire. Mais il y avait autre chose qui essayait d'attirer son attention, quelque chose qu'il ne parvenait pas à identifier. Le rire se tut brusquement.

« Sais-tu quel dévouement ça exige, de mettre sur pied une organisation comme celle-ci, Harry ? D'assurer et d'assurer encore, d'explorer toutes les possibilités pour la rendre infaillible ? Sans parler du désagrément physique. Tuer, c'est une chose, mais tu crois que j'ai apprécié les jours où j'ai été collé au trou ? Tu ne vas peut-être pas me croire, mais ce que je t'ai dit sur l'enfermement était vrai.

— Alors pourquoi as-tu exploré toutes les pistes ?

— Je t'ai déjà dit que l'élimination du risque a un coût, mais que ça en vaut la peine. Ça en vaut toujours la peine. Comme tout le travail que ça m'a demandé de faire croire que c'était Klipra le coupable, par exemple.

— Alors pourquoi ne pas faire les choses simplement ? Les abattre et reporter la faute sur la mafia ?

— Tu raisonnes comme un de ces losers que tu as l'habitude de pister, Harry. C'est comme les joueurs, qui oublient l'ensemble, qu'il y a quelque chose qui vient après. Bien sûr, que j'aurais pu tuer Molnes, Klipra et Runa plus simplement, en veillant seulement à ne laisser aucune trace. Mais ça n'aurait pas suffi. Parce qu'au moment de reprendre la fortune Molnes et Phuridell, il aurait été évident que j'avais un motif pour les éliminer tous les trois, pas vrai ? Trois meurtres, et une seule personne avec un motif pour les trois ; même la police aurait réussi à faire ce calcul, tu ne crois pas ? Même sans découvrir quelques pièces à conviction, vous auriez pu me pourrir correctement la vie. Il fallait donc que je vous concocte un autre scénario, dans lequel l'un des morts était lui-même le coupable. Une solution qui ne soit pas assez inaccessible pour que vous y parveniez, mais pas trop immédiate pour qu'elle ne vous satisfasse pas. En fait, tu devrais me remercier, Harry, je t'ai aidé à avoir l'air intelligent quand tu t'es lancé sur la trace de Klipra, non ? »

Harry n'écoutait que d'une oreille, il était revenu un an en arrière. Il avait alors aussi eu la voix d'un meurtrier dans l'oreille. Cette fois-là, c'était un bruit de fond d'eau qui l'avait trahi, mais Harry n'entendait maintenant qu'un faible bourdonnement de musique qui pouvait venir de n'importe où.

« Qu'est-ce que tu veux, Jens ?

– Cc que je veux ? Mouais, qu'est-ce que je veux ? Juste te parler un peu, je suppose. »

Me retenir, se dit Harry. Il veut me retenir. Pourquoi ? La boîte à rythmes tapait sourdement, et une clarinette délirait.

« Mais si tu veux le savoir en détail, j'appelais juste pour te dire… »

*I Just Called To Say I Love You !*

«… que ta collègue va peut-être avoir besoin d'un lifting. Hein, Harry ? Harry ? »

Le combiné décrivit un arc de cercle et se mit à se balancer juste au-dessus du sol.

Harry sentit le doux effet de l'adrénaline, comme si on lui en avait injecté, tandis qu'il courait dans le couloir. La fille aux tresses s'était plaquée contre le mur, épouvantée, quand il avait lâché le téléphone, tiré son Ruger SP-101 d'emprunt de son holster jambier et l'avait chargé en un mouvement fluide. Avait-elle percuté qu'il lui criait d'appeler la police ? Pas le temps d'y penser maintenant, il est ici. Harry ouvrit d'un coup de pied la première porte et vit quatre visages épouvantés à l'autre extrémité de sa ligne de mire.

« Désolé. »

Dans la pièce suivante, ce fut tout juste s'il ne tira pas par pure panique. Sur le sol au centre de la pièce était étendu un minuscule Thaïlandais basané en pantalon doré, lunettes de soleil genre star du porno et tenant les jambes très écartées. Harry mit une poignée de secondes à comprendre ce que l'autre fabriquait, mais à ce moment-là, le reste de *Hound*

*Dog* s'était depuis longtemps coincé dans la gorge de l'Elvis thaïlandais.

Harry fixa l'autre bout du couloir. Il devait y avoir au moins cinquante pièces. Devait-il aller chercher Liz ? Une alarme s'était mise à sonner dans sa tête, mais son cerveau était tellement surchargé qu'il avait essayé de l'éliminer. Il l'entendait maintenant bien claire. Liz ! Merde, merde, Jens l'avait retenu.

Il descendit le couloir en trombe, et en passant le coin, il vit que la porte de leur studio était ouverte. Il ne pensait plus, n'avait pas peur, n'espérait pas, il se contentait de courir en sachant qu'il avait passé la frontière à partir de laquelle il est facile de tuer. Ce n'était plus comme un cauchemar, comme de courir en ayant de l'eau jusqu'à la taille. Il entra à toute bombe et vit Liz recroquevillée par terre, derrière le canapé. Il balaya la pièce de son pistolet, mais trop tard. Quelque chose le heurta dans les reins, le privant d'air, et l'instant suivant, il sentit quelque chose se resserrer autour de son cou. Il vit la glène du fil du micro, et fut submergé par une odeur de curry.

Harry envoya un coude en arrière, sentit que le coup avait porté et entendit un gémissement.

« Tay », fit une voix, et un poing arriva par l'arrière pour le frapper juste sous l'oreille, l'étourdissant à moitié. Il sentit immédiatement qu'il s'était passé quelque chose de pas beau dans sa mâchoire. L'étreinte du câble se resserra à nouveau. Il essaya de glisser un doigt à l'intérieur, mais en pure perte. Sa langue, insensible, s'extirpa de sa bouche, comme si quelqu'un l'embrassait de l'intérieur. Il allait peut-être échapper aux honoraires du dentiste, tout avait commencé à s'assombrir.

Harry avait du bicarbonate dans la cervelle. Il n'en pouvait plus, essaya de se résoudre à mourir, mais son corps n'obéit pas. Il étendit machinalement un bras en l'air, mais aucune épuisette ne pouvait plus le sauver. C'était juste une prière, comme quand il avait prié pour la vie éternelle, sur le pont près de Siam Square.

« Halte ! »

Le câble se desserra et l'ait déferla dans ses poumons. Encore, il en voulait encore ! C'était comme s'il n'y avait pas assez d'air dans la pièce, et ses poumons lui donnaient l'impression de vouloir lui jaillir de la poitrine.

« Lâche-le ! » Liz était parvenue à se remettre à genoux et pointait son Smith & Wesson 650 sur Harry.

Harry sentit Woo se ratatiner derrière lui en recommençant à serrer, mais Harry avait réussi à glisser sa main sous le câble.

« Allume-le ! dit Harry d'une voix à la Donald Duck.

– Lâche ! Maintenant ! » Les pupilles de Liz étaient noires de peur et de fureur. Un filet de sang lui coulait d'une oreille, sur la clavicule et dans son décolleté.

« Il ne lâchera pas, il va falloir que tu le descendes, chuchota Harry d'une voix rauque.

– Maintenant ! cria Liz.

– Tire ! rugit Harry.

– Ta gueule ! » Liz balaya l'air avec le pistolet pour conserver son équilibre.

Harry se pencha en arrière, vers Woo. Il eut l'impression de s'adosser à un mur. Liz avait les larmes aux yeux, et sa tête pencha vers l'avant. Harry avait déjà vu ça. Elle avait un sérieux traumatisme crânien, et ils n'avaient pas beaucoup de temps.

« Liz, écoute-moi, maintenant ! »

Le lien se resserra brusquement, et Harry entendit se déchirer la peau du tranchant de sa main.

« Tu as les pupilles dilatées, tu es en train de tomber dans les pommes, Liz ! Tu m'entends ? Tu dois tirer avant qu'il ne soit trop tard ! Tu vas tomber dans les pommes, Liz ! »

Un hoquet monta aux lèvres de la femme.

« Va te faire voir, Harry ! Je ne peux pas ! Je… »

Le lien glissa à travers sa chair comme à travers du beurre. Il essaya de refermer le poing, mais quelques nerfs avaient dû être sectionnés.

« Liz ! Regarde-moi Liz ! »

Celle-ci clignait des yeux, encore et encore, et elle posa sur lui un regard perdu.

« Ça va aller comme sur des roulettes, Liz. Tu comprends pourquoi ils enrôlent ces Chinois, dans l'armée ? Et merde, il n'y a pas de plus grosse cible au monde. Regarde ce type, Liz. Si seulement tu me loupes, moi, tu ne peux pas le louper, lui ! »

Elle le regarda, la bouche ouverte, puis baissa son arme et éclata de rire. Harry essaya d'arrêter Woo qui avait commencé à avancer, mais c'était comme se trouver sur le trajet d'une locomotive. Ils l'avaient rejointe quand quelque chose explosa au visage de Harry. Une nouvelle douleur lui parcourut les terminaisons nerveuses, une brûlure, cette fois-ci. Il sentit son parfum et son corps qui cédait au moment où le poids de Woo les entraîna tous les trois vers le sol.

L'écho du tonnerre roula dans le couloir, par la porte ouverte. Puis le silence se fit.

Harry respira. Il était écrasé entre Liz et Woo, mais il pouvait sentir sa poitrine monter et descendre. Ce qui ne pouvait que signifier qu'il était vivant. Quelque chose gouttait sans arrêt. Il essaya de repousser l'idée, n'ayant pas de temps à lui consacrer, de la corde mouillée et des gouttes froides et salées contre le pont. Mais ce n'était pas Sydney. Elles atteignaient Liz au front, aux paupières. Puis il entendit à nouveau son rire. Ses yeux s'ouvrirent et devinrent deux fenêtres noires entourées de blanc, se découpant dans un mur rouge. Les coups de hache du grand-père, des chocs secs et sourds, résonnaient quand le bois atteignait la terre battue. Le ciel était bleu, l'herbe chatouillait l'oreille, une mouette entrait et sortait en planant de son champ de vision. Il avait envie de dormir, mais son visage entier était en feu, il sentait l'odeur de sa propre chair à cause de la poudre qui avait investi et brûlé ses pores.

Il se dégagea en gémissant de ce sandwich humain. Liz riait toujours, les yeux grands ouverts, et il la laissa continuer.

Il retourna Woo sur le dos. Son visage s'était figé en une expression de surprise, sa bouche était entrouverte comme pour protester contre le trou noir qu'il avait dans le front. Il avait déplacé Woo, mais il entendait toujours goutter. Il se retourna vers le mur et vit que ce n'était pas une idée qu'il se faisait. Madonna avait à nouveau changé de couleur de cheveux. La touffe de Woo s'était collée contre le haut du cadre et faisait une frange noire à la chanteuse, une frange d'où dégoulinait ce qui ressemblait à un mélange de blanc d'œuf et de grenadine. Cette mixture atteignait l'épaisse moquette en produisant de petits clapotis.

Liz riait encore et toujours.

« Alors, on fait la fête, ici ? fit une voix depuis la porte. Et vous n'avez pas invité Jens ? Et moi qui croyais qu'on était potes... »

Harry ne se retourna pas, son regard chercha désespérément son pistolet sur le sol. Il avait dû tomber sur la table ou derrière la chaise quand Woo lui avait donné un coup dans le dos.

« C'est ça que tu cherches, Harry ? »

Évidemment. Il se retourna lentement et tomba nez à nez avec son propre Ruger SP-101. Il allait ouvrir la bouche pour dire quelque chose quand il le vit. Jens allait tirer. Il tenait le pistolet à deux mains, s'était déjà penché un peu vers l'avant pour contrebalancer l'effet de recul.

Il revit l'inspecteur qui se balançait sur sa chaise, chez Schrøder, ses lèvres humides, le sourire méprisant qu'il ne faisait pas, mais qui était tout de même présent. Le même sourire invisible qu'aurait la chef de la police en demandant une minute de silence à la mémoire de Harry Hole.

« Fini de jouer, Jens, s'entendit-il dire. Tu ne t'en tireras pas.

— Fini de jouer ? On dit vraiment ce genre de trucs ? » Jens soupira et secoua la tête. « Tu as vu trop de mauvais polars, Harry. »

Son doigt se crispa sur la détente.

« Mais d'accord, tu as raison... c'est terminé. Vous venez de faire en sorte que ça ait encore meilleur aspect que je ne l'avais prévu. Selon toi, qui sera responsable, quand ils retrouveront un homme de main de la mafia et deux policiers tués par les balles les uns des autres ? »

Jens ferma un œil, de façon assez superflue à trois mètres de distance. Tout sauf un joueur, pensa Harry en fermant les yeux et en inspirant inconsciemment pour encaisser.

Ses tympans explosèrent. Trois fois. Tout sauf un joueur. Harry sentit son dos toucher le mur, le sol, il ne sut pas lequel exactement, et l'odeur du coton-poudre lui brûla le nez. L'odeur du coton-poudre. Il ne comprenait rien. Jens n'avait-il pas tiré trois fois ? N'aurait-il pas dû depuis longtemps cesser de sentir quoi que ce soit ?

« Bordel ! » On eût dit que quelqu'un criait de sous une couette.

La fumée se dissipa et il vit Liz, assise au pied du mur, une main autour du pistolet fumant et une autre serrée sur son ventre.

« Bordel, il m'a eue ! Tu es là, Harry ? »

Suis-je là ? se demanda Harry. Il se souvenait vaguement du coup de pied dans la hanche qui lui avait fait faire un quart de tour.

« Qu'est-ce qui s'est passé ? cria Harry, toujours à moitié sourd.

– J'ai tiré la première. J'ai fait mouche. Je sais que j'ai fait mouche, Harry. Bordel, comment s'en est-il sorti ? »

Harry se leva, fit valser les tasses sur la table et se retrouva finalement sur ses jambes. La gauche s'était endormie. Endormie ? Il posa sa main sur sa hanche et sentit que son pantalon était trempé. Il ne voulait pas voir ça. Il tendit la main.

« Donne-moi le pistolet, Liz. »

Son regard était fixé sur la porte. Du sang. Il y avait du sang sur le lino. Par ici. Par ici, Hole. Il n'y avait qu'à suivre le balisage de la piste. Il regarda Liz. Une rose rouge grandissait entre ses doigts, sur la chemise bleue. Merde, merde !

Elle gémit et lui tendit son Smith & Wesson 650.

« Rapporte, Harry ! »

Il hésita.

« C'est un ordre, nom de Dieu ! »

# Chapitre 52

Il jetait à chaque pas ses jambes devant lui, en espérant seulement qu'elles ne le trahiraient pas. Sa vision se brouillait, il savait que c'était son cerveau qui essayait d'échapper à la douleur. Il passa devant la fille de l'accueil qui avait l'air de poser pour *Le Cri*[1], immobile, sans qu'aucun son ne sortît de sa bouche.

« Appelez une ambulance ! » cria Harry, et elle se réveilla. « Un docteur ! »

Puis il se retrouva dehors. Le vent s'était calmé, il faisait juste chaud, une chaleur écrasante. Une voiture barrait la rue, il y avait des traces de freinage sur l'asphalte, la portière était ouverte et le chauffeur gesticulait à l'extérieur. Il pointa un doigt en l'air. Harry leva les bras et courut sur la chaussée sans regarder ni à droite ni à gauche, car il savait qu'ils s'arrêteraient peut-être s'il avait l'air de s'en foutre. La gomme hurla. Il regarda dans la direction qu'indiquait l'homme. Une caravane de silhouettes grises d'éléphants se découpait contre le ciel étoilé.

1. Célèbre tableau d'Edvard Munch (1863-1944), peint en 1893.

Son cerveau se connectait et se déconnectait comme un mauvais autoradio, et un coup de trompe solitaire emplit la nuit. À ras-bord. Harry sentit l'appel d'air que fit le semi-remorque klaxonnant qui lui arracha pratiquement sa chemise en manquant de lui rectifier le contrefort de ses chaussures.

Il revint à nouveau à lui, ses yeux cherchaient le long des piles de béton. Yellow brick Road. BERTS. Oui, pourquoi pas ? D'une certaine façon, ça paraissait logique.

Une échelle métallique montait jusqu'à un trou dans le béton, quinze ou vingt mètres au-dessus de lui. Il pouvait voir un croissant de lune à travers le trou. Il prit son pistolet entre ses dents, constata que sa ceinture battait, essaya de ne pas penser à ce qu'une balle qui avait découpé sa ceinture avait pu faire à sa hanche, et se hissa le long de l'échelle à la seule force des bras. Le métal s'insinuait dans la coupure qu'avait faite le fil du micro.

Je ne sens rien, pensa Harry qui jura lorsque le sang qui avait formé comme un gant de toilette rouge autour de sa main lui fit lâcher prise. Il plaça son pied droit sur l'échelon et poussa, trouva une nouvelle prise, poussa de nouveau. C'était mieux. Il fallait juste ne pas s'évanouir. Il regarda sous lui. Dix mètres ? Il n'était pas question de s'évanouir. Encore. Tout s'assombrit. Il crut d'abord que c'était seulement pour lui et cessa de grimper, mais lorsqu'il baissa les yeux, il vit les voitures et entendit les sirènes qui tranchaient la nuit comme des lames de scie. Il leva de nouveau les yeux. Le trou où l'échelle s'arrêtait était devenu noir, il n'y voyait plus la lune. Le ciel s'était-il couvert ? Une goutte sauta sur la poignée du pistolet. Une nouvelle manifestation de la mousson ? Harry essaya de gravir un degré de plus, sentit son cœur battre, sauter quelques coups et continuer à battre, il faisait sûrement du mieux qu'il pouvait.

À quoi ça sert ? se demanda-t-il en regardant vers le bas. La première voiture de police arriva bientôt. Jens avait déjà dû arriver en bas de cette rue fantômatique, hurlant de rire, descendant une autre échelle à deux ou trois pâtés de maisons de là, et puis pouf ! disparu dans la foule. Le magicien de cette putain d'Oz.

La goutte coula le long de la poignée du pistolet et entre les dents serrées de Harry.

Trois idées le frappèrent en même temps. La première, c'est que si Jens l'avait vu sortir en vie de Millie's Karaoké, il ne se serait pas taillé, il n'avait pas le choix, il aurait fini le boulot.

La seconde, c'est que les gouttes de pluie n'ont pas un goût doucereux et métallique.

La troisième, c'est que le ciel ne s'était pas couvert, quelqu'un bouchait le trou, quelqu'un qui saignait.

Puis les choses s'emballèrent à nouveau.

Il espéra avoir encore assez de nerf dans la main gauche pour qu'elle tienne serrée sur l'échelle, arracha de la droite le pistolet d'entre ses dents, vit les étincelles jaillir de l'échelon au-dessus de lui et entendit le sifflement du ricochet, sentit un à-coup dans la jambe de son pantalon avant d'avoir pu braquer son pistolet vers le trou noir et de sentir le recul dans sa mâchoire abîmée quand il fit feu. La gueule d'un canon cracha là-haut, et Harry vida son chargeur. Continua à appuyer. Clic, clic. Putain d'amateur.

Il put de nouveau voir la lune. Il lâcha son pistolet, et se remit à escalader l'échelle avant que l'arme n'atteigne le sol. Puis il fut en haut. La chaussée, les caisses à outils et le matériel de chantier étaient baignés par la lumière jaune d'un ballon ridiculement gros que quelqu'un avait fixé au-dessus d'eux. Jens était assis sur un tas de sable fin, les bras croisés sur le ventre, et il se balançait d'avant en arrière tout en ricanant.

« Putain, Harry, tu as fait du beau boulot. Regarde ! »

Il écarta les bras. Ça bouillonnait, épais et brillant.

« Du sang noir. Ça veut dire que tu as touché le foie, Harry. Le risque, c'est que mon toubib m'interdise de boire. Pas cool. »

Le volume des sirènes avait augmenté. Harry essaya de reprendre son souffle.

« Je n'en ferais pas autant cas, Jens. J'ai entendu dire que le cognac qu'ils servent dans les prisons de Thaïlande n'est pas fameux. »

Il commença à boiter vers Jens qui braqua son pistolet dans sa direction.

« Là, là, ne sois pas présomptueux, Harry. Ça fait un peu mal, c'est tout. Rien que l'argent ne puisse arranger.

– Tu n'as plus de balles », dit Harry en continuant à avancer.

Jens rit et toussa.

« Bien essayé, Harry, mais c'est toi, qui es à court de balles, j'en ai bien peur. Il se trouve que je sais compter.

— Ah oui ?

— Hé hé, je croyais que je te l'avais expliqué. Les chiffres. Ils me font vivre. »

Il déplia les doigts de sa main libre.

« Deux pour toi et la gougnasse dans le studio du karaoké, et trois dans l'échelle. Il en reste une pour toi, Harry. Ça vaut le coup d'économiser un peu pour les mauvais jours, tu sais. »

Harry n'était plus qu'à deux pas.

« Tu as vu trop de mauvais polars, Jens.

— La célèbre ultime réplique. »

Jens se composa une expression d'excuse sur le visage et appuya sur la détente. Le déclic fut assourdissant. L'expression de Jens se changea en incrédulité.

« Il n'y a que dans les mauvais polars que tous les pistolets ont six coups, Jens. Ça, c'est un Ruger SP-101. Cinq.

— Cinq ? répéta Jens en regardant le pistolet. Cinq ? Comment le savais-tu ?

— C'est le genre de choses qui me font vivre. »

Harry pouvait voir les gyrophares dans la rue sous eux.

« Il vaudrait mieux que tu me donnes ça, Jens. Les policiers ont tendance à faire feu quand ils voient des pistolets. »

La confusion se lisait sur le visage de Jens quand il tendit le pistolet à Harry, qui le glissa à l'intérieur de son pantalon. Peut-être était-ce parce que sa ceinture n'y était plus et que le pistolet glissa à l'intérieur de la jambe du pantalon, peut-être était-il simplement fatigué, peut-être qu'il se détendit un instant lorsqu'il vit ce qu'il crut être de la capitulation dans les yeux de Jens. Il partit en chancelant vers l'arrière quand le coup l'atteignit, pris au dépourvu par le fait que Jens ait pu se mouvoir aussi rapidement, et il constata que sa jambe gauche cédait sous lui avant de sentir le béton crisser sous sa tête.

Il fut absent un instant. Devait pas. La radio cherchait frénétiquement une station. La première chose qu'il vit, ce fut le scintillement d'une dent en or. Harry cligna des yeux. Ce n'était pas une dent en or, c'était la lune qui se reflétait dans la lame du couteau same. Puis l'acier assoiffé descendit vers lui.

Harry ne saurait jamais s'il avait juste réagi instinctivement, ou si une idée sous-tendait ce qu'il fit alors. Sa main gauche monta à la rencontre de l'acier étincelant, les doigts largement écartés. Le couteau glissa facilement et sans heurts à travers la paume de sa main. Quand le couteau y fut enfoncé jusqu'à la garde, Harry ramena brusquement sa main et donna un coup de son pied valide. Il fit mouche quelque part dans le sang noir, Jens se cassa en deux, gémit et retomba sur le côté, dans le sable. Harry se mit à genoux. Jens s'était recroquevillé en position fœtale et tenait les deux mains sur son ventre. Il hurlait. De rire ou de douleur, pas facile à dire.

« Bon sang, Harry. Ça fait tellement mal que c'en est tout simplement fantastique. »

Il haleta, grogna et rit tout à la fois.

Harry se releva. Il regarda le couteau qu'il avait toujours planté dans la main, incertain de ce qu'il valait mieux faire : le retirer, ou bien laisser le bouchon à sa place. Il entendit qu'on criait quelque chose dans un mégaphone, depuis la rue.

« Tu sais ce qui va se passer, maintenant, Harry ? » Jens avait fermé les yeux.

« Pas vraiment. »

Jens fit une pause et se reprit.

« Alors laisse-moi te dire ce qui va se passer, Harry. Maintenant, c'est le jour de paie pour tout un tas de policiers, de juristes et de juges. Putain, Harry, ça va me coûter bonbon.

– Qu'est-ce que tu veux dire ?

– Ce que je veux dire ? Tu vas te remettre à jouer les scouts norvégiens, maintenant, Harry ? Tout peut se monnayer. Si on a de l'argent. J'ai de l'argent. Et puis… » Il toussa.

«… il y a quelques politiques qui ont des intérêts dans la construction et n'aimeraient pas que BERTS parte en sucette. »

Harry secoua la tête.

« Pas cette fois, Jens. Pas cette fois. »

Jens montra les dents en un mélange douloureux de sourire et de rictus.

« On parie ? »

Casse-toi, pensa Harry. Ne fais rien que tu puisses regretter, Hole. Il regarda l'heure, un réflexe tout professionnel. Heure d'arrestation, pour le rapport.

« Il y a une chose qui m'intrigue, Jens. L'inspecteur principal Crumley a trouvé que j'en avais trop dit quand je t'ai posé des questions sur Ellem Limited. Et c'est peut-être le cas. Mais ça faisait longtemps que tu avais compris que je savais que c'était toi, non ? »

Jens essaya de concentrer son regard sur Harry.

« Un moment. C'est pourquoi je n'ai jamais pigé pourquoi tu as déployé tant d'efforts pour me faire sortir de préventive. Pourquoi, Harry ? »

Harry sentit que la tête lui tournait et il s'assit sur une caisse à outils.

« Eh bien… Je ne m'étais peut-être pas encore rendu compte que je savais que c'était toi. Je voulais peut-être te voir jouer le coup suivant. Je voulais peut-être juste te faire peur pour que tu t'envoles, je ne sais pas. Qu'est-ce qui a trahi que je savais ?

– Quelqu'un me l'a dit.

– Impossible. Je n'en ai parlé à personne avant ce soir.

– Quelqu'un l'a compris sans que tu dises rien.

– Runa ? »

La joue de Jens trembla, et de l'écume apparut à la commissure de ses lèvres.

« Tu sais quoi, Harry ? Runa avait ce qu'on appelle de l'intuition. J'appelle ça un don d'observation. Tu dois apprendre à mieux dissimuler ce que tu penses, Harry. À ne pas t'ouvrir à l'ennemi. Parce que c'est incroyable ce qu'une femme est prête à te raconter quand tu la menaces de lui faire l'ablation de ce qui en fait une femme. Oui, parce qu'elle a eu le temps de devenir femme, non, Harry ? Tu…

– De quoi l'as-tu menacée ?

– Les tétons. De lui couper les tétons. Qu'est-ce que tu en penses, Harry ? »

Harry avait levé la tête vers le ciel et fermé les yeux, comme s'il attendait la pluie.

« Ai-je dit quelque chose que je n'aurais pas dû, Harry ? »

Harry sentit de l'air chaud déferler dans ses narines.

« Elle t'attendait, Harry.

– Dans quel hôtel loges-tu quand tu es à Oslo ? murmura Harry.

– Runa a dit que tu viendrais la sauver, que tu savais que c'était moi qui l'avais enlevée. Elle chialait comme une môme en donnant des coups partout avec sa prothèse, c'était assez marrant. Et puis… »

Le bruit de métal qu'on secouait. Klang, klang. Ils montaient l'échelle. Harry regarda le couteau qu'il avait planté dans la main. Non. Il regarda autour de lui. La voix de Jens lui râpait les oreilles. Un doux crépitement apparut quelque part dans son ventre, un léger bruissement dans sa tête, comme une ivresse de champagne. Ne fais pas ça, Hole, cramponne-toi. Il pouvait déjà ressentir la sensation extatique de la chute libre. Il lâcha prise.

La serrure de la caisse à outils céda au deuxième coup de pied. Le marteau-piqueur était un Wacker, léger, certainement pas plus de vingt kilos, et il démarra instantanément lorsqu'il appuya sur le bouton. Jens referma brusquement la mâchoire, et ses yeux s'ouvrirent de plus en plus grand au fur et à mesure qu'il comprenait ce qui allait arriver.

« Harry, tu ne peux pas…

– Ouvre grand la bouche, dit Harry. »

Le mugissement de l'acier tressautant noya le bruit de la circulation en contrebas, le glapissement du mégaphone et l'écho des tubes métalliques vibrants. Harry porta tout son poids vers l'avant, les jambes écartées, le visage toujours tourné vers le ciel et les yeux fermés. Il pleuvait.

Harry se laissa tomber dans le sable. Resta sur le dos à regarder le ciel. Il était à la plage, elle lui demandait s'il pouvait lui passer de la crème dans le dos, elle avait une peau si fragile… Ne voulait pas attraper de coup de soleil. Pas de coup de soleil. Puis ils furent là, des cris, des bottes sur le béton et le bruit feutré d'un pistolet qu'on chargeait. Il ouvrit les yeux et fut aveuglé par la lampe que quelqu'un avait braquée sur son visage. Puis la lumière se détourna, et il distingua la silhouette de Rangsan.

« Alors ?

– Zéro carie », dit Harry qui eut à peine le temps de sentir l'odeur de sa propre bile avant que le contenu de son estomac n'envahisse sa bouche et son nez.

# Chapitre 53

Liz s'éveilla et sut que quand elle ouvrirait les yeux, elle verrait le plafond jaune et la fissure en forme de T dans le crépi. Elle avait eu deux semaines pour l'observer. À cause de son traumatisme crânien, elle n'avait pas le droit de lire ni de regarder la télévision, et tout juste celui d'écouter la radio. La blessure par balle cicatriserait vite, avaient-ils dit, aucun organe vital n'avait été touché.

Pas vital pour elle, en tout cas.

Un médecin était passé la voir et lui avait demandé si elle prévoyait d'avoir un enfant. Elle avait secoué la tête et avait refusé d'entendre le reste, et ils le lui avaient épargné. Les mauvaises nouvelles viendraient bien assez vite, elle essayait pour l'heure de se concentrer sur les bonnes. Comme par exemple qu'elle n'aurait pas à faire la circulation dans les années à venir. Et comme la visite du chef de la police qui était venu lui dire qu'elle pouvait prendre quelques semaines de vacances.

Elle laissa son regard errer jusqu'à la fenêtre. Elle essaya de tourner la tête, mais ils lui avaient enfilé dessus quelque chose qui ressemblait à un oléoduc et qui lui interdisait de bouger le cou.

Elle n'aimait pas être seule, elle n'avait jamais aimé. Tonje Wiig était passée la veille et lui avait demandé si elle savait où était passé Harry. Comme s'il avait pris contact par télépathie avec Liz pendant qu'elle était dans le coma. Mais Liz avait compris que l'inquiétude de Wiig dépassait le cadre professionnel, et elle n'avait fait aucun commentaire, se contentant de dire qu'il referait bien surface un jour.

Elle avait eu l'air seule et perdue, Tonje Wiig, comme si elle venait de s'apercevoir que son train venait de partir. Oh, elle s'en remettrait. Elle en donnait l'impression. Elle avait appris qu'elle était la nouvelle ambassadrice, entrant en fonctions en mai.

Quelqu'un se racla la gorge. Elle ouvrit les yeux.

« Comment va ? demanda une voix rauque.

— Harry ? »

Un briquet cliqueta, et elle sentit l'odeur de la fumée d'une cigarette.

« Tu es revenu, alors ?

— Je fais juste une apparition à la surface.

— Qu'est-ce que tu fabriques ?

— Des expériences. J'essaie de trouver le moyen ultime de ne plus être conscient.

— On dit que tu t'es barré de l'hôpital.

— Ils ne pouvaient rien faire de plus pour moi. »

Elle rit précautionneusement, en laissant l'air s'échapper en petites saccades.

« Qu'est-ce qu'il a dit ?

– Bjarne Møller ? Qu'il pleut à Oslo, qu'on dirait que vous allez avoir un printemps précoce. En dehors de ça, tout est comme avant, il m'a prié de te le dire. Tout le monde est heureux et soulagé de part et d'autre. Le sous-directeur Torhus est passé avec des fleurs et m'a demandé de tes nouvelles. Il m'a prié de te féliciter.

– Qu'a dit Møller ? » répéta Harry.

Liz soupira.

« D'accord. Je lui ai transmis ton message, et il a vérifié.

– Et ?

– Tu sais à quel point il est peu probable que Brekke ait eu quelque chose à voir dans le viol de ta sœur, non ?

– Si. » Elle entendit crisser le tabac quand il inhala.

« Tu devrais peut-être oublier cette affaire, Harry.

– Pourquoi ça ?

– L'ex de Brekke n'a pas compris les questions. Elle l'avait laissé tomber parce qu'elle le trouvait ennuyeux, par pour autre chose. Et… » Elle inspira à fond. « Il n'était même pas à Oslo quand c'est arrivé à ta sœur. »

Elle essaya de se faire une idée de sa réaction.

« Désolée », dit-elle.

Elle entendit tomber la cigarette, et une semelle qu'on tortillait sur le sol de pierre.

« Bien. Je voulais juste savoir comment ça allait », dit-il. Les pieds de la chaise crissèrent sur le sol.

« Harry ?

– Je suis là.

– Juste une chose. Tu reviendras, tu me le promets ? Ne reste pas dans ton monde. »

Elle l’entendit prendre sa respiration.

« Je reviendrai », dit-il d’une voix sans timbre, comme si c’était un refrain dont il était fatigué.

# Chapitre 54

Il vit danser la poussière en une bande esseulée dans la lumière qui s'insinuait dans une fente du plancher, au-dessus d'eux. Sa chemise était collée à son corps telle une femme effrayée par les détonations, la sueur lui brûlait les lèvres et la puanteur du sol de terre le mettait mal à l'aise. Mais on lui donna alors sa pipe, une main tint l'aiguille et badigeonna le trou de goudron noir, tint la pipe juste au-dessus de la flamme, et tous les angles s'arrondirent de nouveau. Ils arrivèrent à la seconde bouffée : Ivar Løken, Jim Love et Hilde Molnes. Le reste vint à la troisième bouffée. Mais il manquait quelqu'un. Il inhala le plus profondément possible, maintint la fumée dans ses poumons jusqu'à ce qu'il ait l'impression qu'il allait éclater, et elle vint finalement. Elle se tenait dans l'ouverture de la véranda, et le soleil tombait sur un côté de son visage. Deux pas, et elle s'éleva dans les airs, brune et légèrement cambrée entre la plante des pieds et le bout des doigts, en une ligne tracée avec délicatesse, avec une infinie lenteur, creva la surface avec un bruit feutré de baiser, s'enfonça de plus en plus jusqu'à ce que l'eau se referme sur elle. Il y eut un léger bouillonnement, une vague claqua contre le bord du bassin. Puis le calme revint, et l'eau verte se remit à refléter le ciel, comme si elle n'avait jamais existé. Il inhala une dernière fois, s'étendit sur la natte de bambou et ferma les yeux. Alors, il entendit le doux clapotis de mouvements dans l'eau.

## Retrouvez les enquêtes de l'inspecteur **Harry Hole** dans la collection **Folio Policier**

Envoyé en Australie pour enquêter sur le meurtre d'une jeune Norvégienne, Harry Hole, en proie à ses propres démons, va plonger au cœur de ce pays de démesure, véritable nation en devenir où les contradictions engendrent le fantastique comme l'indicible, jusqu'au chaos final.

**L'homme chauve-souris**

*Prix du meilleur roman policier nordique 1998*

Un somptueux couteau thaïlandais est retrouvé planté dans le dos d'un ambassadeur scandinave. À peine revenu d'Australie, Harry Hole repart pour l'Asie, ses usages millénaires, ses secrets et sa criminalité dont il ignore tout. Il ira jusqu'au bout, au plus profond du cœur d'un homme, jusqu'à l'invraisemblable…

**Les cafards**

Harry Hole, à la suite d'une grave bévue, est muté à la surveillance des milieux néonazis de Norvège. Le passé, prompt à rattraper le présent, refait surface avec une question lancinante : que s'est-il réellement passé cinquante ans plus tôt dans les tranchées de Leningrad ?

**Rouge-Gorge**

Rue Sans-Souci… Drôle d'adresse, lorsqu'on est flic, pour y trouver dans un appartement le cadavre d'une femme avec laquelle on vient de passer la nuit. Surtout lorsqu'on ne se rappelle rien… Harry Hole n'est pas au bout de ses peines.

**Rue Sans-Souci**

Le *modus operandi* est toujours le même : l'ablation de l'un des doigts des victimes et la présence d'un diamant en forme de pentagramme, symbole occulte plus connu sous le nom d'« étoile du diable ». La police doit se rendre à l'évidence : un tueur en série opère dans les rues de la capitale norvégienne… Intuitif, acharné, rongé par le désespoir, Harry Hole s'empare de l'enquête.

**L'étoile du diable**

Afin de récolter des fonds, les membres de l'Armée du salut ont décidé d'organiser un concert public. Le soir du spectacle, un homme tue un membre de l'association avant de s'enfuir. Harry Hole se lance à sa poursuite dans les rues verglacées d'Oslo. Le jeu sanglant du chat et de la souris ne fait que commencer…

**Le sauveur**

Des mères de famille disparaissent. Dans leur jardin, un bonhomme de neige fait irruption, comme sorti de nulle part. D'une sobriété étonnante, Harry Hole va se retrouver confronté à un tueur en série agissant sur le territoire norvégien et qui le conduira jusqu'au gouffre de sa folie…

**Le bonhomme de neige**

Brisé par son enquête sur le Bonhomme de neige, l'inspecteur Harry Hole a démissionné. Mais Oslo est le théâtre de crimes effroyables. L'inspectrice Solness vient lui demander de l'aider à élucider ces meurtres spectaculaires. Une traque qui va entraîner Harry Hole jusqu'en Afrique, au cœur des ténèbres…

**Le léopard**

Harry Hole avait choisi de fuir la Norvège et ses échecs. Aujourd'hui il doit revenir à Oslo pour enquêter sur le meurtre d'un dealer dont l'assassin ne serait autre qu'Oleg, son fils adoptif. Ne pouvant compter que sur lui-même pour se battre contre un système corrompu, Harry doit également affronter ses ennemis intimes : ses propres fantômes…

**Fantôme**

Un tueur assassine méthodiquement des policiers de la Brigade criminelle d'Oslo. Leur point commun ? Trouver la mort le jour anniversaire et sur les lieux mêmes des crimes qu'ils n'ont pas résolus. La police est sur les dents, complètement dépassée, d'autant que son meilleur élément, l'inspecteur Harry Hole, n'est plus là pour mener l'enquête…

**Police**

## DU MÊME AUTEUR

*Chez Gaïa Éditions*

RUE SANS-SOUCI, 2005, Folio Policier n° 480.

ROUGE-GORGE, 2004, Folio Policier n° 450.

LES CAFARDS, 2003, Folio Policier n° 418.

L'HOMME CHAUVE-SOURIS, 2003, Folio Policier n° 366.

*Aux Éditions Gallimard*

*Dans la Série Noire*

DU SANG SUR LA GLACE, I, 2015.

POLICE, 2014, Folio Policier n° 762.

FANTÔME, 2013, Folio Policier n° 741.

LE LÉOPARD, 2011, Folio Policier n° 659.

CHASSEURS DE TÊTES, 2009, Folio Policier n° 608.

LE BONHOMME DE NEIGE, 2008, Folio Policier n° 575.

LE SAUVEUR, 2007, Folio Policier n° 552.

L'ÉTOILE DU DIABLE, 2006, Folio Policier n° 527.

*Aux Éditions Bayard Jeunesse*

LA POUDRE À PROUT DU PROFESSEUR SÉRAPHIN, vol. 1, 2009.

# COLLECTION FOLIO POLICIER

*Dernières parutions*

| | | |
|---|---|---|
| 647. | Larry Beinhart | *L'évangile du billet vert* |
| 648. | William Gay | *La mort au crépuscule* |
| 649. | Gabriel Trujillo Muñoz | *Mezquite Road* |
| 650. | Boileau-Narcejac | *L'âge bête* |
| 651. | Anthony Bourdain | *La surprise du chef* |
| 652. | Stefán Máni | *Noir Océan* |
| 653. | *** | *Los Angeles Noir* |
| 654. | *** | *Londres Noir* |
| 655. | *** | *Paris Noir* |
| 656. | Elsa Marpeau | *Les yeux des morts* |
| 657. | François Boulay | *Suite rouge* |
| 658. | James Sallis | *L'œil du criquet* |
| 659. | Jo Nesbø | *Le léopard* |
| 660. | Joe R. Lansdale | *Vanilla Ride* |
| 661. | Georges Flipo | *La commissaire n'aime point les vers* |
| 662. | Stephen Hunter | *Shooter* |
| 663. | Pierre Magnan | *Élégie pour Laviolette* |
| 664. | James Hadley Chase | *Tu me suivras dans la tombe* et autres romans |
| 665. | Georges Simenon | *Long cours* |
| 666. | Thomas H. Cook | *La preuve de sang* |
| 667. | Gene Kerrigan | *Le chœur des paumés* |
| 668. | Serge Quadruppani | *Saturne* |
| 669. | Gunnar Staalesen | *L'écriture sur le mur* |
| 670. | Georges Simenon | *Chez Krull* |
| 671. | Georges Simenon | *L'inspecteur Cadavre* |
| 672. | Kjetil Try | *Noël sanglant* |
| 673. | Graham Hurley | *L'autre côté de l'ombre* |
| 674. | John Maddox Roberts | *Les fantômes de Saigon* |
| 675. | Marek Krajewski | *La peste à Breslau* |
| 676. | James Sallis | *Bluebottle* |

| | | |
|---|---|---|
| 677. | Philipp Meyer | *Un arrière-goût de rouille* |
| 678. | Marcus Malte | *Les harmoniques* |
| 679. | Georges Simenon | *Les nouvelles enquêtes de Maigret* |
| 680. | Dashiell Hammett | *La clé de verre* |
| 681. | Caryl Férey & Sophie Couronne | *D'amour et dope fraîche* |
| 682. | Marin Ledun | *La guerre des vanités* |
| 683. | Nick Stone | *Voodoo Land* |
| 684. | Frederick Busch | *Filles* |
| 685. | Paul Colize | *Back up* |
| 686. | Saskia Noort | *Retour vers la côte* |
| 687. | Attica Locke | *Marée noire* |
| 688. | Manotti – DOA | *L'honorable société* |
| 689. | Carlene Thompson | *Les ombres qui attendent* |
| 690. | Claude d'Abzac | *Opération Cyclope* |
| 691. | Joe R. Lansdale | *Tsunami mexicain* |
| 692. | F. G. Haghenbeck | *Martini Shoot* |
| 693. | *** | *Rome Noir* |
| 694. | *** | *Mexico Noir* |
| 695 | James Preston Girard | *Le Veilleur* |
| 696. | James Sallis | *Bête à bon dieu* |
| 697. | Georges Flipo | *La commissaire n'a point l'esprit club* |
| 698. | Stephen Hunter | *Le 47e samouraï* |
| 699. | Kent Anderson | *Sympathy for the Devil* |
| 700. | Heinrich Steinfest | *Le grand nez de Lilli Steinbeck* |
| 701. | Serge Quadruppani | *La disparition soudaine des ouvrières* |
| 702. | Anthony Bourdain | *Pizza créole* |
| 703. | Frederick Busch | *Nord* |
| 704. | Gunnar Staalesen | *Comme dans un miroir* |
| 705. | Jack Ketchum | *Une fille comme les autres* |
| 706. | John le Carré | *Chandelles noires* |
| 707. | Jérôme Leroy | *Le Bloc* |
| 708. | Julius Horwitz | *Natural Enemies* |
| 709. | Carlene Thompson | *Ceux qui se cachent* |

710. Fredrik Ekelund — *Le garçon dans le chêne*
711. James Sallis — *Salt River*
712. Georges Simenon — *Cour d'assises*
713. Antoine Chainas — *Une histoire d'amour radioactive*
714. Matthew Stokoe — *La belle vie*
715. Frederick Forsyth — *Le dossier Odessa*
716. Caryl Férey — *Mapuche*
717. Frank Bill — *Chiennes de vies*
718. Kjell Ola Dahl — *Faux-semblants*
719. Thierry Bourcy — *Célestin Louise, flic et soldat dans la guerre de 14-18*
720. Doug Allyn — *Cœur de glace*
721. Kent Anderson — *Chiens de la nuit*
722. Raphaël Confiant — *Citoyens au-dessus de tout soupçon...*
723. Serge Quadruppani — *Madame Courage*
724. Boileau-Narcejac — *Les magiciennes*
725. Boileau-Narcejac — *L'ingénieur aimait trop les chiffres*
726. Inger Wolf — *Nid de guêpes*
727. Seishi Yokomizo — *Le village aux Huit Tombes*
728. Paul Colize — *Un long moment de silence*
729. F. G. Haghenbeck — *L'Affaire tequila*
730. Pekka Hiltunen — *Sans visage*
731. Graham Hurley — *Une si jolie mort*
732. Georges Simenon — *Le bilan Malétras*
733. Peter Duncan — *Je suis un sournois*
734. Stephen Hunter — *Le sniper*
735. James Sallis — *La mort aura tes yeux*
736. Elsa Marpeau — *L'expatriée*
737. Jô Soares — *Les yeux plus grand que le ventre*
738. Thierry Bourcy — *Le crime de l'Albatros*
739. Raymond Chandler — *The Long Goodbye*
740. Matthew F. Jones — *Une semaine en enfer*
741. Jo Nesbø — *Fantôme*
742. Alix Deniger — *I cursini*

*Composition : Nord Compo*
*Impression Novoprint*
*à Barcelone, le 2 mai 2015*
*Dépôt légal : mai 2015*
*1er dépôt légal dans la collection : mars 2014*

ISBN 978-2-07-045841-7./Imprimé en Espagne.

290317